Marina

dtv

»Brauche ich Lehrer für Deutsch. Bitte anrufen mir.«
Sergey, früher Jockey in Russland, jetzt Stallbursche in Oberbayern, will sein neues Leben anpacken und ein Rennpferd kaufen. Dafür braucht er »nur ein paar mehr Wörter«, die sie ihm beibringen soll: Salli Sturm, leidenschaftliche Sprachlehrerin mit hohem Anspruch an ihre Schüler und sich selbst. So will sie auch ein Wunder an ihrem neuen Privatschüler Sergey vollbringen. Zwei Leben prallen aufeinander, die unterschiedlicher kaum sein könnten, zwei Menschen lernen sich kennen, die nicht (mehr) mit der Liebe gerechnet haben.

Angelika Jodl unterrichtet Studenten aus aller Welt in Deutsch. Außerdem schreibt sie Geschichten, hält Vorträge zur deutschen Sprache und reitet ein ausgemustertes Rennpferd. Sie lebt mit Mann, Sohn, Hund und Katzen in München. Mehr über die Autorin, die deutsche Grammatik und Rennpferde auf: www.angelika-jodl.de

Angelika Jodl

Die Grammatik der Rennpferde

Roman

dtv

Ausführliche Informationen über
unsere Autoren und Bücher
www.dtv.de

Ungekürzte Ausgabe 2017
© 2016 dtv Verlagsgesellschaft mbH & Co. KG, München
Dieses Werk wurde durch die Literaturagentur Beate Riess vermittelt.
Umschlaggestaltung: FAVORITBUERO, München
Satz: Fotosatz Amann, Memmingen
Druck und Bindung: Druckerei C.H.Beck, Nördlingen
Gedruckt auf säurefreiem, chlorfrei gebleichtem Papier
Printed in Germany · ISBN 978-3-423-21708-8

Deutschlehrer mit und ohne Rotstift gibt es in der Wirklichkeit; ebenso Rennpferde, ihre Fahrer, Züchter und Pfleger. Mir standen beide Welten offen, ein paar Details daraus konnte ich für diesen Roman benützen. Die Geschichte selbst jedoch sowie alle Figuren sind Erfindung.

Meinen Studenten

Sergey

Die Pferde haben aufgehört zu grasen. Mit gespitzten Ohren schauen sie zu dem kleinen Mann, der über die Felder daherkommt und jetzt in Richtung der Ställe geht. Unauffällig wirkt er, farblos wie die Büsche am Koppelzaun. Erst aus der Nähe wird sein breiter Brustkasten sichtbar.

Im Stall vor der Rennbahn ist es ruhig. Zwei Reihen Pferdeboxen, ein Duschplatz, über der Tür ein Monitor, eine schräge Bahn Sonnenlicht, in der Staubpartikel tanzen. Der Mann kennt das. Alle Rennställe der Welt gleichen sich.

Nur in einer Box stampft ein Huf auf den Beton. Er geht heran und schaut durch die Gitterstäbe. Das Pferd in der Box erstarrt. Es ist eine Stute, braun, ohne Abzeichen, zierlich, relativ hoch gebaut. Breite Brust, viel Platz für die Lungen. Sie erinnert ihn an den Hengst, mit dem er so viele Rennen gewonnen hat und den er zurücklassen musste. Die Stute hat Angst, so wie sie den Schweif einklemmt und das Weiße im Auge zeigt.

Er tastet in der Tasche seines Anoraks, findet ein Stückchen Silberpapier, Reste einer Kaugummiverpackung, und öffnet sachte die Boxentür. Vier Pferdebeine staksen rückwärts zur Wand. Der kleine Mann zwirbelt das Stanniol zwischen seinen Fingern. Er spürt, wie die Stute wittert, macht eine Pause, dann lässt er das Papierchen wieder knistern und glänzen. Die Stute spitzt die Ohren, zuckt wieder zurück. Geduldig lockt er sie weiter. Jetzt kann sie nicht mehr widerstehen und macht den Hals lang. Schon steht er neben ihr, tätschelt ihr die

Flanke. Die Finger der rechten Hand prüfen die Ganaschenweite, dann schmeicheln sie sich über ihre grauen Lefzen, die Stute klappt das Maul auf. Schiefhalsig und schielend zeigt sie die Innenfläche ihrer Zähne.

Als sich die Stalltür öffnet, hat der kleine Mann die Box schon wieder verlassen und steht auf der betonierten Gasse, als wäre er ein verirrter Gast. »Servus«, sagt er zu den zwei eintretenden Männern, von denen einer einen Sulky schiebt.

»Sssvas.«

Der kleine Mann sammelt sich. »Du!«, sagt er zu dem Sulkyschieber.

»Was?«

»Ich Pferdmann.«

Keine Reaktion.

»Such Arbeit. Gibt da?«

Der Angesprochene schüttelt den Kopf und erwidert die Frage mit einem langen, lautreichen Wort. »KammadnsschovoSibiriendaheaweganaarbat.«

Den Lautwurm hat der kleine Mann nicht verstanden, das Kopfschütteln schon. Aus der Ruhe bringt es ihn nicht. Er zeigt auf die Stute. »Was is mit sie?«

»Isscho vorbei. De kummt weg.«

»Kamma kaufen?«

Die letzte Frage bringt Leben in den Begleiter des Sulkyschiebers. Er hebt den weißstoppeligen Kopf, formt die Fingerspitzen seiner rechten Hand zur Kralle und hält sie dem kleinen Mann ruckartig vor das Gesicht. »Sie wollen kaufen? Pferd kaufen? Dann Sie brauchen Züchter. Züch-ter. Sie verstehen? Ich kennen gute Züchter!« Die Kralle schnellt von unten nach oben, bei jeder Silbe wird die Stimme lauter. »Sie kommen mit mir, ich zeige Ihnen Züchter.«

Ein Gangster ist das nicht. Aber jemand, der Geld will. Der kleine Mann begreift, dass er einen Fehler gemacht hat. Er wird sondieren müssen und verhandeln. Er braucht ein paar Wörter mehr.

Eins hat er gerade gelernt. »Züchter«, wiederholt er. »Dankschön. Servus.«

1. Geschmacksfragen

> *Der Versuch, ein streng logisch gegliedertes System*
> *in den Wortarten aufzustellen, ist überhaupt undurchführbar.*
> Hermann Paul, ›Prinzipien der Sprachgeschichte‹, 1920

HANDTASCHE ÜBER DER Schulter, einen Stapel Übungsblätter in der Hand, den Schreck von eben noch im Knochenmark hetzt Salli über den gebohnerten Flur des Instituts. Vor ihrem Klassenzimmer verharrt sie, streicht sich eine verirrte grauschwarze Haarsträhne hinter das Ohr, legt die Hand auf die Türklinke. Und jetzt einfach da hinein wie gestern und all die Tage davor? Im Moment könnte sie nicht einmal sagen, woraus genau ein Hauptsatz besteht, in ihrem Kopf herrscht eine Art Konfettiwirbel, aus dem einzelne Namen hervorblitzen, albern und unzusammenhängend wie Braunbär Bruno und Doktor Donnerstag. Es kommt Salli länger vor, in Wahrheit steht sie nur ein paar Sekunden vor dieser Tür – mehr braucht es nicht, bis gute Erziehung und die Gewohnheit vieler Jahre Nerv und Muskeln wieder kontrollieren, sie drückt die Klinke nach unten, die Tür geht auf.

Vierundzwanzig junge Leute aus Asien, Europa und den beiden Amerikas sitzen da und lächeln sie an, zutraulich, erwartungsvoll, bereit für ihre tägliche Dosis Deutsch. Langsam weicht der Druck von Salli. Von ihren Studenten hat sie schließlich noch keiner nach so etwas wie einem Titel gefragt; hier, im Klassenzimmer, kann sie den dummen Zettel vergessen, der heute in ihrem Fach lag, sie atmet aus, wird wieder, wer sie immer war: die Lehrerin Salli Sturm; zweiundfünfzig; unverheiratet und alleinstehend – wenn man absehen will von einer langjährig guten Beziehung zur deutschen Grammatik.

»So, meine Lieben!«, sagt sie. »Wie sieht es aus mit den Hausaufgaben? Magst du vorlesen, Josette?« Dabei nickt sie der jungen Frau in der zweiten Reihe zu. Alles ist, wie es immer war, Salli tut ihren Job.

Josette erhebt sich mit ihrem Heft, eine Brasilianerin mit dunkler Haut und herrlichem Kraushaar von der Struktur eines Scotch-Brite-Schwamms. Sie räuspert sich. »Mein Traumberuf.« Nochmaliges Räuspern. Dann beginnt sie: »Ich interessiere mich für das Berg. Deshalb ...«

»Berg«, unterbricht sie Salli. »Der, die oder das?«

»Die Berg?« In Josettes Blick schimmert der Zweifel.

Ein Finger schnellt nach oben. »Der Berg«, erklärt Jing, Studentin aus Beijing. »Aber wa-lum?« Jing ist ein As in Grammatik; stabil wie Stahlbrücken stehen ihre Sätze, jede Wortendung fräst sie sauber aus. Schriftlich. Beim Sprechen holen sie die Dämonen ihrer Muttersprache ein.

Der Berg. Ja, warum?

In dem holzgetäfelten Raum sitzen angehende Juristen, Astrophysiker, Opernsängerinnen, Ingenieure; es sind außergewöhnlich kluge junge Menschen, fleißig, höflich und nicht selten bieten sie einen angenehmen Anblick. Jetzt schauen sie ihre Lehrerin alle an wie ausgesetzte Kleinkinder.

Salli spürt, wie ihr Puls schneller geht. Fragen zum Satzbau, zur Herkunft von Wörtern, zum schillernden Gehalt ihrer möglichen Bedeutungen und Assoziationen wirken auf sie wie bei anderen Menschen vielleicht Schokolade, sie versorgen sie mit einer Art linguistischer Endorphine. In diesem Zustand ist ihr Geist endgültig zu beschäftigt, um noch weiter über ihr ältestes Ärgernis zu grübeln.

Und nun tauchen vor Sallis innerem Auge auch noch ihre Assistenten auf, ein Rudel schöner, wilder Tiere. Die Tiere sind sichtbar nur in ihrer Phantasie und stellen ihre höchstpersönliche Einordnung der Wortarten dar: Nomen als majestätisch große Elefanten, die Ketten bilden können, Rüssel an Schwanz (wie beim *Datenerhebungsfragebogen*); paradiesvogelartige Adjektive, die ihnen vorausflattern *(dringend, aktuell)*; Verben in Gestalt beweglicher Raubkatzen, viele von ihnen heiß darauf, sich auf ein wehrloses Objekt zu stürzen (wir *beißen, zerfetzen, verschmähen* dich), und die Präpositionen – reizende runde Igelchen, scheinbar harmlos und dennoch mit einer unerhörten Macht begabt: die Elefanten jedenfalls lassen sich brav (*ohne* jeden Mucks) von ihnen in einen interessanten Kasus pieksen.

Die Studenten warten gespannt. Auch wenn sie die Tiere um sie herum nicht sehen können, wissen sie, dass gleich eine Art Zirkusvorstellung beginnt.

»Also – warum ist der Tisch *der Tisch*?«, fragt Salli und bückt sich, als wollte sie nachsehen unter der Platte aus Pressspanholz. Nein, da hängen keine hölzernen Geschlechtsteile. Ein paar Studenten fangen an zu kichern.

»Warum ist der Berg maskulin?«, wiederholt sie die Frage. Sie macht eine kleine Pause, dann dreht sie die Handflächen nach außen. »Ich weiß es nicht!«, gesteht sie mit Unschuldsmiene.

Die Studenten lachen.

»Manchmal gibt es keine Regeln«, sagt Salli und an Josette gewandt: »Nimm den Plural. Ich interessiere mich für …?«

»Die Berg-en?«

Statt einer Antwort geht Salli zur Tafel und schreibt:
der Hund – die Hunde
der Berg – die Berge

»Ich interessiere mich für die Berge«, liest Josette erleichtert weiter. »Deshalb möchte ich Geologin werden. Aber ich fürchte mich ... von Gewitter ... für Gewitter ...?«

Mit zwei raschen Schritten ist Salli direkt vor Josette getreten. »Wo stehe ich? Vor dir, hinter dir, neben dir?«

»Vor mir.«

»Jawohl. Und jetzt ...« Salli hebt die Schultern, bläst ihre Backen auf und rollt drohend mit den Augen – eine böse Teufelin – »jetzt fürchtest du dich ... ?«

»...*vor* dir«, quiekt Josette, halb schaudernd, halb entzückt, »ich fürchte mich *vor* dem Gewitter ...«

Wieder hat Jing den Finger oben: »Ich habe einen Fehler gefunden. Auf einem Schild: *Warnung vor dem Hunde!* Wa-lum heißt es nicht *vor den Hunden*? *Hunde* ist doch Pu-lulal!« Sie deutet auf Sallis Tafelbild, ein bisschen schwitzt sie vor Stolz.

Salli überlegt. Was Jing anspricht, ist ein Kapitel, das tief in die Sprachgeschichte zurückreicht. Ihren Unterrichtsplan würde es außerdem durcheinanderbringen. Aber dass Jing (und mit ihr die ganze Klasse) diesen Holzweg einschlägt, kann sie nicht zulassen. »Nein«, sagt sie, »das ist kein Plural. Heute zeigen uns die Artikel die Fälle an, früher mussten die Nomen die Grammatikarbeit alleine machen. Ein *-e* am Ende war ein Signal für den Dativ. Heute ist das *e* nur noch in einigen Worten ...« – sie überlegt kurz, ob sie die Vokabel »versteinert« verwenden soll und verwirft den Gedanken wieder – »... noch da: *nach Hause* – das kennen wir, ja? Oder heißt es *nach Haus*? Was ist richtig?«

Vierundzwanzig Augenpaare. Zwei Dutzend Gläubige.

»Beides. Das eine ist neu, das andere der alte Dativ.«

Das Wort *richtig* hat Signalwirkung auf die Studenten. Sie zücken ihre Stifte und notieren die wertvolle Nachricht.

»Hast du auch ein Traumberuf?«, fragt Josette Salli, während sie sich wieder setzt.

In solchen Momenten schämt sich Salli. Wie alle ihre

Studenten geht Josette davon aus, dass Salli in ihrem Beruf überglücklich ist. Und das ist sie ja auch. Trotzdem fehlt etwas. Wenn Salli »Traumberuf« hört, dann stellt sie sich flüsterstille Bibliotheken vor, in denen sie zwischen Gelehrten sitzt, Bücher studierend und verfassend; Bücher, aus denen wieder zitiert wird von großen Linguisten; sie stellt sich Tagungen in Rom und Reykjavik vor; immer ist sie dabei umgeben von geistvollen, gütigen Männern und Frauen, denen die Sprache genauso am Herzen liegt wie ihr. Aber das sagt sie natürlich nicht. Sondern gibt ihre übliche Antwort: »Die Arbeit mit euch – das ist mein Traumberuf.«

»Das merken wir«, erklärt Josette strahlend und völlig fehlerfrei.

Salli lächelt zurück, während sie Übungsblätter zur Satzbildung austeilt. Immerhin hatte sie eine Antwort parat. Nächste Woche heißt das Aufsatzthema *Traumpartner*. Wenn da einer auf die Idee käme, sie nach ihrem *Traummann* zu fragen ... Doch Salli kann davon ausgehen, dass ihre Schüler für eine so heikle Frage zu taktvoll sind.

Die Studenten beugen sich über ihre Aufgaben *(Ich liebe – dich oder dir? Ich gratuliere – Sie oder Ihnen?)*, während Salli durch die Reihen geht, hier ein falsches Genus verbessert, dort einen Artikel einfügen hilft. Neben ihr schleichen die Ozelote und Panther durch den Raum, lautlos, mit peitschenden Schweifen, Salli scheint es, als könne sie ihren Fleischfresseratem riechen.

Vor dreißig Jahren hat Salli Germanistik studiert. Sie hat das Nibelungenlied im mittelhochdeutschen Original gelesen, Goethes ›Wahlverwandtschaften‹ und Brechts ›Mackie Messer‹ interpretiert. Als sie viel später dann begann, Deutsch als Fremdsprache zu unterrichten, musste sie feststellen, dass nichts davon ihr half, die komplizierte deutsche Grammatik an Menschen weiterzugeben, deren Sprache kein *der, die, das* kennt, die Satzkonstruktionen gewohnt sind wie *Ich nicht das verstehe* und sich Vergangenheit und Zukunft anders zusammenreimen, als die deutsche Sprache das tut. Nächtelang saß sie damals über Lehrbüchern und Kompendien.

Bis ihr auf einmal – magischer Moment! – im Schein ihrer grünen Leselampe die Wortart-Tiere erschienen. Auch Bären waren da noch vertreten, doch sie blieben ihr nicht lange, denn zu jener Zeit überstürzten sich plötzlich die Ereignisse: Ein echter Braunbär namens Bruno wurde gesucht in Bayern und Österreich; Professor Sturm, Lehrstuhlinhaber für Forstwissenschaft, Sallis Vater und Zentrum in ihrem Leben, regte sich auf. Er war daran gewöhnt, dass man auf seine Stimme hörte, er telefonierte mit dem Vorsitzenden des Landesjagdverbandes, mit der Sekretärin vom Bund für Naturschutz, mit dem Dekan der Veterinärmedizinischen Fakultät.

Nichts davon nützte etwas. Bruno, der Bär, wurde erschossen am Spitzingsee, Enzo Sturm erlitt einen Herzinfarkt und starb gleich darauf. Salli begrub ihren Vater, verkaufte sein Haus im Bayerischen Wald, sie vertrieb die Bären für immer aus ihrer Menagerie und ersetzte sie durch Elefanten.

»Gut«, sagt Salli nach einer mit Dativ und Akkusativ gefüllten Stunde, »nach der Pause geht es weiter mit … ja, bitte?« Diego Rojas, ein Student aus Peru, der den Unterricht meist passiv und mit Leidensmiene hinnimmt, hat sich gemeldet.

»Die Liebe …«

Ein Gongschlag kündigt die Pause an. Als würde ihnen nach jahrelangem Kerker die Tür in die Freiheit geöffnet, lassen die Studenten die Stifte fallen.

»Ja, Diego?«

»Sie ha gesagt … gesagt … ehm … *e* an Ende … is Dativ …«

Salli ignoriert die falsche Anredeform. »Ja?«

»Ich woll … wolle fragen: Is Liebe immer in Dativ?«

Warnung vor dem Hunde!, denkt Salli schuldbewusst. Wenn sie Jings Frage abgewürgt hätte, wäre dieser Wildwuchs in Diegos Kopf nicht entstanden. Nun wirbeln darin unverstandene grammatikalische Kategorien und harmlose Endungen wild durcheinander, und sein Halt ist ein neu entstandener Glaube an einen ewigen, grundsätzlichen Dativ für Nomen mit der Endung *e*.

Salli wirft einen Blick auf die Wanduhr, die Pause hat vor zwei Minuten begonnen. Die meisten Studenten haben sich halb von den Sitzen erhoben und flehen sie mit Blicken an. Wie Sprinter vor dem Lauf, die auf den Startschuss lauern.

Auf ihr Nicken hin setzt der Exodus ein. Mit dem Handy am Ohr drängen sie zum Ausgang, vielsprachiges Plappern hebt an, alle drängt es zum Kaffeeautomaten und in den Hof, wo die Sonne scheint, wo man rauchen kann. Salli denkt an Anselm Donnerstag, der jetzt mit Kaffee im Lehrerzimmer auf sie wartet. Gut, sie hat noch das Mittagessen mit ihm. Bei einem Vietnamesen, von dem er sehr überzeugt ist. Und eine Stunde wird genügen, um ihm von dem Vorhaben zu erzählen, das seit Tagen in ihr brennt. Im Dozentenzimmer zwischen all den Kollegen möchte sie ohnehin nicht darüber sprechen. Sie verdrängt alle weiteren Gedanken an Kaffee, Kuchen, Anselm, geht zu Diegos Bank und setzt sich neben ihn.

»Ich erkläre es dir.«

Nicht alle Studenten haben den Raum verlassen. Jing ist noch da und zieht sofort an die andere Seite der Lehrerin. Neben sie drückt sich Seung-Uk in die Reihe, ein Koreaner, der im Unterricht nur auf Aufforderung spricht. Er hat ein Heft mitgebracht, Salli sieht die Fragezeichen auf dem Papier leuchten.

»Na? Was sagst du?«, erkundigt sich Anselm. »Ist das authentisch?« Ein kleiner Triumph bebt in seiner Stimme.

Salli lässt den Blick durch den Raum schweifen. An den Wänden Bambusfächer und schön gerahmte Fotos mit radelnden Vietnamesinnen; auf den Tischen Wassergläser, aus denen Madonnenlilien ragen, blass und poetisch. Salli weiß, wie wichtig Stilfragen für Anselm sind. Guter Geschmack besitzt für ihn einen Stellenwert, den in früheren Zeiten vielleicht die Religion innehatte.

Na ja, ganz in Ordnung, denkt sie. »Wunderbar!«, sagt sie, »es ist ...«

»Nicht wahr?«, strahlt Anselm, »finde ich auch.«

In Wirklichkeit ist es Salli gleichgültig, wo sie ihren Lunch einnimmt, solange ihr dieser Kollege gegenübersitzt. Es ist lange her, dass der Anblick eines Mannes sie so vollkommen eingenommen hat. Volles Haar, sportliche Kinnlade, schmale Nase. Strahlend wirkt er, wie ein gut ausgeschlafener Erzengel. Und wie er sich kleidet: Jeans, schlichtes, dunkles Shirt, ein kleiner goldener Siegelring – perfekt. Der edlen Verpackung entsprechen ein Kopf voller Bildung und eine glänzende Laufbahn als Akademiker: Das halbe Leben lang war Dr. Anselm Donnerstag als DAAD-Lektor an den interessantesten Unis der Welt: Rom, Sidney, Tokio. Vor neun Monaten ist er nach Deutschland und an seine alte Wirkungsstätte, Sallis Institut, zurückgekehrt, was in dem stark frauenlastigen Kollegium zu einiger Aufregung geführt hat.

Anselm ist fünfzig, gerade mal zwei Jahre jünger als Salli. Und als hätte eine gute Fee ihn mit ihrem Zauberstab berührt, scheint aktuell keine Frau an seiner Seite zu sein. Wie das? Salli weiß es nicht. Aber warum *der Berg* maskulin ist, weiß man ja auch nicht.

Eines allerdings weiß sie: Für das Vorhaben, das ihr seit Wochen durch den Kopf geht, ist Anselm der richtige Mann.

»Würdest du mir dein Ohr leihen?«, fragt Salli. »Ganz kurz nur, du kriegst es gleich zurück.«

»Welches willst du?« Anselm zwinkert ihr zu. »Das linke oder das rechte?«

»Das akademische.«

»Ich hätte auch eins für persönlichere Fragen – bei Bedarf.«

Innerlich zuckt Salli zusammen. Will er flirten? Mit ihr? Nein, das kann nicht sein. Überhaupt ist dies hier eine Art Arbeitsessen, ruft sie sich selbst zur Ordnung.

»Also, es geht um Folgendes.« Sie greift sich die Serviette und dreht sie zusammen. »Kurz gesagt ... ich dachte ... ich würde ...«

»Salli!« Lächelnd legt Anselm seine braune Hand auf ihre weiße und tätschelt sie kurz. »Nun sag schon. Ich bin auf alles gefasst.«

Salli lässt die Serviette los. Mit betont sachlicher Stimme fragt sie: »Glaubst du, dass jemand wie ich veröffentlichen kann? In Fachzeitschriften, meine ich.«

Anselm reibt sich das Kinn und blickt in die Tiefe des Lokals. »Mhm. Veröffentlichen. Okay. Zur Sprachwissenschaft, nehme ich an.«

»Von Bergbau verstehe ich leider nichts«, sagt Salli und lächelt gequält. Anselms Zögern ist eigentlich Antwort genug. Also doch keine gute Idee.

»Na dann«, sagt Anselm und stützt die Ellbogen auf den Tisch, »was hält dich davon ab?«

»Du bist lustig! Ich habe doch nichts vorzuweisen, keine wissenschaftlichen Meriten wie du. *Erstes Staatsexamen* – das ist überhaupt kein richtiger Titel! Ich bin halt der Lehrer Lämpel, ein Frontschwein, sonst nichts.«

Aus dem Nichts ist der Kellner aufgetaucht, ein schmaler Junge mit einem Elfenlächeln. »Zum Tulinken?«

»Wasser«, bestellt Anselm, »und zum Essen die Nummer dreizehn, wie immer.«

»Was ist das?«, fragt Salli, die bisher noch keinen Blick in die Karte geworfen hat.

»Eine Glücksspeise, köstlich, ich kann sie empfehlen.«

»Dann für mich das Gleiche«, sagt Salli an den Kellner gewandt.

»Ssweima die Duleissee«, flötet der Junge und entschwebt mit seinem Lächeln.

»Um welches Thema soll es denn gehen?«, nimmt Anselm das Gespräch wieder auf.

»Das ist es eben.« Salli ergreift eins der Essstäbchen, die auf dem Tisch liegen, und zieht damit Rillen durch das Tischtuch. »Da brauche ich dein Urteil. Weil es so aus der Praxis geboren ist, verstehst du?«

»Das Thema?«, erinnert Anselm sacht.

»Es geht um *ah* und *oh*.«

»Ah und oh?«

»Schau nicht so! Ich meine es ernst. Weil ich mir gedacht habe ... Oder warte mal –« Salli stockt. Wie soll sie Anselm erklären, warum dieses Thema sie so fesselt? »Was machst du, wenn Nullanfänger reden sollen? Wie beginnst du ein Gespräch? Mit Namen, die jeder kennt, nicht wahr? *Berlin*, *Michael Jackson*, *Coca Cola* ...«

»... Universalia«, nickt Anselm. »Immer gut, damit die erste Barriere überwunden wird.«

»Ja«, sagt Salli, erleichtert darüber, dass der lateinische Begriff, mit dem sich ihr Einfall adeln lässt, aus seinem Mund kommt. »Und eben gegen solche Barrieren ...«

»Hallo!«, unterbricht sie eine rauchig klingende weibliche Stimme, »darf ich mich dazusetzen? Oder wollt ihr unter euch bleiben?«

Kollegin Barbara Müller, eine stattliche Dame in Sallis

Alter, zeigt auf den freien Stuhl neben Anselm. Leise klackt der elfenbeinerne Reif an ihrem Handgelenk gegen den Tisch, als sie sich niederlässt.

»Nur zu«, gestattet Anselm mit Verspätung, doch aufrichtig erfreut.

»Klar«, sagt Salli, deren Begeisterung nicht ganz so von Herzen kommt.

Noch vor wenigen Monaten hätte sie sich mit ihrem Problem zuerst an Barbara gewandt. Barbara Müller ist eine kluge Frau, gebildet, integer, sie hat eine interessante Dissertation geschrieben zur Verbvalenz; jahrelang hat Salli sie als ihre Vertraute betrachtet, nicht nur in beruflichen Fragen. Aber seit Anselm Donnerstag das Kollegium bereichert, hat sich etwas verändert zwischen ihnen. Barbara neigte seit jeher zum Kritikastern, inzwischen legt sie jedes Wort auf die Goldwaage, speziell, wenn es aus Sallis Mund kommt. Vibrationen sind entstanden zwischen den beiden Frauen, winzige Schwingungen der Besserwisserei, die die alte Harmonie nicht mehr aufkommen lassen wollen.

»Ich hab euch unterbrochen?« Es ist eher Feststellung als Frage.

Anselm sieht zu Salli.

Die schüttelt den Kopf: »Nichts Wichtiges.«

Der Knabe mit dem Elfengesicht schwebt heran, eine Platte auf der Hand balancierend, die er zwischen Anselm und Salli auf den Tisch stellt. Zehn schlanke Röllchen. Unter der dünnen Hülle aus Reispapier schimmert grün-rot gemasert eine geheimnisvolle Füllung.

»Was habt ihr da Schönes?«, fragt Barbara.

»Ich weiß es auch nicht«, sagt Salli.

»Guckt in die Karte«, fordert Anselm sie mit unterdrücktem Glucksen auf, »Nummer dreizehn.«

Barbara liest laut: »Gekacktes Rindfleisch in Reispapier«

und beginnt gleichfalls zu glucksen. Während sich in Salli Widerwille regt. Beunruhigt schaut sie zu dem jungen Vietnamesen. Hat er verstanden, dass das Amüsement ihm und seiner Karte gilt?

Der Junge lächelt geduldig weiter. »Sssie wü-inschen?«

»Einen Kaffee, bitte«, sagt Barbara mit zuckenden Mundwinkeln.

»Komm so-foa.«

»Immer noch Appetit?«, fragt Barbara unschuldig, im gleichen Moment kann sie nicht mehr an sich halten, beugt sich vornüber und platzt vor Lachen.

Stetig weiter lächelnd entfernt sich der Kellner. Entweder hat er nichts verstanden oder er lässt sich nichts anmerken.

»Das ist ein Verschreiber, mein Gott!«, sagt Salli. »Wenn er zurückkommt, sage ich ihm, dass es *gehackt* heißen muss!«

»Auf keinen Fall!«, protestiert Anselm. »Ich liebe solche Fehlleistungen, ich sammle sie. Wollt ihr mein neuestes Fundstück sehen?« Er kramt in seiner Tasche.

»Glaubst du wirklich, der Kellner hier interessiert sich für deine Korrekturen?«, fragt Barbara in Sallis Richtung und lächelt maliziös, während Anselm eine zusammengefaltete Zeitung auf den Tisch legt und glatt streicht. Auf einer Seite voller Kleinanzeigen liest Salli: *Brauche ich Lehrer für Deutsch. Bitte anrufen mir.* Darunter eine Mobilfunknummer.

Eigentlich findet Salli es tröstlich zu wissen, dass es Leute gibt, die nach solch seltsamen Vögeln wie einem Sprachlehrer fragen. Auch wenn sie nicht auf Privatunterricht angewiesen ist mit ihrer festen Stelle. Sie lächelt Anselm an. »Immerhin einer mit Lernwillen!«

»Liebe Salli, dein Optimismus in Ehren«, verfügt Barbara, »bei unseren Studenten mag er angebracht sein, aber der gute Mann hier ... !«

»Es käme auf einen Versuch an«, sagt Salli, der Ausdrücke

wie *guter Mann* verhasst sind. Noch etwas irritiert sie: Barbara sieht sich selbst politisch als der äußersten Linken zugehörig an. Alle möglichen Unterschriftenlisten, die im Lehrerzimmer aushängen, gehen auf sie zurück: gegen Robbenschlachten, gegen Beteiligung der Bundeswehr in Afghanistan, gegen Kopftuchverbote. Freiheit, Gleichheit, Brüderlichkeit sind ihr Gebiet. Eigentlich müsste Barbara Sallis Text sprechen.

»Es gibt Versuche, die sind zum Scheitern verurteilt, und wir wissen, warum!« Barbara nimmt ihren Kaffee entgegen. Sie hat zu Ende gelacht und zu einem Tonfall liebenswerter Weisheit zurückgefunden. »Wenn sich einmal Fossilierungen gebildet haben, wenn jemand längere Zeit mit seinen Fehlern ...«

»Ich weiß, was Fossilierungen sind«, erklärt Salli heftiger, als sie vorhatte, »trotzdem sage ich dir: Jeder kann Deutsch lernen!«

Barbara kräuselt die roten Lippen: »Jeder?«

Noch während sie nach einer Antwort sucht, ist Diego Rojas vor Sallis geistigem Auge aufgetaucht und erkundigt sich kummervollen Blicks danach, ob *Liebe immer Dativ* ist. Aber Salli hat keine Lust, sich Barbara oder der eigenen Erfahrung zu beugen. »Jeder!«, sagt sie angriffslustig und spießt ein Stäbchen in ihre Glücksrolle. »Gebt mir einen wie den Kellner da – in sechs Monaten ist er fit im Deutschen.«

»Gewagt, gewagt«, sagt Anselm, »aber wenn jemand so was schafft, dann bist du es, Salli – und natürlich unsere Frau Dr. Müller.« Er zieht zwei Lilien aus der Vase, zerreißt sein Zeitungsblatt, wickelt die Stiele in die beiden Hälften und reicht jeder Dame galant eine Blume. Dann macht er sich über seine Reispapierrolle her.

»Oh«, sagt Barbara überrascht. »Man dankt.«

»Ah«, sagt Salli und legt einen bittenden Ton in die Silbe, aber Anselm scheint nichts zu bemerken.

Der Kellner nähert sich. »Hat Sie geschmeckt?«, fragt er.

»Welche von beiden?« Augenzwinkernd blickt Anselm von Barbara zu Salli.

Dieses Mal ist es Barbara, die den Kopf schüttelt. »Lieber Donnerstag – wir wollen es nicht übertreiben!«

Die Fotogalerie im Raum zeigt das Kollegium vor fünfzehn Jahren. Während sie den Konferenzsaal betritt, nimmt Salli flüchtig ihr Bildnis wahr – eine Wolke dunkles Haar, schmales, weißes Gesicht –, dann schwenkt ihr Blick zu den Kollegen von heute: einige korrigieren; die anderen schwatzen in kleinen Grüppchen; Radetzki schläft, den Kopf auf die Arme gebettet.

Seit seiner Inthronisation haben die Lehrer ihren neuen Chef noch nicht oft gesehen. Wenn Herr Dr. Taubert nicht außer Haus ist, verschanzt er sich in seinem Büro hinter zwei dicken Türen. Aus Hochmut, sagen die einen. Schüchternheit, behaupten die anderen. Ein paar Modernisierungen hat es unter ihm gegeben: Sein Büro wurde neu möbliert, die Räume bekamen klangvolle Namen, die Salli albern findet: *Meetingroom, Lobby, Lounge*. Und er hat das Verbot ausgesprochen, Haustiere ins Institut zu bringen. Das findet ihren Beifall. Jahrelang hatte Kollege Radetzki seinen keuchenden, stinkenden Dackel neben dem Kopierer in einem Weidenkörbchen gelagert. So sehr Salli ihre Phantasiebestien liebt – zu lebenden Tieren hat sie ein ungutes Verhältnis. Sie traute sich kaum zu fotokopieren, wenn der Hund mit glimmenden Augen zu ihr hochschaute, die Reißerchen entblößt.

Die Tür öffnet sich; wie auf einen unhörbaren Trompetenstoß ändert sich die Szenerie: die Schwätzer verstummen, Rotstifte werden beiseite gelegt, Radetzki rappelt sich hoch – Dr. Taubert, der Direktor des Instituts, ein langer Mann mit blauen Wangen, betritt den Raum, gefolgt von der Sekretärin

Inge Weich. Sie trägt eine Aktentasche, den Kopf schief gelegt, als schleppe sie einen Sack voll Wackersteine. Aber es sind nur die Unterlagen für das heutige Thema, das eine Stunde der Langeweile garantiert: *Wirtschaftsplan* – Allmächtiger! Salli überlegt, wie sie sich unauffällig an der Stuhllehne festschnallen kann, um nicht nach vorne in Schlaf zu sinken.

Während die Sekretärin die Folien auspackt und den Projektor anstöpselt, öffnet Kollege Dobisch sein Schreibmäppchen, holt einen goldenen Füllhalter heraus, schraubt ihn auf und zückt ein Blatt Papier. Dobisch ist Wortführer der Gemeinde, die dem neuen Chef Arroganz zur Last legt. Bei jeder Sitzung führt er ein persönliches Protokoll, das niemand zu Gesicht bekommt. *Für seine Akten*, wie er sagt.

Der Direktor begrüßt die Anwesenden mit leiser Stimme, legt die erste Folie auf – Ausdruck einer Excel-Datei voller Zahlen – und beginnt seine Erläuterungen, wobei er einzelne Laute verschleift: »Wie s sehen ist … positive Erge-nisse … s-nächst … in der Jahr-smitte …« Die nächste Folie zeigt eine Statistik in Balkenform, gefolgt von einem vielfarbigen Tortendiagramm. Salli seufzt unhörbar.

Noch eine Folie, weitere Zahlen. Salli versucht, konzentriert zu wirken, während ihre Gedanken abschweifen zu ihrem Projekt. Sie braucht einen Fragebogen für die Studenten. Mit Gefühlsausdrücken. Ekel etwa. Was äußere ich bei Ekel – *pfui*? *bäh*? Bei Schmerz – *aua*. Oder? Und bei Freude? Was schreit der Perser, Japaner, Pole? *Ah*? Oder *oh*? »… Einbrüche b-sonn-ss in Wintermonat-n …«, singsangt Taubert; Salli gönnt sich einen Blick auf Anselm, der mit entspanntem Gesicht neben ihr sitzt, die Fingerspitzen beider Hände leicht aneinandergelegt. Es sind perfekte Hände: kräftig, unbehaart, mit spatelförmigen Fingern und durchsichtigen, viereckigen Nägeln. »… was im Jahr-sv-lauf Entlass-ngen unumgänglich machen wird.«

Taubert lehnt sich zurück. Er hat gesprochen. Durch die Kollegenschar geht ein Schauder, als ströme mitten im Juni Winterluft durch die geöffneten Fenster. Hat er *Entlassungen* gesagt? Entsetzt schaut Salli zu Anselm.

Barbara Müller ist die Erste, die sich fasst. »Wie aussagekräftig sind diese Zahlen? Ich meine, wir wissen doch alle, wie manipulierbar Statistiken sein können!«

Manipulierbar! Noch einmal fahren die Kollegen zusammen. Darf man so mit dem Chef sprechen? Dr. Barbara Müller ist die Betriebslinke, das wissen alle. Aber trotzdem! Oder gerade deshalb! Eifrig kritzelt Dobischs Stift.

Taubert legt eine Folie auf mit Namen und Adresse eines Wirtschaftsprüfers. »Sie könn- selbstv-ständlich überprüf-n ...«

»Haben wir einen Sozialplan für solche Fälle?« Barbaras Stimme klingt immer noch kämpferisch, dennoch dreht sie schon an der Kurbel, mit der die weißen Fahnen aufgezogen werden: Sozialplan. Für die Entlassenen. Einunddreißig Gesichter wenden sich dem Kollegen Radetzki zu, der in stumpfer Zufriedenheit in seinem Stuhl lagert. Er merkt es, sieht sich um und rappelt sich hoch. Radetzki ist der Dienstälteste, nächstes Jahr geht er in Pension. Praktisch seit seinem Arbeitsantritt ist er der Betriebsrat im Haus. Seine frühen Taten sind legendär: Verträge für Festanstellungen, saftige Gehaltserhöhungen. Das war vor dreißig Jahren. Seither bestehen seine Aktivitäten in der Initiierung von Grußpostkarten für Kollegen, die Geburtstag feiern oder sich länger im Krankenstand befinden.

»Ich – äh – ich muss das überprüfen«, bekennt er schuldbewusst.

»Bitte.« Taubert nickt Dobisch zu, der die Hand gehoben hat.

Dobisch glättet sein Bärtchen. »Wir sollten nicht aus den Augen verlieren, dass Gelder in einer eventuellen – äh – Sozialkasse, nicht wahr – von den älteren Mitgliedern des Kollegiums – äh – erwirtschaftet wurden. Die auch *in praxi* sowie – äh – *de jure* Sonderrechte genießen, so dass das *Aporem*« – wie immer, wenn er ein schönes Fremdwort gefunden hat, macht Dobisch eine Pause und blickt sich triumphierend um – »einer Entlassung, die Älteren hier im Raume nicht – äh – *tangieren* dürfte.«

Salli kann kaum glauben, was sie da gehört hat: Aus den eigenen Reihen kommt schon der Vorschlag, wen es treffen soll und wen nicht? Aber ein Blick in Barbaras zornfunkelnde Augen bestätigt ihr, dass sie Dobisch richtig interpretiert hat.

»Du musst eine außerordentliche Betriebsversammlung einberufen, Josef!«, kommandiert Barbara.

Doch noch während Josef Radetzki nickt, noch während Barbara Müller ihr Kampfkinn vorschiebt, begreift Salli, dass die Schlacht gerade verloren wird. Denn wie von unsichtbaren Fäden gezogen, drehen die Männer und Frauen im Raum nun einer nach dem andern das Gesicht der Kollegin Gesine Renz zu. Die zieht ihre vom Schwimmen gekräftigten Schultern nach vorne. Gesine ist die Jüngste unter ihnen.

»Ich glaubs immer noch nicht. Dass keiner von uns etwas gesagt hat!« Bei jedem Wort atmet Salli heftiger ein.

»Es war der Schock«, begütigt Anselm. Sie stehen am Eingang zur U-Bahn, mit der Anselm nach Hause fahren wird.

»Trotzdem! Hast du Gesines Gesicht gesehen am Schluss? Sie denkt, sie wird gefeuert und keinen von uns interessiert es.«

»Dass es die Jüngeren sind, die gehen sollen, hat Dobisch gesagt, nicht Taubert«, erinnert Anselm sie.

»Aber er hat recht, oder? Für Ältere gibt es doch so was wie Kündigungsschutz?« Noch während sie spricht, merkt Salli, dass sie – auf eine natürlich sachliche, keineswegs egozentrische Art – die widerlichen Gedanken von Dobisch als Schutzschild gegen die eigenen Ängste benützt. Anselms Antwort macht diesen Gedanken noch quälender, weil sie mit jedem Wort spürt, wie bange ihr jetzt wirklich wird.

»Da wäre ich mir nicht so sicher. Erst mal liegt alles an Taubert. Wenn er dich oder mich für entbehrlicher hält als einen anderen, sind eben wir dran. Kündigungsschutz? Er muss nur *betriebsbedingt* dazuschreiben, dann geht vieles. Und für alle Fälle gibt's die Abmahnungsmasche.«

»Welche Masche?« Salli stockt der Atem.

»Man vergibt eine Aufgabe, die unlösbar ist. Stell dir einen Sonderkurs vor: verwöhnte Prominentenkinder, die Party wollen statt Hausaufgaben. Aber ein Abschlussdiplom soll auch her. Was gibst du ihnen? Gute Noten? Schlechte Noten? Mit Unzufriedenheit kannst du auf alle Fälle rechnen: bei den Eltern oder bei den Schülern. Also auch mit Beschwerden. Dann kommt die erste Abmahnung. Das wiederholt sich zweimal – eins, zwei, drei –, bei der dritten Mahnung steckt die Kündigung mit im Umschlag.«

»Aber das geht nicht! Damit kommt niemand durch!«

»Täusch dich nicht! Es gibt Präzedenzfälle. Natürlich kommt es bei einem Streit auf den Richter an ... Aber weißt du, ich bin mir nicht mal sicher, ob Taubert wirklich auf Entlassungen aus ist ...«

»Worauf denn sonst? Du hast doch gerade erklärt ...« Salli reißt entsetzt die Augen auf. »Was meinst du? Sollen wir uns schon mal nach neuen Jobs umschauen?«

»Um Gottes willen, nein! Ich wollte dich nicht in Panik versetzen!« Mit schuldbewusstem Gesicht macht er den Arm lang und linst auf die Uhr. »Halb drei! Ich muss! Lass uns morgen einen Kaffee trinken, ja? Und beruhige dich, versprich es mir!«

Aber natürlich lassen die Sorgen Salli nicht los. Sie knirschen mit dem Wohnungsschlüssel im Schloss, sie flattern vor ihr durch die Garderobe bis in ihr sonnenbeschienenes kleines Wohn- und Arbeitszimmer. Wen will Taubert entlassen? Die Jüngeren? Die Alten? Was, wenn es sie trifft? Die Dozentin ohne Titel? Lagen deshalb heute diese Zettel in allen Fächern? *Zur Aktualisierung der Datenlage: Name ... Vorname ... Titel ...* Bei der letzten Rubrik werden neunzehn Kollegen einen schönen M. A. hinmalen, elf einen noch schöneren Dr. Radetzki und Salli sind die Einzigen, die ohne akademischen Dekor dastehen. Wie immer, wenn sie auf diesen Umstand gestoßen wird, hat Salli einen roten Kopf bekommen. Aber jetzt weicht ihr Ärger der nackten Angst. Wird dieser dumme Mangel nun auch noch zu ihrer Entlassung führen? Nein! Bitte nicht! Dass sie keine Studenten mehr unterrichten soll, kann sich Salli nicht vorstellen, aber was hilft das? Damit, dass ihr Vater von heute auf morgen sterben würde, hat sie auch nie gerechnet und es ist dennoch passiert. O vergängliche Welt! Anselms Lilie lässt auch schon den Kopf hängen.

Mit einem Seufzer streckt sich Salli nach einer Vase auf dem Küchenbüfett. Ihr Blick fällt auf das durchfeuchtete Stück Zeitung, in das Anselm den Stiel gewickelt hatte. Unter den Kleinanzeigen sticht der durch ein Ausrufezeichen am Rand markierte hilflose Aufruf hervor, den Anselm im Lokal gezeigt hat. Salli legt das Papier auf die Anrichte und versorgt endlich die Lilie mit Wasser. Dann geht sie zu ihrem Schreibtisch, wo die Arbeiten ihrer Studenten liegen: ihr Nachmittagsprogramm.

Eigentlich ist Salli ein pflichtbewusster Mensch. Als kleines Mädchen schon hatte sie am Telefon gesessen und in Blockbuchstaben die Nachrichten für ihren Vater notiert, den Papa, der so wichtig war, weil er einen Naturschutzpark aufbaute, mit Bürgermeistern verhandelte und sich um Luchse,

Wölfe und Bienen sorgte. Er brauchte eine Sekretärin und tatsächlich erwies sich die achtjährige Tochter darin tüchtiger als seine Gattin, eine lach- und tanzlustige Niederbayerin, die ihr – leider kurzes – Leben lang den Dialekt ebenso wenig überwand wie die Rechtschreibfehler. Und die Tochter? Salome hatte man sie getauft auf Wunsch des Vaters, denn das bedeutet *die Friedfertige*, und ein friedliches Wesen hatte er sich gewünscht. Er bekam es: Tadellos war diese Tochter, sehr geeignet zur persönlichen Dienerin, zumal sie nach ihrem Staatsexamen an der Uni das fällige Referendariat an einer staatlichen Realschule (und damit ihre weitere Karriere) sausen ließ, um auf seine Bitte hin bei ihm zu bleiben als seine private Schreibkraft, Chauffeuse, Telefonistin, Haushälterin und Köchin. Einmal allerdings, ganz zu Beginn, wäre sie ihm fast entwischt, als sich während ihres Studiums ein junger, lockenköpfiger Student der Ethologie für sie interessierte. Aber wie sähe wohl das Leben als Frau eines Ethologen aus, den es am Ende gelüstete, eine Affensippe in Uganda zu erforschen? Sehr ernsthaft bat ihr Vater sie, solche Fragen zu überdenken, und auf ihre Tränen hin verschloss er sich so sehr, dass Salli den Ethologen allein nach Leiden ziehen ließ, wo er sein Studium und Leben ohne sie fortsetzte. Man hätte fast von Wiederholung sprechen können, als sie zwölf Jahre später die Bekanntschaft eines Professors der Linguistik machte, der vom Lebensstil her gut zu ihr gepasst hätte, jedoch in Bremen lehrte. Weshalb Salli dieses Mal ihrem Vater nichts erzählte, sondern die Affäre beendete, bevor sich die Frage erneut stellte, ob sie wegen eines Mannes ihren Vater im Stich lassen würde. Tatsächlich fiel ihr der Abschied von dem ruhigen Professor leichter als von dem Ethologen seinerzeit.

So lebt also Salli bis heute nach einer präzisen inneren Stechuhr: unterrichten im Institut, korrigieren zu Hause, sehr selten mal ein Besuch, keine Partys, kein Exzess. Es ist ein Leben so korrekt wie das eines Standesbeamten.

Doch an manchen Tagen muss Salli dem Beamten in sich Urlaub genehmigen. Wie von einer unsichtbaren Leine gezogen, steuert sie nun den Schrank in ihrem Arbeitszimmer an, wo versteckt hinter Aktenordnern ihre Droge liegt – eine Sammlung von Kitschfilmen. Stapelweise DVDs mit grandiosen Personen auf dem Cover: Königinnen in großer Robe, edle Huren, verwegene Piraten. Wie jeder Süchtige weiß Salli Bescheid über die Schäden, die sie sich mit dem heimlich erworbenen Stoff antut: Die theatralischen Liebesschwüre bei Abendrot werden ihren Sinn für Realismus angreifen, die Schnulzenmusik ihren Musikgeschmack verderben. Aber manchmal nützt alles Wissen nichts, da ist *es* stärker als sie. Meist genügt eine schwache Dosis: Wenn die Kollegen vom Familienurlaub im Allgäu erzählen, bis Salli ihre Einsamkeit nicht mehr bestreiten kann, dann tut es die relativ kurze ›Love Story‹. Als Barbara Müller davon sprach, dass sie sich eventuell habilitieren würde, am Ende also als Professorin an der Uni herumstolzieren könnte, versetzte Salli sich eine volle Ladung ›Titanic‹ und am Tag nach der Beerdigung ihres Vaters hing sie fünfeinhalb Stunden lang vor der ›Sissi‹-Trilogie.

Und heute? ›Doktor Schiwago‹? Hatte der nicht auch – bedingt durch die Oktoberrevolution – so etwas wie berufliche Probleme? Dagegen sind die ihren doch Sandkörner, sagt Salli sich, während in ihrem Kopf die Fragen rotieren: Was, wenn sie ihre Arbeit verliert? Was passiert dann mit einer kleinen zweiundfünfzigjährigen Frau, die sich auf nichts versteht außer auf Grammatik? Die ihr Studium abgeschlossen hat mit dem *Ersten Staatsexamen*, einem Titel, der niemandem etwas sagt und demnächst wahrscheinlich aus der Universität verschwindet? Vor Sallis innerem Auge verwandelt sich die Pelzmütze, die das Haupt der schönen Lara auf dem Cover ziert, in eine rote Schirmkappe; Salli sieht sich damit in einer Fast-Food-Küche stehen und ölsprudelnde, stinkende Fleischklopse wenden. Der Verdienst wird nicht reichen, sie wird zusätzlich Zeitungen austragen, in blauen Nachtstunden mit einem Wägelchen durch die Straßen ziehen und Werbeprospekte in Briefschlitze stopfen. Eventuell könnte sie sich als Privatlehrerin verdingen. Die Anzeige in Anselms Zeitung fällt ihr ein.

Salli geht in die Küche, holt das wellig gewordene Stück Papier und platziert es auf den Stapel mit den Aufsätzen. Dann trifft sie ihre Vorbereitungen: Wie der Heroinsüchtige sich an einen abgeschiedenen Ort begibt, zieht sie die Vorhänge zu, stöpselt das Telefon aus und schließt die Wohnzimmertür zum Gang. Sollte irgendjemand zufällig vorbeikommen und läuten … ist niemand zu Hause. Nicht auszudenken, wenn ein Kollege mitbekäme, was die Frau Sturm sich da genehmigt. Dann legt sie die DVD ein und drückt auf Start.

Sonnenblumen, Schneelandschaften, Sehnsuchtsgeigen. Privatunterricht, denkt Salli, während berittene Revolutionäre im Galopp durch Birkenwälder fliegen. Die Alternative zur Fleischklopsproduktion. Privatunterricht bedeutet, einen einzelnen Menschen zu umtütteln, der nicht im Klassenverband lernen, sondern persönlich in die Fremdsprache hineingewiegt werden möchte. Der sich einen Privatlehrer leistet, weil er es gewohnt ist, dass Lakaien um ihn herumspringen, an denen er seine Launen auslassen kann. Der nach zwei Stunden genug hat, wenn er merkt, dass er selber arbeiten soll. Privatunterricht ist eine Kunst für sich. Bis sie entlassen wird, könnte sie sich darin schon mal üben.

»*Lara*«, sagt Omar Sharif. In seinen schwarzen Augen schimmert die Liebe. »*Juriy!*«, antwortet Laras deutsche Synchronstimme mit amerikanisch gesprochenem R. Ob der Mensch hinter der Anzeige für sein R die Zunge auch so am

Gaumen rollt? Oder lässt er es mexikanisch scharf tremolieren? Die Art, wie er seinen Satz gebaut hat, ist kein Hinweis auf Herkunft, deutsche Syntax ist für fast alle Sprecher fremder Zungen der gleiche Steinbruch.

Omar Sharif erleidet einen Herzinfarkt. Salli schnäuzt sich im Halbdunkel. Die Telefonnummer in der Anzeige ist eine Handy-Verbindung. Soll sie einfach *Hallo* sagen, wenn sich jemand meldet? Der letzte Balalaikaton verklingt, es ist vollkommen still im Zimmer. *Hallo* oder *Guten Tag*? Salli kann ihre Armbanduhr ticken hören. Oder *Entschuldigung, verwählt*? Irgendein Wort wird sie gleich brauchen, das steht fest.

Sergey

»MitdeKiahwarsleichter!«

Manche Wörter muss er nicht verstehen. Ohne in der Bewegung innezuhalten, sticht Sergey Dyck die Gabel in den großen Quader Pressstroh und hievt ihn auf den Schubkarren. Während der Bauer ihm, rotbackig und jammernd, weiter im Weg steht und von seinen Sorgen nicht mehr loskommen will.

»Undmeineunkosten! Deunkostenallerweil!«

Dass in Deutschland alles was kostet, weiß Sergey inzwischen. Wenn sie zu Hause Geld brauchten, haben sie ein Schaf verkauft oder ein Schwein. Hier muss er sich selber verkaufen, und sogar das ist schwierig. Vier Wochen hat es gedauert, bis er diesen Bauern gefunden hat. Der lässt ihn seinen Pferdestall ausmisten, ein Bett hat er ihm auch gegeben und Kartoffeln. Bloß Geld hat er bis jetzt keins rausgerückt.

»Undwannoansakolikgriagtundvarreckt?«

Kolik. Ah, davor hat er Angst. Der Bauer hatte früher Kühe. Hundertzwanzig Stück sind in seinem Stall gestanden, mit den Kühen hat er sich ausgekannt. Jetzt hat er umgestellt auf Rösser. Aber erst die Hälfte der schönen, neuen Boxen ist besetzt, der Bauer kommt aus dem Wehklagen nicht mehr heraus.

»Wasmachihn, wannoansakolikgriagt?«

Sergey stellt die Gabel auf den Boden und wischt sich einen Strohhalm aus dem schweißglänzenden Gesicht.

»Is verschieden«, sagt er langsam. »Mussma rumgehn mit die Gaul. Aber andere Sage gibt auch.«

»Wossogn andere?« Der Bauer spitzt die Ohren.
»Dass besser is nix gehn, besser Ruh lassen.«
»Undwosmochidann?«
Sergey zuckt die Achseln. »Gibt noch andere Frage.«
Der Bauer reckt den Kragen vor und hebt die Augenbrauen. Vielleicht hört er so besser.
»Is Frage, wann krieg i mein Geld.«
»As ... Göid!« Zwei Sekunden hat es schon gebraucht, aber jetzt hat er verstanden und kneift die Augen zusammen, bis sie klein sind wie zwei Kopeken. »Jetzt wartst no de Woch. Dann hamma ... dann kriagstas scho, dei Göid!« Vor lauter Empörung hat er langsam gesprochen.

Reiß i ihm a Hax aus, denkt Sergey auf Russisch – *nogi atarwu*. Fürs Brot reicht das Geld, auch für die Handyrechnung, aber wenn auf einmal die Stute doch noch zum Verkauf stehen sollte ...

Die Stute gehört dem Pummer, das hat er inzwischen herausgefunden. Der Pummer ist Züchter. Einen Rennstall hat er auch mit ein paar Fahrern, das sind lauter grobe Leute. Dass sich die Stute nicht einspannen lässt, sagen sie, von niemandem. Aber eher haben diese Deppen das junge Tier versaut beim Einfahren, er kann sie noch vor sich sehen mit ihrer Angst in den Augen. Erst hat es geheißen, dass der Pummer sie verkaufen will. An irgendeinen Dummen, am Ende sogar an den Metzger, es hilft ja nix, ein Pferd, das kein Geld einfährt, gehört in keinen Stall. Da hat er gleich gedacht, dass das seine Chance wird. Die Stute hat eine gute Abstammung, eine sehr gute sogar. Ihr Vater hat sechshunderttausend Dollar eingefahren, die Großmutter noch mehr. Sergey hat sich die Linien genau angeschaut. Das wäre schon was. Leider hat der Pummer sich auch an diese Linien erinnert. Jetzt will er die Stute decken lassen. Und schauen, ob sich später wenigstens der Nachwuchs vor einen Sulky spannen lässt. Dann ist es aus, dann kriegt Sergey sie nicht, dann wird sie jedes Jahr ein Fohlen werfen für den Pummer.

Außer sie nimmt nicht auf. Das ist auch möglich, dass eine Stute einfach nicht trächtig wird. So grausam, wie der Pummer seine Viecher hält ... Aber nein, mit dem Herz denken wie eine Frau – das wird er gar nicht erst anfangen. Solang der Bär nicht tot ist, was soll man da das Fell verteilen? Er muss warten, mehr kann er nicht tun.

»Undwosmochinachadbeianakolik?«, jammert der Bauer wieder los.

Sergey steht schon in der nächsten Box und zerteilt mit der Gabel den Strohballen in kleine Fetzen. »Rufst du Tierarzt«, sagt er und zuckt die Achseln. Er spürt etwas vibrieren in seiner Hosentasche, dann ertönt das Glockenspiel aus Tschaikowskys ›Nussknacker‹, das er sich als Klingelton ausgesucht hat.

»Bisderda aussafindt!«, greint der Bauer.

Sergey zieht sein Handy heraus, drückt auf den grünen Knopf und hält es sich ans Ohr. »Challo!«, sagt er laut. Es knackt und rauscht. Irgendjemand spricht. Eine Frauenstimme, fast nicht zu hören. »Challoo!«, schreit er lauter. Aber die Mauern im Stall sind zu dick, da kann der Funk wohl nicht durch. Er lehnt die Gabel an die gekalkte Wand und stapft, das Handy noch am Ohr, am Bauern vorbei nach draußen.

»Ja, hää!«, schreit der überrascht. »Desgähtfeinet, midmarbeitnaufhean!«

»*Tebje nogi atarwu*«, sagt Sergey, während er weitergeht: I reiß dir die Haxen aus.

Draußen vor dem Stalltor pfeift der Wind. Aber die Frauenstimme hört er jetzt wieder, wenn auch sehr leise. Was sie redet, hat er noch immer nicht verstanden. Hat sie *Hallo* gesagt?

»Challo!«, antwortet er würdevoll mit seinem Bass.

2. Am Ende des Weltes

Es ist gefährlich, dem Schüler vorzutäuschen,
er könne die Satzglieder beliebig durcheinander werfen ...
Die deutsche Wortfolge ist nicht »frei«, sondern denkbedingt.
Erich Drach, ›Grundgedanken der deutschen Satzlehre‹, 1940

AN EINEM ÜBEL verregneten Nachmittag im Juli kämpft Salli sich in ihrem blauen Golf durch ein unübersichtliches Netz von Ausfahrten und Kreisverkehrrondellen. Bei jeder neuen Abzweigung sagt sie sich, dass sie hier wenden und zurückfahren könnte. Denn womöglich ist schon der Start sinnlos geworden, sie weiß, dass sie sich verspäten wird. In München bereits hat sie sich verfahren und es erst nach einer Weile gemerkt. Sie hat gewendet, ist irgendwie auf die Autobahn geschlüpft, hat die hoffentlich richtige Ausfahrt genommen und fährt nun durch ein unbekanntes Land, schräg schraffiert vom Regen, mit Wiesen, die vor Feuchtigkeit zu schmatzen scheinen, und einer durch den Regen geahnten Linie zartblauer Berge am Horizont.

Das Auto hatte sie seinerzeit angeschafft, als ihr Vater beschlossen hatte, von München nach Passau zu ziehen, wo er seinem Naturschutzpark näher war, nun aber erst recht nach Sallis Diensten rufen musste. Sie ist immer nur diese Strecke München – Passau gefahren und fände sie auch heute noch im Schlaf. Nun aber hat sie seit Monaten nicht mehr am Steuer gesessen, in der Stadt geht sie zu Fuß oder nimmt die U-Bahn.

Je weiter Salli fährt, desto dichter wird der Regen, desto hörbarer rauscht unter den Reifen das Wasser. Ist sie diesmal richtig abgebogen? Nach der Autobahnausfahrt sechzehn Kilometer, Kreisverkehr, Holzkreuth, an der Kirche links, über einen Bahnübergang, so hat sie sich die Beschreibung notiert, dann rechts ab in einen Waldweg ...

Sie ist keineswegs sicher, ob sie verstanden hat, was ihr der Mann gestern am anderen Ende der Leitung erklären wollte. Erstens, weil sich seine Stimme mitten im Gespräch immer wieder in ein Hallen verwandelte, das klang, als wolle ein metallener Roboter Kontakt zu ihr aufnehmen. Zweitens, weil es gut möglich ist, dass sie seine Wortfetzen falsch interpretiert hat. Zwar hat Salli die Gabe, Bedeutungsreste noch aus den schwerst verstümmelten Sprachversuchen zu heben, die hilflose, doch kühne Studenten gerne wagen. Aber solche Äußerungen liegen entweder schriftlich vor – *im Zimmer nach dich es taumelt am Ende Zufriedenheit durch* – oder die Situation hilft bei der Decodierung: *Ich nix wisst wo Kaffeetrink und Schmeckerei*. Am Telefon aber stützt sie kein Kontext, nicht einmal ein Gesichtsausdruck, der deutlich macht, ob eine Nachfrage von Nutzen ist oder die Notfallsituation erst auslöst. So hat sie sich damit begnügen müssen, die wenigen verständlichen Ortsbezeichnungen und Zeitangaben zu notieren:

»Also nach Holzkreuth rein?«

»...«

»Hallo!«

»Holzkreuth ... chchchrrrschmmm ...«

»Rein? Nach Holzkreuth rein?«

»Mschrmlmmmpfiii ... ja!«

»Und dann?«

»Oberfing ... Inning ... dritte Weg rechts ...«

»Dritter Weg, ja – abbiegen? Rechts abbiegen?«

»Nein! ... Ja! Chrpfiiiii ...«
»Hallo! Hören Sie?«
»Rechts. Woaaalweg. Doann ...«
»Ja!?«
»... Durch Wald. Bis Schluooss.«
»Wie lange durch den Wald?«
»...«
»Wie viele Kilometer?!«
»Pffiiich ... vier Kiloaam ... Ende des Weltes ...«
Holzkreuth – Oberfing – Impfing, nicht Inning – wieso gibt es hier keine richtige Beschilderung? – dritter Waldweg nach rechts. Es wird düster, der Regen klatscht in dicken Tropfen herunter, unter den Reifen wölbt sich ein Waldboden voll Wurzeln. Während der Scheibenwischer knarrend Wasser zur Seite räumt und nasse Zweige gegen das Seitenfenster schlagen, schwört sich Salli, dass sie umdrehen und nach Hause fahren wird, sobald dieser Weg es zulässt.

Doch nach exakt drei Komma neun Kilometern weicht der Wald, ein großzügiges Areal öffnet sich, eine Art Parkplatz, sogar geteert, mit vier Autos darauf, ein imposantes Bauernhaus mit zwei Schornsteinen, Scheune, Stall. Unter den Fenstern Büschel von lackroten Geranien.

Während sie auf das Haus zugeht, sieht Salli auf die Uhr und registriert peinliche fünfundzwanzig Minuten Verspätung. Sie drückt auf den Klingelknopf, neben dem kein Namensschild angebracht ist. Augenblicklich ertönt schaurig heiseres Hundegebell.

Eine Frau öffnet und mustert sie misstrauisch.

»Guten Tag.« Salli hält sich die Kapuze ihres Anoraks vor der Kehle zusammen und hofft, dass sich zwischen dem Hund und ihr eine weitere Tür befindet. »Salome Sturm. Ich hatte angerufen ...«

Die Frau nickt und weist mit dem Finger zu den Stallungen.

»... Schtoi ... obe«, vernimmt Salli, nickt ihrerseits und macht sich auf den Weg, den ihr die Geste der Bäuerin nahelegt.

Wer Fremdsprachen lehrt, hat meist selbst einige gelernt. Sprachen lernen macht Spaß, bereichert das Leben, ordnet das Gehirn – so Sallis eigene Worte, wenn es um Deutsch oder Italienisch oder Chinesisch geht, jede Sprache hat Interesse verdient. Außer dem Dialekt ihrer unmittelbaren Umgebung. Angeblich hat sie als Kind selbst niederbairisch gesprochen, wie ihre aus Landshut stammende Mama. Aber Salli kann sich an diese Zeit gar nicht mehr recht erinnern. Wenn sie an ihre Kindheit zurückdenkt, hört sie den Papa. Der sprach Hochdeutsch. Weil er in Hannover studiert hatte, weil er Vorträge hielt vor Ministern und Professoren, weil er der Tochter eine gepflegte Sprache mitgeben wollte. Nur wenn er seine braven Waldarbeiter nach Hause einlud zu einem Speckbrettl mit Bier, damit sie ihm und dem Naturschutzpark treu blieben, dann wechselte er in ein Idiom, mit dem er Salli so fremd wurde, als hätte er sich ein Indianerkostüm übergezogen. Die Bäuerin sah gar nicht indianisch aus. Trotzdem hat Salli das Gefühl, dass sie unter den Wilden gelandet ist.

Vor dem Stallgebäude steht ein Traktor mit laufendem Motor, daneben, am Stalltor ein Mann. Als sie näher kommt, grüßt er. Anscheinend war der Gruß verbunden mit der Frage, ob sie gleich hergefunden hat.

»Problemlos«, lügt sie, verwirrt über die Anrede.

»Nochadfangmagleioo«, sagt der Mann. Gewinnend strahlt er über das regennasse Gesicht. »Kemmasmid, izoagseahna!«

Zeigen? Er hat doch von Zeigen gesprochen? Mit wachsender Unsicherheit stakst Salli neben ihm her zu einem lang hingezogenen Gebäude. Der Mann betätigt einen Schalter. Im nächsten Moment zuckt gleißendes Licht auf, das Gebäude und ein Sandplatz daneben baden in hellstem Schein.

»Fluudlicht«, kommentiert der Mann, zeigt auf das Gebäude und setzt hinzu: »Otto-Boden. Snaiestewosgibt!« Er breitet die Arme aus und sieht ihr ins Gesicht, offensichtlich erwartet er eine Geste der Anerkennung.

Salli, die es gewohnt ist, fremdländische Produkte zu bewundern (mit Knoblauch eingelegten koreanischen Kohl, albanische Pantöffelchen in Grün und Gold, einen fabrikneuen jordanischen Gebetsteppich mit aufgedruckter Kaaba), nickt so automatisch wie begriffslos, während ihr eine Ahnung sagt, dass hier aneinander vorbeigeredet wird. »Entschuldigung«, beginnt sie, doch der Mann strebt schon wieder weiter.

»Dosängsdboxn«, sagt er und geht voraus in den Stall.

Zwei Reihen vergitterte Abteile. Hinter einigen stehen riesige Rösser, ein braunes, zwei schwarze, ein weißes, das weiße in eine Decke eingepackt, die Salli an einen Rodelanzug erinnert. Die Tiere scheinen sie gewittert zu haben, sie reißen die Köpfe hoch.

Auch Salli wäre fast einen Schritt rückwärtsgegangen. »Entschuldigung«, sie nimmt neuen Anlauf, »ich suche jemanden, der Deutsch ...«, sie überlegt, wie viele Informationen sie preisgeben will und entschließt sich zu einem Wort, das ihr normalerweise unangenehm ist: »... einen *ausländischen* Herrn.« Mittlerweile ist sie fast sicher, dass diese fürchterliche Fahrt umsonst war, sie hat doch die falsche Abzweigung genommen und der Mann, mit dem sie telefoniert hat, erwartet sie woanders hinter einem anderen Holzkreuth.

»An Pfleger?«, fragt er ungläubig.

Pfleger? Ist sie im Krankenhaus?

»Sansiekoa Eyschtellerin?«

Eyschtelle ...? »Ich bin Dozentin«, erklärt Salli. »Für Sprachen«, setzt sie hinzu, der Gesichtsausdruck ihres Gesprächspartners legt ihr eine Erläuterung nahe.

Aber mehr muss sie nicht sagen. Das Leuchten im Gesicht ihres Gegenübers hat sich eben ausgeknipst. Er dreht den

Kopf und ruft die Stallgasse hinunter: »Du! Hää! Isfiadi!« Dann stopft er die Hände in die Hosentasche, schaut sie herausfordernd an und macht keine Anstalten zu gehen. Offenbar will er den zweiten Akt nicht verpassen.

Am Ende der Stallgasse steht eine Boxentür offen. Eine Mistkarre versperrt den Eingang. Von drinnen fliegen in raschem Takt schmierig verklebte Strohbündel und einzelne, glänzende Rossknödel hinein.

Salli versucht zu ignorieren, was sie riecht. »Hallo?«

Der Mistregen hört auf. Ein Mann steckt den Kopf aus der Box. Er ist klein, auf dem Schädel sitzt ihm schräg eine blaue Kappe. Das Gesicht glänzt vor Schweiß.

»Tut mir leid wegen der Verspätung. Mein Name ist Salli Sturm.«

Er lehnt seine Mistgabel gegen die Wand und zieht sich den rechten Arbeitshandschuh aus. »Sergey Dyck«, knurrt er mit todernster Miene, »sährr angenehm.« Über eine Karre voll tierischer Exkremente hinweg schütteln sie sich formell die Hand. Das braune Pferd, das sich bisher im Hintergrund der Box aufgehalten hat, beginnt Interesse zu zeigen und fährt einen langen, knochigen Schädel aus. Fast streift es dabei dem Mann die Kappe herunter.

»Ich hatte den Weg nicht gleich gefunden«, beginnt Salli erneut mit einem ängstlichen Blick auf das Pferd. Sie will dem Tier keinen Anlass zum Ärger bieten und kann nicht einordnen, wie es ihre Anwesenheit interpretiert.

»Ja dann«, sagt sie so munter wie möglich, »jetzt bin ich da. Wann hätten Sie denn Zeit, dass wir Ihren Unterricht besprechen?«

Noch weiter steckt das Pferd seinen Kopf heraus, es kräuselt die Oberlippe, darunter werden Zähne sichtbar, elfenbeinfarben und nicht ganz so lang wie Klaviertasten. Salli beugt den Oberkörper zurück. Selbst wenn das Vieh nicht beißt – es wäre schade, wenn es auf ihren hellgrauen Anorak sabbert.

Dyck drückt den Pferdekopf mit einer Hand beiseite. »Mach i diese alle Boxen no«, sagt er, sein Kinn weist die Gasse hinab. »Aber Sie kannt scho sprechen.« Dabei ergreift er seine Gabel und dreht sich um.

»Nein, nein. Sie müssen mir erst mal ein paar Fragen beantworten!« Wie sonst soll sie denn beurteilen, auf welchem Stand er sich befindet, wo seine Defizite liegen, wie seine Zielvorstellungen aussehen?

»Sagen Sie mir bitte, woher Sie kommen?«

»Russland.« Er spricht über die Schulter, während der Mistregen wieder einsetzt.

»Und Deutsch haben Sie wo gelernt?«

»Mit Oma. Dann auf Schule.«

»Wie lange?«

Er lässt die Gabel sinken und überlegt. »Zwei Jahr.«

»Als Kind. Und dann war Schluss?«

»Naa. In Deutschland wieder. In Lager.«

»Lager?«

»No, Lager halt. Für Aussiedler. Schaut aus wie Kaserne.«

»Okay, und jetzt möchten Sie ...«

Weiter kommt sie nicht, der Bauer hat genug von seiner Rolle als Publikum, er stampft herbei und mischt sich unter die Akteure mit einem Auftritt, dem Salli entnimmt, dass der Mann in der Box weiterarbeiten soll und dabei »firti wern, heint no!«

Halb schockiert, halb schuldbewusst will Salli den Grund ihrer Anwesenheit erklären, da blafft er sie auch noch an: »Lassns'ma den Mo in Ruah! Sunst druck I Eahna d'Gobe in d'Hand!«

»Was ...«, stammelt Salli und spürt, wie ihre Ohren glühen. Diesmal hat sie alles verstanden. Sie soll den Mann hier *in*

Ruhe lassen. Sonst drückt er ihr *die Gabel* in die Hand. Was fällt Ihnen ein!, möchte sie sagen und schämt sich gleich darauf. Wofür? *Sie* hat doch keinen Grund!

Dyck hat mit keiner Regung auf die Unverschämtheit des Bauern reagiert. Er holt einen Schlüssel aus seiner Hosentasche und hält ihn ihr hin. »Wartet Sie dachint auf mi. Komm i glei.«

Mit immer noch heißen Ohren geht Salli auf die Tür am Ende der Boxenreihe zu. Was fällt Ihnen ein!, wiederholt sie in stummer Empörung. Aber solche Grobheit ist sie nicht gewohnt. Eine passende Replik hat sie nicht parat. Nicht die kleinste Partikel.

Und nun sitzt sie seit gefühlten vierzig Minuten in der Kammer hinter der Tür, immer noch im Anorak, und der Ärger klopft in ihr. Nach dem Gebell dieses Grobians ist die Warterei hier die zweite Unverschämtheit. Freilich braucht der Mann, um dessentwillen sie die ganze Fahrt auf sich genommen hat, seine Zeit für all die schmutzigen Boxen. Aber warum sagt er dann, dass er »gleich« kommen wird, als läge das in seiner Hand? Soll sie aufstehen und gehen? Draußen pladdert immer noch der Regen. Wahrscheinlich ist der ganze Wald inzwischen aufgeweicht und sie versinkt auf der Rückfahrt mit ihrem Golf im Boden. Wahrscheinlich ist es egal, ob sie gleich aufbricht oder noch wartet. Nur der Ärger drängt sie: Geh! Und die gute Erziehung sagt: Bleib!

Als sie hereinkam, hat sie sich wie im Wartezimmer eines Arztes auf einen der zwei Stühle gesetzt und damit begonnen, die bis jetzt gesammelten Daten zu sortieren: Der Mann ist Russlanddeutscher, erwachsen, die Muttersprache dominiert in ihm, das merkt sie in der Aussprache – Schwierigkeiten mit dem H und wie er die kurzen Vokale in die Länge zieht: *koomen, Ruusland*. Dreimal hat er angefangen, Deutsch zu lernen. Das Ergebnis ist nicht unbeachtlich, was das passive Verstehen betrifft. Er hat kapiert, was sie sagte, obwohl sie ihre Sprechgeschwindigkeit nur wenig gebremst hat; sogar mit seinem oberbairisch blaffenden Dienstherrn scheint er semantisch klarzukommen. Er versteht Deutsch. Solange das Gespräch ums Alltagsleben kreist, schränkt sie ein. Sprechen? Auch das hat er gelernt, allerdings mit betrüblichem Ergebnis: Artikel kennt er keine, seine Verben taumeln durch ein selbst ausgedachtes Konjugationssystem und vor allem die Syntax liegt darnieder. Sergey Dyck ist es gewohnt, die deutschen Satzglieder auf eine eigenhändig gesponnene Schnur zu fädeln, wo nun das Verb am Satzanfang baumelt – *komm ich gleich* – und kurze Partikeln nach dicken Nomen – *mach ich die Boxen noch*. Was die Sache noch verschlimmert: Bei diesen Fehlern handelt es sich um Fossilierungen.

Salli kennt das Problem theoretisch: Es ist typisch für diese besondere Klientel. Man hat ein über die Jahrhunderte in der Diaspora erstarrtes, altertümliches Deutsch gelernt, man hat es wieder vergessen, dann mit veralteten Sprachbüchern erneut ausgegraben und, einmal in Deutschland angekommen, die tiefen Lücken aufgefüllt mit allem Schutt, der herumlag – selbst gebastelten, am Russischen orientierten Formeln ebenso wie dem fehlerhaften Stummel-Deutsch, mit dem die neuen Nachbarn einem das Leben erleichtern wollten. Und man hatte Erfolg damit. Das Letzte ist das Schlimmste daran. Wer längere Zeit unkorrigiert mit solch zerhauenen Sätzen einkaufen geht und Arbeitsämter besucht, dem versteinern sie für die Ewigkeit. So wie ein Ammonit sich im Lauf von Jahrmillionen in einem Schieferstück erhalten hat. Und eben so wenig, wie der eingekapselte Ammonit je wieder seine Kiemen bewegen wird, so wenig fangen diese Menschen noch einmal an, sich ihrer Fehler bewusst zu werden. Man bräuchte einen Bohrhammer, um alles harte Gestein wegzuklopfen, das ihre sprachlichen Gewohnheiten umschließt. Erstaunlich überhaupt, dass dieser hier das Bedürfnis nach Veränderung verspürt. Warum wohl? Nun, das geht sie nichts an. Wie lange wird sie brauchen, um ein paar Gesteinsschichten zu brechen? Wenn er übt – zwanzig Sitzungen? Die Debatte mit Barbara Müller fällt ihr ein und ihre vollmundige Erklärung, dass jeder Mensch alles lernen könne. Aber damals hat sie diesen Russen noch nicht gekannt. Wird der üben? Nein, denkt sie, Barbara hatte recht.

Inzwischen ist ihr heiß geworden. Salli zieht den Anorak aus, hängt ihn über die Stuhllehne und sieht sich in dem Raum um. Er ist vielleicht so groß wie drei Pferdeboxen. Ein Feldbett steht da mit einer säuberlich zusammengelegten Steppdecke darauf. Ein Tisch mit Resopalplatte; ein Schränkchen, über dem eine Uhr aufdringlich tickt; ein Elektroherd. Ein Waschbecken, auf dem Rasierzeug steht, der Schaum ist eingetrocknet und verziert den Pinsel mit einer grauweiß marmorierten Schicht. Genauso sah der Rasierpinsel ihres Vaters auch immer aus. Offenbar wohnt hier jemand. Dann wird ihr klar, wo sie sich befindet: Im Schlaf-, Ess- und Badezimmer ihres neuen Schülers. Dyck arbeitet hier als Pferdeknecht und wohnt Wand an Wand mit den Tieren in einem Stall.

Wie zur Bestätigung hört sie aus weiter Ferne ein Pferd wiehern. Halb höhnisch klingt es, halb verzweifelt, und einen verrückten Moment lang denkt Salli, dass das eine Warnung ist: Hock hier nicht weiter herum, warte nicht auf jemanden, der dich so lang sitzen lässt, dessen Sprache irreparabel defekt ist, auf einen lernungewohnten Menschen, einer von denen, die die deutsche Sprache nie meistern. Das schaffen Leute wie ihre Studenten, junge Menschen aus meist guter Familie, die rein und unbefleckt wie neu geborene Barockputten an ihr Institut flattern, um dort mit Texten und wohl dosierten

Häppchen an Grammatik gespeist zu werden, zu wachsen und zu gedeihen und am Ende als ausgewachsene Engel ihr Haus wieder zu verlassen. Sofern sie nicht auf halber Strecke fehlgehen und straucheln. Aber solche, die ihre Hausaufgaben nicht machen, die lieber in die Disco wandern als in die Bibliothek oder deren Kopf die tägliche Zufuhr an abstrakten Regeln und Gesetzen nicht erträgt (Diego Rojas aus Peru) – die fahren sowieso einfach wieder nach Hause, wo ein väterlicher Betrieb sie erwartet, eine Hacienda oder eine Kanzlei.

Noch einmal ertönt schrilles Wiehern, diesmal so laut, dass Salli zusammenfährt. Dann klopft jemand rücksichtsvoll an die Tür, und Dyck kommt auf Socken herein, seine Stiefel hat er draußen gelassen.

»Is mir leid«, sagt er demütig und zieht seine mit Strohhalmen verzierte Kappe vom Kopf. Ein rundes, stoppelig rasiertes Haupt wird sichtbar.

»Keine Ursache«, sagt Salli und bereut ihre Höflichkeit sofort, als Dyck seine Entschuldigung grinsend mit »weil Bauer hat gekrischen« präzisiert. Er dreht sich zum Waschbecken, krempelt die Ärmel hoch und seift sich unter dem Wasserstrahl ein. An einem Handgelenk klafft eine offene Wunde. Er reibt gelben Seifenschaum darüber. Sallis Zwerchfell zieht sich zusammen. Schmerzt so etwas nicht? Gleichzeitig grübelt sie noch über seinem letzten Wort. Das klang ja fast wie Mittelhochdeutsch. War *kreischen* mal ein starkes Verb: *kreischen – krisch – gekrischen*? So wie heute noch *reißen – riss – gerissen*?

»Also, wie machen?«, fragt Dyck über das Geräusch des Wasserstrahls hinweg. »Wie Sie wollen mit Geld? Machma bar? Und wann machma?«

»Sagen *Sie* es«, bietet sie ihm an. Er ist schließlich keiner ihrer Studenten, sondern ein echter Kunde. Kunde – König, völlig klar.

»Geht nur nach Stallarbeit.«

Also um diese Uhrzeit. Aber sie sieht es ein, sie wird in den sauren Apfel beißen müssen. Und wo? Hier?

Er hat sich fertig gewaschen. Während er sich mit einem nicht sehr sauber wirkenden Handtuch abtrocknet, sagt er: »Gibt kein andern Platz.« Sein Gesichtsausdruck ist der eines schmollenden Babys.

Dann muss sie also immer hierherfahren?

Er zuckt die Schultern: »Geht net anders!« Sorgfältig legt er das Handtuch zusammen. »Wie viel?«

Vor dieser Frage hat Salli sich gefürchtet. Ihrer tiefsten Überzeugung nach sollte Wissen eigentlich gar nichts kosten. Zudem macht die Vermittlung von Deutsch ihr selbst so viel Spaß, dass sie manchmal denkt, sie müsste eigentlich Eintritt für ihren eigenen Unterricht zahlen. Aber da sie in einer Welt lebt, wo unschuldige Braunbären erschossen und Sprachdozentinnen entlassen werden, hat sie sich von Anselm wappnen lassen. Fünfundzwanzig Euro und keiner drunter! Natürlich für eine Unterrichtseinheit. Also fünfundvierzig Minuten, keine sechzig, das sei immer noch unterbezahlt!

»Zweiundzwanzig Euro«, sagt sie beherzt und hofft, dass er ihr zitterndes Kinn nicht bemerkt.

Sergey Dyck zuckt mit keiner Wimper. Er zieht einen Hunderteuroschein heraus. »Wird langen das?«

»Wie meinen Sie? Für den ganzen Unterricht?« Fieberhaft kramt sie in ihrer Brieftasche nach Wechselgeld. Nie und nimmer reicht das! Hundert durch zweiundzwanzig ergibt nicht mal fünf Unterrichtseinheiten. Und sie braucht mindestens ein halbes Jahr, nur um die Fehler aufzuspüren und wenigstens die dicksten Brocken wegzubrechen!

Er wird unruhig. »Passt oder passt net?«

»Ja, ja«, beeilt sie sich zu sagen. »Und was genau haben Sie sich vorgestellt? Nur Sprechen? Oder Schreiben?«

Er wehrt ab – »Ah gjeh! Schreiben! Bin i Frau, welche tippst in Büro?«, während er gleichzeitig ihr Wechselgeld zurückweist.

Also?

Er zuckt die Schultern, sein Blick wird unsicher. »Sie musst wissen!«

»Grammatik?«

Der Begriff scheint ihm Vertrauen einzuflößen, er nickt. »Also. Fang ma an.«

»Jetzt?« Andererseits – wo sie schon mal da ist? Salli überlegt, was sie normalerweise für den Unterricht braucht: Sie hat keine Tafel, keinen Beamer, kein Audiogerät, kein Buch. Aber einen Block und Stifte in verschiedenen Farben hat sie immer dabei. Dann müssen es eben die tun. Sie holt ihre Utensilien aus der Tasche und breitet sie auf dem Resopaltisch aus.

Währenddessen ist ihr Schüler zu dem kleinen Elektroherd gegangen und hat ihn eingeschaltet. In einer Pfanne beginnt Bratgut zu brutzeln. Schmalzgeruch durchzieht den engen Raum.

Salli ruckt an ihrem Kragen. »Ähm. Sollen wir den Unterricht nicht doch lieber verschieben?«

»Was das – verschieben?«

»Ein anderes Mal unterrichten! Nicht heute!« Sie hat jetzt ihre Sprechgeschwindigkeit doch gedrosselt und betont jede Silbe.

»Naa. Machma gleich.«

»Aber wenn Sie kochen und essen wollen …?«

»Hund frisst aa und hat Ohren auf dabei.« Er grinst ihr zu.

Ist das freundlich gemeint? Immerhin stellt er zwei Wassergläser auf den Tisch, schenkt ihr ein und macht Anstalten, den Tisch für zwei zu decken. Bei der Vorstellung, etwas aus der schmierigen, schwarzen Pfanne zu sich zu nehmen, danach zwei Stunden zu unterrichten und sich endlich durch den

Sumpfwald nach Hause zu kämpfen, wird Salli nervös. »Nein, danke«, sagt sie kälter, als sie vorhatte.

Ungerührt nimmt er ihren Teller vom Tisch und wendet sich wieder dem Herd zu. Die Gabel, mit der er Angebratenes vom Pfannenboden löst, erzeugt ein Geräusch wie Stacheldraht auf Glasscherben. »Redet Sie!«, fordert er sie über die Schulter hinweg auf. »Soll man net lassen für morgen, was kann machen heut.«

Aha. Sie wird belehrt. Der Kunde, der König. Salli spürt ein ärgerliches Kribbeln im Nacken.

Mit Gepolter zieht sich Sergey Dyck einen Stuhl an den Tisch, stellt die Pfanne hin und beginnt, Gabel in der Faust, direkt aus der Metallpfanne zu essen. Gelbe Kartoffelstücke, klumpiges Fleisch, glasige, dampfend heiße Zwiebelstücke. Er hat sich vier Stück hintereinander auf die Gabel gespießt; vorwurfsvoll schaut er seine Beute an, dann bläst er drauf und stopft sie sich in den Mund.

Salli ist einen halben Meter von ihm abgerückt und betrachtet ihn zweifelnd. Ihren Studenten verbietet sie sogar Kaugummis im Unterricht, und sie halten sich daran. Aber das hier ist ja kein richtiger Student. Zwiebeln, denkt sie. Na schön, Herr König.

Sie holt ihren Schreibblock heraus, einen feinen Filzschreiber und entwirft eine Skizze, schneller, als ihr neuer Schüler kauen kann:

Ich esse Zwiebeln.
Die Zwiebeln esse ich während des Unterrichts.
Ich bin kein Hund.
Die Zwiebeln stinken.
Gerade habe ich Ihnen 100 Euro gegeben.
Wir hoffen auf gute Zusammenarbeit!

Dann streut sie vier Worte um den kleinen Satzbaum:

Verb – Subjekt – Ergänzung – Angabe

Während er auf das heiße Essen pustet, verfolgt er aus den Augenwinkeln die Bewegungen ihres Stifts.

»So«, sagt Salli. »Bitte sehr.«

Eifrig pustet er weiter.

»Das hier«, nacheinander tippt sie auf *Ich* und *esse* im ersten Satz. »Was ist das – für die Grammatik?«

Er zuckt die Schultern.

»Sie wissen, was ein Verb ist?«

»Bin net blöd.«

Salli verkneift sich den Hinweis, dass sie eine solche Frage bei ihren Studenten nie gestellt hätte. »Sehr schön. Und ein Subjekt?«

Wortlos deutet er auf das *Ich*.

»Mhm. Und warum?«

»Weil steht an Anfang.«

»Aha. Nächster Satz, das Subjekt, bitte.«

»Zwiebeln«, nuschelt er, während er sich dieselben mit Kartoffel- und Fleischbrocken in den Mund stopft.

»Wirklich? Und hier?« Salli weist auf den vorletzten Satz.

Er will auf das erste Wort deuten, dann hält er inne und runzelt die Stirn.

Salli tippt mit dem Zeigefinger auf das Wort *Gerade* am Satzanfang. »Also kein Subjekt, wollen Sie sagen? Und warum nicht?«

»Is kein Subjekt! Weiß jeder. Wazu soll i wissen alle diese Subjekt und Abjekt? Brauch i net!«

»Haben Sie nicht gesagt, Sie wollen Grammatikunterricht?«

»Ja, aber gescheites Unterricht. Net so kleine Scheißer da, Abjekten und Angeber ...«

»Angaben«, verbessert Salli. »Jetzt hören Sie mal zu! Sie machen Fehler bei fast jedem Wort. Manche sind nicht schlimm, man versteht Sie trotzdem. Aber eins versteht man auch: dass Sie Ausländer sind, dass Sie diese Sprache nicht beherrschen. Die Wörter bei Ihnen im Satz fallen um. Sie stehen da wie –« Salli lässt den Blick schweifen, dann erhebt sie sich, nimmt den Deckel seiner Pfanne und lehnt ihn schräg gegen eines der Wassergläser, wo er abrutscht und mit drei dröhnenden Gongschlägen über den Boden wirbelt. »Verstehen Sie? Die Wörter müssen Ordnung haben. Und Sie müssen wissen, welche Rolle die Wörter im Satz spielen, sonst lernen Sie das nie!«

»Spielen keine Rolle! Sind einfach Wörter.«

»Stimmt nicht! Im ersten Satz sind Ihre Zwiebeln das Objekt und im vierten das Subjekt.«

»Und? Sind immer noch Zwiebeln.«

Salli zieht die Luft ein und überlegt, ob sie ihm nicht einfach seine hundert Euro zurückgeben soll. Aber während sie ausatmet, sagt sie: »Sie können das auch ganz gut, wissen Sie?«

»Was?« Er grinst unverschämt.

»Sie spielen sich hier auf, als wären Sie das Subjekt. Vorhin, als Ihr Chef Sie angeschnauzt hat, haben Sie nicht so laut gekräht. Da waren Sie das Objekt. Wir Menschen spielen auch verschiedene Rollen. Ich zum Beispiel bin hier die Lehrerin. Und wenn Sie mir noch einmal erklären wollen, wie man unterrichtet, dann gehe ich. Ist das klar?«

Er hat die Gabel sinken lassen und glotzt auf seine Pfanne. An der gekalkten Wand tickt vernünftig die Uhr.

»Also, was is jetzt Subjekt?«, sagt er mürrisch und schaut dabei zur Uhr, als wolle er andeuten, dass sie sich kurzfassen soll.

Sie deutet auf die Pfanne. »Essen Sie das auf, bitte!«

Ein misstrauischer Blick unter gezwirbelten Brauen. Salli hält stand. Finster schaufelt er den Rest in sich hinein und leckt die Gabel ab.

Salli schiebt die Pfanne auf die Seite, nimmt die Gabel, legt sie daneben und zieht das Blatt heran. »Ein Subjekt? – Versuchen Sie selber mal!«

»Hat Sie gesagt, dass i bin Objekt. Dann Subjekt Chef muss sein. Sie sind Subjekt. Bauer auch.«

Noch nie hat jemand Salli *Chef* genannt. Eine Sekunde lang kommt sie sich unerwartet mächtig vor. Gleich darauf überfallen sie linguistische Skrupel: Spätestens beim Passiv wird ihr dieser Titel Schwierigkeiten einbringen. Andererseits meint ihr Schüler schon halbwegs das, was die Grammatik mit *Täter* bezeichnet, und für die erste Erklärung des Subjekts kommt man um diesen Ansatz einfach nicht herum. Nun gut – wozu gibt es Krimis? Bei ihren Studenten geht sie auch immer so vor.

»Haben Sie den ›Tatort‹ letzten Sonntag gesehen?«

»Was das?«

»Haben Sie keinen – äh – Fernseher?«

Er breitet die Arme aus, sie folgt der Geste mit den Augen und begreift, was für eine dumme Frage sie gestellt hat. Ein Fernseher. In einem Stall.

»Aber Krimis – haben Sie schon gesehen. Oder gelesen …?«

Er schüttelt den Kopf. »Bei uns in Sowjetunion haben gesagt, dass alles war immer gut. Nix Schlimmes passiert.«

Salli erinnert sich, darüber irgendwann mal gelesen zu haben – in den sozialistischen Paradiesen gab es offiziell keine Kriminalität. Andererseits ist diese Zeit ja schon länger vorbei. »Seit 1991 haben Sie doch sicher mal einen Krimi gesehen.«

Er schüttelt den Kopf. »Hab kei Zeit für Krimi sehen. War immer auf Rennbahn.«

»Auf einer Rennbahn? Was haben Sie denn da gemacht?«
»Fahren.«

Fahren. Von 1991 bis 2010 Und womit? Was meint er überhaupt genau mit Rennbahn? Vor Sallis innerem Auge entsteht die unklare Vorstellung eines orangeroten Ovals aus Plastik, einer Modellbahn für Spielzeugautos. Weiter hilft das nicht. Zurück zu Krimi, Täter und Subjekt. »Vielleicht haben Sie ja mal einen Krimi *gelesen*?«, lockt sie mit weicher Stimme.

Er schüttelt den Kopf.

Ein Verdacht steigt hoch in ihr. »Was haben Sie denn überhaupt gelesen?«

Über seinen Augen bildet sich eine kleine Falte. Durch den immer noch im Raum hängenden Zwiebeldampf glaubt sie plötzlich riechen zu können, dass er schwitzt.

»Reiter ohne Kopf!« Er sagt es mit trotzigem Stolz, als gestehe er ein Verbrechen. Das einzige, das in seinem Land jemals stattfand, verübt von ihm selbst.

»Und – ähm – was passiert in dem Buch?«

»Viele Dinge. Gibt diese Reiter, dann gibt Mädel, welche hat reiche Vater, aber liebt sie arme Junger. Und dann diese Böse …«

»Stopp, das reicht schon. Also eine böse Frau –«

»Naa, is Mann!«

»Gut, also ein Mann. Der Böses macht. Und was?«

Er zuckt die Achseln. »Hab vergessen. Irgendwelche Dinge.«

Salli hat das Gefühl, dass sie ihm beim nächsten Wort mit ihrem Stift auf die Hand klopfen wird. Sie reißt sich zusammen. »Der böse Mann in Ihrem Buch *tut* etwas. Deshalb heißt er *Täter*. In der Grammatik genauso: Das Subjekt ist oft der Täter im Satz. Wo es steht, ist nicht so wichtig. Hier: *Die Zwiebeln esse ich während des Unterrichts*. Wer tut etwas? Die Zwiebeln?«

Mit dem Kopf in die Fäuste gestützt, verfolgt er die Bewegungen ihres Stifts, der auf die einzelnen Wortgruppen tippt.

»Wer ist das Subjekt? – Na hopp!«

»Des.« Er deutet auf das *ich*.

»Bravo! Passen Sie auf: Jetzt schreibe ich noch einmal Wörter. Und Sie machen Sätze daraus und schreiben darüber die Namen der Satzglieder. Haben Sie verstanden?«

Ab jetzt herrscht erst einmal Stille in dem kleinen Raum, den eine trübe Lampe nur ungenügend erhellt für all die Les- und Schreibarbeit. Aber Sergey hat hervorragende Augen. Und Salli muss die nächste halbe Stunde nichts mehr lesen oder schreiben, sie sitzt nur da, betrachtet ihren Schüler, wie er sich endlich der Arbeit des Lernens widmet, und dafür reicht die Beleuchtung aus. Sie sieht einen breiten Brustkasten unter dem fusseligen, grauen T-Shirt und dazu unpassend zarte Gliedmaßen; besonders die Handgelenke und Finger – biegsam und hell wie gebeiztes Peddigrohr heben sich die Knochen unter dem Fleisch ab. Sie sieht glitzernde Haarstoppeln, blond ist er wie Anselm Donnerstag; wieder einmal denkt sie, dass Blond ihr viel weniger zusagt als die vitale Schönheit von Kastanie oder Schwarz, aber sie ist natürlich nicht die Richterin über die Farbenpracht anderer Menschen, im Übrigen geht die Farbe seiner borstigen Brauen fast schon ins Ocker; sie sieht einen blassroten Mund, der jetzt ernst wirkt, schweigsam verschlossen, nicht verspannt, aber auch nicht leichtfertig oder glücklich zu den Ohren strebend. Sie sieht eine unterschiedliche Hautstruktur in seinem Gesicht: auf der linken Hälfte spannt sich dünne, rosa glänzende Haut über feinen Vernarbungen. Sie sieht auf das Blatt, das er schon mit ein paar blau verschmierten Wörtern bedeckt hat, und denkt: O mein Gott, was für eine Schrift, es sieht aus, als wolle er die Buchstaben durch den Schreibblock durch in den Tisch schnitzen. Aber für hundert Euro direkt aus seiner Tasche darf sie sich darüber nicht beklagen, so ist das halt mit dem Privatunterricht. Das hat sie ja vorher gewusst. Was kritzelt er da? *Gefällt es Ihnen in Deutschland?* Alles richtig, sehr gut. Oh, aber über das *Ihnen* schreibt er *Subjekt* – aua! Weil es groß geschrieben ist – gut, das muss sie noch einmal erklären.

Ihr wird bewusst, dass sie mit den Augen über seinem Blatt und seinen den Stift bewegenden Händen hängt. Sie lehnt den Oberkörper wieder zurück. Er soll nicht denken, dass sie ihn bedrängen will. Oder gar zu neugierig ist auf sein Elaborat.

3. Kummer, Schreck und Freude

*Nach einem Schäferstündchen, Mrs. Lennox ist ermordet worden.
Weil Mrs. Wade eifersüchtig war, die ganze Mordgeschichte ist passiert.*
Wolfgang Rug, Andreas Tomaszewski,
›Grammatik mit Sinn und Verstand‹, 1993
Was an diesen Sätzen ist nicht normgerecht?

Es ist der letzte Sonntag der Auer Dult, der traditionellen Kirmes in München. Vor dem Kettenkarussell verhandelt eine Mutter mit ihrem zeternden Kleinkind. Salli, die hier auf Anselm wartet, macht den Hals lang.

»Ähhh!«

Eindeutig eine Interjektion. Sie stammt von dem Kind, das sich Kinn und Kragen mit Senf verschmiert hat, die Mutter zupft an ihm herum, das Kind hält ihr brüllend die Reste seiner Bratwurst entgegen: »Bäääh!«

Ein Ekellaut, dem Geräusch nachempfunden, das der Mensch beim Kotzen macht. Wie »uaah«, »wääh«. Vierzehn Einträge dazu auf ihrer Liste, die alle so ähnlich klingen. Noch häufiger, nämlich ganze vierundfünfzig Mal fand sich – Salli fällt fast die Treppe zur Karussellkasse hinauf, während sie sich weiter reckt, um den Laut nur ja mitzubekommen – »iiii!« – jawohl: »iiii«, benutzt von Chinesen, Koreanern, Persern, Türken und Arabern und – das empörte Gesicht der Mutter bestätigt es – Deutschen. Salli registriert es mit der Befriedigung einer Mikrobiologin, die den gesuchten Bazillus unter dem Mikroskop entdeckt hat und jetzt in ihr Reagenzglas überführt. Beziehungsweise in die Kladde mit ihrem Forschungsmaterial.

Achtundsechzig Studenten von Island bis Fidschi haben sie bisher darüber informiert, welchen Laut sie im Falle von a) Freude, b) Schmerz, c) Kummer, d) Ekel, e) der Bitte um Ruhe von sich geben. Einige haben nur den Fragebogen ausgefüllt, andere noch Schriftzeichen dazugemalt, zwei haben die Stellung von Lippen und Zunge aufgezeichnet, eine Kirgisin hat für weitere Auskünfte die Adresse ihrer Großmutter aufgeschrieben. Natürlich steht Salli mit diesem Korpus erst am Anfang ihrer Arbeit. Sie braucht weiteres Material, sie wird die Resultate feiner gliedern nach Dialekten und Regionen, sich mit Tonalität befassen müssen. Dazu benötigt sie ein Aufnahmegerät, Zeit und die fortgesetzte Hilfsbereitschaft der Studenten. Aber welch ein Lohn wartet auf sie! Denn – noch wagt sie kaum, daran zu glauben – es scheint, dass ihre Hoffnung sich bestätigt: Sehr oft stimmen die Äußerungen überein. Und wäre das nicht so etwas wie ein zweiter Stein von Rosette? Die Entdeckung, dass den Sprechern so vieler verschiedener Zungen bei Empfindungen ein gemeinsames sprachliches Erbgut zugrunde liegt? Gut, ein sehr kleiner Stein, gemessen an den Hunderten eingemeißelten Hieroglyphen auf der berühmten Stele aus dem Niltal. Aber sie hätte ihn entdeckt. Es besteht eine winzige Aussicht – ihr Herz klopft aufgeregt bei dem Gedanken –, dass ihr Name am Ende Einzug hält in die Hallen der Wissenschaft: Salome Sturm, die mit ihrer Forschung der Linguistik einen – sie will bescheiden bleiben – kleinen Span Wissen hinzugefügt hätte.

»Auaa«, quäkt das Kind, dem die Mutter inzwischen im bekleckerten Gesicht herumwischt. Salli lächelt befriedigt. Bei Ekel unterscheiden sich die Laute, aber Schmerz scheint eindeutig: Nach ihrem bisherigen Wissensstand schreien die

Menschen auf der ganzen Welt *au*. Oder *aua, ai, aia, oi*. Ob sich das zusammenfassen lässt zu einem Phonem?

Salli ist sich darüber im Klaren, dass es dem überwiegenden Teil der Menschheit vollkommen gleichgültig ist, ob unterschiedliche Sprachen beim Gefühl von Freude oder Schmerz auf einen gemeinsamen lautlichen Genpool zurückgreifen. Die meisten werden gar nicht wissen, dass es so etwas wie »Gefühlswörter« überhaupt gibt. Sogar die Fachwelt fasste diese Dinger oft nur mit spitzen Fingern an: Immer wieder wurde bezweifelt, dass es sich dabei überhaupt um Wörter handelt. Salli wird sich – falls sie eines Tages die Öffentlichkeit mit einer wissenschaftlichen Arbeit zu diesem Thema überraschen sollte – auf harte Polemik in Fachkreisen gefasst machen müssen. Ihre Kollegen werden kaum gnädiger sein. Sie kann sich lebhaft vorstellen, wie ein Dobisch das Ganze mit einem lateinischen Zitat bespötteln, wie eine Gesine Renz mit einem »Die spinnt doch« reagieren würde, wie die marxistische Barbara Müller mit der Frage an sie heranträte, ob eine solche Untersuchung wirklich nottue in Zeiten von Kriegen und Wirtschaftskrisen. »Natürlich nicht! Aber braucht es denn gleich eine Not für alle Fragen?« – Im Geiste verfasst Salli schon die Verteidigungsrede, doch dann entspannt sie sich wieder. Warum soll sie sich selbst die gute Laune verderben an einem so schönen Tag? Und dann die Aussicht, ihn mit Anselm zu verbringen – allein!

Es ist gute zehn Monate her, dass Anselm zum ersten Mal im Dozentenzimmer auftauchte, der großteils weibliche Lehrkörper war ersichtlich angetan. Ebenso ersichtlich und rasch traf er seine Wahl: Für Abendveranstaltungen, ins Kino oder Konzert bittet er neben Salli oft auch Barbara um Begleitung; für den schnellen Brunch, einen Kaffee nach dem Unterricht spricht er exklusiv Salli an. Weil er gern mit ihr redet, hat er erklärt. »Mit dir gibt es ein Thema. Wir beide sind uns so einig. Intellektuell meine ich!« Obwohl der letzte Satz eine kleine Einschränkung beinhaltet, trägt Salli ihn im Herzen. Harmonie herrscht zwischen ihr und diesem weltgewandten, klugen Mann! Harmonie auf intellektueller Ebene!

Es kann natürlich sehr gut sein, dass der weltgewandte Mann zu Barbara Müller ganz ähnliche Dinge sagt. »Themen« hat die schließlich auch. Aber keines, das an ihr Projekt herankommt, sagt sich Salli, hartnäckig auf guter Laune bestehend. Was ihr nicht schwerfällt angesichts der Aussicht auf einen Dult-Nachmittag mit Anselm. Außerdem beherrscht sie ein weiteres Gefühl, das dem der Albernheit verdächtig nahekommt. Seit Samstag blubbert es schon in ihr, als sich ihr sonst so renitenter russischer Privatschüler plötzlich zum Musterknaben wandelte.

Sergey Dyck hatte sie mit Tee erwartet, einer vollständigen Hausaufgabe und der Miene ungewöhnlicher Sanftmut. Seinem Aufsatz zum Thema *Das mache ich jeden Tag* hatte sie die Satzanfänge vorgegeben – *Am Morgen ... Dann ... Weil ... Aber ...* –, um zu verhindern, dass er die Untiefen des deutschen Satzbaus durch Statements aus einzelnen Wörtern unterlief.

»Zwölf Satz. Gestern i hab geschrieben alle.«

»Ausgezeichnet.« Salli setzte sich neben ihn an den Tisch und zog das Blatt heran, während Dyck den tropfenden Teebeutel aus ihrer Tasse entfernte und die Zuckerdose näher schob.

Am Morgen klingelt die Wecker. Salli wies auf den Artikel und fixierte Sergey. Der nickte ergeben: »*Der* Wecker.«

Dann ich bin noch müde. Weil habe ich zu viel gearbeitet gestern.

»Herr Dyck! Der erste Satz – was haben wir hier? Ist das ein Hauptsatz?«

»Is Hauptsatz.«

»Und wo steht im Hauptsatz das Verb? Hm? Auf Position …?«

Er fuhr sich mit der Hand über das Kinn. »Verb is Wichtigste?«

»So ist es.«

»Dann Position eins muss sein.«

»Falsch. Das Verb ist …« Sie suchte nach einem Bild, das ihm vertraut sein mochte. »Stellen Sie sich eine Kutsche vor. Vorne laufen die Pferde. Und hinter ihnen sitzt der Kutscher. Dahinter, verstehen Sie mich? Auf Position zwei!« Sergey blickte zu Boden. Dann wieder hoch, dabei nickte er mit der Inbrunst eines Täuflings, dem man das Glaubensbekenntnis abverlangt. Aber hatte er auch begriffen? »Schauen Sie mal.« Salli nahm ihren Stift und malte Felder auf das Papier.

I	II	III	Ende
Ich	***bin***	*dann*	*noch müde.*
Subjekt	**Verb**	Angabe	Ergänzung
Dann	***bin***	*ich*	*noch müde.*
Angabe	**Verb**	Subjekt	Ergänzung

»Auch wenn wir die Wörter hin und her schieben – das Verb bleibt auf Position zwei. Immer, immer, immer!«

»Immer«, echote das neue Gemeindemitglied. »Verb immer auf Position zwei.«

»Im Hauptsatz«, vervollständigte Salli rasch, das nächste Wildwasser schon vor Augen. »Im Nebensatz ändert sich das. Da wandert das Verb auf die Position am Ende. Sehen Sie?«

		Ende
Weil	*ich dann noch müde*	***bin.***
Subjunktor		**Verb**

»So sieht das aus. Und bei zwei Verben – ja?«

Dyck hatte den Finger gehoben wie ein Schulknirps. »Habe ich Frage.«

»Bitte!«

»Mir wird interessant sein, was Sie sagen dazu.«

»*Was Sie dazu sagen.* Nebensatz! Verb am Ende! Was wollten Sie mich fragen?«

»Gibt Pferd, auf die schau i seit paar Wochen.«

»*Auf das ich seit ein paar Wochen schaue.* Verb auf Position Ende.«

»Auf Ende, ja. Is gute Pferd. Billig auch.«

»Ah ja. Und?«

»Weil Sie kann kaufen.«

»*Weil Sie es kaufen können.* Verb auf – Moment, ich doch nicht. *Sie* wollen kaufen, ja? *Weil ich es kaufen kann.*«

»Für mich wird schwierig. Aber Sie kann. – Sie können.«

»Ich fürchte, ich versteh Sie nicht, Herr Dyck! Sie möchten, dass *ich* ein Pferd kaufe?«

»Naa!« Er hob den Kopf und lächelte schmeichelnd. »Sie kriegen schon die Geld von mir. Kaufen Sie Pferd, nachert machma Vertrag, kauf i von Sie und fertig.«

»Also doch: *Sie* wollen ein Pferd kaufen? Warum tun Sie es dann nicht selbst?«

Er schüttelte den Kopf. »Gibt die Grunde. Wollen Sie spielen russischer Spion? Brauch i *sojusnik*.«

»Herr Dyck, ich muss sagen ... ich mache doch nicht einfach ein solches Geschäft! Irgendwie klingt das ... nicht ganz sauber.«

»Is sauber!«

»Warum sollte ich dann als ... Sie sagen ja selber *Spion* ... also eine Art Strohfrau ... Nein. Was für ein Pferd denn überhaupt?«

»Gute Pferd! Sag i doch.«

»Und warum wollen Sie es haben?«
»Weil is gute Pferd ...«
»*Weil es ein gutes Pferd ist.*«
»Könna Sie drauf reiten auch.«
»*Weil Sie auch darauf* – nein, nein, nein! Ich reite nicht!«
»Brauchen Sie net. Kann i selber reiten.«
»Schön. Sie reiten es. Gehen wir zurück zum Nebensatz?«
»Mhm.« Er schob die Unterlippe vor, wieder erinnerte er sie an ein schmollendes Baby.

»Ich kaufe ein Pferd, denn ich will darauf reiten. Den gleichen Satz, jetzt bitte mit *weil: Ich kaufe ein Pferd, weil* ...?«

»Is schade aber, dass Sie wollen net.« Er stockte, sah die Drohung in ihren Augen und ruderte zurück: »... dass Sie net wollen.«

»Sehr gut!«
»Weil muss zu Metzger gehen, wann kaufen wir net.«

Zwei Nebensätze. Alle Verben auf der falschen Position, ein unpassender Nebensatzeinleiter, das Subjekt im ersten Satz hat er auch weggelassen. Aber die Korrekturen blieben Salli im Hals stecken: »Metzger? Werden Pferde denn – *geschlachtet*? Hier bei uns?« Sie erschauerte.

Als Sergey den Schreck in ihren Augen sah, milderte er den Blick und schüttelte den Kopf. »Naa! Machen Sie kein Sorgen! Krieg i schon hin irgendwie.«

»Ehrlich? Das Pferd wird nicht geschlachtet?«
»Pass i auf.«
»Na gut. *Das Pferd wird nicht geschlachtet, weil* ...«

Ist es wegen dieser Zusicherung, dass ein ihr ganz und gar unbekanntes Pferd seinem Schicksal entgeht, oder weil der grimmige Russe sich hat umstimmen lassen – ihr zuliebe? Oder weil es überall auf der Dult so gut riecht, nach gebrannten Mandeln, Bratäpfeln, Räucherfisch? Salli kann heute gar nicht anders, als sich zu freuen: über den weißen Elefanten, der sich auf dem Karussell gegenüber dreht, die juchzenden Kinder auf der Schiffschaukel. Über Anselm, der plötzlich vor ihr steht mit seinem Lächeln. Das leider gleich verschwindet. »Tut mir leid. Gesine – ich hab mit ihr telefoniert ...«

»Ach Gott!« Salli sieht ein, dass sie jetzt nicht mit ihren Interjektionen anfangen kann. Menschliche Schicksale gehen vor. »Was sagt sie denn?«

»Dass alles beschissen ist. Seit der letzten Sitzung redet fast keiner mehr mit ihr.«

Salli seufzt. Noch ist niemand entlassen, aber schwarze Wolken schweben über dem Kollegium und seit Dobisch sie dorthin geblasen hat, ziehen sie sich immer drohender über dem Haupt der jüngsten Dozentin zusammen.

»Furchtbar! Was geht bloß vor in den Leuten?«

»Angst vermutlich. Mit Unglücklichen befasst sich keiner gerne. Nun gut, weinen hilft auch nicht weiter. – Lust auf ein Lebkuchenherz? Oder Geisterbahn?« Wie er es sagt, klingt es nicht so, als würde er selbst sich danach verzehren.

Salli lächelt ermunternd, während sie sich gleichzeitig innerlich der Pietätlosigkeit anklagt. Das Elend der armen Gesine geböte gesenktes Haupt und Schweigeminute. Mindestens sollte sie sich gemeinsam mit Anselm über die Illoyalität der Kollegen empören. Aber sie kann sich nicht helfen – ihre Interjektionen müssen zu Wort kommen, sie hört sie schon durch die Kladde tuscheln.

»Ich habe hier übrigens die ersten Rückläufer«, sie klopft auf ihre Tasche, »das ist vielleicht ein Gefühl!«

»Aha.« Mit zusammengekniffenen Augen sucht Anselm die Gasse der Verkaufsbuden ab. »Und? Zufrieden?«

Zufrieden? Sie ist viel mehr als nur zufrieden! Oder was meint er? Ihre Gegenfrage wird erstickt von Trompetengeschmetter. Dröhnend marschiert eine bayerische Blasmusikkapelle auf.

»Gehen wir irgendwohin, wo es ruhiger ist?«, brüllt sie gegen den Defiliermarsch an.

Anselm sieht sich um, dann zeigt er auf das historische Riesenrad am Ende der Budenstraße. »Wie wäre es damit?«

Unwillkürlich verhält Salli den Schritt: Riesenrad fahren? In den Himmel hinauf? Als Kind ist ihr einmal schlecht geworden da oben, das Gefühl von Angst und Schwindligkeit hat sie nicht vergessen. Andererseits: Barbara Müller wäre nicht so zimperlich. Und es ist auch nicht das riesige Rad vom Oktoberfest, sondern eine zierlichere Variante mit zwölf kleinen, holzgeschnitzten Gondeln, süß bemalt in Rot, Gelb, Grün, an den Stoffschirmen flattern Volants. »Ja! Das machen wir!«, sagt sie mit größtmöglichem Schwung.

Aber dann wird ihr doch ein bisschen flau, als das Rad langsam, stockend sich zu drehen beginnt, die Budenstraße unter ihnen kleiner wird. Salli klammert sich an das Sitzbrett. Nicht nach unten schauen. Nur geradeaus. In Anselms Gesicht.

»Nun – was ist mit deiner Studie? Magst du erzählen?«

Hilft es gegen das Geschaukel, wenn man sich ablenkt? »Ich habe eine erste Um… Umfrage gemacht, das Ergebnis war … äh …« Salli spürt, wie der Schwindel sie ergreift. Regelmäßig atmen, ermahnt sie sich.

»Hast du eine Arbeitshypothese?«

»Arbeitshy…? Äh … Das nicht, aber weißt du …«, mit aller Kraft konzentriert sie sich auf ihr Thema, »… wenn sich herausstellt, dass wir bei elementa-aren Gefühlen alle die gleichen Laute … oder wenigstens sehr ähnliche produzieren, jedenfalls, soweit es *ah* betrifft und o…*oh* …«

»Wer ist wir?«

»Na, wir Menschen! Ho-omo sapiens.«

»Ich weiß nicht ...« Anselm dreht das Haupt nach links. Zu weit und zu schnell für Sallis Geschmack.

»Schau mal da drüben, die Mariahilfkirche, hübsch, nicht?«

»Sehr hübsch ...«, sagt sie, ohne hinzusehen, entschlossen, Anselms obersten Hemdknopf zu fixieren.

Er wendet sich ihr wieder zu. »Gut. Selbst wenn es so wäre, wie du glaubst, was hättest du damit bewiesen?«

Wieso fällt ihr jetzt keine Antwort ein? Weil es keine gibt? Aus Enttäuschung über den Mangel an Begeisterung in Anselms Frage? Oder ist es die berechtigte Vorsicht, angesichts der schaukelnden Gondel, den Mund lieber geschlossen zu halten? Sich ans Sitzbrett klammernd, versucht sie es trotzdem: »Du kennst das doch auch: Man müht sich und müht sich – und die Studenten noch mehr! Aber trotzdem weiß ich bei den meisten, dass sie manche Worte nie ... also Worte wie *Lieb*-huch-*reiz* oder *all-m-mählich* – bei uns klingeln da so viele Assoziationen mit ... Und das tut mir – lach nicht! – so leid. Ich hätte so gerne, dass alle a-alles verstehen!«

Anselm lächelt. »Es ist ein weiter Weg von *ah* und *oh* bis zum *Liebreiz*!«

»Schon«, sagt Salli verstört, »aber dass wir alle so furchtbar verschieden sind ...« – das will ich nicht hinnehmen, hat sie sagen wollen und merkt jetzt erst, wie kindisch das klänge. »Diese Gefühlslaute – das ist eine gemeinsame Ebene, eine Art U-urschlamm der Sprache!«

»Eben! Sprache. Da hast du den Unterschied.«

»Ich versteh nicht ...«

»Nun, Kühe produzieren auch Geräusche. Machen sie nicht *muh* oder so ähnlich?«

Ihre Gondel ist am Scheitelpunkt angekommen. Einen Moment lang scheint das Rad still zu stehen. Dann geht es schaukelnd wieder der Erde zu. Seltsamerweise ist der Schwindel mit einem Mal weg.

»Wir machen aber nicht *muh*! Wir sagen *pfui* und *pscht*!«

»Auch nur Laute«, erklärt Anselm lässig.

»Die etwas bedeuten!«

»Sagt dir der Name Saussure etwas?«

Sie weiß natürlich, was er meint: Seit Ferdinand de Saussure steht in der Linguistik fest, dass Laut und Bedeutung nicht notwendig zusammenhängen, dass das Verhältnis willkürlich ist. Aber sein schulmeisterlicher Ton ärgert sie. »Nein. Nie gehört! Sagt dir Lautmalerei etwas? Nimm *summen*, *knurren*, *zischen*. Es ist so toll für die Studenten, wenn sie verstehen, was gemeint ist! Oder nimm die Benennung von Tierlauten ...«

»Ja, genau! Der Hahn kräht, und der Deutsche sagt *kikeriki*, der Franzose *cocorico*, der Grieche *kikiriku*. Die unterscheiden sich nämlich auch!«

»Seit wann verstehst du Neugriechisch?« Sie kann es nicht mehr zurücknehmen, die Spitze in ihrem Tonfall war hörbar.

»Ich ... äh ... da war neulich ein Artikel in ... ich weiß nicht mehr ...« Einen Moment lang wirkt er aus dem Tritt, dann legt er seine schön geformte Hand auf die ihre. Sie könnte ihre andere Hand darüberlegen, doch das Bedürfnis, sich am Sitz festzuhalten, ist stärker, auch wenn sie sich jetzt besser fühlt.

Während Anselm sich wieder zurücklehnt, fährt er fort: »Salli, wir unterrichten beide Deutsch als *Fremd*sprache. Und *ich* wenigstens brauche da keinen Urschlamm, sondern Regeln. Während du ... du scheinst mir ... auf so etwas hinauszuwollen wie auf eine sprachliche *unio mystica*. Eine linguistische Verschmelzung. Eher das Gegenteil von Wissenschaft.«

In Salli steigt das Gefühl hoch, sich nun doch, und zwar in der Gondel, übergeben zu müssen. Dabei sind sie gerade noch einen Meter vom festen Boden entfernt.

»Salli?«

»Was?«

»Du bist auf einmal so blass!«

Mit einem Kopfschütteln wiegelt sie ab.

Das Rad steht still, die Absperrung wird geöffnet, ritterlich bietet ihr Anselm den Arm. Salli zögert, dann hängt sie sich ein. Nein, schlecht ist ihr nicht mehr. Aber jetzt erst wird ihr bewusst, dass sie mit ihm, dem einzigen Mann, an dem ihr etwas liegt, in einer Gondel gesessen und keinen Moment davon gewürdigt hat!

Anselm drückt sie leicht an sich. »Lass dich von mir bloß nicht entmutigen!«, bittet er. »Fang einfach an. Sobald du etwas Konkretes hast, reden wir weiter, ja?«

Sie nickt und ringt sich ein Lächeln ab.

»Was macht eigentlich dein russischer Spezialschüler?«, fragt Anselm, als sie eine Viertelstunde später im Biergarten von »Erdapfel-Vroni« vor zwei Weingläsern sitzen und auf ihre Kartoffelpuffer warten.

»Der hat einen Antrag gestellt.«

»Ach? Etwa auf Ermäßigung der Flexionsendungen?«

»Die ignoriert er sowieso großteils.« Salli beginnt ihren Bericht über die vergebliche Vermittlung des deutschen Satzbaus inklusive Dycks Bitte an sie, ein Pferd zu kaufen, bis Anselm sie unterbricht.

»Ihr siezt euch?«

»Natürlich.«

»Mit den Studenten duzt du dich aber!«

»Ja, aber das sind eben ...« Salli stutzt. Dass sie sich mit den Studenten duzt, ist ein Überbleibsel aus den siebziger Jahren, natürlich liegt es auch daran, dass sie sie als ihre Babys sieht und man die eigenen Kinder nicht gerne siezt. Sie weiß, dass die meisten Kollegen die Studenten mit »Sie« ansprechen, und geht davon aus, dass man deswegen heimlich über sie lästert. Aber das ist es nicht, was ihr gerade Unbehagen bereitet. *Das sind eben Studenten!*, hat sie spontan sagen wollen. *Dyck dagegen ist ein Pferdeknecht.* Denkt sie das wirklich? Ist sie so snobistisch?

»Er ist Privatkunde«, erklärt sie etwas steif. »Ich finde ihn interessant. Als Figur, verstehst du?«

»Ja, ja, ich kann's mir vorstellen. An der Uni in Rom hatten wir auch so jemanden, einen Hausmeister, der war ein richtiges Original, so etwas gibt's immer wieder. Aber erzähl weiter, dein Russe will also ein Pferd kaufen?« Anselm hält sich sein Weinglas unter die edle Nase und atmet ein.

»Was heißt hier *mein Russe*? Du verstehst das völlig falsch!«

Anselm schwenkt das Glas, betrachtet verzückt die blassen Schlieren, die der Wein hinterlässt, und nimmt ein Schlückchen. »Ich glaub, ich versteh das ganz gut, red ruhig weiter.«

»Na ja«, Salli genehmigt sich nun auch einen Schluck, »das ist es eben, er will, dass *ich* das Pferd für ihn kaufe.«

»Du? Und warum?«

»Das will er nicht sagen.«

Anselm hat sein Glas hingestellt. »Klingt ja total abgefahren.«

»Und ob! Ich soll da einem Züchter, den ich nie im Leben gesehen habe, ein Theater vorspielen als reitende Lehrerin …«

Anselm lacht. »Großartig! Machst du es?«

»Wo denkst du hin? Natürlich nicht.«

»Ach, komm! Nicht so ängstlich, meine Liebe! Wann passiert einem denn schon mal so was? Ein richtiger Rollenwechsel! Du wirst so was wie eine Marketenderin! Salli, ich beneide dich!«

»Du findest das nicht wirklich gut, oder?« So gelöst, wie sie da in der Sonne sitzen, erhält der Tag langsam seinen Glanz zurück. Oder sollte sie misstrauisch werden? Schon öfter, wenn Anselm sie so herzlich anlachte, hatte sie das Gefühl, sie wäre nicht allein mit ihm. Als zöge eine unsichtbare Person im Hintergrund die Strippen. Barbara Müller am Ende?

»Nein, ich finde es fantastisch! Es klingt nach Abenteuer. Ist doch mal was anderes als Bücher und Buchstaben!«

»Anselm, du nimmst mich auf den Arm!«

»Nein! Ich schwöre! Und dass du mir bloß immer haarklein erzählst, was passiert, ja? Ah, die Kartoffelpuffer!«

Genüsslich besieht er die mit einem Schlag Sauerrahm verzierten Puffer, bevor er die Gabel ansetzt.

Während Salli aus dem Staunen kaum mehr herauskommt. Anselm Donnerstag fände es fabelhaft, wenn sie sich in den Pferdehandel stürzt? Für einen Russen, von dem sie nichts weiß, außer dass er die deutsche Sprache misshandelt? Am Ende ist es illegal, was Dyck da von ihr wollte: Strohfrau, Pferde stehlen, Marketenderin. Aus Anselms Mund klang es aber ... mindestens nach einem langen *Ahhh*. Bewundernd.

»Und du hast gar keine Idee, wozu er gerade dich braucht bei dieser Scharade?«, fragt Anselm und balanciert ein rahmglänzendes Pufferstück in den Mund.

»Er hat gesagt, er will dieses Pferd, und er braucht einen *sojusnik*, damit er es kriegt.«

»*So*-was?«

»Ich glaube, es bedeutet Verbündeter. Im ersten Moment hatte ich gedacht, es hätte was mit Raumfahrt zu tun. Aber noch mal – du fändest das wirklich gut?«

Als Salli eine Woche später auf das Anwesen des Pferdezüchters Pummer fährt, muss sie wieder an das Wort von der Raumfahrt denken. Nichts hier erinnert sie an den Hof, wo Dyck arbeitet, wo der Boden asphaltiert und gekehrt ist und der Mist säuberlich in eine betonierte Schale gestopft wird. Die Koppeln hier sind schlammig und schwarz wie Moorwasser, die Gebäude wirken schmutzig und zusammengesunken, ein

Mistberg steht gegen eine Stallwand gelehnt, Dampf steigt von ihm auf. Als sie über den Hof gehen will, schießt ein großer Köter bellend auf sie zu. Salli schnellt vor Schreck zurück, der Hund tut das Gleiche, eine Laufleine begrenzt seinen Radius. Alles wie aus einer anderen Welt, denkt Salli, während sie auf das Wohnhaus zugeht, großen Pfützen und Haufen ausweichend, die der Hund hinterlassen haben muss. Außerirdisch. So wird sie es Anselm erzählen!

Salli läutet. Nichts rührt sich. Sie drückt ein zweites Mal auf die Klingel und da bemerkt sie, dass hinter einer Stalltür eine Frau steht und sie beobachtet. Im nächsten Moment zieht die Gestalt sich wieder zurück.

Die Haustür geht auf. Ein Mädchen in bodenlangem schwarzen Mantel steht vor ihr, die kalkweiß beschmierte Wange von einer Sicherheitsnadel zerspießt.

»Ich habe einen Termin mit Herrn Pummer«, erklärt Salli, einmal mehr froh darüber, dass sie keine deutschen Gymnasiasten unterrichten muss, die inzwischen wohl alle so aussehen und mindestens partiell ihre Sprache verloren haben.

Das Mädchen klappt die lila beschmierten Augendeckel auf und zu.

»Ich soll – ich will ein Pferd kaufen.« Salli hofft inständig, dass der Herr des Hauses endlich erscheinen möge. Am Telefon hatte er zwar auch nicht wie der Frischeste geklungen, aber immerhin die Güte gehabt, auf ihre Fragen zu antworten. »Ist Herr Pummer nicht zu Hause?«

Das Mädchen schaut über sie hinweg in eine Ferne, die möglicherweise Wotan bewohnt oder Lord Voldemort, jedenfalls kein menschliches Wesen. »Schläft«, erlaubt ihr ein Gott zu sagen.

»Ach so.« Unschlüssig steigt Salli von einem Fuß auf den anderen. »Dann komme ich vielleicht ein anderes Mal wieder?«

Träge schüttelt das Mädchen den Kopf, öffnet die Haustür um fünfundvierzig Grad und winkt Salli mit dem Kinn herein. Nachdem Salli die Schwelle überschritten hat, schließt Voldemorts junge Freundin die Tür und schleppt sich wie ferngesteuert zu einer anderen Pforte hinaus.

Salli steht allein in einer großen Halle im Halbdunkel, es ist so still, als befände sie sich im Weltraum. Langsam nimmt sie ungeschlachte Möbel darin wahr, alle in Schwarz. Ein ledernes Sofa. Ein Tisch, dessen Fuß aus einer enormen Wurzel gebaut wurde, auch er schwarz gestrichen. Wuchtige Schränke, wulstige Schnitzereien. Dicke Vorhänge, die den Raum vollends in eine düstere Höhle verwandeln. Das einzig Helle in dem Raum sind die silbernen Pokale, die hinter Vitrinentüren aus den Schränken leuchten. Auf Zehenspitzen geht Salli heran und studiert die Jahreszahlen: 1988, 1991, 1992, 1993, 1996. Danach reißt die Glückssträhne ab. Zwischen den Pokalen stehen gerahmte Fotografien, die alle dasselbe zeigen: Pferde, die, vor einen kleinen Wagen gespannt, mit fliegenden Mähnen dahinpreschen. In den Wagen sitzen mit Helmen und großen Brillen zur Unkenntlichkeit vermummte Menschen; Salli könnte nicht einmal sagen, ob es sich um Männer oder Frauen handelt.

Als Sergey Dyck ihr vor zwei Stunden erklärt hat, womit sie beim Pferdekauf zu rechnen hätte, ist all das hier nicht vorgekommen. »Sagen Sie bloß, Sie wollen Freizeitpferd, dann er gibt gleich«, hatte er frohlockt. »Is froh, wann er hat los von seine Hax die Viech. Kostet hundert, hundertfuchzig Maximum. Da.« Er überreichte ihr zwei Scheine. »Dann Sie sagen, dass kommt Mann und holt die Tier ab mit Hänger.«

»Und wie soll ich das Pferd erkennen? Damit er mir auch das richtige gibt.«

»Is Stute!«

»Sie sind gut«, lachte Salli. »Woran soll ich denn erkennen, ob das Pferd weiblich oder männlich ist? Beim grammatikalischen Genus tu ich mich leichter.«

Unmöglich zu sagen, ob Dyck den Witz zwar verstanden hatte, aber misslungen fand, oder ob Denken ihn vom Lachen abhielt. Er zog die Stirn in Falten. Dann nickte er. »Heißt Kalete. Aber besser is schon, wann Sie nicht sagen die Name. Is braune Stute. Ganz braun, kein weiße Fleck nirgendwo.«

»Aha. Kalete? Sind Sie sicher?«

»Sicher.«

»Seltsamer Name. Klingt wie Alete.«

»Was das?«

»Egal. Wieso verkauft der Züchter sie eigentlich so billig? Ich hab mir Pferde viel teurer vorgestellt.«

»Weil denkt, dass Scheißtier is.«

»Ist es denn böse? Wild?«

»Naa!« Er lachte auf. »Is Rennpferd. Gute Rennpferd. Aber bei diese Pummer mit seine Trainer alle, welche verstehen net, wo Ohren sind bei Pferd und wo Schweif, gewinnt halt nix.«

»Und bloß, weil sie nichts gewinnt, soll sie geschlachtet werden?«

»Pferd bringt keine Gewinnstgeld, aber soll fressen wie die anderen. Gibt net so was bei Profi.«

»Trotzdem! Schlachten ist doch keine Lösung!«

»Was, keine Lösung? Hat er schon probiert zwei Jahre auf Rennbahn, der Pummer. Dann hat noch probiert mit decken lassen, aber hat net aufgenommen, die Viech.«

»Wer? Das Pferd? Nicht aufgenommen – was heißt das?«

Dyck seufzte. »Weil Züchter will Fohlen von sie. Sie is gute Pferd, kann gute Fohlen kriegen. Aber passt er net auf und lasst net richtig ... also ... mit der Hengst. Dann Tierarzt kommt mit Spritze und das hat sie net gefallen. Also gibt keine Fohlen.«

Salli fasste sich an die Stirn. »Noch mal langsam, damit ichs begreife!«

Aber Dyck schüttelte den Kopf. »Sie! Das is net Ihre Kopfschmerzen! Sie fahrt nur hin und sagen, Sie wollen Pferd und Papiere, geben Sie Geld und unterschreiben Vertrag. Rest mach i.«

»Na schön.« Die Unterhaltung hatte nicht dazu beigetragen, dass Salli sich informiert und beruhigt fühlte. Wenn nun jemand auf die Idee käme, ihr dieses Pferd in die Hand zu drücken? Ein schnaubendes, riesiges Wesen … Wenn man von ihr erwartete, auf seinem Rücken davonzureiten?

Aber Dyck beschwichtigte ihre Bedenken: »Naa! Sie machen Vertrag mit Pummer, und gut is. Komm i schon und hol Ross.«

Und wenn nicht? Würde man ihr dann das Pferd in ihre Stadtwohnung schicken? Gleich zog das nächste Misstrauen hoch: »Herr Dyck – wo wollen Sie eigentlich das Pferd unterbringen? Haben Sie sich das überlegt?«

»Is net Ihre Kopfschmerzen!«

»Und das Futter, das Stroh und alles … na ja, was ein Pferd eben braucht. Wo wollen Sie das her …?«

»Is net Ihre Kopfschmerzen!«

»Na schön. Sie müssen es wissen.«

»Muss i gar nix!«

»Doch. Ich meine, nein … man redet eben so bei uns.«

»Sollma erst denken. Dann reden.«

Salli hatte den Mund schon geöffnet, um zu widersprechen, dann verwarf sie die Idee. Dyck schien so etwas eingebaut zu haben wie einen Autogenerator für Widerworte. Sie klopfte auf ihre Uhr: »Ich fahr dann mal. Und wir halten

Handykontakt, falls was sein sollte.« Ihr erstes Telefonat mit ihm fiel ihr ein. »O Gott, Sie haben hier ja lauter Funklöcher im Stall. Dyck, versprechen Sie mir, dass Sie alle halbe Stunde mal rausgehen und aufs Display schauen?«

»Wazu?«

»Das sind jetzt mal meine Kopfschmerzen, ja?«

Gerade als Salli ihr Handy aus der Tasche ziehen will, um Dyck vom bisherigen Stand der Dinge zu berichten, öffnet sich quietschend die Haustür. Eine Frau in einem schmutzigen Stallkittel äugt herein. Salli erkennt die Gestalt wieder, die bei ihrer Ankunft aus einer Stalltür gespäht hat.

»Sind Sie da wegen dem Freizeitross?«

»Ja. Ich wollte …«

»Kommens mit mir. Er –«, ihr Kopf macht eine schlenkernde Bewegung zum oberen Stockwerk hin, »braucht noch, bis er wach ist.«

Noch einmal geht es über den schmutzigen Hof, vorbei an dem schwarzen Köter, der jetzt stumm mit dem Schwanz wedelt. Dann sind sie im Stall.

Dunkelheit umgibt sie. Das Erste, was Salli wahrnimmt, ist der scharfe Geruch nach Ammoniak. Dann hört sie Geräusche. Eisenbeschlagene Hufe scharren und stampfen auf Beton. Nach und nach gewöhnen sich ihre Augen an die Sichtverhältnisse. Hier drin ist es noch dunkler als in dem Haus der Außerirdischen, aus winzigen Schlitzen dringt spärlich fahles Licht herein und lässt die Umrisse von Pferderücken und -hälsen hinter den Gitterstäben erahnen. Sie scheinen kleiner zu sein als die in Dycks Stall.

»Zum Verkaufen haben wir zwei momentan«, sagt die Frau neben Salli.

Salli erschrickt. Zwei Pferde?

»Da. Und da.« Die Frau führt sie näher an die Boxen heran, und Salli erschrickt noch einmal. Zwei braune Pferde. Hellbraun und dunkelbraun. Helle Mähne, schwarze Mähne, das ist der ganze Unterschied. Sie räuspert sich.

»Ich will eine Stute«, sagt sie, in der Hoffnung, damit das Problem aus der Welt geschafft zu haben.

»Alle zwei sind Stuten«, leiert die Frau. »Ich zeig sie Ihnen.« Sie öffnet die erste Boxentür, packt das Pferd dahinter rüde am Halfter und zieht es hinter sich her auf die Stallgasse. »Vierjährig. Geht schon unterm Sattel.«

»Und wie heißt sie?«, fragt Salli, den Tonfall imitierend, mit dem man sich über einen reizenden Säugling in seinem Wägelchen beugt.

»Kalinka.«

Kalinka. Das ist sie. Dyck muss sich verhört haben. Wer würde denn ein Pferd nach einem Babybrei benennen?

»Halten Sie sie mal«, kommandiert die Frau. »Ich hol den Sattel.«

»Was?« Salli bricht der Schweiß aus. »Sattel?«

»Wollen Sie sie nicht Probe reiten?«

»Ich ... äh ...«, stottert Salli. Also doch! Sie soll dieses Tier besteigen. Und dann im Galopp einmal ums Haus? Das hat sie jetzt von dieser Rolle! Spionin, Marketenderin, *sojusnik*. Sie – hoch zu Ross. Sie fürchtet sich doch schon vor einem Rauhaardackel. »Kann ich zuerst die andere sehen, bitte?«, fragt sie mit belegter Stimme und betet um Erlösung.

»Die Letti? Die müssen Sie aber selber einreiten, die ist noch roh.« Die Frau – offenbar eine Pferdepflegerin – führt das erste Tier zurück in seinen Verschlag und holt das zweite heraus. Olivgrüner, erstarrter Kot klebt ihm am Hinterteil. Es schlägt mit dem Kopf und rollt die Augen, dass das Weiße sichtbar wird.

Salli macht einen Schritt zurück und tritt in etwas Sumpfiges.

»Colette, auch vierjährig«, stellt die Pflegerin vor.

Colette. Co-lete. Kalete. Hat Dyck das verwechselt? Natürlich! Jetzt fällt ihr ein, wie die russischen Studenten Moskau aussprechen oder Gorbatschow. Aus O machen sie A: Maskwá. Garbatschow. Dycks Aussprache! Kommt auf die Lernliste, schärft Salli sich ein. Der Gedanke an ihre wirkliche Profession flößt ihr etwas Selbstvertrauen ein. Außerdem scheint das Problem der Auswahl gelöst. »Die nehme ich«, sagt sie und zeigt auf das Augen rollende Pferd mit der dunklen Mähne. »Probereiten brauche ich nicht.« Fast hätte sie dazugesetzt: als Pferdekennerin.

In seiner sinister eingerichteten Halle erwartet sie der Herr des Hauses. Er hat einen flott gepunkteten Schal umgebunden, seine Miene aber ist leidend, der Händedruck kraftlos, als hätte er eine schwere Erkrankung hinter sich. Den Vertrag hat er schon vorbereitet. *Herr Erich Pummer verkauft an Frau Salome Sturm die vierjährige Stute Colette. Ohne Papiere. Kaufpreis. Datum. Unterschrift.*

Salli reckt sich das Papier in die richtige Lesedistanz. »Wieso ohne Papiere?«

»Wieso mit?« Er reibt sich die Tränensäcke und schaut plötzlich misstrauisch. »Sie kaufen sie doch als Freizeitpferd?«

Salli überlegt. Wahrscheinlich hat er recht. Aber Dyck hat ausdrücklich Papiere bestellt. Ob es auffällt, wenn sie jetzt telefonieren will? »Ich müsste mal Ihre Toilette aufsuchen«, sagt sie beiläufig und kommt sich vor wie Mata Hari.

Auf dem Örtchen verschließt sie die Tür und wählt zitternd vor Aufregung Dycks Nummer. Ein Glück: Die Verbindung ist so klar wie nie.

»Brauchen Sie die Papiere unbedingt? Er will sie nicht mitgeben.«

»Brauch i schon. Für decken lassen.«

»Ja, was mache ich dann? Er sagt, für ein Freizeitpferd sind Papiere unnötig.«

»Sie sagen, Sie brauchen Papiere und aus.«

»Hm. Ich weiß nicht ... er wird mich fragen, wozu.«

»Geht ihn nix an, wazu!«

Sie kann ihn atmen hören. Dann wieder seine Stimme: »Sagen Sie, Sie wollen Turnier reiten mit Pferd. Machma Turnierpferd draus. Für Turnier brauchma schon Papiere.«

»Turnier reiten!«

»Und wann fragt er wegen Rennen – is schon okay. Rennen sie wird nimmer laufen in Leben.«

»Und dann unterschreibe ich den Vertrag?«

»Dann Sie unterschreiben Vertrag.«

»Ach, noch was: Die Stute heißt CO-lette. Mit O. Braun, wie Sie gesagt haben. Schwarze Mähne. Das ist schon die richtige, oder?«

»Is richtige. Hat nur ein Braune in Stall!«

»Nein, da war noch eine Stute. Hellbraun, mit heller Mähne. Deswegen frage ich.«

»Ah, naa! Das is Fuchsstute! Noch was: Wann er anfangt, der Pummer, dass keine Rennen soll gehen – fragen Sie, warum das is so wichtig für ihn. Mir wird interessant sein, was sagt er.«

Ob Mata Hari auch auf Toiletten Anweisungen bekam, deren Sinn sie nur halb verstand?

»Ich habe ganz vergessen«, sagt Salli, als sie wieder an dem schwarzen Wurzeltisch sitzt, »dass ich ja auf Turniere gehen will. Dafür brauche ich die Papiere doch.« Sie versucht, herausfordernd auszusehen, während sie Pummers Blick standhält.

»Turniere?«, fragt er und klappt langsam die Lider auf und zu. »Mit einer Traberstute – was wollen Sie denn da auf Turnieren? Dressur reiten?«

Traberstute. Himmel, was ist das? Kann dieses Tier etwa nur schnelle Gangarten, nichts Langsames?

»Ich bin – Optimistin«, improvisiert sie auf der Suche nach einer Eingebung. »Mein – mein Reitlehrer! Der sagt, ich kriege das schon hin. Auf jedem Pferd.« Stolz hebt Salli ihr Kinn.

Pummer glotzt sie fischig an. »Bei Rennen wird sie nicht mehr gestartet! Das muss klar sein. Wir schreiben das in den Vertrag!« Er malt die Klausel in das Dokument. *Die Käuferin versichert, dass …*

»Warum ist das eigentlich wichtig für Sie?«, fragt Salli in Erfüllung ihres Auftrags und sehr unschuldig.

Er kneift die Augen zusammen und sinniert. »Diese Rennen sind anstrengend«, sagt er mit leidvollem Gesicht. »Ich liebe meine Tiere, wissen Sie.«

Darin muss die Pointe stecken, denkt Salli, während sie Dyck in seiner Kammer Bericht erstattet, auf eine Gefühlsregung wartend, ein Lachen, wenigstens ein Schmunzeln. Sie sieht Anselm vor sich, wie er sich amüsieren wird, wenn sie von der schwarz möblierten Halle erzählt, dem Mädel im Gothic-Look, der schmutzigen Pflegerin, dem eindeutig alkoholkranken Hausherrn. Dyck dagegen steht die ganze Zeit nur da, den Kaufvertrag in der Hand und verzieht keine Miene.

»Aus Liebe zum Tier!«, wiederholt Salli. »Hat er gesagt.« Sie breitet die Arme aus und lächelt.

Dyck lächelt nicht. Todernst schüttelt er den Kopf. »Hat nix zu tun mit Liebe. Weiß er sowieso net, wann wehtut bei Ross.«

»Das ist ja auch ein bisschen schwierig, oder?«, fragt Salli, »schließlich reden Tiere nicht.«

»Reden schon, die Viecher. Mussma zuhören.«

Salli versteht nicht: Scherzt er? Nein, er seufzt sogar: »Obwohl – bei Pferd und Schaf is schwierig. Andere alle können schreien: Hund, Katz, Schwein. Pferd haltet Schnauze.« Immer noch kein Lächeln.

Vielleicht haben ihn die angekündigten Kopfschmerzen schon erfasst, denkt Salli. Es scheint so. Auf ihre Nachfrage zur nächsten Unterrichtsstunde heißt es, dass er die Stute abholen werde, Futter besorgen, »arbeiten« müsse er auch mit ihr, was immer das bedeutet. Ein kerniger Händedruck und die Versicherung, er werde sich »wieder melden«.

Also ist es mit Dyck so gelaufen, wie das bei Privatschülern wohl üblich ist. Ein Strohfeuer. Kurzes Knistern, dann erlischt die Begeisterung. Auf beiden Seiten. Doch diesmal, denkt Salli auf der Heimfahrt, wüsste sie gern noch die Antwort auf ein paar Fragen: Warum er sie dafür gebraucht hat, dieses Pferd zu kaufen. Wieso es keine Rennen mehr laufen soll. Ob das ein Spaß war, dass Tiere reden können. Wieso Dyck niemals lächelt. Ob sie ihm noch einmal begegnen wird? Aber was ein »Ich melde mich« bedeutet, kann sie sich doch denken.

Als sie auf die Autobahn fährt, wird ihr bewusst, dass diese Strecke ab jetzt Vergangenheit ist. Sieben Mal ist sie durch den Wald gefahren zu einem Bauernhof, wo es einen Hund gab und Pferde (beide Sorten zum Glück eingesperrt). Sie hat in einem Stall unterrichtet, bei jedem Atemzug die Gerüche eingesogen nach Heu, Leder, Kernseife. Sie spürt einen komischen Druck auf der Brust. Und dann hört sie aus ihrem Mund – eine Interjektion. Ein leises, aber deutliches *Ach*. Steht das für Kummer? Wegen Heu und Leder? Wegen dieses Russen? Aber wieso sollte sie den und seine Bauernwelt vermissen? Sie fährt jetzt einfach zurück in ihr normales Leben, da gibt es auch Tiere, und zwar solche, die ihr vertraut sind und vor denen sie sich nicht fürchten muss: Nomen-Elefanten, Pronomen-Äffchen, Verb-Katzen. Es gibt nichts zu beseufzen, der Unterricht hier auf dem Land war eine Episode in ihrem Leben, nicht mehr.

Sergey

Der braune Wallach legt die Ohren nach hinten und versucht, auf drei Beinen rückwärtszulaufen, doch der Strick am Halfter reißt ihn zurück. Kling-klang macht der Hammer des Hufschmieds am Amboss.

»O-la«, knurrt Sergey Dyck und stemmt sich gegen die Kruppe. Er hat den Schweif des Tiers um dessen linkes Fesselgelenk gewickelt und zieht das Hinterbein daran hoch.

»Hast den Stall scho angschaut?«, schreit der Schmied. Er unterbricht sein Hämmern und besieht sich das glühende Eisen.

Sergey schüttelt den Kopf.

»Ha?«, beharrt der Schmied. »Der wird bald weg sein! A guter Grund! Koppel hättst aa dabei. Da sind irgendwelche Erben – die wollen keine Arbeit haben damit. Deswegen verpachtens des zu so am Preis.«

Wie viel die Erde in diesem Land kostet – keine Ahnung hat Sergey davon. Der Schmied wird es schon wissen. Er fährt von Hof zu Hof und hört viel. Aber auch wenn die Pacht günstig ist, kann er sie nicht zahlen. Wen soll er um Kredit bitten? Der einzige Mensch mit Geld, den er hier kennt, ist der Bauer. Seit fünf Monaten hat der jetzt gesehen, wie er arbeiten kann. Vielleicht leiht er ihm ja etwas Geld. Gut aufgelegt ist er allerdings nicht neuerdings. Jeden Tag wird sein Gesicht länger, wenn er hinten beim Heulager vorbeikommt und Sergeys Stute sieht. Sergey kann ihn verstehen; fast jeden Tag zieht jetzt ein neues Pferd ein, auf dem Parkplatz stehen schwere Autos, der Stall ist fast voll, und er, der Knecht, blockiert eine Box mit seiner Stute. Bis jetzt hat der Bauer nur hundert Euro verlangt für Futter und allgemeine »Unkosten«, aber es ist klar, dass er bald mehr verlangen wird. Von den anderen bekommt er fünfhundert Euro für die Box. Rechnen kann der Bauer, den Lohn für seinen Knecht kennt er auch, er weiß, dass der so viel nicht zahlen kann.

»Wer a Land braucht zum Pachten, der werd zugreifen«, mahnt der Schmied. »Höher!«

Sergey stellt die Beine breit auf den Boden und lüpft den Hinterhuf. Er spürt, wie ein Zittern durch den Tierleib geht.

Am Kopf des Pferdes steht eine Dame in karierter Reithose und versucht, mit ausgestrecktem Arm die Wange des Wallachs zu streicheln. »Bra-a-av«, sagt sie mit bebender Stimme. »Bra-ver Gold-boy!«

Mit dem Eisen in der Feuerzange zielt der Schmied auf die Fläche des hingereckten Hinterhufs.

»Pass auf!«, warnt ihn Sergey.

Beherzt drückt der Schmied das glühende Eisen auf die Hufränder; augenblicklich steigt blauer Qualm hoch, es stinkt nach verbranntem Horn. Blitzschnell feuert das Pferd nach hinten aus. Sergey wird mitgerissen vom Gewicht des Tieres, er lässt den Schweif los und rollt sich zusammen, während er seitwärtsfliegt. Wie eine Katze schnellt er herum und entgeht dem mächtigen Tritt, denn jetzt, wo er wieder auf vier Beinen steht, keilt der Wallach mit voller Wucht seitlich aus.

Klimpernd schlägt das Eisen am Boden auf. »Kruzifix!«, brüllt der Schmied und hält sich das Knie.

»Wie geht?«, schreit Sergey.

Die Besitzerin ist in eine Ecke des Stalls geflüchtet. »Ga-anz bra-av«, wimmert sie aus drei Metern Entfernung.

»Ich werd dir – du Saukerl!« Der Schmied schwingt den Hammer gegen das Pferd.

»Nein!«, kreischt die Besitzerin, »nicht!«

Sergey schüttelt den Kopf, er geht nach vorne, fasst das Pferd am Kopfstück und schaut ihm ins Auge. Eine Sekunde bleibt alles ruhig, dann reißt der Braune sich los und schnappt nach dem Menschen neben sich. Im gleichen Moment ist Sergey hochgesprungen und hat ein Pferdeohr erwischt, das er jetzt mit Kraft zu einer Tüte zusammendreht. Der Wallach schlägt entrüstet mit dem Kopf, er versucht zu entkommen, rollt die Augen, läuft wieder rückwärts, aber der Mensch läuft mit ihm und hält weiter das Ohr fest. Vier Schritte rückwärts, ein mächtiger Sprung nach vorne, der kleine Mensch fliegt in die Höhe dabei, aber er lässt nicht los. Hin und her, sechsmal, siebenmal. Dann bleibt der Wallach stehen. Beeindruckt senkt er den Schädel.

»No, du?«, fragt Sergey. Immer noch hält er das Ohr und mustert das Pferd.

Die Besitzerin meldet sich aus ihrer Ecke. »Was tun Sie da?« Ihre schön geschminkten Lippen zittern vor Wut. »Lassen Sie sofort mein Pferd los!«

Eine Sekunde noch beobachtet Sergey den Braunen, dann löst er die Faust. »Noch mal du wirst net beißen!«, sagt er leise und an den Schmied gewandt: »Er is ruhig jetzt. Machma weiter!«

»Das werde ich …! … können Sie mir glauben!« Bevor sie sich abwendet, streichelt die Besitzerin ihrem Pferd wehmütig die Schnauze »Armer. Braver Goldboy!« Dann geht sie zum Stalltor. Die Sporen an ihren Lederstiefeln klirren.

»Mein Gott, die Weiberleut«, kommentiert der Schmied.

Sergey antwortet nicht. Wo er herkommt, sind Pferde Männerarbeit. Auf der Kolchose gab es freilich auch Frauen in den Ställen. Aber die waren vom Land, konnten arbeiten und umgehen mit den Tieren. Die Weiber, die seit einigen Wochen in diesem Stall aus und eingehen, haben noch nie eine Mistgabel in der Hand gehabt und sagen Dinge wie: »Mein Pferd hat einen Huf verloren.« Sie kommen zusammen mit dem Reitlehrer, sie sind alle blond, tragen goldene Ketten und Ringe, ihre Pferde decken sie auch im Sommer ein und jede hat einen Sonderwunsch: »Für mein Dornröschen bitte keinen Hafer!« – »Heu nass machen für den Olli!« – »Bachblüten! Täglich dreißig Tropfen ins Futter! Vergessen Sie es nicht, Sergey!«

Sergey. Zu Hause rief man ihn Sergyi oder Serjosch, erst seit er in Deutschland ist, heißt er Sergey, er hat sich schon daran gewöhnt.

»Den anderen!«, befiehlt der Schmied, wischt sich mit dem Ärmel den Schweiß vom Gesicht und sieht misstrauisch auf den zweiten Hinterhuf, den Sergey ihm entgegenhält. Aber der Braune muckst nicht mehr.

Gerade als der Schmied den letzten Nagel in das Hufhorn schlägt, erscheint der Bauer in der Stalltür. Hinter ihm die Besitzerin des Wallachs. Während der Schmied die Pferdebeine nacheinander auf den Bock stellt und mit der Feile bearbeitet, redet sie mit hoher Stimme auf den Bauern ein. »... geschlagen ...«, versteht Sergey. » ... Ohr gezogen ...! ... Tierquäler!«

Sergey setzt sein Steingesicht auf. Ein Mann zeigt nicht, was in seiner Seele passiert. Was soll auch schon passieren? Angst bekommt er jedenfalls nicht, die hat er nur ein paarmal im Leben gehabt, wenn Wildpferde zugeritten wurden oder bei Hindernisrennen mit festen Wällen. Das Weib hier? Darüber macht er sich keine Gedanken. Und der Bauer ist ein Mann wie er. Mit dem wird er sich schon einig.

Die Frau gibt dem Schmied einen Geldschein, wirft einen gehässigen Blick auf Sergey und geht mit ihrem Pferd davon.

Dann bellt der Bauer los. »So gehts net! Kundschaft beleidigen! Spinnst du!«

Sergey steht auf der Stallgasse und schaut dem Bauern ins gerötete Gesicht. Ein paar Monate lang kam der Bauer in den Stall zum Jammern: fast alle Boxen leer, keine Einsteller, kein Geld, Bankkredit, Zinsen ... Und wenn eins von den Rössern kolikt und verreckt? Was dann? Warum hat er bloß umgestellt von Kühen auf Rösser! Und die Unkosten, die Unkosten! Jeden Tag ging das so. Und jeden Tag setzte Sergey die Gabel ab und erklärte ihm, was man macht bei der Kolik, was ein Pferd fressen darf und was nicht. Zwei Männer. Der eine mit der Mistgabel, der andere mit seinen Sorgen. »Mit de Kiah wars leichter«, sagte der Bauer am Ende regelmäßig, und Sergey tröstete ihn: »Des kommt schon mit die Ross!« Seit der Reitlehrer mit den blonden Pferdebesitzerinnen eingezogen ist, jammert der Bauer nicht mehr. Wenn die Besitzerin des Wallachs in ihren BMW steigt, um nach Hause zu fahren, steht er mit seiner Frau auf der Straße und beide winken.

»No oamoi«, sagt der Bauer drohend, »und du kannst deine Papiere holen!« Damit stampft er aus dem Stall.

»Servas!«, schreit der Schmied aus seinem Auto.

Sergey besitzt keine Uhr, er weiß auch so, was wann zu tun ist: Die Boxen sind gemistet, bis zur Heuausgabe hat er noch Zeit. Er schlendert die Stallgasse hinunter. Aus einer Kiste voll Äpfel, die eine Besitzerin fürsorglich vor die Box ihres Pferdes gestellt hat, nimmt er sich einen Apfel, beißt hinein und geht kauend weiter bis zur letzten Box, wo seine Stute steht.

Dieser Stall in der Stadt. Rennbahn in der Nähe, genug Koppelgrund. Günstig zu haben. Was heißt günstig? Auch wenn es ganz wenig ist, braucht er Kredit. Dafür muss man verhandeln. Auf Deutsch. Ob diese Lehrerin mitkäme zu einer Bank? Sie ist ein Weib. Ein Mann wäre ihm lieber. Aber als er die Stute haben wollte, ist auch nur sie ihm eingefallen. Schlecht gemacht hat sie es ja nicht damals. Überhaupt – eine kluge Person. Und wenn sie einen engen Rock anzieht, sieht man einen netten, kleinen Hintern.

»No, Katka!«, sagt er zu der Stute. Er hat ihr einen Ziegennamen gegeben, weil ihn ihr Charakter an eine Ziege erinnert.

Er muss an die braunen, schwarzen, fuchsfarbenen Pferde denken, mit denen er gefahren ist. An die Rennbahnen in Kazan, Moskau, Nischnij Nowgorod. An den Staubgeschmack, überall derselbe, an die Fanfaren, die silbernen Pokale. Und an die Frauen, die er dort hatte. Sie mochten ihn, sie waren hinter ihm her. Aber er blieb ja nicht. Nach den Rennen verluden sie die Pferde, seine Kumpel und er, und fuhren weiter. Nach Irkutsk oder Nowosibirsk. Nach dem Militärdienst sagten ihm alle, dass es Zeit wäre zu heiraten, eine Familie zu gründen. Er sah seine Schwestern: die eine schlief nicht mehr aus Sorge um ihr Kind, um die andere weinte die Mutter. Er sah sich selbst als Zwölfjährigen in der Dunkelheit Heu stehlen für die Kuh. Nein, auf solchen Sand gründete man keine Familie.

Im nächsten Frühjahr wird er die Stute decken lassen. Den Hengst hat er schon ausgesucht. Dann spätestens braucht er einen eigenen Stall, eine Koppel. Und jemand muss mit anpacken. Eine Familie wird er nicht mehr gründen, dafür ist es zu spät. Aber eine Frau wäre schön – keine von der Rennbahn. Eine, mit der man lebt. Wo sind in diesem Land die guten Frauen versteckt? Bis jetzt hat er nur solche gesehen, die glänzen wie ein polierter Samowar. Ausgenommen die Lehrerin. Die ist anders. Weder behängt sie sich mit Gold, noch lächelt sie bis zu den Ohren.

Er öffnet die Boxentür, geht hinein und lehnt sich an die Schulter der Stute. Sofort wendet sie den Hals auf der Suche nach einem Leckerbissen. Er überlässt ihr den Apfelbutzen und stellt sich die Lehrerin vor. Wie oft hat sie ihm gegenübergesessen im Sommer? Sechsmal? Die zwei kleinen Kerben um ihren Mund. Helle Augen, der besorgte Blick darin, sobald er einen Fehler machte. Der Hintern, den er manchmal verstohlen betrachtete. Von Pferden versteht sie nichts. Aber sie hört zu, man kann ihr etwas beibringen. Sie ist klüger als alle anderen, die er in diesem Land gesehen hat.

Die Stute beschnobert seine Hände, dann schaut sie ihn unter ihrer dichten Mähne an. Wenn es um ihn allein ginge – er kann überall schlafen, zur Not im Auto oder in einem Heustadel. Aber die Stute.

Er legt seine Hand auf ihre Stirn, krault die Stelle unter dem Schopf. »No, du?«, fragt er, »muss i sesshaft werden, oder?« Die Stute schließt die Augen, legt ihren Kopf auf seiner Schulter ab und seufzt zufrieden.

Was, wenn die Lehrerin verheiratet ist? Das ist ein neuer Gedanke. In Russland gibt es mehr Frauen als Männer, sie stehen Schlange um einen, jeder Mann ist ein Geschenk, sogar wenn er trinkt. Die goldenen Pferdebesitzerinnen hier sind alle verheiratet. Jedenfalls sehen die Kerle, die sie im Porsche zum Stall chauffieren, so aus, als wären sie diejenigen, die das alles bezahlen: Pferde, Autos, Schmuck.

Hat die Lehrerin auch so einen?

Es ist Zeit, Heu auszugeben. Er schiebt den Kopf der Stute von seiner Schulter und greift nach der Gabel.

4. Pygmalion

*Woran liegt es jedoch, dass in einem Satz
ein Objekt auftreten muss oder kann,
in einem anderen dagegen nicht?
Offensichtlich spielt das Verb hier eine zentrale Rolle.*
Karin Pittner/Judith Berman, ›Deutsche Syntax‹, 2004

EIN SCHÖNER, LAUER Abend im September. Zusammen mit den anderen Besuchern des Konzerts stehen Salli und ihre Kollegin Barbara Müller im Innenhof einer Altschwabinger Villa und warten auf Anselm, der Sekt besorgen wollte. Der Hof ist voller Leute, die sich alle ähnlich sehen, obwohl oder gerade weil sie größten Wert auf ihre Individualität legen: grauhaarige Intellektuelle in Jeans und schwarzem Rolli, hie und da eine markante Hornbrille, das weibliche Publikum trägt Naturfarben und dezenten Silberschmuck. Die Luft vibriert von ihren Stimmen.

»Und?«, fragt Salli. »Wie findest du es bisher?«

Barbara verzieht den rot geschminkten Mund. »Ganz nett. Natürlich schön, dass da zwei Frauen ... Nur der Csárdás – ich weiß nicht ... irgendwie ... Ethnokitsch? Wirkt jedenfalls ein bisschen rangeschmissen ans Publikum, findest du nicht auch?«

»Und ich dachte, den hätten sie nur wegen dir gespielt. Bei dem Rock, den du da anhast – sagenhaft, das Teil!« Salli fühlt sich ertappt, weil ihr der Csárdás gefallen hat, außerdem zieht irgendetwas in ihrem Bauch, vielleicht ist es nur Nervosität angesichts der überkritischen Barbara.

»Ach Gott!« Missbilligend sieht Barbara an ihrem fußlangen Zigeunerrock hinab. »Vom Flohmarkt. Hat fast nichts gekostet.« Doch die Sorgfalt, mit der sie ihr Äußeres komponiert hat, ist unübersehbar: schwarze Seide, das Lippenrot zum eisgrauen, feministisch kurz geschnittenen Haar, der Armreif aus einer zurechtgebogenen Silbergabel – jedes Detail passt.

»Mal sehen, was sie im zweiten Teil bringen ...« Barbara beugt sich über den Programm-Flyer. Salli betrachtet die Szene mit gemischten Gefühlen. Sie hatte die Idee zu diesem Abend mit Akkordeon und Flöte, deshalb fühlt sie sich für sein Gelingen verantwortlich. Und noch etwas liegt ihr im Magen: Anselms Wort von der *unio mystica*. Drei Wochen ist das jetzt her. Seitdem er ihr Projekt als dilettantisch kritisiert hat, hängen ihr die Flügel herab. Dabei bräuchte sie Adlerschwingen, um weiterzuarbeiten. Ein paar Mal noch hat Salli sich vor die ausgefüllten Fragebögen gesetzt und versucht, ihren Schatz so begeistert zu sehen wie davor. Aber die Edelsteine hatten sich in Bachkiesel verwandelt. Sie sagte sich, dass ihr Material zu dürftig war für solide Wissenschaft, und begann, es zu erweitern. Mehr Studenten, mehr Fragen. Da sie nicht weiß, wie es weitergehen soll, steckt sie in diesem Stadium fest. Sie befragt und befragt. 288 Antworten sind inzwischen zusammengekommen. Hunderte von *Aua, Ahh, Ohh, Iiii, Pssst* in allen Variationen. Sie hat kein System, nach dem sie das kategorisieren könnte, sie weiß nicht mehr, was aus all dem folgen soll, sie sammelt manisch weiter, und wie das Pfeifen im Ohr nach einem Hörsturz quält sie dazu ein neues, zwanghaftes Lauschverhalten.

»Bitte sehr, die Damen.« Anselm balanciert drei Sektgläser in einer Hand.

»Ah«, sagt er nach dem ersten Schluck.

»Mm«, macht Barbara.

Ah. Mm. Salli protokolliert innerlich mit, bevor sie sich wieder Barbara zuwendet. »Das Piazzolla-Stück war toll, oder?« Sie bemüht sich um einen leichten Ton, unwillkürlich drückt sie eine Hand auf die Leiste. Der Schmerz erinnert sie an die Krämpfe, die früher ihre Menstruation begleiteten. Aber das kann es nicht sein – das weiß sie.

»Der Piazzolla war okay«, bestätigt Barbara großzügig.

Anselm lächelt mit strahlenden Zähnen. »Ich finde die Mädels famos. Dieser Csárdás am Schluss hat mich richtig mitgerissen.«

»Was höre ich da?« Barbara sendet Anselm einen empörten Blick. »Erst *Damen*, jetzt *Mädels*. Man nennt uns *Frauen*, falls du das nicht wissen solltest, verehrter Kollege!«

Haben die anderen gesehen, dass Salli die Augen verdreht? Jedenfalls empfängt sie ein verschwörerisches Zwinkern von Anselm.

Gleich darauf beugt er sich mit seriöser Miene zu seiner Kritikerin herab. »Ganz deiner Meinung: Ob blond, ob grau, ob braun – du weißt, was sich darauf reimt.«

»Macho!« Fast ein wenig neckisch stupst Barbara ihn in die Seite, hält aber jäh inne und reißt den Kopf herum. »Habt ihr das gesehen? Dobisch! Und das Mä…, die junge Frau neben ihm – das ist doch eine Studentin!«

Alle drei recken die Hälse. Mit einer langbeinigen Schönheit an der Seite taucht Dobisch in der Menge unter. Einen Moment noch wogt die Mähne der Frau – blond wie ein ukrainisches Weizenfeld –, dann ist auch sie verschwunden.

»Was will so eine denn von Dobisch?«, fragt Salli verstört. »Er könnte ihr Großvater sein!«

»Dreimal darfst du raten.« Die Falte zwischen Barbaras Brauen vertieft sich. »Und wisst ihr was? Es ist nicht das erste

Mal, dass der liebe Dobisch seine Stellung ausnützt, ich hab ihn schon mal erwischt.«

»Wo?«

»Mit wem?«

»Mit einer Studentin natürlich, wovon red ich denn? Am Flaucher, im Biergarten, irgendwann im Sommer.« Barbara verzieht die Lippen und stößt dann ein »Hm« in abfallender Tonlage aus.

Hm – für Zweifel, notiert Salli im Geist. Bei entsprechender Intonation. Wieso aber Zweifel? Die Studentin darf ihre Abschlussprüfung zwei Monate früher machen, wenn der Lehrer im Oberstufenkurs seinen Segen gibt. Dobisch nutzt Abhängigkeiten aus, da gibt es keinen Zweifel!

»Andererseits kann man es auch wieder verstehen«, beginnt Barbara von Neuem. »Seid ihr jemals seiner Frau begegnet?«

»Was ist los mit ihr?«, fragt Salli.

»Na ja, sie ist jetzt niemand …«, Barbara sieht sich kurz um und senkt dann die Stimme, »mit dem man sich unterhalten kann. Über irgendwas Richtiges, meine ich. Der Bruder hat ein Fliesengeschäft oder so was und sie war dort – Verkäuferin. Dobisch hat sie ja auch noch nie auf ein Schulfest mitgebracht, ist euch das noch nicht aufgefallen?«

Alle drei sehen sich mit großen Augen an. Selbstverständlich hat keiner von ihnen etwas gegen Verkäuferinnen. Im Prinzip. Aber wie kann man jemanden heiraten, mit dem sich über nichts reden lässt? Über nichts von Belang jedenfalls.

»Woher weißt du das?«, fragt Salli. Das Herz beginnt ihr zu klopfen. Vor der Ehe hat ihre Mutter Schrauben in einem Eisenwarenladen verkauft. Zum Glück weiß keiner davon.

»Radetzki kennt ihn näher. Trotzdem! Bei aller Liebe – Studentinnen sind tabu. TABU. Wenn ich richtig böse wäre …«, Barbara pausiert, öffnet die Lippen und zeigt kurz ihre Schneidezähne, »… fiele mir dazu das Wort *Kündigungs-*

grund ein. Wer weiß, vielleicht wären dann alle mit einem Schlag ein paar Sorgen los – Kollegen, Taubert und Studentinnen.«

»Aber wir können doch nicht ...«, einen Kollegen denunzieren, hat Salli sagen wollen, doch so weit kommt sie nicht, wieder zuckt ihr dieser Schmerz durch die Eingeweide, fast hätte sie sich gekrümmt.

»Ernster Vorwurf«, sagt Anselm. Dann lächelt er wieder. »Aber solange nichts bewiesen ist ...«

»*Solange* nichts bewiesen ist«, bestätigt Barbara mit Nachdruck, während sie den Flyer betrachtet. »Was spielen die beiden denn nun nach der Pause? Ah ja, Rimsky-Korsakoff. O je: ›Hummelflug‹ ...«

Was ist falsch am ›Hummelflug‹?, denkt Salli entnervt, die linke Hand gegen die schmerzende Seite pressend.

Anselm wiegt sein Haupt. »Ein bisschen einfallslos, oder?«

»Nnjein. Artistisch natürlich, hmm, gewagt, aber, aber ...«

»Geplänkel?«

»Jjjjja.« Barbara nickt. »Inhaltlich gesehen.« Sie blickt ernst drein, aber die strenge Kerbe an den Mundwinkeln hat sich gelöst.

Noch ein Stich im Bauch. »Halt das mal«, sagt Salli mit Müh und Not, während sie Anselm ihr leeres Sektglas hinstreckt, sie dreht sich zur Seite und drückt durch die Jackentaschen die Hände auf den Unterleib. Wie zur Antwort vibriert ihr Handy. »Entschuldigung.« Sie schleppt sich zwei Schritte weg von Barbara und Anselm. »Ja?«

»Challo!«

Im ersten Moment hat sie die Stimme gar nicht erkannt. »Herr Dyck?«

»Wie geht Sie?«

»Du meine Güte ...« Sie schaut sich kurz über die Schulter nach Anselm und Barbara um, die jetzt in Lachen ausgebrochen sind. »Gut so weit. Ähm – und selber?« Wieder muss sie sich umsehen. Reden die beiden noch über Musikkritik? Oder schon über sie? »Entschuldigung. Was sagten Sie?«

»Dass auch gut geht. Nächste Jahr i lass Stute decken, dann kriengma kleine Fohlen.«

»Na so was, gratuliere.«

»Dankschön.«

Eine Pause entsteht. Aus der Villa ertönt ein Glockenschlag, das Gemurmel auf dem Hof verstummt, dann setzt es wieder ein, während die Konzertbesucher sich auf das mit Efeu bewachsene Gebäude zuschieben, der Kies knirscht unter ihren Schritten.

»Kommst du, Salli?«, ruft Anselm.

»Sofort!«

»Hamma lange net gesehen …«

»Stimmt, ja.«

»Ist Zeit bei Sie nächste Wocha?«

»Äh. Kommt darauf an …«

»Weil wollt i reden mit Sie!«

»Salli, wir gehen jetzt rein!«

»Herr Dyck, es ist gerade ein bisschen …«

»Gibt diese Ding. Diese Stall. Gleich bei Rennbahn.«

»Ah ja? Ich …« Sie spürt, wie sich etwas in ihrem Unterleib ballt. »Herr Dyck, ich rufe Sie später zurück, ja? Jetzt ist es wirklich schlecht.«

»Naa, alte mein Telefon kaputt, jetzt is neue Nummer bei mir. Besser, wann i komm vorbei bei Sie. Morgen geht?«

»Aber ich kann nicht …«, sagt sie und weiß im nächsten Moment selbst nicht mehr, warum sie gerade dieses Modalverb gebraucht hat. Morgen ist Sonntag. Ihre Wohnung ist frisch geputzt, zu korrigieren gibt es auch nichts. Sie kann. Sie will nur nicht. Nie hat sie Schüler zu sich nach Hause eingeladen, wie andere Dozenten das manchmal tun. Ihre Wohnung ist stets still, sauber, ein Ort zu arbeiten und zu schlafen. Noch nicht mal Anselm hatte sie jemals zu Gast. Die einzigen Leute, deren Stimmen sie hie und da in den eigenen vier Wänden hört, heißen Sissi oder Dr. Schiwago.

»Dauert net lang, komm i, redma, geh i wieder.«
»Salli …!«
»Oder gibt Problem bei Sie?«
»Nein«, sagt sie. Weil sie kein passendes Modalverb parat hat und außerdem keine Übung darin, Männern einen Korb zu geben. »Haben Sie was zu schreiben?«, fragt sie resigniert. Ganz plötzlich, während sie ihre Adresse diktiert, lässt der Schmerz nach. Die Erleichterung hat etwas mit dem heißen Gefühl zwischen ihren Beinen zu tun, gleich darauf spürt sie, wie sich Nässe in ihrer Unterhose ausbreitet. Kein Zweifel, sie blutet.

Mühsam murmelt sie eine Abschiedsfloskel und legt auf. Dann stakselt sie mit zusammengepressten Oberschenkeln zur Toilette.

Sie blutet. Aber das hat sie doch eigentlich hinter sich! Vor zwei Jahren, ziemlich genau zu ihrem fünfzigsten Geburtstag, hat ihre Regelblutung einfach aufgehört. Ohne gefürchtete Hitzewallung, Depressionen oder anderes Unbill. Ihr Gynäkologe hatte sie darauf vorbereitet und sich gewundert, dass es bei ihr so lange dauerte.

Und jetzt ist da wieder dieser heiße Schwall, der Geruch, das schwarze Bröcklein gestocktes Blut, wie ein Stückchen Kalbsleber und darum ein feuchter Hof in Rosa und Braun. Ohne große Hoffnung sieht sie in ihre Handtasche, aber natürlich hat sie alle Tampons längst weggeworfen, nicht einmal Papiertaschentücher finden sich.

»Salli? Alles in Ordnung?« Barbara, in dezentem Tonfall. Salli kann ihre Pumps vor der Kabine auf den Boden klackern hören. Und einen schmetternden Dreiklang vom Akkordeon; die Tür zur Damentoilette steht offen, das Konzert geht weiter.

»Ja«, ächzt sie. »Geh wieder rein, ich komme sofort.«

Die feuchte Hitze aus dem Blutschwall ist schon erkaltet, jetzt fühlt sich die Nässe zwischen ihren Schenkeln eklig an. Zum Glück ist ihr Rock nicht hell und es gibt genug Papier auf der Toilette. Sie platziert eine dicke Lage Klopapier in ihrer Unterhose, säubert sich notdürftig. Eine Minute später drückt sie sich an den Knien der Konzertbesucher vorbei auf ihren Platz. Links lächelt Anselm, rechts zupft Barbara an ihrem Ohrring.

Im Scheinwerferlicht schauen die beiden Musikerinnen sich in die Augen, die Akkordeonistin duckt sich kurz hinter ihrem Instrument, dann nickt sie der Kollegin an der Querflöte zu – der ›Hummelflug‹ beginnt. Während vier Hände wie verrückt über die Tasten und Knöpfe fliegen, während sich die Hummel zornig in die Lüfte schraubt, tanzen in Salli die Eindrücke der letzten Minuten und jäh aufzuckende Erinnerungslichter einen absurden Quickstep.

Nach zwei Jahren läuft wieder Blut aus ihr. Können die anderen sie riechen? Der Gynäkologe: Ein Klimakterium ohne Schwitzen? Spätzünderin Salli. Zu Beginn schon die reinste Nonne: Hatte sie überhaupt eine Pubertät? Keine Pickel, wenig Busen. Erst mit vierzehn kam das Blut, schon ein halbes Jahr weiter war sie los, was damals immer noch *die Unschuld* hieß; auf der Klassenfahrt nach Portugal; in einem Auto, im Dunkeln. Und dann erst wieder an der Universität. Schwarze Locken, Schalk in den Augen, schöne Hände. Wolfgang, der Ethologe. Zwischen ihren Beinen, wie wunderbar es sich anfühlte, wie heiß das war, Achteltakte, das Bett knarzt, der Mann keucht, überall feuchtes Haar. Schade, denkt Salli, während die Hummeln brausen, alles vorbei, gar nichts richtig benutzt, Vagina, Klitoris, Busen, Hintern. Viel später der

Linguistikprofessor aus Bremen, das war schon lauwarm, viel Händegedrück, ein schmales Bett im Hotelzimmer, E-Mails und Küsse, die keine Brandflecke hinterlassen. Zwei Drittel ihres Lebens oder mehr sind vergangen fast ohne Sex. Physisch gesehen ist Salli wohl so etwas wie eine tote Sprache: Interessant nur für kauzige Theoretiker, nicht für Leute, die sprechen wollen.

Der Balg des Akkordeons wölbt sich zu einem Bogen, parallel darüber der Mund der Musikerin, hitzig sirren die Hummeln, wie eine Schlangenbeschwörerin wiegt sich die Flötistin. Kann man das Blut riechen? Barbara, die Hände verschränkt auf dem Schoß, die Kiefer fest zusammengepresst – hat die eigentlich Sex? Und Anselm? Salli neigt den Kopf zur Seite, um seinen Gesichtsausdruck zu studieren, da trifft sie sein Blick. Mein Gott, schaut er etwa schon die ganze Zeit herüber zu ihr? Salli errötet in der Dunkelheit. Jetzt wagt sie es nicht mehr, den Kopf zu drehen. Starr sitzt sie auf ihrem Stuhl, bis die Hummeln verstummen.

»Schade«, sagt Anselm, als Salli nicht mehr mitkommen will in die Weinstube. Sie kann ihm das natürlich nicht erklären, aber sie braucht jetzt dringend eine heiße Dusche.

Auf dem Weg zum Ausgang greift er im Gewühl der Menschen plötzlich nach ihrer Hand. Gleich darauf spürt sie seine Lippen an ihrem Ohr. »Du, Salli, kann ich morgen mal bei dir vorbeikommen?« Fast bleibt ihr das Herz stehen. »Ich muss mir was von der Seele ... So gegen drei?«

Um drei Uhr. Ist da der Russe schon wieder weg? Sie hat gar keine Zeit vereinbart mit Dyck. Aber anrufen, um den Termin zu verschieben, kann sie nicht. Und Anselm absagen? Wie käme sie dazu!

»Ja, ja«, sagt sie schnell, und zweimal noch spürt sie seinen Händedruck wie ein Morsezeichen.

Um vierzehn Uhr fünfundvierzig des folgenden Tages sitzt Salli in einem schmal geschnittenen schwarzen Rock und weißer Hemdbluse so entspannt wie möglich auf ihrem Sofa; sie hat Kaffee vorbereitet (normalen und Espresso) und das Thonettischchen im Wohnzimmer gedeckt. Um vierzehn Uhr fünfzig erhebt sie sich, geht ins Schlafzimmer und betrachtet sich im Spiegel ihres Kleiderschranks; sie zieht zwei Oberteile heraus und hält sie sich vor den Leib: blaues Rankenmuster auf Elfenbeingrund? Oder das beige Modell mit den dunklen Litzen? Aber es ist keine Zeit mehr, die Bluse noch einmal zu wechseln. Jeden Moment kann es läuten. Sie nützt die letzten Minuten für eine kritische Studie: Liegen die Haare ordentlich? Mein Gott – schon wieder so grau am Ansatz. Diese Falten am Hals … Und dann – obwohl sie darauf gewartet hat – reißt der Schreck sie doch hoch, als es laut und fordernd schellt.

Es ist Dyck, der vor der Tür steht. In einem olivgrünen Bundeswehrhemd, das Haar zu einer millimeterkurzen Bürste geschnitten. Irgendetwas ist neu: Hat er schon immer so viereckig ausgesehen? Die Statur erinnert sie an ein Roggenbrot. Oder ist es die Sanftheit in seinem Blick? Er lächelt sie an, verhalten, und überrascht spürt Salli, dass sie sich freut.

»Hallo«, sagt sie, »schön, dass Sie gekommen sind.« Nur der Zeitpunkt passt nicht, denkt sie. Dann fällt ihr Blick auf das kleine schwarz-rot-goldene Abzeichen an seinem Ärmel, und die antimilitaristisch gesinnte Salli zuckt noch einmal zusammen.

»Challo«, sagt Dyck mit würdevollem Ernst. »Das für Sie!« Er streckt ihr eine Flasche entgegen.

Während er ihren Flur betritt, schaut Salli verstohlen auf das Etikett: Glühwein? Sie muss schmunzeln. Trägt er den seit Weihnachten mit sich herum? Sie platziert die Flasche in der Küche neben dem Salzfässchen.

»Trinken Sie lieber normalen Kaffee oder Espresso?«, fragt sie. Ein heimlicher Blick auf ihre Armbanduhr: 14.53.

»Is gleich für mir«, antwortet der Besuch höflich.

Um 14.57 sitzen sie sich mit zwei Espressotässchen im Wohnzimmer gegenüber. »Nun«, sagt sie, »was kann ich tun für Sie, Herr Dyck?«

»Gibt schöne Stall. Hab i schon angeschaut.«

»Ja?«

»Mussma gleich machen, sonst is weg.«

»Ah ja, und was soll ich …?«

»Weil Bauer sagt, jetzt is bald voll seine Boxen, dann brauch i andere Platz für Stute. Verstehna Sie?«

»Nicht ganz, nein.«

»Für Stute brauch i Platz. Is net so schwer zum Verstehen.«

»Da haben Sie recht, Herr Dyck, aber vielleicht können Sie …«

»Naa, kann i net – muss i! Für Stute brauchma Platz, Abfohlbox und noch Koppel und was für Futter.«

Salli spürt einen kurzen Schweißausbruch. Soll sie ihm sagen, dass sein barscher Ton ungehörig ist? Aber die Uhr tickt. Jeden Moment wird Anselm läuten. Was soll er hier vorfinden? Eine aufgebrachte Salli, die sich mit einem seltsamen Mann im Militärhemd streitet? Klimpernd setzt sie ihre Tasse ab.

Dyck schaut kurz in ihre Richtung, dann spricht er weiter in leiserer Tonlage. »Is Haus und Koppel dabei. Hättma zwei Hektar Grund. Glei bei Rennbahn. Wemma pachten – teuer is net. Nächste Woch kömma anschauen.«

»Aha«, sagt Salli kühl. »Und die erste Person Plural, die Sie benutzen, was bedeutet die?«

Zum ersten Mal sieht er sie direkt an. »I hab ganze Grammatik vergessen«, bekennt er, während ihm eine Sorgenfalte zwischen den Brauen wächst.

Seinem schuldbewussten Blick hält Salli nicht stand. Sie spürt, wie es um ihre Mundwinkel zuckt.

Jetzt lächelt auch er. Vorsichtig. »Machma weiter?«

»Womit?«

»Mit die Grammatik.«

»Sie wollen wieder Unterricht?«

»Ja. Wann geht, kömma glei anfangen.«

»Jetzt? Nein, jetzt habe ich keine Zeit«, sagt Salli und hält sich ihre Armbanduhr nun ungeniert vor das Gesicht: 15.05. »Die erste Person Singular ist das ICH. Und Sie haben den Plural benutzt, also WIR. Was heißt das, bitte?«

»Heißt« – er faltet seine Finger ineinander und streckt die Hände von sich wie bei einer Turnübung – »dass hab i gar kein Geld. Und dann gedenkt, dass mit an Kredit bei Bank? Wann gibt Möglichkeit. Und dass Sie kommt mit dazu …?«

»Kann es sein, dass Ihr Deutsch noch schlechter geworden ist in den letzten Wochen?«, fragt Salli. Sie hat eben ihren Ohren nicht trauen wollen: *Gedenkt! Wann gibt Möglichkeit!*

Dyck atmet auf und verzieht sein Gesicht zu einem sonnigen Lächeln. »Ja. Ganz schlecht geworden. Sag i doch! Brauch i Grammatik von Sie!«

Bevor Salli antworten kann, geht erneut die Glocke. Gepeinigt von wilden Ahnungen, begibt sie sich zur Tür. Davor steht Anselm in Jeans, grauem Hemd und einem taubenblauen Seidenschal um den Hals. In der Hand einen Strauß Löwenmäulchen.

»Mein Gott«, sagt Salli, »Blumen!« Die Überraschung verschlägt ihr die Sprache. Sie fasst sich und sagt mit gesenkter Stimme: »Ich hab Besuch bekommen. Gerade eben. Aber ich denke …«, jetzt flüstert sie, »er bleibt nicht mehr lange.«

Anselm, der bei jedem ihrer Worte erstaunter dreinsieht, folgt ihr jetzt ins Wohnzimmer, wo sie wieder in normale

Lautstärke verfällt: »Darf ich bekannt machen? Mein Kollege, Anselm Donnerstag. Und das ist – äh – das war mein Privatschüler Sergey Dyck.«

»Naa, naa«, begehrt Dyck auf, »machma scho weiter mit Unterricht! Auf alle Fälle!« Er ist aufgestanden, um Anselm die Hand zu reichen. Anselm misst gut einen Meter achtzig. In einem Raum mit ihm wirkt der gedrungene, borstenhaarige Dyck wie ein Eber neben einem Hirsch.

»Sind Sie zum Lernen gekommen?«, fragt Anselm höflich.

Schweigen. Salli bemerkt den kurzen Blick, den Dyck ihr zuwirft. »Herr Dyck hat ein eher praktisches Anliegen«, sagt sie zögernd. »Es geht um ein Grundstück –« Wieder unterbricht sie sich. Wie viel darf sie erzählen? »Ich bin als eine Art Sekundantin gefragt«, vollendet sie den Satz. Soll Anselm das als sprachliche Unterstützung deuten. Der Pferdekauf, ihre Rolle als Strohfrau – das war ein Abenteuer, über das Anselm sich königlich amüsiert hat. Aber wenn sie Sergeys Sorge um einen Kredit erwähnte, käme eine neue Qualität ins Spiel: *Bei aller Liebe*, hört Salli Anselm sagen, *sobald Geld im Spiel ist ...* Innerlich schaudert sie: *Bei aller Liebe!* Das fehlte noch, dass Rückschlüsse gezogen würden auf sie und das russische Roggenbrot!

»Ach?« Schon im Sitzen begriffen, wendet Anselm sich zu Salli. »Sekundantin? Auf einem Grundstück im Morgengrauen? Und bei wem liegt die Wahl der Waffen?« Er zwinkert Dyck zu.

Der hockt mit steinernem Gesicht auf der Sesselkante. Von Anselms Witz hat er kein Wort verstanden, das ist Salli klar.

Sie füllt eine Vase mit Wasser und ordnet die Blumen darin, während sich zwischen den beiden Männern das Schweigen dehnt. Salli durchsucht ihr Gedächtnis nach einem Thema. Was könnte einen Stallknecht und einen Doktor der Philologie verbinden? Sie ist kurz davor, sich zu diesem wunderbaren Septemberwetter zu äußern, da räuspert sich Anselm.

»Sie arbeiten mit Pferden?«, fragt er liebenswürdig.

»Sind Menschen aa dabei«, antwortet Dyck in tödlichem Bass. »Mussma Sprache lernen. Hilft nix.«

»Ja, da haben Sie recht«, versichert Anselm geschmeidig und amüsiert. Er legt das frisch rasierte Kinn auf den Handrücken und fügt hinzu: »Und ich kann Ihnen sagen: Mit Frau Sturm haben Sie die beste Wahl getroffen! Alle unsere Studenten sind begeistert von ihrem Unterricht.«

»Anselm«, protestiert Salli, »du übertreibst!«

»Doch, doch!«, beharrt er. »Aber seien Sie gewarnt: Wenn diese Frau Sie einmal am Genick hat, lässt sie Sie nicht mehr los, bis alles sitzt!«

»Bitte!«, japst Salli. Und an Dyck gewandt: »Glauben Sie kein Wort! Mein Kollege scherzt gern!« Jäh überfällt sie die Vorstellung, unter ihr könne sich auf dem Sessel ein roter Fleck ausgebreitet haben. Sie presst die Knie zusammen, obwohl sie weiß, dass es nichts zu befürchten gibt, die Blutung hat noch in der Nacht wieder aufgehört.

Dyck erhebt sich. »Glaub i schon«, sagt er stur. »Und wie machma mit Geld? I kann Sie glei geben für nächstes Unterricht.« Er kramt in seiner Hosentasche.

»Nein, nein, nein«, wehrt Salli ab. »Das – besprechen wir alles später. Am ...« Zögernd erhebt sie sich und fischt nach ihrem Kalender auf dem Schreibtisch.

»... nächste Mittwoch«, klärt Sergey sie auf. »Weil mit Eigentümer i hab schon telefoniert. Der sagt, Mittwoch is gut.«

»Ich weiß nicht ...«

»Es sind noch Ferien nächste Woche«, erinnert Anselm. »Aber du hast vielleicht schon was vor?«

»Nein, nein.« Salli ist verwirrt über sein Engagement.

»I erklär Sie Weg!«, bietet Sergey an. »Gibt S-Bahn bis Daglfing, dann Sie gehen so und dann so ...« Mit den Fingern markiert er die Abbiegungen in die Luft, bis Salli einen Zettel holt und sich die Adresse notiert. Blitzschnell schaut sie hinter sich auf den Sessel und atmet auf: fleckenlos. Dabei nimmt sie aus den Augenwinkeln wahr, wie Anselm seinen Blick hin und her wandern lässt. Von ihr zu Dyck und wieder zurück. Was geht vor in ihm? Er wird sich doch nicht irgendetwas Albernes zusammenreimen?

»Ich wünsche einen guten Ausgang beim Duell«, sagt Anselm leichthin zu dem Russen. Als wieder keine Antwort erfolgt, nickt er verständnisvoll. »Ich sehe schon, Sie halten es mit Wittgenstein: Wovon man nicht reden kann, darüber muss man schweigen, nicht wahr?«

»Wahr«, antwortet Dyck würdevoll und hält Anselm die Hand hin. »Jetzt länger i wurde net stören.«

Im Flur, die Hand schon am Griff der Wohnungstür, bleibt Salli stehen. »Hören Sie ...« Sie überlegt. Hat sie sich gerade überrumpeln lassen? Diese Verabredung ist doch unsinnig. Sie sollte sie jetzt gleich rückgängig machen. »Ich wollte ...«, hebt sie an. Aber wenn sie jetzt sagt, dass sie nicht mitkommen will zu dieser Grundstücksbesichtigung, dann lässt sie ihn auch mit seinen edlen Lernabsichten im Stich. »Hören Sie«, wiederholt sie, »ist es Ihnen wirklich wichtig mit dem Lernen?«

Er nickt feierlich. »Is so schlimm mit Fehler bei mir?«

»Na ja, wie man es nimmt ...«

»Weil sagt Ihre Freund, dass besser is, wann schweig i.«

»Aber so hat er es doch nicht gemeint!«, sagt sie lauter als beabsichtigt. Erschrocken schaut sie zur Wohnzimmertür, hinter der Anselm sitzt. »Das ist nur so ein Satz, ein Zitat von einem Philosophen.« Also hat Dyck sich vorhin doch gekränkt gefühlt. »Nehmen Sie es nicht übel«, bittet sie, und da sie einen gewissenhaften Umgang mit Worten pflegt und weiß, was der

Possessivartikel *mein* zusammen mit dem Nomen *Freund* bedeutet, präzisiert sie: »Herr Donnerstag ist mein Kollege, nicht mein Freund.« Ist jetzt alles bereinigt? »Nehmen Sie es sich nicht zu Herzen!«, fügt sie für alle Fälle hinzu.

»Zu Cherz?«, fragt Dyck, und jetzt verzieht er den Mund zu einem winzigen Lächeln. »Weil Kerl da drin findet mich blöd?«

Am liebsten möchte Salli ihm den Mund zuhalten. Das fehlte noch, dass als Nächster Anselm beleidigt wird in ihrer Wohnung! »Psch«, sagt sie. Aber dass er lächelt, ist etwas so Neues, dass sie seinen Mund weiter ansehen muss. Die Lippen erinnern sie an die Löwenmäulchen in der Vase.

»Gibt Rede bei uns in Russland«, sagt Dyck. »Kamma Ziege Krawatte umbinden. Aber dann bleibt auch Ziege.« Er geht die Treppe hinunter. »Bis zu Mittwoch«, ruft er nach zwei Stufen.

»Musste das sein?«

Anselm legt das Buch beiseite, in dem er geblättert hat. »Was meinst du?«

»Den Wittgenstein! Fand ich – ehrlich gesagt – ein wenig arrogant.«

Anselm lächelt, gleich darauf wird seine Miene ernst. »Entschuldigung, Salli, ich wollte niemandem auf den Schlips treten.« Ihr Blick bleibt an seinem Seidenschal hängen und eine so blitzartige wie unglaubliche Vision überfällt sie: ein Ziegenbock mit taubenblauer Krawatte um den Hals. Sein nächster Satz reißt sie wieder heraus: »Bist du inzwischen näher befreundet mit dem Herrn aus Russland?«

»Wer? Ich? Nein, nein«, wehrt sie hastig ab. »Wie kommst du denn darauf?« Sie spürt, dass sie rot geworden ist, der Bock mit dem Seidenschal scheint es nicht zu bemerken, er sagt nur: »Du hast ja recht!« Dann setzt er sich aufrecht hin und verwandelt sich zurück in ihren gut aussehenden, gütigen Anselm Donnerstag. Der eine Botschaft mitgebracht hat. Salli spürt das.

»Gibt es noch was von dem Espresso?«

»Ich mache gleich frischen.« Salli schlägt das Herz bis zum Schlüsselbein hoch vor Aufregung. *Weshalb* ist Anselm gekommen? Sollten die Löwenmäulchen etwas zu sagen haben?

»Ich komme mit dir. – Weißt du, Salli …«

Er folgt ihr in die winzige Küche, lehnt sich dort an den Kühlschrank und stimmt ein längeres Loblied auf sie an. Während Salli die Espressokanne mit Wasser füllt, frischen Kaffee in den Metallfilter schaufelt und die Flamme am Gasherd andreht, vernimmt sie einen Preisgesang auf ihr Engagement für die Studenten, der in der Bemerkung gipfelt: »Auch noch dieser Russe – ich finde es ja toll, was du alles machst!« War da ein Unterton? Der sie betrifft und ihren Umgang? Aber Anselm schaut so unverfänglich lieb wie immer und als er weiterspricht, geht es um Dobisch, um Barbara und »eine gewisse Rigidität«, die ihm an ihr auffällt.

»Rigidität?«, hakt Salli nach. Es ist nicht weit weg von ihren eigenen Gedanken zu Barbara, aber meinen sie wirklich dasselbe?

»Manchmal finde ich sie – ich weiß nicht: gnadenlos … ja. Du nicht? Als sie gestern damit anfing, dass man Dobisch denunzieren sollte …«

»Ja, das war starker Tobak«, stimmt Salli zu. »Aber das hat sie doch nur so gesagt. Dass sie wirklich einen Kollegen bei Taubert melden würde, kann ich mir nicht vorstellen. Obwohl es ekelhaft ist, was Dobisch macht. Sie ist seine Studentin!«

Während der herbe Geruch des Espresso den Raum erfüllt, legt sich Sallis Aufregung wieder. Was Anselm sich da von der Seele reden wollte – es ist wohl nur Klatsch über Kollegen.

Nun ja, erleichtert fühlt sie sich schon auch seit seinen kritischen Worten zu Barbara. Frau Dr. Müller, die unerreichbare Rivalin! Das hat sie nun von ihrer spitzen Zunge!

Mit der Espressokanne gehen sie zurück ins Wohnzimmer. Und da sagt Anselm, noch bevor er einen Schluck getrunken hat: »Eigentlich bin ich hier, um mich zu entschuldigen.«

Salli sieht ihn groß an. »Entschuldigen? Wofür?«

»Weil ich dich die letzten Wochen überhaupt nicht mehr zu deinem Projekt gefragt habe. Du bist doch noch dran?«

Salli schüttelt den Kopf, während das Gefühl, vor dem sie sich am meisten fürchtet, Einzug hält in ihre Brust: Selbstmitleid.

»Du hast es aufgegeben?« Er sieht sie ehrlich betroffen an: »Aber doch nicht meinetwegen?«

»Nein, nein, es war Blödsinn, das ganze Thema.«

»Salli!« Anselm stellt das Tässchen ab und beugt sich so weit über den Tisch, dass sie sein Rasierwasser riechen kann. »Ich habe mit keinem Wort gesagt, dass dein Thema nichts taugt.«

Hast du doch, denkt Salli. Und mit Recht: Mystik ist keine Wissenschaft. *Interjektionen* – das »Eingeworfene«. Nicht einmal einen richtigen Namen gibt es für ihre *Ah*s und *Oh*s. Dann fällt ihr die früheste Übersetzung ins Deutsche wieder ein – *herzwörtgen* – und sie muss schlucken.

»Ich kann nicht sehen, wenn du so traurige Augen machst. Vergiss mein Geschwätz, ich hatte wohl einen Sonnenstich!«

Er macht ein unglückliches Gesicht, Salli verspürt den Drang, ihn zu trösten. »Nicht so schlimm. Ist schon vergessen.«

»Aber es gibt keinen Grund, alles hinzuwerfen. Brauchst du Zeit? Geld? Es gibt Stipendien. Wir könnten den zuständigen Dekan an der Uni hier fragen.«

»Bloß nicht«, wehrt Salli heftig ab, »der lacht mich doch

nur aus! Ich habe keinen Titel, keine einzige Veröffentlichung. Alles, was ich je geschrieben habe, ist eine labberige Abschlussarbeit. Wen interessiert schon, was so jemand zu sagen hat? Genau genommen, bin ich bloß Lehrerin.«

»Dozentin«, korrigiert Anselm.

»Haha! Das ist nur das lateinische Wort dafür. Aber trotzdem danke für deine aufmunternden Worte.«

Eine kurze Weile schweigen sie beide. Dann hellt sich Anselms Miene wieder auf. »Dann machen wir aus der Not eine Tugend und gehen das Ganze von der anderen Seite an.«

Aus der Not eine Tugend? Von der anderen Seite angehen? Salli kann sich nichts darunter vorstellen. Es ist schön, dass Anselm sich um sie sorgt. Gleichzeitig hat sie wie schon öfter das Gefühl, dass er nicht allein gekommen ist, dass hinter ihm eine unsichtbare Person sitzt, die ihre eigenen Pläne verfolgt.

»Dass du die Praktikerin bist – das ist doch deine Größe! Didaktischer Erfolg mit Methode XYZ im Falle von, na ja, also eine schwierigere Operation müsste es schon sein ... mit konkreter Aufgabenstellung, empirischen Daten ...« Er klopft sich mit dem Finger auf die Lippen, als könne er so die Idee herauslocken – »schwierige ... hm ... empirisch ... was ist mit diesem Russen?«

Dyck als Labormaus für ein wissenschaftliches Projekt? »Kannst du mal erklären, was du genau meinst?«, fragt Salli.

»Eine *praktische* Studie: Du unterrichtest einen scheinbar aussichtslosen Fall – erfolgreich natürlich, du dokumentierst alles und voilà, schon hast du deine akademischen Meriten.«

»Schöne Idee«, sagt Salli lahm, »aber Dyck ist einer von den wirklich hoffnungslosen Fällen ...«

»Du schaffst das schon«, sagt Anselm leichthin, springt auf und geht im Zimmer hin und her, während er weiterspricht. »Er ist perfekt. Überleg doch mal: Lebt schon länger hier, hatte nie richtigen Unterricht, also durch und durch fossiliert.

Salli!« Er bleibt stehen und federt leicht auf den Fußballen. »Wenn du das hinkriegst, dann bringen wir dich groß raus, meine Liebe.«

Anselms Vertrauen in ihre Fähigkeiten scheint größer als ihr eigenes. Hat er nicht etwas Wichtiges vergessen? »Es gehören zwei zu so einem Unternehmen«, gibt Salli zu bedenken, »der gute Herr Dyck hat vor ein paar Wochen schon einmal gesagt, dass er Deutsch lernen will, und dann mittendrin abgebrochen. Hat sich einfach nicht mehr gemeldet. Nicht, dass mich das überrascht hätte, man kennt so was ja …«

»Dann musst du ihm eben einen Grund geben, dass er bleibt.« Hat Anselm wirklich gezwinkert? Macht er sich über sie lustig? Sie und Dyck – was fällt ihm ein, so etwas auch nur als Witz anzubringen? Er merkt selbst, dass er sich vergaloppiert hat – vermutlich an dem bösen Blick, mit dem sie ihn bedenkt –, denn er beschwichtigt: »Schon gut, war nicht ernst gemeint. Aber du musst ihn dazu bringen, dass er diesmal nicht von der Fahne geht. Wie Professor Higgins das bei Eliza macht.«

»Die muss bleiben, weil er ihr die Kleider geraubt hat. Soll ich etwa seine Klamotten verbrennen?«

»Nein. Du folgst ihm. Wollte er nicht gerade etwas von dir? Wegen einer Grundstückssache? Sprachlicher Begleitschutz – so was in der Art? Das kannst du doch ausnützen: Du hilfst ihm, er hilft dir. Eine Hand wäscht die andere. Du machst dich unentbehrlich. Hilfst ihm beim Gang zu Ämtern, zum Arzt, was weiß ich. Aber nur, wenn er sich von dir unterrichten und regelmäßig testen lässt.«

»Erpressung?« Salli muss selber lachen, als sie das sagt. »Angenommen, das klappt – was dann?«

»Dann veröffentlichen wir das in ›Deutsch als Zweitsprache‹. Oder einer anderen Fachzeitschrift. Wenn du diese Hürde einmal genommen hast, dann hast du einen Namen.

Und dann schieben wir deine Studie zu den Interjektionen hinterher. Was meinst du?«

Salli überlegt. Die Idee ist so verrückt, dass sie glatt funktionieren könnte. Man bräuchte einen zeitlichen Rahmen und ein konkretes Lernziel. Was heißt schon *einwandfreies Deutsch*? Dycks ärgste Baustelle ist die Syntax. Wenn er gelernt hätte, die Wörter richtig zu sortieren, wären sie einen riesigen Schritt weiter. Ein normal begabter Student braucht dafür ein Jahr. Und Dyck?

»Was denkst du?«, fragt Anselm in ihr Schweigen hinein.

»Dass das eine Schnapsidee ist. Niemand bringt dem was bei.« Sie hat schon einmal optimistischer getönt, das ist ihr bewusst.

»Salli! Hör auf, an dir zu zweifeln! Weißt du, was wir jetzt tun? Wir gehen hinüber zu unserem Vietnamesen und bestellen uns die Vorspeisenplatte. Und dabei machen wir unseren Schlachtplan. Komm, steh auf, *let's go*!« Schwungvoll wirft er sich ein Ende des Seidenschals um den Hals.

»Ich bräuchte ein Vorher-nachher-Schema«, sagt Salli, während sie sich zögernd erhebt, »korrekte Hauptsätze mit Inversion müssten auf jeden Fall rein. Satzklammer im Perfekt, ja? Mit Passiv?«

»Und ein gepflegter gerahmter Infinitiv!«, ruft Anselm. »Wunderbar! Los, Salli! Das Projekt *Pygmalion* hat begonnen!«

5. Lebendes und Totes

> *(a) Bekanntlich stört Katzen großer Lärm.*
> *(b) Bekanntlich stört großer Lärm Katzen.*
> DUDEN Band 4 ›Die Grammatik‹, 2009
> Welcher Satz klingt neutral?

AN EINEM SONNIGEN Oktobertag steigt Salli am Daglfinger Bahnhof aus der S-Bahn. Aufregung und Vorfreude beflügeln ihren Schritt. In wenigen Minuten wird sie mit Dyck zusammen einen Hof besichtigen; sie wird neben ihm stehen als Schutzengel und im Bedarfsfall passende Worte spenden, sie wird ihm das Gefühl der Unterstützung geben. Nebenbei wird sie ihm ein paar Relativsätze abluchsen und das Gehörte später – sämtliche Bleistifte sind gespitzt – in ihrem Kollegheft notieren. Unter der Rubrik *Vorher*. Sie braucht eine Dyck'sche Urfassung als Kontrast für das *Pygmalion*-Wunder *Nachher*. Jetzt schon arbeitet sie an einem Set idealer Sätze, die der Kandidat nach sechsmonatigem Training beherrschen soll. So sicher wie ein Erstklässler am Schuljahrsende das ABC. Thematisch darf es natürlich nichts Überspitztes sein. Sechsjährigen Kindern kommt man auch nicht mit Goethes ›Faust‹, sondern mit der ›Mäusefibel‹. Mit ihrer Welt.

Dycks Welt – ist das ein Ort wie dieser? Salli geht entlang einer geschwungenen Landstraße. Links und rechts öde Einfamilienhäuser, dazwischen struppig abgemähte Wiesen. Sie sieht sich nach Gegenständen um, die sich für einen Relativsatz eignen könnten. Ihre Studenten lässt sie so immer Typisches aus ihrem Heimatland definieren: *Ich komme aus einem Land, wo die Leute Sombreros tragen. Ein Sombrero ist ein Hut, der ...* Hier scheint es nichts zum Definieren zu geben – außer dem Ort selbst vielleicht: *Daglfing ist ein Ort, wo man nicht tot über dem Zaun ...?* Nein, ernsthaft: *... ein Ort, wo ich mich zu Hause fühle.* Und dann etwas mit Genitiv: *Daglfing ist ein Ort, dessen ...* dessen was? *... dessen Atmosphäre ich genieße.* Die Sätze müssen schließlich nicht ihre eigenen Gefühle ausdrücken.

Hinter der nächsten Kurve sieht sie ihn. Er steht im Schatten einer Einfahrt, als wolle er sich verstecken.

»Guten Tag«, sagt sie und lächelt ihn an.

»Challo«, antwortet er würdevoll und weist hinter sich, wo neben einem wackeligen Pförtnerhäuschen ein Sandweg durch eine Reihe halb verfallener Gebäude führt. Schweigend marschieren sie nebeneinander her. Immer noch auf der Suche nach einem zu definierenden Gegenstand lässt Salli den Blick schweifen. Altersmürbe Holztüren. Eine eingeschlagene Fensterscheibe. Dann sieht sie das Schild mit der Aufschrift »Rennbahn-Casino« und muss noch einmal lächeln. Rennbahn – natürlich! »Was ist«, sagt sie und betont jede Silbe, »eigentlich eine Rennbahn?« Mehr kann niemand verlangen: Die Gesprächssituation ist wahrhaft authentisch, sie fragt aus echter Unwissenheit. Fast ließe sich von Interesse sprechen. Gleichzeitig juckt es sie, die Form der Antwort vorzugeben, als stünde sie vor ihrer Klasse: *Eine Rennbahn ist ...*

»Des da«, sagt Dyck. Er ist stehen geblieben. Ein großes, sandbraunes Oval breitet sich vor ihnen aus. Im Hintergrund eine Tribüne. Fahnenstangen, schlaff hängt der ausgeblichene Stoff herab.

Salli beißt sich auf die Lippen. »Das ist die Rennbahn? Und der Hof, zu dem wir wollen? Liegt der hier?«

»Naa, simma Abkürzung gegangen. Chinten gibt Loch in Zaun. Für andere Seite von Straße.«

Und wenn sie unter *Vorher* Sätze einträgt, die sie sich selbst ausgedacht hat? Die Versuchung ist groß – wer könnte das schon überprüfen? Dyck? Salli geht nicht davon aus, dass er je erfahren wird, welche Dimensionen sein Unterricht für sie hatte. Aber sie weiß natürlich, dass so ein Betrug nicht in Frage kommt, wie sollte sie das Anselm gegenüber vertreten? Überhaupt: Es wäre gegen alle wissenschaftliche Ethik. Ihr wird wohl nichts anderes übrig bleiben, als ihren Kandidaten eine Weile zu beschatten, Stift und Papier immer im Gepäck – irgendwann muss doch auch Dyck einen Relativsatz produzieren. Bis dahin wird sie weiter Sätze für das *Nachher* basteln. Im Moment steht ihr der Sinn nach etwas geradezu überkandidelt Schwerem. *Die Rennbahn ist ein Ort ...*, sie verhält den Schritt, denn ein Gespann kommt ihnen entgegen, das Pferd trabt, weit schleudert es die Beine von sich, ... *ein Ort, dessen Faszination ... zu erleben ...*, jetzt hebt es auch noch den Kopf und wiehert, ... *zu erleben, ich jedem empfehlen kann*. Aufatmend kommt Salli wieder hinter Dyck hervor. Ja, der Satz wird notiert, der ist syntaktisch gesehen ein Bravourstück.

Das Anwesen liegt zwischen einer Baumschule und ein paar Gehöften. In der Einfahrt lehnt an seinem Mercedes der Eigentümer, ein überraschend junger Mann mit modisch rotem Brillengestell und gepflegten Händen. Victor Grimmel. Er sei stellvertretend für die Erbengemeinschaft, bestehend aus zwei Tanten und seiner Person hier, erklärt Herr Grimmel, während er das Hoftor aufschließt und Salli höflich den Vortritt lässt.

Ein gepflasterter Hof, ein winziges Häuschen mit Fenstern, von deren Rahmen der verschmutzte Lack abblättert. Eine verdorrte Kletterrose. Eine Scheune, das Dach ist mit einer grauweißen Folie bedeckt. Ein großer Platz mit faulig wirkendem Mist. Ein Stallgebäude mit vier Boxen, einer gefliesten Waschstelle und einer kleinen Kammer, alles hängt voller Spinnweben, die Wände sind schmutzig.

»Man kann anbauen, wenn Sie erweitern wollen«, sagt Herr Grimmel.

Eine halb kaputte Holztür führt auf das Gelände hinter den Stallungen. Ein Sandplatz, über und über von Unkraut bewuchert. Eine Koppel, begrenzt von Stacheldraht. Ein paar weiße Birken darauf, kniehoch umstanden von Brennnesseln.

Salli riskiert einen kurzen Blick zu Sergey. Das ist ja fürchterlich hier, will sie ihm signalisieren. Doch der Russe verzieht keine Miene.

»Das Wohnhaus«, sagt Herr Grimmel und schließt die unangemessen wuchtige Eichentür auf. Unwillkürlich hält Salli sich die Nase zu, es riecht nach saurer Milch und Pisse. Eine düstere Garderobe, ein Badezimmer in Schweinchenpink, an den Fliesen kleben kitschige Abziehbilder. Eine Wohnstube mit Holzboden und einem antiken Kachelofen. Dahinter eine kleine Kammer, groß genug für Bett und Schrank. Überall liegt Staub, der Gestank wird von Raum zu Raum durchdringender.

»Muss man noch ein wenig renovieren«, sagt Herr Grimmel. »Aber das ist ja immer so bei Verpachtungen.« Er schweigt, schaut von Salli zu Dyck und wieder zurück. Salli sieht hilflos zu Dyck, der blickt eisern geradeaus.

Grimmel zieht einen Umschlag mit Papieren aus seiner Aktenmappe. »Der Pachtpreis beträgt sechshundert Euro pro Monat, Pachtdauer zehn Jahre.« Er blättert in seinen Papieren, sieht hoch und fragt: »Ich nehme an, Sie wollen hier einen Reiterhof bewirtschaften? Mit Kunden, die Pferde bei Ihnen einstellen?«

Salli schaut zu Dyck: Hat er verstanden? Da er nicht

spricht, sagt sie langsam: »Herr Dyck würde schon mal ein Pferd mitbringen.« Ein bisschen Hitze spürt sie im Gesicht, aber stolz ist sie auch auf ihre Rolle als Verhandlungsführerin.

»Moment, bitte«, sagt Grimmel. »Wer von Ihnen will denn eigentlich pachten? Ich dachte, Sie beide …?«

»I werd machen«, bekennt Dyck in feierlichem Bass, »aber wegen Geld müssma noch reden.« Dabei schaut er zu Salli.

Und die sieht, wie sich in Grimmels Kopf sekundenschnell die Vorzeichen verändern: Ausländer – Minus. Kein Geld – Minus. Und die Frau da mit Kredit – endlich ein Plus. »Aha«, sagt er, und jetzt deutlich an sie gewandt: »Dann müssten wir noch eins klären, nämlich möchten meine Tanten eine Bankbürgschaft über … Moment … zwanzigtausend Euro, hinterlegbar zu einem festen Zinssatz auf einem Treuhandkonto. Nur um sicherzugehen mit den Zahlungen für die Pachtdauer, Sie verstehen?«

»Nicht ganz«, sagt Salli beklommen.

»Nun, nach Ablauf der Pachtzeit erhalten Sie die Stammsumme mit Zinsen zurück. Sollten Sie die Pacht vor der vertraglichen Frist aufgeben, steht das Geld den Eigentümern des Anwesens zu.«

So, jetzt hat sie es verstanden. Zehn Jahre müsste sie garantieren, dass Sergey Dyck den Laden hier halten kann. Heißt das, dass ihr Projekt zum Sterben verurteilt ist, noch ehe es begonnen hat? Denn eine weitere Gelegenheit, um Dyck zu beschatten, wird sich so bald nicht finden. Ohne diesen Hof hat sie keinen Grund, ihm mit Grammatik hinterherzulaufen. Sie kann ihm doch nicht irgendwelche erfundenen »Dienste« antragen! Aber dass sie mit einsteigt in den Pachtvertrag – hat Dyck das vorhin gemeint? – das ginge doch zu weit, das kann sie vor niemandem vertreten. Eine tiefe Niedergeschlagenheit ergreift Salli. Das gleiche Desaster wie bei den Interjektionen, nie wird sie sich einen Namen machen. Wahrscheinlich steht ihr so etwas nach einem höheren linguistischen Plan nicht zu. Nun gut, das Anwesen hier ist in einem unmöglichen Zustand, Dyck hätte es nicht genommen, auch ohne die Sache mit dem Geld.

»Also«, sagt Dyck in dem Moment sehr munter: »Redma später. In Scheune gibt nicht Lampe?«

Herr Grimmel gesteht, dass alle Lampen defekt sind, erlaubt ihnen, sich Zeit zu nehmen, und empfiehlt die Gaststätte »Tattersall« unweit der Rennbahn. Solange ihre Beratung dauere, werde er in seinem Wagen warten.

»No, also«, sagt Dyck.

»Ja, nicht wahr«, seufzt Salli.

Die Bedienung erscheint und hält ihnen die Speisekarten entgegen.

»Für mich nur eine Apfelschorle«, bittet Salli.

Sergey Dyck nickt und bestellt tonlos »dasselbe«. Zweimal muss die Bedienung nachfragen, bis Salli wütend »das-sel-be!« bellt. So nuschelig spricht der Russe nun auch wieder nicht. Aber so etwas passiert ja öfter: Jemand hat mit einem Wort den Eindruck erweckt, ein unverständlicher Ausländer zu sein, und schon gehen auf der deutschen Seite die Ohren zu. Nur, weil sie glauben, dass sie einander nicht verstehen, verweigern die Leute das Verständnis, auch wenn der Ausländer im Weiteren korrekt artikuliert. Salli kennt die Problematik. Dennoch. Sie kann sich selbst nicht erklären, was sie im Augenblick so ergrimmt.

»Dieser Geruch im Haus«, sagt sie. »Und die Badezimmerfliesen – schauderhaft!«

»So schlimm war auch wieder net!«

»Hat es Ihnen etwa gefallen dort?«

Dyck zuckt die Achseln. »Schlecht is net. Für Mist gibt genug Platz. Das is die Wichtigste: Platz für Futter und für Scheiße.«

»Ja, aber der Dreck überall!«

»Dreck kamma wegmachen. In Boxen gibt kein Tränke, haben Sie gesehen?«

Nein, darauf hat sie nicht geachtet.

»Mussma reinbauen, is kein Problem. Stacheldraht muss auch weg, bau i Holzzäune hin, und Gras mussma säen im Frühling.«

»Der Ofen sah gut aus.« Dycks Optimismus hat einen positiven Gedanken angeregt. In der Tat hat ihr einzig der Kachelofen gefallen. Und die Birken.

»No, und wer wird sauber machen diese Ding?« Düster sieht Dyck vor sich hin. Dann erhellt sich seine Miene wieder. »Aber schlecht is wirklich net. Boxen passen für Viecher. Bloß mit Scheune – weiß i net, ob glangt die Platz. Kamma nix sehen, da drin is dunkel wie in Arsch von Neger. Aber glaub i schon, dass is genug. – Also, was machma?«

Wenn Salli beim *Arsch* nicht zusammenzuckte, beim *Neger* konnte sie es nicht mehr verhindern. Sie bemüht sich um einen neutralen Gesichtsausdruck. Vielleicht empfindet man so ein Wort in Russland nicht als abwertend, beschwichtigt sie sich innerlich.

Dyck hat sein Glas Apfelschorle in einem Zug geleert und schaut ihr fragend in die Augen.

»Ja«, sagt Salli. »Was machen wir? Haben Sie das mit dem Geld mitbekommen?«

»Sechshundert im Monat. Krieg i schon hin. Noch net gleich, aber später. I brauch jemand, welcher leiht mir Geld für die erste.«

Da war er! *Welcher leiht mir Geld* …! Der erste Relativsatz für die *Vorher*-Rubrik! Und wie wundervoll zerlegt! Salli schießt das Blut in die Wangen. »Ich …«, stottert sie.

Er bedenkt sie mit einem aufmerksamen Blick. »Bloß für erste drei Monate. Kriegen Sie alles zurück, bestimmt.«

»Ja. Glaub ich Ihnen. Aber haben Sie das mit dem Treuhandkonto verstanden?«

»Was das?«

»Man muss zwanzigtausend Euro auf ein Konto bei der Bank legen. Erst wenn der Pachtvertrag ausläuft, kann man wieder an das Geld ran. Also nach zehn Jahren.«

»Und an Kredit?«

»Von der Bank? Kriegen Sie nicht, da bin ich mir sicher.«

»Ah so.«

Er hat es so leise gesagt, dass Salli das Herz schwer wird davon. Eine Weile sitzen sie schweigend da. »Es tut mir leid«, sagt sie, ebenfalls mit leiser Stimme.

»Ah Schmarren!«, antwortet er und schaut drein, als hätte sie ihm eben einen guten Witz erzählt. »Werden wir net herumsitzen und weinen deswegen!«

»Ja, aber Ihre Stute?«, fragt sie ganz unglücklich. Sie ist nicht die Einzige, die einen Traum begräbt, ist ihr eben klar geworden.

»Find i schon irgendwas«, tröstet er, sein Glas in der Hand schaukelnd.

Zwanzigtausend Euro. Plus dreimal sechshundert. Dann könnte Dyck seine Stute hier unterstellen. Und drei Monate wenigstens hätte sie Zeit, um an seinem Satzbau zu basteln. Natürlich dürfte sie es niemandem erzählen, auch Anselm nicht. Denn Salli hätte das Geld. Achtzigtausend Euro sind ihr geblieben vom Verkauf ihres Elternhauses. Es ist ihr Schatz, ihre Sicherheit, ihre Altersvorsorge. Seit der letzten Krise liegt alles auf einem Tagesgeldkonto. Es wäre verfügbar.

»Wollen Sie noch was trinken?«, fragt Salli, als hätte sie ein Kind vor sich, das man mit einem Leckerbissen ablenken kann.

Misstrauisch besieht der Russe sein Glas. Dann schüttelt er den Kopf. »Naa.«

In der Oktobersonne treiben sich letzte Wespen herum. Eine hat Witterung aufgenommen und interessiert sich für Sallis Glas. Sie legt einen Bierdeckel darauf. Weitere Wespen nahen und umkreisen Dycks Glas. Eine Wespe lässt sich am Rand seines Glases nieder und inspiziert die Lage.

»Du! Gehst du weg da!«, gebietet Dyck gelassen.

Zwei weitere nahen.

Er runzelt die Stirn.

Salli will ihm einen Bierdeckel reichen, um die Wespe zu vertreiben, aber er packt die, die ins Glas kriechen will, zwischen Daumen und Zeigefinger und hebt sie sich vors Gesicht. »Hören willst du net?«, fragt er drohend. »Dann du musst fühlen!« Er nimmt die Pappscheibe, die Salli ihm in anderer Absicht entgegenhält und zielt damit auf die Wespe. »Wer will Spaß mit mir, kriegt auf Kopf, sag i dir gleich!«

Schon wieder ein Relativsatz, einer von der komplizierteren Sorte sogar, aber Sallis Gemüt ist jetzt ganz außer Tritt. »Hören Sie auf!«, sagt sie. »Das ist fürchterlich!«

»Was fürchterlich?«

»Wollen Sie das Tier hinrichten?«

»Was das? Hinrichten?«

»Exekution. Todesstrafe.«

»Is net fürchterlich. Muss sein! Wer net hören will ...«

»... der soll fühlen. Ich kenne den Spruch. Und wissen Sie was? Er ist wahnsinnig dumm!« Regt sie sich so auf, weil ihr die Wespe leid tut? Oder weil sie sich zum zweiten Mal verabschieden soll von ihrer Karriere als Wissenschaftlerin? Oder weil sie nicht glauben will, dass dieser Mann wirklich so törichte Dinge sagt?

Er setzt eine überlegene Miene auf. »Wann Sie haben zu

tun mit Pferd, dann Sie lernen das. Mussma zeigen, wer is oben und wer unten.«

»Ja, aber Pferde sind starke Tiere. Und das da nicht.« Sie zeigt auf die zappelnde Wespe zwischen seinen Fingern. »Ich finde das dumm und gemein!« Fast wäre ihr bei dem letzten Wort ein Schluchzer entkommen.

Sergey Dyck öffnet den Mund. Aber dann schließt er ihn wieder und macht dafür die Hand auf. Die Wespe fliegt in die blaue Luft.

Vor Überraschung fällt ihr gar nichts ein.

Aber ihm. »Is auch dumm«, knurrt er, und dann legt er seine Hand über die ihre.

Sie ist so überrascht, dass sie gar nichts sagen kann. Fürchterlich rau ist seine Handfläche, sie kann die verhornten Schrunden spüren. Aber die Hand ist sehr leicht und sehr warm, sie schmiegt sich über die ihre wie ein Mantel aus Drachenhaut. Ein paar Sekunden sitzen sie so da. Dann räuspert sich Salli und sagt: »Ich hab das Geld.«

Keiner von ihnen bewegt sich. Seine Hand bleibt weiter auf ihrer liegen. Salli hat das Gefühl, das Herz schlüge ihr auf einmal darin. »Ich hätte das Geld«, wiederholt sie vorsichtiger im Konjunktiv. Sie sieht ihn an, er erwidert ihren Blick. Sachte zieht Salli ihre Hand unter der seinen hervor. »Aber es muss sicher sein, dass dieser Vertrag zehn Jahre hält. Sonst verliere ich alles. Wie sicher kann ich sein?«

Er überlegt eine Weile, dann sagt er: »Sicher. Und die zwanzigtausend zahl i Sie zurück, sobald i hab.« Er macht eine Pause. Dann setzt er dazu: »Schwören kann i net, weil glaub i an kein Gott.«

»Na ja«, sagt Salli, »richtig gläubig bin ich auch nicht«, doch sie schluckt dabei. Weiß sie jetzt mehr? Wie sicher ist sein »Sicher«? Aber wen sonst soll sie fragen außer ihm? Und überhaupt: Was kann sie Besseres anfangen mit Geld, als es in ihr Projekt zu investieren? Nur erfahren darf niemand davon. *Bei Geld hört die Freundschaft auf.* »Also gut«, sagt sie. »Sie nehmen Unterricht bei mir. Regelmäßig. Und ich gehe zur Bank. Wir pachten es.«

Womit hat sie gerechnet? Mit einem Freudenruf? Einer begeisterten Umarmung? Dass er Sekt bestellt? Dyck nickt todernst. »Machma so«, sagt er.

Seine Hand liegt immer noch auf dem Tisch, die Finger leicht gekrümmt, als schmiegten sie sich über etwas Rundes. In der Luft tanzen die Wespen.

Mitte Oktober beginnen an Sallis Institut alljährlich die Prüfungen. In den Hörsälen sitzen Studenten und qualifizieren sich für die nächsthöhere Stufe. Von Dozenten umkreist, arbeiten sie sich durch Texte und verfassen Essays. Für diejenigen, die mit einem Zeugnis auf die Hochschule abgehen wollen, folgt auf die schriftlichen Tests die mündliche Prüfung. Auf den Bänken in der Lobby sitzen gut gekleidete, nervöse junge Menschen und starren angstvoll auf die Tür mit dem Schild »MÜNDLICHE PRÜFUNG. BITTE NICHT STÖREN«. Die größte Hürde haben sie genommen, aber auch im Mündlichen kann man durchfallen.

Soeben hat Salli, die zusammen mit Barbara Müller die Prüfungskommission bildet, den nächsten Kandidaten in den Raum hinter dieser Tür gebeten.

»Wie war der Name, bitte?«, fragt Barbara, während sie die Liste der Prüfungskandidaten überfliegt und gleichzeitig das Formular für den Ankömmling ausfüllt.

»Immanuel Kant«, antwortet ehrerbietig der junge Mann.

Barbara reißt den Kopf hoch. »Ich habe einen Ahmet Öztürk auf der Liste.«

»Ich ... Öztürk«, stammelt Kant und fährt sich mit den Fingern durch seine gelverstärkten schwarzen Löckchen.

»Herr Öztürk will Politikwissenschaft studieren«, assistiert Salli, während sie hinter den Schreibtisch zu Barbara schlüpft, »er wird über Kant und die Menschenrechte referieren.« Sie wirft dem Prüfling einen aufmunternden Blick zu. *Wird schon werden*, signalisiert sie ihm, *lass dich nicht unterkriegen!*

»So so«, sagt Barbara nicht unfreundlich, »na dann. Was sagt denn Kant zu den Menschenrechten? Wir hören.«

Wie verabredet, lehnen sich Barbara und Salli gleichzeitig zurück und bedenken den jungen Mann mit einem Ausdruck milden Interesses. In Wirklichkeit ist beiden Kant und wie er die Welt auffasste, herzlich egal. In den nächsten zehn Minuten wird ihr Ohr sich auf fehlerhafte Abweichungen in Wort, Satzbau und Satzmelodie konzentrieren, die der Kandidat womöglich produziert oder auch auf besonders elegante Wendungen. Auf den Inhalt seines Referats brauchen sie dafür kaum zu achten. Er muss ja nur unter Beweis stellen, dass er neben seinen schriftlichen Fähigkeiten Deutsch auch angemessen sprechen kann.

Während sie in Abständen zustimmend nickt und »Aha« oder »Mhm« sagt, spaziert Salli gedanklich aus dem Prüfungsraum, um sich der ärgerlichen Unruhe zu widmen, die ihr den Puls hochtreibt. Seit Dyck und sie beschlossen haben, den Hof in Daglfing zu pachten, sind vierzehn Tage vergangen. Salli war in dieser Zeit auf der Bank, sie hat das Geld beschafft, sie hat sich noch einmal mit Grimmel getroffen und den Pachtvertrag unterschrieben. Dass Dycks Anwesenheit bei diesen Gängen nicht notwendig war, hat sie eingesehen. Wie er ihr am Telefon erklärte, war er tagtäglich beschäftigt mit den nötigen Reparaturen und Änderungen. Und da ihr die Prüfungen sowieso Stress genug bereiteten mit Aufsichtsstunden, mit Bergen von Korrekturen und jetzt noch dem Durchlauf der mündlichen Prüfung, hätte sie selbst kaum eine Minute für ihr Projekt gehabt. Dennoch! Vierzehn Tage, in denen nichts geschehen ist! Kein einziger Satz für den *Vorher*-Status. Geschweige denn eine Stunde Arbeit am lebenden Objekt. Während Salli mit einem Teil ihres Bewusstseins die Syntax des Prüflings abhorcht (nicht schlecht, auch die Nebensätze), die Endungen (schlau, er nuschelt sie einfach weg), die Satzmelodie (türkisch, am Satzende erhebt sich die Stimme), ergeht sich der besser durchblutete Anteil ihres Gehirns in Selbstzweifeln und Vorwürfen an Dyck. Am meisten beunruhigt sie, dass sie ihn seit drei Tagen nicht einmal telefonisch erreicht. Er scheint sein Handy abgeschaltet zu haben. Salli schielt in ihre Handtasche, wo ihr eigenes ein grünes Lämpchen leuchten lässt. Wegen der Prüfung ist es stummgeschaltet. Stumm, aber auf Empfang.

Auf Empfang scheint auch Barbara zu gehen, die sich jetzt vorbeugt und mit besorgtem Gesichtsausdruck nachfragt: »Was sagten Sie eben? Auch in der Türkei haben die Frauen ...?«

»... die gleichen Rechte wie die Menschen«, vervollständigt Öztürk alias Kant tapfer den Satz.

»Sind Sie sicher?«

»Ganz sicher. Es gibt Demokratie und gleiche Rechte für alle ...«

»Von den Kurden mal abgesehen«, unterbricht Barbara mit säuerlicher Stimme. »Aber darum geht es nicht. Ich möchte nur, dass Sie noch einmal nachdenken: Frauen und Menschen – habe ich richtig gehört – sind also nicht dasselbe?«

Der Blick des jungen Mannes bekommt etwas Gehetztes. »Nicht dasselbe – nein, nicht ganz. Ich meine, ich bin zum Beispiel ein Mensch, aber Sie sind ...«

»... ein weibliches Nutztier?«, erkundigt sich Barbara jetzt mit unverhohlenem Sarkasmus.

Dem jungen Mann bricht unter seinen Locken der Schweiß aus. Besorgt schaut Salli von ihm zu Barbara. »Gibt es in Ihrer Sprache *ein* Wort für *Mensch* und *Mann*?«, fragt sie.

Der Kandidat schlägt sich die Hände vor das Gesicht. »Mann! Männer! Bei uns ... Mensch ist *Adam* ..., aber, aber ... ich soll für ... äh ... über Männer, ich meine Menschrechte ...« In der Aufregung sinkt sein sprachliches Niveau in Höchstgeschwindigkeit nach unten.

Barbara schaut auf die Uhr und schüttelt den Kopf. »Unsere Zeit ist um. Die Ergebnisse erfahren Sie heute Nachmittag im Büro.«

Mit bedrückter Miene schleicht der Prüfling aus dem Raum.

»Guter Gott!«, sagt Barbara, nachdem er die Tür hinter sich geschlossen hat. »Und der soll mit einem Zeugnis an die Uni?«

Salli erschrickt. Ihr bisher auf halbe Kraft heruntergefahrenes Lehrerbewusstsein schaltet die restlichen Aggregate ein. »Du willst ihm doch nicht die Schriftliche verderben?!« Seit Jahren ist bei Salli kein einziger Student in der mündlichen Prüfung durchgefallen. Wer die mörderisch schwere schriftliche Prüfung bestanden hat, den darf man nicht mehr zurückstoßen wegen eines zehnminütigen prüfungsängstlichen Gestotters, so lautet ihr persönlicher kategorischer Imperativ. Ein einziges Mal, als die Lotterie des Prüfungsplans sie mit Dobisch zusammengespannt hatte, der einem jungen Thailänder das fehlende R nicht verzeihen wollte, hatte Salli, von Migräne geplagt, nach kurzem Kampf aufgegeben. Und noch jahrelang von dem entsetzten Gesicht des Thailänders geträumt. Seither achtet sie darauf, mit wem sie zusammen prüft. Barbara hat sich bisher immer anständig verhalten. Was ist los mit ihr?

»Ehrlich gesagt habe ich keine Lust, jemanden studieren zu lassen, der sich solche Schnitzer erlaubt«, sagt sie, rollt ihre Lippen ein und wieder auseinander und klopft mit dem Stift auf den Tisch.

»Wenn wir einen durchfallen lassen, müssen wir das schriftlich begründen«, warnt Salli in der Hoffnung auf abschreckende Wirkung.

Doch Barbaras Kriegslaune scheint das eher zu steigern. »Das kriegen wir schon hin«, sagt sie und greift nach einem Stück Papier. »Fehler hat er ja genug gemacht, unser Kant. Angefangen mit seiner Vorstellung, dann die Endungen, Prosodie ...«

»Aber er kann studieren, auch wenn es prosodisch hapert. Das ist die unwichtigste Sache überhaupt, jeder versteht ihn!«

»Was will er studieren? Politik? Wenn er seinem Professor das erklärt mit den Frauen und Menschen, hat er nicht nur sich selber blamiert – so was fällt doch auch auf uns zurück!«

»Ich glaube nicht, dass er den Fehler noch einmal macht.«

»Dafür einen anderen. Beim nächsten Mal geht's darum, dass die Frau aus einer Rippe verfertigt wurde.«

»Es war nur eine Verwechslung. Außerdem, verdammt, Barbara, wir sind nicht die Richter über sein politisches Bewusstsein!«

»Verdammt, Salli, er denkt nicht in der deutschen, sondern in seiner Sprache. Und darüber richte ich sehr wohl!«

Salli spürt, wie ihr Atem plötzlich schwerer geht. Barbaras Hand umkrampft den Stift. Von plötzlichem, tiefen Hass erfüllt funkeln sich die beiden Frauen an.

Salli beruhigt sich als Erste. »Es war ein klassischer Interferenzfehler. Und die Prüfungsordnung ...« – ein kurzer Blick auf das Gesicht der Kollegin nach einem so gewichtigen Wort – »... laut Kultusministerkonferenz«, improvisiert sie weiter, doch da winkt Barbara schon ab.

»Von mir aus rette ihn. Aber in der Kategorie *Gesprächsverhalten* bekommt er eine Vier minus. Mein letztes Wort.« Sie zieht die Notenliste heran und beginnt zu schreiben.

»Vielleicht sollten wir uns mal zeitgemäßere Themen einfallen lassen«, sagt Salli vorsichtig, »ich meine: Kant – was hat der in der heutigen Politologie verloren?«

»Radetzki sucht die Themen aus. Nächstes Jahr wird er pensioniert. Dann kannst du dich ja um diesen Job bewerben.«

Du mein Gott, Barbara ist ja mit Radetzki befreundet, fällt Salli ein. Die nächste Tretmine.

»Außerdem hat der momentan andere Probleme«, fährt Barbara mit kühler Stimme fort, »letzte Woche hat Taubert ihm die Anmeldezahlen für die Wintermonate gezeigt. Wir werden zwei volle Kurse weniger haben. Das heißt – aber ich denke nicht, dass ich dir das weitersagen darf ...«

»Ich weiß sowieso Bescheid«, entgegnet Salli. Die Befriedigung darüber, Wind aus Barbaras wichtig geblähten Segeln nehmen zu können, vertreibt für den Augenblick alle anderen Gefühle. »An mich ist er auch herangetreten: Ich solle endlich meinen Urlaub nehmen. Als ob das etwas nützen würde. Taubert meint doch, er *zahle* zu viele Lehrer. Das muss er ja auch, wenn ich in Urlaub bin.« Tatsächlich hat Salli in diesem wie auch im letzten Jahr noch keinen Tag Urlaub in Anspruch genommen. Wozu sollte sie? Um wegzufahren? Alleine? Sie wüsste nicht einmal, wohin.

»Es ist ein kosmetischer Ansatz«, gibt Barbara zu, »aber die psychologische Wirkung sollte man nicht unterschätzen. Und – einer opfert sich wirklich, sogar« – sie senkt die Stimme zu einem geheimnisvollen Flüstern – »zu *un*bezahltem Urlaub.«

Jetzt hat sie Salli doch überrumpelt. »Wer?«, fragt sie töricht und mitten in die Pausenglocke hinein.

»Das darf ich nun wirklich nicht sagen«, erklärt Barbara hoheitsvoll und erhebt sich. »Ich geh einen Kaffee trinken. Kommst du mit?«

Salli schüttelt den Kopf. Fünfzehn Minuten weitere Müller'sche Weisheiten haben ihr gerade noch gefehlt.

»Gut, also bis später. Ich bringe dann gleich den nächsten Kandidaten. Das wäre ... Moment ...«, Barbara späht auf die Namensliste, »Frau Papaki. Studienziel: Kunst. Mal sehen, als was die sich vorstellt. Vielleicht als Frida Kahlo?«

Kaum hat die Kollegin die Tür hinter sich geschlossen, schnappt Salli sich ihr Handy, geht ans Fenster, wo der Empfang besser ist, wählt Dycks Nummer und wartet. Im Schulhof unter ihrem Fenster versammeln sich die Studenten. Wie üblich grüppchenweise: dunkelhaarige junge Männer aus den arabischen Ländern, die Arme umeinandergelegt; bieder gekleidete Chinesen, jeder mit einem durchsichtigen Schraubglas voll Tee in der Hand; vier wundervoll schlanke Inderinnen, die eine mit einem sonnenfarbenen Schal und einem goldenen Nasenring. Durch das Fenster kann Salli ihre Stimmen hören: chinesisches Vogelzwitschern, die Rachenlaute der Araber und dazwischen Geknatter wie aus dem Maschinengewehr: Spanier, Puertoricaner, Chilenen. Und dann vernimmt sie wieder aus dem Handy – die inzwischen sattsam vertraute säuselnde Automatenstimme: »*... temporarily not available.*«

Am liebsten würde sie das Telefon zu Boden schleudern. Was ist bloß los? Wie kann Dyck sich tagelang nicht um sein Handy kümmern? Ob er es schon wieder verloren hat? Oder hat er – Salli wird plötzlich kalt – sich aus dem Staub gemacht, nachdem sie so viel Geld ...? Unsinn, beschwichtigt sie sich, sie hat die zwanzigtausend auf ein Sperrkonto überwiesen, im Vertrag wurde alles vermerkt und außerdem ist Dyck ein ehrlicher Kerl. Oder? Was weiß sie eigentlich von ihm? Viel ist es nicht. Dass er auf ihre Bitte hin eine Wespe verschonte – reicht das, um sich ein Bild zu machen von einem Menschen? Noch am selben Tag gab es ja genau genommen eine erneute Morddrohung von seiner Seite. Als sie das Anwesen noch einmal abgingen, diesmal mit dem Selbstbewusstsein frisch gebackener Pachtherren, und ihnen dieser widerliche Geruch in die Nase drang, der überall im Wohnhaus hing.

»Da!«, sagte Dyck und wies auf einen Teppich voller dunkler, bogenförmiger Krümel. »Sehen Sie? Is Scheiße von Mausen.«

»Mäusen.«

»Mäusen. Gibt bestimmt ganze Nest voll. Mussma wegmachen.«

Salli erschrak. »Aber wenn wir sie fangen, was machen wir dann damit?«

»Fangen! Dauert lang. Gehma in Apotheke und kaufma gute Gift …«

»Gift! Und dann liegen hier überall die toten Tiere!«

»Ah gjeh – tote Tiere! Schmeißma gleich auf Misthaufen!«

»Ich habe aber ein schlechtes Gefühl bei so was.« Dunkel erhob sich in Salli der Papa mit seinen naturschützerischen Visionen und sie fügte hinzu: »Sie sind Lebewesen, sie fühlen Schmerzen wie wir.«

»Aber ausschaun tun schon anders wie uns?«

»Ich meine doch nur: Sie haben auch Rechte!«

»Maus hat Recht?« In seinem Blick lag Besorgnis – als wäre Salli nicht ganz bei Trost.

Hatte er das Wort *Recht* in seiner anderen Bedeutung verstanden? Sollte sie ihm darlegen, was eine Homonymie ist? Salli beschloss, sich auf seine praktischen Absichten zu konzentrieren. »Ich wollte sagen: Wieso sollen Mäuse nicht leben dürfen? Überhaupt – ich dachte, Sie lieben Tiere?«

»Was Tiere? Sind keine Tiere, sind Scheißtiere! Wissen Sie, was passiert, wann Dreck von sie kommt in Hafer rein? Pferd kriegt Kolik und stirbt. Sag i doch: Sind Scheißtiere!«

Entmutigt ließ sie die Schultern hängen.

»Kamma auch Katze nehmen, wär besser vielleicht …«

Dankbar lächelte sie ihn an. »Das wäre viel besser.«

Doch sogleich verfinsterte sich sein Gesicht wieder. »Und wer wird füttern Katze? Wer wird füttern Stute?« Er seufzte laut und strich sich über das Kinn. »Muss i überlegen was.«

Ja, muss er, denkt Salli in der Stille des Seminarraums. Vor allem muss er sein idiotisches Handy einschalten! Sie drückt auf die Wiederholungstaste, obwohl sie weiß, dass sie nur wieder frustriert wird. Und dann lauscht sie doch.

Fast hätte sie nicht gemerkt, dass die Tür sich öffnet. Hastig schaltet sie das Telefon aus. Es ist Anselm, der den Kopf hereinsteckt. »Oh!«, sagt sie überrascht. Ihn hat sie die letzten beiden Wochen über auch fast nicht zu Gesicht bekommen.

»Du hier?« Er scheint nicht weniger überrascht zu sein.

»Barbara kommt gleich zurück, dann prüfen wir weiter«, erklärt Salli.

»Ich wollte nur … ganz kurz … nur … ganz kurz …« Auf Zehenspitzen tänzelt Anselm in den kleinen Seminarraum und späht auf die Listen, die Barbara über den Schreibtisch verteilt hat. Verschwörerisch blinzelt er ihr zu.

Salli nickt. Einen der Abschlusskurse hat Anselm unterrichtet. Jetzt interessiert es ihn natürlich, wie seine Schützlinge abgeschnitten haben. Sie geht auch immer zum Spicken, wenn ihre Lieben betroffen sind.

Mit gerunzelter Stirn studiert Anselm die Notenliste.

»Bis jetzt ist keiner durchgefallen«, sagt Salli beruhigend. »Ich pass schon auf.«

»Du bist ein Schatz!« Aber die gewellte Linie auf seiner Stirn ist noch nicht geglättet. Er will eben den Raum verlassen, als Barbara hereinkommt, im Schlepptau eine Art Weltwunder aus langen Beinen und hüftlangem, fein gekräuseltem, dunklen Haar.

»Frau Papaki«, stellt Barbara vor.

»Falsch ausgesprochen«, kommentiert die Kandidatin und mustert ihre beiden Prüferinnen aus riesigen, bernsteinfarbenen Augen. »Ich cheiße Vicki Pa-paiki. Griechisse Aussprache: Aiki – merken Sie sich das fur die Zukunft!«

Anselm entschlüpft lautlos, während die junge Dame auf den Stuhl in der Raummitte gleitet und Salli und ihre Kollegin verblüffte Blicke tauschen.

»Donnerwetter!«, sagt Salli und fragt sich, ob die junge Frau vielleicht nur ihre Aufregung kaschieren möchte.

»Sie sind also Griechin«, startet Barbara ihren Versuch, die Gesprächsleitung zu übernehmen, wird aber sofort unterbrochen: »Falss! Ich komme aus Kreta, die Kreter sind viel griechisser als die Griechen. Wir chaben das Matriarchat erfunden.«

»Ahaa!« Jetzt lächelt Barbara. »Und referieren wollen Sie …«

»Uber die minoisse Kunst!«

Vicki Papaki schlägt ihre schönen Beine übereinander und beginnt ihr Referat. Während sie spricht – in einem mörderischen Tempo –, beginnen ihre Wangen zu glühen, so dass sie noch schöner wird. Mit ihren geschwungenen Brauen erinnert sie tatsächlich an eine Gestalt aus der griechischen Mythologie, vielleicht an die kuhäugige Hera?

Gut, denkt Salli. Bei der muss sie sich nicht einmischen, die überzeugt jeden. Im Notfall hilft das Matriarchat. Sie lehnt sich zurück, dabei fällt ihr Blick auf ihre geöffnete Tasche und sie sieht – das Telefonsymbol blinken. Die Nummer kennt sie. Es ist die von Dyck. Ihr erster Impuls: das Telefon ergreifen und mit einer Entschuldigung hinausstürzen. Aber das geht nicht! Nicht in der Prüfung. Sallis Augen flitzen hin und her: von Barbara zu der unermüdlich plappernden Kandidatin und wieder zum Telefon. Das blinkt. Blinkt. Und wieder tot ist.

Verpasst. Wann ist dieses Prüfungsgespräch endlich vorbei? Der aufgelösten Salli dringen Wortfetzen ins Ohr … *Fresko,*

Knossos, Göttin ... Nach diesem einen vergeblichen Versuch wird Dyck sein Handy wieder ausstellen, sagt sie sich. Sie spürt das.

Und so ist es. Aber dafür gibt es zwei Eingänge in ihrer Mailbox. Eine SMS von Anselm: »Liebste Salli, magst du morgen Abend dabei sein? Umtrunk im ›Kalypso‹. Herzlichst A.«

Und eine Sprachnachricht: »Hamma morgen letzter Oktober ... wegen Stute umziehen. Also wegen ... Ihres Auto ... mit mein schaffma net Hänger ziehen ...« Und nach einer Pause: »Das war i – Dyck.«

Sergey

Um halb fünf am Abend ist die Box für die Stute fertig. Bis zum letzten Schimmer Tageslicht hat er dran gearbeitet. Bretter genagelt, eine Tür eingebaut, die Wände geweißelt. Für die Wasserleitung hätte er einen zweiten Mann brauchen können, um die langen Rohre um die Ecke zu fädeln. Aber wo soll er einen zweiten Mann finden? Und Salli kann er nicht bitten, die hat schon genug getan. Außerdem: Säge, Schweißgerät, Schneidbrenner – das ist nichts für eine Frau.

Sergey lässt den Motor in seinem Auto an. Dann stellt er ihn wieder ab, steigt aus und geht noch einmal um das kleine Anwesen herum. Drei Mausefallen hat er aufgestellt. Letzte Woche hat es ein paar drin erwischt. Er hat die Kadaver auf den Misthaufen geworfen und seither keinen Mäusedreck mehr gefunden. Aber das muss nichts heißen, irgendwo werden schon noch ein paar Viecher stecken. Bald ist Winter, dann kommen sie in die Scheune und ins Haus. Er mag keine Tiere töten. Er kann es natürlich. Schafe, Schweine, Rinder hat er genug geschlachtet. Bloß wenn es seine eigenen Tiere waren – dem Schafbock, den er ein ganzes Jahr gehütet hat, kann er kein Messer an die Kehle setzen. Dann ist er immer zum Nachbarn gegangen, und sie haben getauscht: Du nimmst meine, ich deine.

Noch einmal schaut er sich um. Ihm ist, als hätte er etwas vergessen. Aber alles scheint in Ordnung zu sein: Im Lager stehen die Ballen mit Heu und Stroh, eine Tonne voll Pellets, eine mit Hafer; Kleie hat er besorgt, Karotten und

Melasse. Stall, Scheune und Haus sind abgeschlossen, er kann gehen.

Von der Rennbahnstraße biegt er ab auf die Autobahn. Um sechs Uhr muss er draußen beim Bauern sein und füttern. Es wird schon dunkel, die Straßen füllen sich mit Pendlern, die nach Hause wollen. Langsamer und langsamer geht es voran. Er wird spät ankommen, das weiß er auch ohne Uhr. Im Rückspiegel sieht er Blaulicht aufblitzen. Auf der Gegenfahrbahn steht der Verkehr. Ein Unfall scheint passiert zu sein. Im Schneckentempo ziehen die Autos vor ihm vorüber, alle Fahrer haben die Hälse gereckt, um sich das Unglück genauer anzusehen.

Er schaltet in den ersten Gang hinunter und fährt weiter, ohne einen Blick hinüber zu werfen. Er braucht so was nicht: ausgeschlagene Zähne, Blut, Knochenbrüche hat er genug gesehen. Beim russischen Militär, nach einer Rauferei, wenn die Kumpel gesoffen haben, auf der Rennbahn natürlich, wenn einer im vollen Galopp stürzt, am besten zusammen mit dem Pferd. Wozu soll man sich so etwas ansehen? Hilft doch nix – gar nicht erst hinschauen, dreimal spucken und vergessen.

Die Lehrerin Salli ist eine, die immer hinschaut, das hat er schon gemerkt. Auch auf ihm liegen ihre Augen manchmal, er weiß nicht genau, was sie von ihm will. Dass er Deutsch lernt, natürlich, das haben sie ja ausgemacht. Aber manchmal hat sie noch so etwas im Blick wie die jüngere von seinen zwei Schwestern, immer wenn sie ihm die Haare schneiden wollte. Als ob sie Maß nehmen würde. Sein Leben abmessen möchte und nachsehen, ob es da etwas gibt, was man schöner schnippeln könnte. Aber da täuscht sie sich, ein krummer Stock lässt sich auch nicht mehr gerade biegen. Und darüber, was in seinem Leben alles passiert ist, will er mit niemandem reden. Wozu soll das gut sein?

Außerdem hat er keine Zeit, um an die Vergangenheit zu denken. Die Zukunft ist wichtiger: Er muss schauen, dass er Salli ihr Geld zurückgeben kann. Was er beim Bauern verdient, reicht niemals, er wird andere Arbeiten suchen müssen. Und woher soll er dafür die Zeit nehmen? Geld, Geld, alles läuft hier immer beim Geld zusammen.

In Russland gab es auch Probleme, aber die waren anders: Wodka meist und Raufereien. Ein Tierarzt, der zum Hengste Kastrieren auf die Kolchose kam, so besoffen, dass er sich auf der Koppel zwischen die Tiere ins Gras legte und schlief. Damit wird er fertig, mit der Faust reagieren oder mit den Fußgelenken, das kann er. Die Wolfsjagden mit seinem tatarischen Kumpel fallen ihm ein. Wie sie über den Erdboden geflogen sind zu Pferd, beide in den Steigbügeln stehend, Rachim das Gewehr an der Schulter. Wenn sie auf Stein schlugen, sprühten unter den Hufen der Pferde die Funken hoch.

Es hilft nix zurückzudenken. Wenn du nicht weißt, was du machen sollst, geh einen Schritt nach vorn, hat sein Karatelehrer immer gesagt. Der nächste Schritt heißt: Arbeit suchen, Geld verdienen.

Wenn er ein Pferd hätte, das Rennen laufen kann … Der junge Rapphengst, zuletzt in Kasachstan. Segment hieß er. Sie haben noch gewettet, Rachim und er. Er hat den Mund gehalten, der Bär war ja noch nicht geschossen, aber der Kumpel war sich todsicher gewesen: Der läuft Geld ein. Rachim lebt jetzt in Ufa, bei den Baschkiren. Das letzte Mal haben sie sich vor eineinhalb Jahren gesehen, als sie auseinandergingen. Alle beide sind sie keine Briefeschreiber. Aber dass sie sich irgendwann wiedersehen werden, ist klar.

Die anderen Pferde fallen ihm ein, die er damals geritten hat: der Pino, ein Fuchs, den sonst keiner reiten konnte, aber ihm ist er überallhin nachgelaufen. Und sein alter Kusja, mit dem er die Brotzeit geteilt hat jeden Tag – alles, nicht nur Karotten und Äpfel, der Kusja hat auch Speckbrot und Tomaten gegessen. Die Steppe, durch die sie geritten sind. Im Sommer ist das Gras so hoch, dass es den Pferden bis an den Bauch reicht. Und im Frühling, da ist die Steppe voll mit kleinen, wilden Tulpen, bis zum Horizont weht alles gelb und rot.

Nun blendet ihn auch noch der Scheiß-Gegenverkehr, er nimmt eine Hand vom Steuer und wischt mit der Faust über die Augen.

Als er von der Autobahn herunterfährt, steht am rechten Straßenrand eine Birkengruppe. Ihm fällt wieder ein, was er vergessen hat. Leise pfeift er durch die Zähne. Auch nicht schlimm. Das wird er morgen nachholen.

6. Dickes Ende

> *Das von mir aufgedeckte Gesetz der wachsenden*
> *Glieder besagt, daß von zwei Gliedern, soweit möglich,*
> *das kürzere vorausgeht, das längere nachsteht.*
> Otto Behaghel, ›Deutsche Syntax IV‹, 1932

IN DER NACHT hat das Wetter umgeschlagen. Als Salli frühmorgens ihr Auto starten wollte, musste sie erst Eis von ihrer Windschutzscheibe kratzen. Nun fährt sie durch eine voralpenländische Zuckerwelt mit Bäumen voller Raureif. Die Straßen sind leer um die Zeit, sie kann sich auf die Strategie konzentrieren, die sie gestern Nacht im Bett ausgearbeitet hat. Erstens: Ja, sie wird ihr Auto zur Verfügung stellen für Dycks Pferdetransport. Aber nur, wenn er – zweitens – schon heute während der Fahrt Unterricht nimmt. Egal, wie sehr sein Gestotter auf der Mailbox ihr Herz gerührt haben mag. Drittens – sie schaltet einen Gang herunter, das Waldstück hat begonnen – was war drittens? Richtig: Imperativ. Der böte sich an während der Fahrt: *Beschleunigen Sie, halten Sie, biegen Sie ab!* Viertens: die Du-Form. Soll sie Dyck das Du anbieten? Imperativ mit Du ist schwieriger zu lernen wegen der Vokalwechsel: *Lesen Sie – lies! Geben Sie sich mal etwas Mühe – gib dir ...* usw. Vor allem: Dyck darf nicht noch einmal für Wochen entkommen. Ein fester Termin zum Lernen muss installiert werden. Täglich. Am günstigsten in Daglfing. Da haben sie ein Haus für sich. Wer wird heizen? Egal. Fünftens. Was war noch mal fünftens? Gestern Nacht hat sie nicht schlafen können, weil ihr eine Frage im Kopf umherwanderte, an die sie sich nicht mehr erinnern kann. Ging es um die Personalpronomen? Auf jeden Fall muss er die endlich richtig prononcieren, ein ordentliches *ich* sprechen, nicht sein vom Bauern übernommenes bairisches *i* oder das russisch klingende *iiich*. Personalpronomen also, diese begabten Wandler, von einem *ich* flugs zum *mir* oder *mich*, von *einem* zu *dieser, welcher, keiner*. Vor ihrem geistigen Auge ist eine Herde pronominaler Äffchen aufgetaucht, kreischend und Grimassen schneidend schwingen sie sich hin und her auf grünen Urwaldbäumen: *ich – mir – mich – meiner, du – dir – dich – deiner …* Gut, für Dyck soll es so wild noch nicht zugehen, dem wird sie ihre Schar erst mal gesittet im Nominativ vorführen: *ich, du, er, sie, es …*

Auf dem Hof stehen um die frühe Zeit schon ein paar Autos. Auch am Sandplatz neben der Halle herrscht Betrieb. Ein mit Sakko, heller Hose und Lederstiefeln perfekt gekleideter Mann thront auf einem mächtigen Rappen. Das Pferd schwitzt, obwohl es auf der Stelle tritt. Es stößt schnorchelnde Geräusche aus, Schaumflocken fliegen ihm auf die Brust, jetzt erst sieht Salli, dass der Mann Sporen trägt, mit denen er das Tier rhythmisch in die Seiten sticht. An der Bande lehnen zwei schön geschminkte Damen in verwegen langen Mänteln und begutachten die Szene.

Dyck trifft sie beim Misten im Stall. »Muss i no diese alle Boxen machen«, erklärt er, das Gesicht glänzend vor Schweiß. Alles ist exakt wie beim ersten Mal. Nur, dass er heute »Danke für kommen!« ruft, während er eine hoch beladene Mistkarre zum Ausgang schiebt.

Als wäre es sein Signalwort, betritt der Bauer den Stall. Salli erkennt ihn sofort wieder, umgekehrt scheint das nicht der Fall zu sein. Als sie nach draußen geht, um dem Spektakel auf dem Reitplatz zuzusehen, folgt er ihr, grüßt und mustert sie neugierig. Der elegante Reitersmann ist inzwischen abgestiegen und unterhält sich mit einer der beiden Damen, die andere führt das Schaum bedeckte Pferd davon. Während sie an ihr vorbeigeht, hört Salli, wie sie auf das Tier einredet. »Braver Odin, guter Schatz …«

»Suachan Sie wen?«, erkundigt sich der Bauer.

»Ja«, sagt Salli, die sich an seine Impertinenz beim letzten Mal erinnert. »Aber ich habe ihn schon gefunden.«

Er kratzt sich am Kopf, offenbar überlegt er, ob er sie nicht doch irgendwo schon mal gesehen hat.

»Was für ein schöner Tag heute!«, sagt Salli, von plötzlicher Lust gepackt, den Mann sprachlich in die Ecke zu treiben. »Superb!« Sie zeigt auf die Bäume im Hintergrund. Überall an den Ästen hängt in dicken, weißen Stacheln der Raureif.

Der Bauer ist ihrem ausgestreckten Finger mit den Augen gefolgt, ohne die Miene zu verziehen. »Jo«, sagt er, »weil's so feicht is.«

Das war wohl zu leicht, diese erste Lektion? »Wie auf einem Breughel-Bild«, fährt Salli boshaft fort und überlegt, ob sie noch »Breughel der Ältere« oben draufsetzen soll, aber der Bauer nickt wieder: »Weil's so feicht is.« Mit Bildungsbrocken und Hochdeutsch kommt sie dem nicht bei, sieht Salli ein, während sie schon wieder seine misstrauisch musternden Blicke auf sich spürt.

»Sand Sie wegaram Pferd do?«, setzt er noch mal an.

Aber bevor Salli antworten kann, schaltet sich plötzlich die Reitersdame von vorhin dazwischen. Mit wehendem Mantel kommt sie vom Stall zurück. »Der Odin …!«, schreit sie, ihr rot geschminkter Mund ist verzerrt, » … kommt nicht mehr hoch!« Sie ringt die Hände.

Eine Sekunde lang sehen alle die Frau an, dann laufen sie zum Stall, auch Salli.

Der Rappe liegt in seiner Box am Boden. Mit allen vier Beinen rudert er wild in der Luft. Er lässt die Beine sinken, wendet den Kopf und schaut die Menschen an, die jenseits der Gitterstäbe stehen. Wieder versucht er, sich herumzuwerfen, aber der Platz reicht ihm nicht, so verkeilt wie er liegt.

»Und jetza?«, fragt der Bauer den schönen Reitersmann. Der schüttelt schweigend den Kopf.

»Sollma ihn net umdrehen?«

»Ich bin doch nicht verrückt«, sagt der Mann und weist auf das Pferd, das wieder mit den Beinen strampelt, »viel zu gefährlich!«

Die Frau, die alle gerufen hat, bricht in Tränen aus. Offenbar ist sie die Besitzerin. »Odin!«, schluchzt sie.

Noch einmal sieht das Pferd zu ihnen her, eine kleine Falte bildet sich über seinem Auge, der Wallach sieht plötzlich traurig aus, noch einmal schaut er die Menschen vor seiner Box an, dann senkt er den Kopf aufs Stroh, als habe er begriffen, dass keine Hoffnung mehr ist.

Dyck hat bis jetzt im Hintergrund gestanden, die Mistgabel in der Hand. Jetzt stellt er sie ab, öffnet die Boxentür, mit zwei Schritten ist er bei dem verunglückten Pferd. Er bückt sich, fasst den Schweif. Schon will das Pferd wieder mit den Beinen in die Luft, aber der Mensch ist schneller. Mit einem gewaltigen Ruck schleift er den massigen Tierleib einen Meter über den Boden. Das Pferd liegt frei in der Box, scheint aber noch nicht zu begreifen. Dyck hebt seinen stiefelbewehrten Fuß und versetzt ihm einen kräftigen Tritt in den Hintern. Ein Zittern geht durch den Rappen, er stemmt die Vorderbeine in den Boden. Mit einem Satz ist er in der Höhe.

Genauso schnell ist Dyck davongesprungen. Aber gerade als er zur Tür will, donnert der Schwarze – von seinem eigenen

Schwung getragen – gegen die geöffnete Schiebetür. Die Tür kracht an Dycks Schulter. Salli kann hören, wie er vor Schmerz aufzischt.

»Odin«, wimmert die Besitzerin.

Jetzt, wo das Pferd wieder steht, drängen alle in die Box, um es zu streicheln und zu untersuchen. Dyck marschiert, den rechten Arm in Schonhaltung vor die Brust gepresst, auf seine Kammer zu. Salli folgt ihm.

»Wie …? Ist Ihnen …?« Vor Aufregung kann sie nicht sprechen.

Dyck stopft sich mit der Linken ein Stück Pullover in den Mund, windet sich aus dem Kleidungsstück, knöpft wieder mit links das Hemd auf und streift es sich von der Schulter. Dann betrachtet er die verletzte Stelle, fährt mit den Fingern darüber.

»Und?«, fragt Salli beklommen. »Es ist gebrochen, oder?«

Dyck antwortet nicht, er betastet das Schlüsselbein. Natürlich ist Sallis Interesse rein mitmenschlicher Art – aber dass sie gerade dann den Blick abwendet, wenn er seinen Brustkorb enthüllt, wäre doch zu viel verlangt. Breit und stabil sieht er aus und blondes Haar kräuselt sich darauf. In dem Haar hat sich Dreck verfangen, winzige Heuspäne, Staub.

»Naa«, sagt er, »gebrochen is net.«

»Das muss man röntgen!«

»Muss ma net.«

»Aber wie wollen Sie wissen …?«

»Weiß i. Hab i schon Knochen genug gebrochen in Leben.«

Der fünfte Punkt! Jetzt fällt er Salli ein: Dycks früheres Leben. Das gehört ja auch zum *Pygmalion*-Wunder. Doch es wäre pietätlos, sieht sie ein. Am Lager eines Verwundeten ziemen sich nur Sätze im Präsens. »Tut es sehr weh?«, fragt sie.

»Wie soll net wehtun, wann kriegst du Tür auf Schulter?!«,

knurrt er und versetzt ihr damit einen winzigen, nicht unangenehmen Schock.

»Sind wir jetzt beim Du?«

»Wo simma?«

»Ich meine, dass wir nicht länger Sie zueinander sagen …«, stammelt sie, beißt die Zähne zusammen und streckt ihm die Hand hin: »Ich heiße Salli. Und Sie sind Sergey?«

Einen Moment scheint er nicht zu verstehen, dann drückt er kurz mit der linken Hand ihre Finger. »Is recht. Und jetzt i brauch Helfen.« Er deutet zu seinem Pullover. »Ziehen Sie!«

»Es heißt: Zieh!«

»Zieh. Und geb diese Jacke auch!«

»Gib diese Jacke.«

»Gib Jacke.«

Keine dreißig Zentimeter stehen sie auseinander, während Salli ihn einpackt: Pullover, Jacke, Knopf für Knopf. Er macht ein grimmiges Gesicht dazu. Aber als sie ihm seine Wollmütze aufsetzt, bekommt er auf einmal einen vertrauensvollen Blick wie ein Flüchtling auf einer Erste-Hilfe-Station.

»Geht es? Kommst du klar?«

»Passt schon. Bringma Stute weg jetzt. Fahren musst du.«

»Was? Bis Daglfing? Aber ich hab noch nie …«

»Und i kann net. Schau hi!« Er deutet auf seinen Arm.

»Wie soll ich überhaupt den Anhänger ans Auto basteln?«

»Is nix dabei. Nimmst du Rückwärtsgang und fahrst bissel langsam.«

Aber es ist doch etwas dabei. Sergey Dyck springt und winkt und brüllt; Salli schaltet und kurbelt, fährt vor, wieder zurück. Sieben Anläufe über den halben Hof braucht sie, bis sie ihr Auto rückwärts an die Stelle manövriert hat, wo Sergey neben der Hängerdeichsel auf Auto und Anhängerkupplung wartet. Mit einer Hand kurbelt der Russe das Stützrad hoch und kuppelt die beiden Gefährte aneinander. Salli steigt aus, wischt sich die schweißnassen Hände an ihrem Anorak ab und sieht Sergey entgegen, wie er mit seinem Pferd am Strick daherkommt. Die Stute wirkt nervös, vor einem Busch macht sie einen Satz zur Seite.

Inzwischen hat sich die Gesellschaft der Reiter wieder eingefunden. Auch der Bauer linst aus dem Stall. Keiner will sich das Schauspiel entgehen lassen, wie der einarmige Knecht sein Vollblutpferd in den Hänger schafft.

»Oh, oh«, flötet die eine der beiden Frauen, »das geht schief, das sehe ich schon. So kriegt man kein Pferd in den Hänger!«

»Ich mach das ja *nur* mit der Tellington-Methode«, erklärt die andere, »alles andere ist verlorene Liebesmüh, da erzählt mir keiner was.«

Der Bauer verschränkt die Arme vor der Brust und beobachtet grinsend das Geschehen. Am liebsten würde Salli ihn in seinen Stall sperren. Und die anderen mit dazu.

Aber wie sich zeigt, braucht Sergey Dyck weder Liebe noch Müh noch eine spezielle Tellington-Methode, er geht der Stute drei Schritte voraus die Rampe hinauf, in den Hänger hinein, da bindet er sie fest und hängt dann die Absperrstange ein. Noch ein Klaps auf die Kruppe, schon ist er draußen, schließt den Hänger und zurrt die Plane oben fest.

Zwei Minuten später sind sie auf der Landstraße.

Salli sitzt am Steuer und glaubt, das Gewicht zu spüren, das hinter ihrem Wagen rollt. Als zitterte der tonnenschwere Hänger mit dem Pferd darin unter ihren Füßen. »Was muss ich tun?«, fragt sie nervös.

»Fahrst du einfach!«

Verkrampft schaltet sie in den vierten Gang. Nach einem Waldstückchen kommt die erste Kurve.

»Hoh«, sagt Sergey neben ihr, »hast du hinten was dran! Langsam!«

Als wolle sie seinen Kommentar bekräftigen, macht sich

die Stute hinter ihnen bemerkbar, sie stampft auf den Boden oder gegen die Wände. Salli kann die Vibrationen vom Hänger bis in den Wagen spüren.

»Weißt du, dieser Bauer«, beginnt sie. Sie muss über irgendetwas reden, um nicht an ihrer Nervosität zu ersticken. »Manche Leute denken ja, dass Menschen wie er dumm sind, *dumme Bauern* sagt man, das ist natürlich ein Vorurteil, das ist mir klar, andererseits will ich ja gar nicht behaupten, dass der da die tiefen Teller erfunden hat, dennoch ...«

»Fahr bissel langsamer!«

»Ja, okay, muss ich da vorn links? Also, was ich sagen wollte, Dummheit heißt nicht, dass jemand keine Bücher gelesen hat, das ist, ganz im Gegenteil, o Gott, was macht denn der da?«

Aus einer Seitenstraße rechts ist ohne jede Warnung ein kleiner Traktor vor sie auf die Straße gerumpelt, sie tritt auf die Bremse, spürt, dass sie es nicht mehr schafft, und reißt das Steuer nach links. Mit schlingerndem Hänger fährt sie erst auf der Gegenfahrbahn dicht neben dem Traktor, dann schert sie wild schlenkernd wieder hinter ihm ein.

»Bleibst du ruhig«, sagt Sergey und greift ihr mit der brauchbaren Hand ins Steuer, bis der Hänger sich wieder gerade ausrichtet.

Mit zwanzig Stundenkilometern tuckern sie nun hinter dem Traktor her. »Soll ich überholen?«, fragt Salli, von einem Schweißtropfen an der Nase gekitzelt. Ohne auf die Antwort zu warten, setzt sie den Blinker und schlägt ein.

»Obacht«, warnt Sergey, »bist du hinten breiter jetzt!«

Er hat recht, mein Gott! Gerade noch kommt sie an dem Traktor vorüber, ohne das Bäuerlein darauf mit der Hängerseite in den Graben zu pflügen. Salli atmet scharf aus. Eine Weile geht es schweigend und ohne weitere Hindernisse dahin, das Ortsschild von Daglfing ist schon zu sehen und in hundert Metern Abstand eine Ampel, die im nächsten Moment auf Rot schaltet.

»Brems«, sagt Sergey. »Hast du längere Bremsweg!«

»Was?«

»Brems!!«

Sie steht auf der Bremse, aber ihr Golf fährt weiter, unbeeindruckt, als klebe eine Briefmarke auf dem Bremspedal statt ihres Fußes. Eine halbe Wagenlänge hinter der Ampel kommen sie endlich zu stehen.

»Siehst du?«, erkundigt sich Sergey.

»Ja«, sagt Salli zitternd. Erneut ergreift sie der nervöse Plapperzwang. »Was ich vorhin meinte ... zum Thema Dummheit ... wie gesagt, das hat nichts mit Unbildung zu tun, eher ist es eine Art Unangemessenheit, ich könnte auch sagen, wenn jemand wie zum Beispiel dieser Bauer über Dinge urteilen will, von denen er nichts versteht ...«

»Grün!«

Hektisch weiterredend, gibt sie Gas. »Also, wenn dein Bauer darüber urteilen möchte, ob du Pferde richtig behandelst, dann ist das geradeso dumm, als wenn ich über Quantenphysik sprechen würde oder du vielleicht über die deutsche Klassik –« Mit einem heftigen Rums prallt etwas gegen die Stoßstange, Millionen grau-weißer Federn stieben vor der Windschutzscheibe auf, es ist wie in einem Schneegewitter, wie weißes Rauschen im Fernseher, schon sind sie hindurch, am Scheibenwischer zittern ein paar gesprenkelte Daunen.

»Was war das?«, keucht sie.

»Huhn«, sagt Sergey unbewegten Gesichts.

»O Gott, ich ...!«

»Was Gott? Gehst du Lebtag lang net in Kirche und dann willst du rufen ihn?«

»Aber was soll ich denn jetzt machen?«

»Schaust du auf Straße und fahrst du weiter!«

»Aber ... ist das nicht Fahrerflucht?«

»Was Flucht mit vierzig Ka Em Ha? Schaust du auf Straße und fahrst du weiter.«

Die Stute wendet den Kopf, als Sergey sie aus dem Hänger steigen lässt. Vor dem Stall bleibt sie stehen und wittert.

»Muss schauen, wo is gelandet«, erklärt Sergey.

Auch Salli, in sicherer Entfernung, sieht sich um: Der Mist ist weg. Sowie die Folie auf dem Dach. Das Dach ist neu, säuberlich liegen die Holzplanken nebeneinander. Es gibt keine Brennnesseln mehr auf dem Sandplatz, dafür einen hölzernen Koppelzaun.

Im Stall sind die Wände frisch geweißelt, alles strahlt vor Sauberkeit. Sergey steht mit der Stute in einer Box und prüft die mechanische Tränke. Salli kann das Wasser leise zischen hören.

»Das ist Wichtigste«, ruft er ihr zu, »dass Wasser geht!«

»Du hast eine Wasserleitung gelegt!«, sagt Salli bewundernd, »und ein Dach gebaut!«

Er wehrt ab: »Is nix dabei. In Russland jeder macht so was.«

»Jeder?«

»Die mannlichen Leute.« Mühsam stochert er mit der Linken Stroh auf die Gabel, um der Stute einzustreuen.

Erstens, zweitens, drittens, denkt Salli. Erstens muss er etwas zu essen haben. *Mens sana* und so weiter. Sie holt den Schlüssel unter dem Blumentopf hervor, wo sie ihn für Sergey deponiert hatte und schließt die Haustür auf. Schon ist der Gestank wieder da. Der Dreck am Boden, die Abziehbildchen.

Und immer noch kein Möbelstück. Die letzten zwei Wochen hat er täglich hier gearbeitet. Hat er nie gegessen? Oder sich kurz hingelegt? Immerhin hängt ein Handtuch in dem rosa Badezimmer.

Draußen trifft sie ihn, wie er einen Sack mit Karotten auf der unverletzten Schulter vom Hänger zum Stall marschiert.

»Sergey, lass uns etwas essen gehen!«

»Hab kei Zeit.«

»Aber du musst essen!«

»Hab kei Zeit.«

»Hör mal, du bist verletzt, du arbeitest schwer ...«

»Is net so schlimm. Du! I hab kei Zeit!« Er schaut immer finsterer unter seinen dichten Brauen und geht auf den Stall zu.

Salli folgt ihm ratlos. »Aber ...«

»Nix aber!« Mit Schwung wuchtet er den Karottensack in einer der leer stehenden Boxen auf den Boden. Ein großer Ballen Stroh und einer aus Heu stehen da schon. Außerdem eine Kiste voll Handwerkszeug: Sägen, Hämmer, Zangen. Zwei Tonnen mit Pferdefutter; an der Wand hängen zwei Pferdedecken, ein Sattel und Geschirrzeug; Mistgabel und Besen lehnen daneben.

»Also, *ich* habe Hunger!« Es stimmt, obwohl sie ihn eigentlich nur ködern will mit der Aussicht auf eine Brotzeit. Ein wenig will sie auch sich und ihre Rechte ins Spiel bringen.

»Auf Rennbahn gibt Casino. Kannst du dahin gehen.«

»Und du?«

»I muss arbeiten. Bauer wartet schon auf mi.«

»Du solltest zum Doktor ...« Salli bricht ihren Satz ab, als sie seinen Blick sieht. Sie holt ihren Geldbeutel aus dem Auto und geht los: Landstraße, Baumschule, Loch im Zaun, Rennbahn, Casino.

Das Casino ist in deutscher Eiche möbliert. Der Gestank von Zigaretten hängt im Raum, festgesetzt in Holz und Stoff. Hunderte Zocker, Fahrer, Trainer müssen hier im Lauf der

Jahre die Aschenbecher gefüllt haben, während sie auf die Monitore an den Wänden starrten. Salli versucht, ihren Aufenthalt hier so kurz wie möglich zu gestalten und schnappt sich die Speisekarte vom Tresen. Schon bei den Namen der Gerichte vergeht ihr der Hunger wieder: *Milzwurst. Leberkäse abgebräunt. Jägerschnitzel mit Pommes.* Hastig bestellt sie ein Schnitzel zum Mitnehmen und eine große Tüte Pommes frites. Und wenn sie ihn füttern muss! Einem leeren Magen kann man keine Personalpronomen zumuten. Und zum Essen böte sich ein herrliches Kapitel aus der Syntax an mit Sätzen wie: *Im Gasthaus bestelle ich mir einen Salat. Ich bestelle ihn meinem Freund. Mein Freund bestellt ihn sich mit Olivenöl. Ich bestelle ihn mir … du ihn dir … er bestellt ihn sich …* Die kurzen Pronomen vor den elefantösen Nomen. Der kürzere Akkusativ vor dem längeren Dativ. Syntax mit eingebautem Rhythmusprogramm! Sie kann ihre Pronomenäffchen hören, wie sie vor Begeisterung laut aufschnattern.

Auf dem Hof ist niemand zu sehen. Auch im Stall, da steht nur die Stute und hebt überrascht den Kopf, als die Tür geöffnet wird. Dann hört Salli ein Geräusch. Ist Sergey auf der Koppel hinter dem Stall?

Das Erste, was ihr dort in den Blick fällt, sind die Bäume. Fünf weiße Birken waren es einmal. Jetzt sind drei von ihnen im unteren Teil nicht mehr weiß. Vor der vierten steht Sergey mit einer Malerrolle und bestreicht sie mit dicker, dunkler Flüssigkeit. Dem Gestank nach handelt es sich um Ölfarbe.

»Du liebe Zeit – was machst du da?«

»Farbe drauf.«

»Aber wieso? Die schönen Bäume!«

»Schöne Bäume gehen glei kaputt, wann Stute frisst Haut von sie.«

»Warum sollte sie die Rinde fressen?«

»Weil Pferd is.«

Jetzt erst sieht sie, dass er überall auf Jacke und Hose schwarze Flecken hat. Sie hält den Papierbeutel mit dem Schnitzel hoch. »Komm jetzt, lass das sein. Iss was!«

Ohne zu antworten, taucht er wieder seine Rolle in den Kanister mit der Farbe.

»Na gut«, sagt Salli und will ihm die Rolle aus der Hand nehmen. »Du gehst jetzt zu deiner Stute, im Stall ist es warm. Ich mache hier weiter.«

Einen Moment lang sieht es aus, als wolle er mit ihr um das Arbeitsgerät raufen, dann überlässt er es ihr. »Mach i den da mit andere Pinsel, dann du kannst diese letzte malen.«

Sie sitzen auf den Strohballen im Stall; Sergey beißt in sein Schnitzel, Salli fischt sich die fettigen Kartoffelstäbchen aus ihrer Tüte. Bis jetzt hat niemand etwas gesagt. In diese Stille kann sie nicht auf einmal mit den Personalpronomen hineinplatzen. Vielleicht kann sie ihre Äffchenherde auf später vertrösten und fürs Erste eine kleine Übung zum Dialog ansteuern? Aber seltsam – die Pronomen sind auf einmal artig geworden. Keiner mehr da, der auf Grammatik besteht. Weil sich als Tischgespräch Punkt fünf sowieso besser eignet, sagt sich Salli. Also gut – dann wird eben jetzt das Sprechen trainiert.

»Mich würde etwas interessieren«, eröffnet sie die Konversation.

Sergey kaut, den Blick auf den Boden gerichtet.

»Wo man all das lernt, was du kannst«, fährt sie tapfer fort.

»Was kannst?«

»Na, all das um die Pferde herum – wie du heute dem Schwarzen wieder auf die Beine geholfen hast.«

»Is nix dabei, kann jeder.«

»Der Mann im Stall konnte es aber nicht.«

Sergey schüttelt den Kopf. »Is net Mann. Is bloß …«

»Ein Ziegenbock? Mit Krawatte?«

Versonnen schaut er vor sich hin. Hat er etwa gelächelt? Salli fasst Mut. »Oder ein Pferd in den Hänger führen.«

»Auch net schwer«, murrt er kauend.

»Ich könnte es nicht.«

»Naa, kannst du net«, bestätigt er.

Das stimmt, aber es ließe sich netter sagen, denkt Salli ein bisschen pikiert. Dann fällt ihr das Huhn ein, dem ihre praktischen Fertigkeiten heute den Kragen gekostet haben, sie senkt den Kopf, überlegt, wie sie vorsichtig auf seine Vergangenheit zurückkommen könnte, und platzt dann doch heraus: »Ich wüsste einfach gerne, was du früher warst in Russland.«

»Ganz normale Mensch. Bist du fertig mit Essen?«

»Ich meine beruflich.«

»Beruflich war i auch normal. Gemma?«

»Was? Jetzt schon?«

»Bis zurück dauert a Stund. Dann i muss schon füttern.«

»Aber .... aber ... was ist mit unserem Unterricht?«

»Machma später. Jetzt geht net.«

Salli erstarrt. »Nein!«

»Doch!«

»Aber – wir haben schon einen ganzen Monat verloren!«

»Welt steht aber noch, oder?«

Sie kann nicht mehr an sich halten: »Hör mal, du musst mich nicht auch noch anschnauzen!«

Er setzt ein weises Gesicht auf. »Schnauz i nie«, erklärt er. Als er ihre Miene sieht, lenkt er ein. »Hab net bös gemeint.«

»Schon gut.«

Aber die Spannung wabert noch in der Luft zwischen ihnen. Salli wartet.

Sergey sagt nichts.

Schließlich zieht sie mit einem Seufzer den Autoschlüssel

hervor. »Wie dem auch sei: Hauptsache, dein Pferd ist untergebracht.« Hat er wenigstens den Sarkasmus gehört?

»Was das – Widemauchsee?«, erkundigt er sich misstrauisch, während er nach seiner Mütze angelt.

»Wie – dem – auch – sei. Es heißt …« Sie überlegt kurz und beschließt, dass ihr für eine ausführliche Erklärung die Lust fehlt. »Es heißt: Alles in Ordnung, von mir aus fahren wir!«

Das Kratzen in ihrer Stimme hat er gehört. »Was is los?«, brummt er.

»Dass ich seit einem Monat warte«, schreit Salli, »das ist los! Es war fest vereinbart! Du hältst dein Versprechen nicht!« Die Zornestränen sprühen ihr aus den Augen.

»Salli, i kann net!«, sagt er gequält, »Bauer wartet scho. Und morgen früh i muss wieder zu Stute. An Abend auch …«

Ungläubig glotzt sie ihn an. Dann wird ihr klar, was seine Worte bedeuten. Was der Hof hier bedeutet und die Stute, die in ihrer Box am Heu malmt: Ab heute hat er zwei Ställe zu betreuen. Mit einem Rhythmus, der sich nicht abschalten lässt. Morgens füttern, abends füttern, misten, einstreuen. Hier und dort. Dazwischen fünfzig Kilometer Straße. Die wenigen Stunden, die ihm bisher geblieben sind, wird er von nun an im Auto verbringen. Sie hat sich ausgerechnet, dass sie ihn durch den Hof an sich bindet, aber es ist alles schlimmer geworden.

»I schau, ob geht an Wochenende«, versucht er zu trösten, macht einen Schritt auf sie zu. Mit einer unwilligen Bewegung wendet sie sich ab und streift ihn dabei an der Seite. Er fährt zusammen, wird bleich im Gesicht.

»Was ist?«, fragt sie erschrocken. »Die Schulter? Oh, verdammt, entschuldige!« Als er das Hemd aufknöpft, hält Salli sich die Hand vor den Mund: Die Schulter ist geschwollen und schwarzblau verfärbt. »Sergey, du musst zum Arzt!«

»Naa, geht von allein weg. Jetzt tut bloß paar Tage weh.«

»Wie kannst du das wissen?«

»Weil oft passiert bei Fahrer.«

Fahrer! Erstens, zweitens, fünftens, was macht ein Fahrer, aber als sie sein Gesicht sieht, blass wie ein frisch geschälter Apfel, ist noch ein Punkt dazugekommen. »Ich helfe dir«, bietet sie an, »ich gehe zu diesem Bauern und sage, dass du ...«

Er schüttelt den Kopf. »Hast du genug getan.«

Nicht einmal Hilfe kann sie durchsetzen. Dieser Tag hatte nichts als Niederlagen für sie. Bedrückt schaut Salli zu Boden.

Er fasst ihr Kinn mit zwei Fingern, hebt es hoch und blickt ihr gerade in die Augen. »Net traurig sein!«, sagt er mit seinem tiefen Bass, »find i schon Lösung.«

»Bitte ...« Salli hat das Gefühl, dass sie zu weinen anfangen wird, wenn nicht wenigstens ein Mal die Vernunft gewinnt. Und sei es in Gestalt eines kleinen Pronomens: »Sag wenigstens einmal *ich*!«

»Naa, net du, reden kann i selber.«

»Ich meine, du sollst *ich* sagen.«

»Ah so. *Ich*.«

Sofort wird die Lehrerin in ihr aktiv: »Sehr gut!«

»Und jetzt kömma fahren? – Salli? Widemauchsee?«

Als Salli abends erschöpft ihre Haustür aufschließt, ist es acht Uhr. Längst schon sollte sie auf Anselms Umtrunk sein. Ihren Briefkasten hat sie heute Morgen nicht leeren können. Die Treppe hochsteigend, sortiert sie ihre Post. Ein Brief von der Bank mit den Kontoauszügen für Oktober ist dabei. Dreihundert Euro wurden abgebucht. Befremdet bleibt sie mitten auf dem Treppenabsatz stehen und sieht noch einmal nach. Dann erst wird ihr klar, dass das eine halbe Monatspacht Daglfing bedeutet. Wahrscheinlich sind schon am heutigen Tag weitere sechshundert Euro abgegangen für November.

Wahrscheinlich, nein: sicher wird das so weitergehen, bis Sergey besser verdient. Nun, sie hat sich darauf eingelassen, sie sollte nicht überrascht sein. Trotzdem erschüttert sie ihr eigener plötzlicher Realismus: Auch wenn Sergey Dyck sagt, dass er eine Lösung finden will, auch wenn er das selbst glaubt – es gibt nichts, was diesen Optimismus rechtfertigt. Er hat keine Zeit, er hat kein Geld. Die Lösung, von der er gesprochen hat, wird *sie* finden müssen. Doch so sehr Salli sich auch konzentriert, so sehr sie ihre Phantasie anruft, sie sieht nichts, was einer Lösung gliche.

Zum Duschen fehlt die Zeit. Sie wäscht sich Gesicht, Hände und Achseln, schlüpft in ein graues Strickkleid, legt sich eine Goldkette mit schmalen Gliedern um und eilt aus dem Haus.

Im Restaurant »Kalypso« braust es vor Musik und zechenden Gästen. Vorn am Eingang steht ein in vornehmes Schwarz gekleidetes Mädchen mit einem Tablett voll Sektflöten. Auf dem Tisch hinter ihr eine Batterie Eiskübel mit Flaschen. Crémant de Limoux Extra Brut. Aus dem Hintergrund kann Salli einzelne Stimmen heraushören: Dobisch, der etwas Lateinisches rezitiert. Gesines laute Lache. Es scheinen alle Kollegen gekommen zu sein, sogar die Sekretärin ist da. Eine Tafel voll Porzellan, Silber und Glas. In der Mitte des Tisches recken drei Hummer ihre rot gekochten Scheren in die Höhe.

Gerade als Salli Platz nimmt, schlägt Anselm mit der Gabel gegen ein Glas. Auf eine Geste stellt der Wirt die wummernde Musik leiser. Dann vernimmt Salli Anselms Dank an all jene, die ihn schon so lange Zeit »ertragen hätten«, die Versicherung seiner Wertschätzung gegenüber dem Institut, einen Ausblick auf die kommenden Monate ... Erst nach Minuten wird ihr klar, dass sie eine Abschiedsrede hört. »... Sonneninsel«, hört sie ihn sagen, » ... Göttin Aphrodite ... überwintern ... Seele ...«

»Er geht nach Zypern«, klärt ihre Tischnachbarin, die Sekretärin Inge Weich, sie auf.

»Wie bitte?« Salli hat das Gefühl, als schwanke der Boden.

Die Tafelrunde bricht in Lachen aus, Anselm hat einen Witz gemacht, die Weich wendet sich wieder dem Redner zu.

Salli nippt an ihrem Getränk. Essen mag sie nichts. Sobald die Tischordnung unübersichtlicher wird, Leute sich umsetzen, steht sie auf und wandert mit ihrem Glas zu Anselm hinüber. Der erhebt sich, schiebt den Stuhl zurück.

»Hab ich das richtig verstanden?«, fragt sie, »du gehst weg?«

»Für diesen Winter, ja.« Wie immer verbreitert sich sein Grübchen im Kinn beim Lächeln.

Er geht nicht allein, denkt Salli. Er nimmt jemanden mit. Diese unsichtbare Person, die sie immer wieder spürt. Ist es Barbara? »Aber wieso?«, fragt sie.

»Ach, Salli, du kennst mich doch, ich bin ein Wandervogel. Nun sitze ich schon fast auf den Tag genau ein Jahr hier fest …«

»Deshalb willst du fort? Gerade jetzt?«

»Na ja, den Winter konnte ich noch nie leiden. Und dann Taubert und diese schlimmen Zahlen, da dachte ich …«

»Ich verstehe nicht … du hast so einfach frei bekommen?«

»Oh, Taubert findet das ehrenwert. Fast hätte er mir einen Ritterschlag verpasst. Wir wissen natürlich alle, was dahintersteckt: Ich koste nichts die nächsten paar Monate.«

»Und deine Wohnung?« Salli klammert sich an solche Äußerlichkeiten, um nicht zu ersticken.

»Das ist das Wenigste. Mitwohnzentrale an der Uni. Gastdozenten, Studenten. Zu Semesterbeginn suchen die immer etwas. Du könntest dir das auch überlegen. Es läuft wirklich problemlos. Oder magst du etwa den Winter hier?«

Heißt das – dass er sie mitnehmen möchte nach Zypern?

Salli wartet einen Atemzug lang auf ein Wort, das wie *komm* klingt. Aber als Anselm den Mund öffnet, sagt er: »Gibt es Neues von deinem Projekt?«, und dabei setzt er sich wieder.

»Es läuft«, sagt sie und geht zurück an ihren Platz.

Anselm bleibt, wo er sitzt, aber Barbara scheint Sallis Schritte verfolgt zu haben. Sie wandert herüber zu ihr und lässt sich auf den frei gewordenen Stuhl neben sie fallen.

»Biss-t du traurig, Ss-alli?«, fragt sie, das S nur ein wenig angeschliffen.

»Wie kommst du denn darauf?«, fragt Salli kalt.

Barbara scheint sie nicht gehört zu haben, sie kippt Sekt über die Lippen, zwei Rinnsale fließen neben den Mundwinkeln abwärts. »Ich hatte gedacht, er nimmt mich mit, weißß-t du? Als Radess-ki mir erzählt hat, dass-er geht, dachte ich … und dann, als er nichts sagte, habe ich – hupps –, dass er vielleich lieber mit dir fährt, *you know, my darling*?« Sie lacht schlau, führt das Glas an ihre Lippen, merkt, dass nichts mehr drin ist, greift nach der Flasche. Gedankenverloren gießt sie daraus halb ins Glas, halb aufs Tischtuch. »Ichmachmirdoch – gar nichts aus – hupps – Wein«, sagt sie und sieht dem Rinnsal nach.

Während Salli erkennt, dass sie sich geirrt hat. Dass Anselm manchmal so vertraut mit ihr spricht und sie dann wieder stehen lässt, hat mit Barbara nichts zu tun. Die ist genauso schockiert wie sie selbst. Es ist der Charakter dieses Mannes. Und wie soll sie den begreifen, alte Jungfer, die sie ist?

»Weißßuwas? Er komm ja zurück, und ich mach inss-wi-schen ein Literatursirkel auf: Han-ke, Grass, hassu Lust?«

Fast hätte Salli aufgelacht. Literaturzirkel? Als Ersatz für den Donnerstag? Aber sie will Barbara nicht verletzen. Betrunken, lallend, mit befleckter Bluse kommt ihr die alte Rivalin viel menschlicher vor als mit ihrer sonstigen intellektuellen

Würde. Soll sie es ihr gleichtun und ihren Kummer mit Anselms Edelsekt betäuben?

»Weißßuwas, wenn er nur ein Ton ges-sagt hätte – ich hätte nSss-lüsssel genommen, Tür abgess-perrt und wäre mit ihm …!«

Salli nimmt sich jetzt doch einen Teller, häuft gefüllte Weinblätter darauf, Rote Beete, Saubohnen. Und schenkt sich ein Glas voll mit dem Extra Brut. Er schmeckt wie flüssiges Silber. *Schlüssel genommen, Tür abgesperrt.* Wieso hört sie darin die Lösung für ihr schon wieder gefährdetes Projekt? Salli kneift die Augen zusammen. Sie sieht über die zechenden Gäste hinweg zu dem dunstigen Hintergrund, zur Küche des »Kalypso«. Die Lösung …

Was hat sie da eben gedacht? Eine Idee ist aufgetaucht. Und gleich wieder verschwunden. Kommt sie noch einmal zurück? Ja: Jetzt kann Salli sie sehen.

7. Das Zebra

> Warum sagt man:
> *Der Abend nahm* den *üblichen Verlauf.*
> Aber:
> *Der Abend nahm* einen *ganz unüblichen Verlauf.*
> ?

D ER F LUR IM Daglfinger Wohnhaus steht seit heute Mittag voller Kisten und Tüten mit Geschirr, Kochgerät, Büchern, Pullovern, Stiefeln, Wäsche, Bettzeug. Ihren Laptop und die Leselampe hat Salli in die Kammer hinter der Wohnküche gebracht und auf dem Fensterbrett abgestellt. Darunter lehnt an der Wand zusammengerollt eine Isomatte, nicht mehr benützt seit einem Freiluftkonzert vor acht Jahren. Oder ist das schon zehn Jahre her? Wie sie sich nächtens darauf fühlen wird, weiß sie noch nicht, vielleicht besorgt sie sich ja noch eine dickere Matratze.

Sie wird sich einschränken müssen in Daglfing, aber anders hat das Projekt *Pygmalion* keine Chance. Seit sie die Stute hier untergebracht haben, trifft Salli Sergey für eine Stunde wöchentlich auf dem Hof und sieht da ihren Schüler nur noch in rastloser Bewegung: Auto – Stall. Stall – Scheune. Scheune – Auto. Das letzte Mal verfolgt von einer keuchenden Lehrerin, die wegen der bevorstehenden Feiertage passende Ausdrücke zur Syntax von *kurz vor lang* zusammengestellt hatte:

»Brot statt Böller. Sprich nach!«

»Brott statt Böhler.«

»Böller.«

»Böller. Wo hab ich Longe hin?«

»Weiß ich nicht. Weiter: Ochs und Esel.«

»Ochs und Esel.«

»Wunderbar! Gott Vater, Gott Sohn und Gott Heiliger Geist.«

»Was das?«

»Gott – den kennst du nicht?«

»Sind drei Gotter bei euch?«

»Nein, nein, einer … Egal, es ist nur zum Üben. Sprich nach: Gott Vater, Gott Sohn und Gott Heiliger Geist.«

»Gott Vater, Gott Sohn und Gott Geilige Cheis.«

»Heiliger Geist!«

»Cheiliger Geis. Weißt du, was is Longe? So lange Leine von Leder. Muss irgendwo stecken, Kreizbimbam.«

Dass sich ihr halb im Sektrausch geborener Plan verwirklichen lässt, weiß Salli seit gestern. Die Wohnungsfrage ließ sich so einfach lösen, wie Anselm prophezeit hatte: Apartments in Uninähe sind gefragt. Taubert hatte sich quergestellt, erst mit Radetzkis Hilfe ließ sich schließlich der nicht in Anspruch genommene Urlaub aus zwei Jahren mit ihren üblichen Ferien zusammenrechnen. Ergebnis: Sie hat frei von Januar bis Ende April. Das ist exakt so viel, wie Anselm sich für seine Sonneninsel genehmigt hat. Aber bezahlt. Da heute die Weihnachtsferien anbrechen, hat Salli sich gestern von den Kollegen mit der Erklärung verabschiedet, dass sie schon am nächsten Tag aufbrechen würde, um *im Süden zu überwintern*. Ja, *genau wie Anselm*. Als sie sah, wie Barbaras Augen sich verengten, präzisierte sie die Ortsangabe hastig mit *Kreta*. Aber Barbara glaubt ihr nicht, das weiß sie. Barbara denkt, dass sie Anselm nach Zypern folgt.

Salli hat den Vertrag mit dem japanischen Gastprofessor unterschrieben, der ihr Apartment übernimmt, und ihre Sachen gepackt. Wozu weiter Zeit verlieren? Sie hat sowieso zu wenig davon. So wenig, dass sie noch nicht einmal mit Sergey über ihre Umzugspläne sprechen konnte. Sagt sie sich.

In Wahrheit hat Salli Angst. Wie soll sie ihm diese Wende erklären? Sie kann doch nicht jetzt auf einmal mit *Pygmalion* daherkommen! Schon aus Gründen der Wissenschaftlichkeit verbietet sich das: Das verfälscht doch die ganze Studie, wenn der Proband mittendrin erfährt, worum es eigentlich geht. Außerdem könnte Sergey sich missbraucht vorkommen und auf stur schalten. Sie kennt seine Bockigkeit. Doch wenn sie ihr Projekt verschweigt, welches Motiv hat sie dann für ihren Umzug? Am Ende glaubt er – Salli muss schlucken bei der Vorstellung –, dass sie ihm *nachstellt*, dass sie *etwas von ihm will*?

Bis gestern, hat sie sich gesagt, dass sie sich eine Rechtfertigung zurechtlegen wird, sobald sie weiß, ob sich ihr Plan durchführen lässt. Nun hat sie Tauberts Zusage, und demnächst wird Sergey hier eintreffen, um die Stute zu füttern. Wie erklärt sie ihm dann ihr Auto im Hof, die Umzugskisten im Flur? Ihre Bleibe im Ländlichen? Vielleicht eben damit, denkt sie: Urlaub auf dem Bauernhof. Sie muss ausspannen. Braucht pastorale Ruhe. Und da sie selbst den Hof gepachtet hat, warum dann nicht gleich hier? Ob er ihr das abkauft? Einer Städterin, die einen Bogen schlägt um jedes Hundevieh?

Salli streckt den schmerzenden Rücken. Erst die Packerei, dann noch stundenlanges Putzen: Sie hat aufgekehrt; den Boden geschrubbt, dreimal, bis das Wasser nicht mehr grau war; sogar die elenden rosa Fliesen im Bad hat sie von den Abziehbildern befreit. Wenn sie hier wohnen will, muss Daglfing sich wenigstens ein bisschen anfühlen wie ihr Apartment in Schwabing.

Und wenn Sergey ihr die Sehnsucht nach dem Landleben glauben soll, müsste sie vielleicht einen kleinen Schritt dem Land entgegengehen. Den Stall betreten. Soll sie? In den letzten Tagen war schemenhaft die Vorstellung aufgetaucht, wie Sergey von nun an auf den Hof kommen würde, ein warmes Abendessen vorfände, ein gefüttertes Pferd. So dass er nicht mehr ständig in den Stall laufen müsste; er würde mit ihr essen, eine oder zwei Stunden lernen und wieder nach Hause fahren. Dieses gefütterte Pferd. Wenigstens umsehen sollte sie sich einmal im Stall, oder? Salli spürt, dass etwas sie am Mittelfinger quält. Wahrscheinlich ein Splitter, eingezogen, als sie in den Dielenritzen nach Mäuseköttel stocherte. Dankbar für den Aufschub gräbt sie den Daumennagel in die juckende Stelle. Es tut weh, aber für eine Befreiung von der Landfrauenrolle reicht der Schmerz nicht. Noch einmal drückt sie mit dem Nagel. Der Splitter schlüpft einen Millimeter tiefer unter die Haut. Salli seufzt laut, wirft sich den Anorak um die Schultern und verlässt das Haus.

Als sie das Licht im Stall einschaltet, fährt die Stute herum, reißt den Kopf hoch, bläht die Nüstern.

»Hallo, Pferd«, sagt Salli möglichst forsch. Mit Erleichterung registriert sie die Gitterstäbe, die sich zwischen ihr und dem Tier befinden. Trotzdem wagt sie sich nicht näher als einen Meter heran. Sie bleibt stehen. Langsam lässt das Herzklopfen nach. Auch die Stute wird ruhig. Ihre Augen leuchten. »Guten Abend«, sagt Salli, jetzt mit leiserer Stimme. Sie horcht. Ist das Sergeys Auto? Nein, alles ruhig. Rückwärts und auf Zehenspitzen geht sie zu der leer stehenden Box, worin Sergey seine Futtermittel aufbewahrt. Vielleicht sollte sie sich über ein Horsd'œuvre mit der Stute bekannt machen? An einer Stelle hat Sergey eine Öffnung ins Gitter gesägt. Dadurch könnte sie ihr eine Kleinigkeit direkt in die Krippe streuen, ohne die Box betreten zu müssen. Was frisst ein Pferd eigentlich zu Abend? Sie meint, sich an eine Kelle in Sergeys Hand zu erinnern. Einmal hat er in einer Wanne eine dampfende, grünbraungelbe Masse angerührt, die nicht einmal schlecht roch.

Neben dem Heuballen stehen zwei Plastiktonnen. Salli öffnet die erste: gelbe Körner. Hafer? Die nächste birgt etwas Beiges, Mehlartiges. Ein Sack Karotten, die wenigstens lassen sich identifizieren. Als sie damit raschelt, wird die Stute auf einmal wild. Krachend donnert sie den Huf gegen die Boxentür. Salli bricht der Schweiß aus. Hat sie das Tier verärgert?

An der Stalltür klopft es auch. Gleich darauf reckt eine Frau in roter Outdoorjacke den Kopf herein. Steht schon im Stall und streckt ihr die Hand hin: »I wollt bloß Grüß Gott sage, entschuldigens die Neugier, Sie sind neu zugezoge, gell? I bin au erscht seit Kurzem hier. Ilse Riedel isch mei Name.« Sie dürfte zehn Jahre jünger sein als Salli, ihr schwarzes Haar passt nicht zu der hellen Gesichtshaut.

»Salome Sturm«, antwortet Salli, während die Stute weiter gegen die Holztür drischt.

»Bisch au a Pferdefrau?«, fragt Ilse Riedel. »Dann kömma schon Du sage, gell? – Und wie heisch nachert du?« Die Frage gilt der Stute.

»Ähm ... Colette«, sagt Salli. Fast wäre ihr der Name nicht mehr eingefallen.

»Hasch Hunger, gell? Entschuldige bitte die Neugier, aber mit was füttersch du?«

»Das ist hier – ah – Hafer?«, stammelt Salli in das wilder werdende Hämmern des Pferdes hinein.

Ilse bringt das nicht aus der Ruhe. »Mit dem Hafer hab i scho lang aufg'hört«, teilt sie Salli mit. »Des isch gar nix, wenns Ross brav bleibe soll. Karotte und Heu haltens Pferd treu, sagt man, gell. Hasch Karotte da? Super! Und von dem da grad so viel ...« Sie spießt ein Büschel Heu auf eine Gabel und steuert auf die Box zu. »Hasch echt Hunger, gell du?«

»Soll ich die Tür öffnen?«, fragt Salli beklommen.

»Durch die Gitterschtäb gehts ja schlecht, gell?«

Klopfenden Herzens entriegelt Salli die Tür. Die Stute macht einen Schritt nach vorne. Strebt sie der Freiheit zu?

Ilse betritt mit ihrer Gabel die Box, als wäre sie hier zu Hause, lässt das Heu hineinfallen und ist schon wieder draußen. Bewundernd folgt Salli ihr mit den Blicken.

»Haltesch du sie ganz alloi?«, erkundigt sich die Besucherin. »Koi anderes Pferd dabei? I hab a Pony für mein Ross als Gesellschaft, und bald krieg i noch ein Hengscht für meine Kurse. *Horse*-Kommunikation, weisch? Für Manager und so Leut, wo andere führe müsse. Weil für die brauchsch ...«, sie senkt die Stimme ein wenig, »aber das muss unter uns bleibe, gell, unbedingt einen Hengscht. Die Hengschtenergie is was Besonderes, des kann dir koi Stute net gebe.«

Im Folgenden erfährt Salli, dass Ilse im früheren Leben Anwaltsgehilfin war, dass sie sich aber selbstständig gemacht hat als Hippotherapeutin, weil »ma isch ja net blöd, gell«, und dass Pferde führen *der* Schlüssel zu gutem Leben und Erfolg sei. Ob Salli vielleicht einen Kurs bei ihr belegen wolle? »A Koppel hasch aber schon für dein Pferd?«, fragt Ilse, »weil sonsch könntesch sie auch zu mir gebe in die Offenstallhaltung. Isch die einzig pferdegerechte Haltung, weisch. Net so eingesperrt wie hier, des arme Vieh!«

Sie schenkt Colette einen mitleidigen Blick. Dann schnappt sie sich eine Karotte aus dem Sack und bricht sie in vier kurze Stücke. »Magsch sie ihr selber gebe? Schau, so macht man des.«

Ermutigt durch Ilses Sachkenntnis, drapiert sich Salli die Stücke auf der flachen Hand und streckt sie durch die Öffnung.

Die Stute hatte sich schon auf das Heu gestürzt; jetzt reißt sie den Kopf hoch und verleibt sich die Karottenstückchen ein. Ruck, zuck sind sie weg, kaum hat Salli das Maul und die zitternden Tasthaare auf ihrer Handfläche gespürt.

»Also, was meinsch?«, fragt Ilse, »wegen der Offenstallhaltung?«

»Na ja ...«, stammelt Salli, »das müsste ich erst mit ...«

»Ah so, bisch gar net alloi da? Entschuldige die Neugier!«

»Ich lebe allein«, sagt Salli, die keinen anderen Zustand von sich kennt. Gerade da hört sie ein Auto in den Hof einfahren. Einen Moment noch brummt der Motor, dann wird er abgestellt, eine Wagentür schlägt zu, mit einem großen Paket unter dem Arm kommt Sergey herein.

»Guten Abend«, sagt Salli.

»Grüßle«, sagt Ilse.

Was Sergey knurrt, ist nicht zu verstehen. Ohne Ilse anzusehen, stellt er das Paket ab und hastet auf die Box zu. Die Stute hat aufgehört zu fressen. Mit gespreizten Vorderbeinen steht sie da, den Kopf tief gesenkt. Ein Hustengeräusch ist aus der Box zu hören. Sergey reißt die Boxentür auf.

»Dann sehn wir uns demnächsch öfter?«, ruft Ilse, schon dem Ausgang zustrebend. Ihren optimistischen Worten zum Trotz scheint sie plötzlich auf der Flucht. »Tschüssle, gell!«

Auch in Sergey ist Hektik gefahren. Er streift der hustenden Stute ein Halfter über und zerrt sie aus ihrer Box zum Waschplatz, dreht das Wasser auf, mit der einen Hand führt er ihr den Schlauch tief ins Maul, mit der anderen massiert er die Gegend um die Kehle. Die Stute schlägt mit dem Kopf und keucht, überall um sie herum spritzt Wasser. Sergey reißt ihr das Maul auf, fast bis zum Ellbogen verschwindet sein Arm darin, den zweiten hat er ihr um den Hals gelegt und bringt sie irgendwie dazu, nicht auszuweichen. Ein trockenes Hustengeräusch, ein lautes Prusten. Noch ein Wasserstrahl. Dann kehrt Ruhe ein. Sergey tätschelt das Pferd am Hals und bringt es zurück in die Box. Die ganze Zeit hat er kein Wort gesagt. Erst als die Boxentür geschlossen ist: »Was machst du bei Ross?«

»Ich hab sie ... wir haben sie gefüttert!«

Ohne zu antworten, nimmt Sergey das Paket, das er vorhin abgestellt hat, und trägt es in die Kammer neben der Stalltoilette.

Salli folgt ihm mit einem unguten Gefühl.

»Was hast du da?«

»Gasofen.«

»Es gibt doch einen Ofen im Haus!«

»Is für Stall. Dass net einfriert da alles, wann gibt Frost.«

Er stochert an dem Gerät herum, ohne Salli anzusehen, bis es plötzlich blau darin aufflammt. Wortlos geht er hin und her, schaltet den Wasserkocher ein, füllt eine Plastikwanne mit dem mehlartigen Zeug, gießt kochendes Wasser darüber und etwas Braunes, Sirupartiges aus einem Plastikkanister.

»Ich hab ihr nur Karotten gegeben. Und Heu ...«

Jetzt schaut er ihr ins Gesicht, aber so finster, dass sie einen Schritt zurückweicht. »Willst du killen den Gaul?«

»Aber ich hab doch nur ...«

»Hab ich gesehen, was hast du gemacht mit Karotte.«

»Ich versteh nicht – wir haben sie sogar extra zerkleinert!«

»Deswegen is in Hals geblieben. Karotte mussma ganz geben.« Er packt eine Gabel, öffnet die Boxentür und beginnt, Strohstücke auf die Seite zu räumen.

Auf der anderen Seite der Gitterstäbe geht Salli verzagt auf und ab. »Sergey ... es tut mir leid. Ich wusste ja nicht ...«

»Weiß ich schon, dass weißt du net.«

»Aber es lässt sich doch lernen!«, begehrt sie auf.

»Dann erste Regel lernst du gleich: Lassma keine Fremde rein in Stall!«

»Wieso? Was meinst du? Wegen dieser Frau? Ilse?«
»Is wurscht, wie heißt! Hat nix verloren hier!«
»Nun, nun, sie hat doch nichts gestohlen.«
»Ich brauch keine Fremde! Bringt nix Gutes solche Leut!«
»Also gut, keine Fremden.«
»Und besser is auch, wann bleibst du draußen von Stall.«

Salli erschrickt. Sie soll den Stall nicht betreten? Und was macht sie dann auf dem Hof? Fieberhaft sucht sie ihr Gedächtnis nach der Argumentationskette ab, die sie sich vorhin zurechtgelegt hat. Warum noch mal zieht sie hier raus? O Gott! In zwei Wochen schon steht der japanische Professor vor der Tür ihres Apartments. Ein Gefühl erfasst sie, als ob sie in den nächsten Sekunden wanken und zu Boden fallen würde.

»Es geht nicht«, sagt sie mit zitternder Stimme.

»Was?« Sergey holt die Schubkarre und lädt Pferdeäpfel und verschmutzte Strohstücke hinein. »Was geht net?«, wiederholt er.

»Das mit dem Geld«, sagt Salli, einer plötzlichen Eingebung folgend. »Ich hatte ja zugesagt, dass ich die ersten drei Monate zahle ... Na ja, aber jetzt sind von meinem Konto bald tausendfünfhundert Euro runter und ...«

Durch die Gitterstäbe sieht sie, wie er das Stroh aufschüttelt, flink, geschickt, er siebt das Streugut regelrecht.

»Ich treib auf«, sagt er über die Schulter, »nächste Woch ich geb dir.«

»Nein, nein, so war das nicht gemeint! Ich kann die Pacht schon übernehmen. Nur – meine Wohnung kostet ja auch. Diese Doppelbelastung – die schaffe ich nicht!« Fast glaubt sie selbst, was sie da sagt.

»Dann wieso du zahlst die beide? Hast du Haus hier, kündigst du Wohnung, dann is Halbebelastung!«

Salli reißt die Augen auf. Steckt ihr Fuß etwa schon in der Tür? Geht es so einfach? »Ja«, sagt sie und bemüht sich, es zögernd klingen zu lassen, »und wenn ich hier wohnen würde, dann könntest du mir auch alles zeigen. Wie man füttert und so was. Dann würde ich mich um dein Pferd kümmern können.« Es muss sein, sonst rennt er doch nur dauernd in den Stall.

»Würdest du nicht.«

»Natürlich würde ich.«

»Naa, is besser, wann ich würde machen.«

»Du meinst *werde*. *Ich werde* ... Futur eins! *Ich würde* ist Konjunktiv zwei.«

»Kannst du drei auch sagen! Aber bei Pferd is besser, wann mach ich.«

»Sergey, sei doch vernünftig! Es reicht, wenn du einmal am Tag hierherfährst.« Klar steht die Szene vor Sallis Augen: Sergey, Suppe löffelnd, in ein Heft kritzelnd. Im Haus. Nicht immerzu im Stall.

»Fahr ich gar net an Tag.« Er breitet frisches Stroh fächerartig auf dem Boden aus. »Is schon vorbei bei Bauer.«

Salli bleibt die Luft weg. »Was? Vorbei? Wieso?«

»Weil gibt bessere Arbeit.«

»Wo?«

»Hier um Ecke.« Er kommt aus der Box, schließt die Tür. »Mehr Geld gibt auch.«

»Aber das ist ja wunderbar!«

Jubeltöne katapultieren ihn schlagartig zurück in seinen Pessimismus. »Sollma net Fell teilen, bevor Bär is geschossen!«, belehrt er sie.

»Erzähle! Was für eine Arbeit ist das?«

Er nimmt einen Besen und beginnt die Stallgasse zu kehren. »In vier Wochen ich erzähl dir. In Russland gibt Rede: Sollma net Hopp schreien, bevor man is gesprungen über Loch.«

»Aha.« Dass Sprichwörter ein sprudelnder Quell der Weisheit sind, gehört zu den Ansichten, die Salli nicht teilt. Außerdem ist ihr ein praktisches Problem eingefallen: »Im Haus gibt es nur die eine Schlafkammer. Wo willst du hier wohnen?«

»Gibt Stall!« Er weist auf den Raum, in dem er seinen Gasofen installiert hat. »Bau ich Bett morgen, dann ich bin da.«

»Ein Bett könnte ich auch noch brauchen.«

»Kriegst du Bett«, erklärt Sergey und fegt mit großen Kreisen Heuhalme zur Seite, »bau ich Bett für dich.«

»Danke! Aber es ist nicht nötig.«

»Wann du sagst, du brauchst Bett, dann is nötig.«

Salli fällt noch etwas ein. »Feiert man Weihnachten in Russland?«

Er nickt. »Weihnachten hamma.«

»Ich meine mit Baum? Ich hätte noch Weihnachtsschmuck von meiner Mutter. Mit Engeln aus Wachs.«

»Was denkst du? Dass noch Bären laufen bei uns auf Straße? Hamma Baum! Kannst du dranhängen deine Engel.«

»Schön!« Salli entfährt ein Seufzer. Wie sich auf einmal alles fügt – sie kann es noch kaum glauben. »Bitte, Sergey, bring mir das bei mit dem Füttern! Ich kann es lernen, wirklich!« Immer wichtiger erscheint ihr plötzlich dieser Pferdekrempel. Weil ihm dann mehr Zeit bleibt für *Pygmalion*, sagt sie sich hartnäckig.

Er hat die Wanne aufgenommen, trägt sie zur Box und kippt den braunen Brei darin der Stute in die Krippe. Zufrieden grunzend macht sie sich darüber her.

»Bitte! Ich bin doch nicht blöd!«

»Naa«, gibt Sergey zu, »bist du net.«

»Also!«

»Was also?«

»Wie man Pferde füttert, Herrgott!«

Er schüttelt den Kopf, trägt die Wanne zur Waschstelle und spült sie aus. Und dann, ohne den Kopf zu wenden, sagt er: »Erste is – nach Tränke schauen! Ob is kaputt oder eingefroren. Pferd muss Wasser haben. Immer.«

»Verstanden«, sagt Salli und bedauert, dass sie weder Papier noch Bleistift bei sich hat. »Und zweitens?«

»Zweite: Hafer. Hafer hat Gott gefunden für Pferd!«

»Gott? Ach so, verstehe. Hafer, gut. Drittens?«

Mit heißem Kopf rennt Salli hinter Sergey her, konzentriert, bemüht, alles zu verstehen und in der richtigen Reihenfolge in ihrem Kopf zu ordnen: Wie oft man füttert, wie man *Mash* (so heißt der braune Brei) zubereitet, was zur *Schlundverstopfung* führt (hätte der Stute vorhin das Leben kosten können), wie man eine *Kolik* erkennt, dass Pferde Ruhe ebenso brauchen wie Arbeit »für Kopf« (Letzteres hält sie wie den Spruch vom Hafer erfindenden Gott für metaphorisch – Pferde denken nicht, der Kopf muss für etwas anderes stehen). Noch auf dem Weg zurück ins Haus wiederholt sie: *Hafer, Heusack, Kolik, Mash.*

Irgendein Wandel hat sich heute vollzogen. Aber welcher? Sie ist zu müde, um weiter darüber nachzudenken. Mantel runter, Stiefel von den Füßen, Pullover über den Kopf. Eine Fährte von Kleidungsstücken hinterlassend, geht Salli in ihre Kammer, legt sich am Boden auf ihre Matte und zieht die Bettdecke über sich. Es ist so still hier. Als würde sie in der Wüste zelten. Halb schon im Schlaf sieht sie noch einmal Sergeys Gesicht vor sich, wie er in sein Auto steigt. Den blassrosa Mund, der nie lächelt. Die aufmerksamen Augen. Er hört nicht auf, sie damit anzusehen. Bis sie eingeschlafen ist.

In den kommenden zwei Wochen wird klar, was sich gewandelt hat: Salli ist ihre Stellung als Lehrerin los bei Sergey. Er ist jetzt der Lehrer. Sie ist zur Schülerin geworden. Und der Stoff fällt ihr gar nicht so leicht: *Longe, Leine* – wo liegt da noch mal der Unterschied? *Pellets* und *Grascobs, Mash* und *Müsli* – wann kriegt das Pferd was? *Brustblatt, Kummet, Mauke, Strahlfäule* – dauernd kommen neue Vokabeln dazu.

Sergey ist nicht unfreundlich als Lehrer, aber Bitten um Erklärung lösen bei ihm höchstens Verwunderung aus:

»Noch mal – wann braucht das Pferd neue Hufeisen?«
»Wann is so weit.«
»Okay, aber wie erkennst du, dass es so weit ist?«
»Sehe ich!«
»Wie? Wie siehst du es?«
»So halt. Mit Auge.«

Was den Lernprozess nicht leichter macht: Während Salli scheinbar aufmerksam seinen Worten lauscht, bastelt sie im Geiste dauernd an ihrem Projekt herum. Was ist als Nächstes dran: Reflexivpronomen? Oder doch besser Konjunktiv II? *Wenn du mir das ein bisschen erklären würdest, dann könnte ich* ...

»... könnte ich mich gescheit um dein Pferd kümmern.«
»Kommt schon, dass du kümmerst.«
»Dass *du dich* kümmerst!«
»Dass *du dich* kümmerst.« (Also doch die Reflexiva!)

Nur – wann wird endlich Zeit bleiben zum Lernen? Wird er je fertig werden mit Hobeln, Hämmern, Schaufeln? Morgens steht er immer früh auf, füttert, mistet und lässt die Stute eine Weile an der Longe laufen. Dann fährt er zu seiner neuen Arbeitsstelle, über die sie immer noch nichts weiß. Am Abend näht er aus Lederriemen Halfter an einem seltsamen hölzernen Gerät, halb Stuhl, halb Nähmaschine, das er selbst gebaut hat. Zum Essen kommt er ins Haus, sie nehmen ihre Mahlzeit ein (Rührei, Spaghetti Bolognese, Würstchen); Sergey spricht über die nächsten anstehenden Arbeiten; Salli versucht einzuflechten, warum Flugzeuge *am*, nicht *im Himmel* sind; Sergey nickt dazu. Dann ist es schon halb zehn, sie wünschen sich »Gute Nacht«, Sergey geht gähnend in den Stall und Salli, die noch nicht müde ist, in ihre Kammer, wo sie wenigstens an ihrer Sammlung kaputter Sätze weiterschreiben kann.

Am Samstag vor Weihnachten legen sie auf dem hinteren Teil der Koppel einen Reitplatz an. Den ganzen Nachmittag hat Salli geholfen, Sand von der Ladefläche des kleinen Wagens zu schaufeln, den Sergey geborgt hatte. Die Knochen tun ihr weh, der Nacken fühlt sich steif an wie ein Stück Holz.

»Jetzt komm her«, ruft Sergey, »isst du was!« Er kauert auf der Schwelle des Wohnhauses und packt ein hart gekochtes Ei aus, Gurken, Wurst und Brot. »Isst du was«, wiederholt er. »Und dann du machst Schluss. Hast genug gearbeitet.«

»Und du?«, fragt Salli. Sie spürt ihre Knie und Schultern, als sie sich niederlässt.

»Wagen muss noch weg.« Mit dem Kinn deutet er auf den Kleinlaster. Hellgrüner Gurkensaft bahnt sich einen Weg durch die Bartstoppeln um Sergeys Mund. Verstohlen betrachtet Salli seine Hände. Wie deutlich sich die Knochen und Sehnen unter der Haut abzeichnen. Kaum zu glauben, dass diese Hände eine Axt schwingen, einen Stacheldrahtzaun aufrollen.

Noch nie war ein Dezember so warm. Sind es fünfzehn Grad? Salli und Sergey sitzen da im Hemd, auf der Koppel grast die Stute, die Blätter der schwarz gestrichenen Birken bewegen sich leicht. Eine Taube ist herangetrippelt und reckt den Hals. Sergey pflückt ein paar Brösel von seinem Brot und wirft sie ihr hin. Hektisch pickt der Vogel alles auf, reckt begehrlich den Kragen, wird aufs Neue bedient.

Die reinste Heilige Familie, denkt Salli und streckt die Glieder. Ölbild, unbekannter Florentiner Meister. Eine etwas gealterte Heilige Familie: der Zimmermann mit seiner Axt, Maria – von Kreuzschmerzen geplagt, der Sohn schon aus dem Haus, nur der Heilige Geist ist geblieben. Eine Zufriedenheit überkommt sie, wie sie Leute spüren, die Brot und Arbeit teilen.

Es darf nur niemand sie hier sehen, sonst wäre es schnell vorbei mit der Zufriedenheit. Wenn ihre Kollegen wüssten, dass sie die Wohnstatt teilt mit jemandem, der nie ein Buch liest, nie ins Konzert oder wenigstens Kino geht, der gar nicht versteht, dass man Glückszustände in einer Gemäldegalerie erleben kann – Salli kann sich gut vorstellen, wie sie reagieren würden: *Du meine Güte, worüber redet ihr denn?*, hört sie Barbara sagen. Oder Anselm – der könnte Sergey vielleicht etwas abgewinnen. Als Original, als lustige Type. Nicht als Person, mit der man sein Essen oder ein Thema teilt. »*Interessant. Als Figur.*« Hat er nicht so über den Hausmeister gesprochen, der sein Apartment in Rom betreute? Oder stammte das Wort von ihr selbst?

Die interessante Figur neben Salli amüsiert sich über die Taube. Brocken um Brocken wirft er ihr hin. »Mag ich alles, was klein is«, erklärt er. »Aber zum Essen is nix des da. Mit alle diese viele Knochen. Besser große Huhnchen nehmen.« Er fingert ein Streichholz aus der Hosentasche und stochert damit im hinteren Teil seines Mundes herum.

Nein, denkt Salli. Sollte aus irgendeinem Grund ihr neuer Hausstand bekannt werden, müsste sie Sergey irgendwie umfrisieren. Zum Exilrussen. Wilden Dissidenten. Vielleicht ein schwermütiger Pianist? Geflohen aus St. Petersburg. Aber was soll schon bekannt werden? Sie wird einfach tun, was sie geplant hat: das gesamte Szenario hier verheimlichen. Bei ihrer Sammlung von Kitschfilmen gelingt ihr das ja auch.

Für Heiligabend hat Sergey eine kleine Kiefer besorgt. Salli hängt Strohsterne daran, Nüsse, Äpfel, befestigt Kerzen auf den Zweigen. Den ganzen Tag schwirrt sie in der Küche herum, putzt Gemüse, brät Beinscheiben an im heißen Öl, löscht ab mit einem Schluck Weißwein. Es soll ein Festessen werden, italienisches Menü, das schmeckt immer. Schon zieht der Duft von gebratenem Fleisch und Rosmarin durch das Haus.

Draußen wird es dunkel. Salli sieht auf die Uhr, deckt den Tisch, drapiert die Vorspeisen auf kleinen Tellern: gebratene Zucchinischeiben, Pecorino, Oliven, eine Stange Ciabatta, eine Flasche Rotwein, frisch entkorkt. Fertig. Sergey kann kommen.

Sie setzt sich auf die Bank, wartet, sieht auf die Uhr. Riecht das Fleisch angebrannt? Sie dreht die Gasflamme ab, setzt sich wieder. Die letzten Jahre hat sie Heiligabend allein verbracht. Übertreibt sie es jetzt vielleicht? Auch wenn die Russen einen Baum haben, muss das ja noch nicht heißen, dass sie eine richtige Bescherung kennen. In ihrer Kammer liegt ein Geschenk für Sergey. Und wenn er selbst mit leeren Händen dasteht? Gibt das dann nicht eine peinliche Szene? Wieder sieht sie auf die Uhr, gibt einem der Strohsterne einen kleinen Schubs. Während er sich auspendelt, meint sie, in der Stille eine Stimme zu hören, es ist die von Anselm: *Salli, das kann doch so jemand gar nicht würdigen, was du da alles bastelst!* Verärgert verbittet sie sich die Einmischung, doch zu spät – schon breitet sich Unruhe in ihr aus. Jetzt sieht sie auch noch Barbaras Gesicht vor sich, wie sie skeptisch eine Braue hebt ...

Der Lichtschein eines Autos verjagt die Vision. Die Haustür. Trampelgeräusch von Stiefeln. Nein, sie wird ihr Geschenk zurückhalten, das Essen ist schon übertrieben genug.

Sergey öffnet die Tür. Da steht er in seiner blauen Latzhose, die Backen rot von der Kälte. In der Hand hält er einen Plastikeimer. »Gratuliere ich für Weihnacht«, sagt er und stellt den Eimer auf den Boden. »Des für dich.«

Er schenkt ihr einen Plastikeimer? Als sie die Augen darauf richtet, spürt Salli plötzlich, dass sie einen Blick erwidert.

Über den Eimerrand schaut etwas sie an: schwarzes Gesicht, spitze Ohren. Ein Katzenkind. Der Eimer schwankt und fällt um. Entsetzt flüchtet das kleine Tier unter die Ofenbank. Nur noch die Augen sind sichtbar, rund und grün.

»O Sergey!«, ruft Salli. Ihre Unruhe ist mit einem Schlag verflogen. »Wie ... wundervoll!« Sie kniet sich auf den Boden und lockt: »Miez-miez! Miez! Ob sie Milch mag? Oder Wasser? Was ist es – Junge oder Mädchen?« Nein, hier ist einmal ein Tier, das ihr keine Angst einjagt.

»Kleine Kater is.«

»Wo hast du ihn her?«

»Von Arbeit. Haben mir gegeben heut auf Rennbahn.«

»Rennbahn? Da arbeitest du? Wo? Gleich da drüben?«

»Naa, bei Galopper in Riem. Frau von Besitzer dort hat mir gegeben.« Er geht zum Waschbecken und wäscht sich die Hände.

»Besitzer?«

»Weil hat Gäule. Nennt man Besitzer, wann hat einer was, weißt du.« Ausführlich trocknet er sich die Hände ab.

Salli kniet immer noch am Boden, hin und her gerissen vom Anblick der Katze und diesen aufregenden Neuigkeiten. Hat sie das recht verstanden: Rennbahn? Galopper? »Was machst du mit diesen Gäulen – also, Pferden? Miez-miez!«

»Trainieren.« Er wirft das Handtuch über die Stuhllehne. »Lass Katze! Kommt von alleine raus. Was hast du gebratet? Riecht gut.«

»Gebraten! Warte, zuerst die Vorspeisen.« Salli entzündet die Kerzen am Baum und richtet ihm den Brotkorb hin.

»*Gebraten*«, wiederholt er gehorsam, reißt ein Stück Weißbrot ab, greift sich eine Olive und betrachtet sie: »Was das?«

»Es heißt Olive.«

Er riecht daran, beißt vorsichtig ein Stück ab, verzieht das Gesicht und schüttelt sich, als hätte er Rizinusöl geschluckt.

Unter der Ofenbank spitzt die Katze hervor, erschrickt und zuckt wieder zurück. Gleich darauf lugt das schwarze Gesichtchen wieder unter der Bank heraus.

Salli lässt ihre Gabel sinken und sieht zu, wie Sergey mit den Eckzähnen ein Stück Olive abbeißt. Will er der Frucht noch eine Chance geben? Nein, er hält das Stück dem Kater hin. Der macht den Hals lang, streckt sich, schnüffelt. Seine Schnurrhaare sträuben sich. Mit einem empörten Ausdruck fährt er den Kragen wieder ein.

»Schmeckt auch net!«, triumphiert Sergey, die angebissene Olive immer noch in der Hand, »issa schlaues Viech!«

»Also gut.« Salli schaltet den Herd wieder an. »Essen wir den Braten ohne Vorspeise. Wein?«

Brav trinkt Sergey einen Schluck. »Gibt Wasser auch?«

»Ja«, beeilt sich Salli leicht verzweifelt, stellt eine Flasche Wasser auf den Tisch und holt den Braten. »Was hast du denn für Vorlieben? Was schmeckt dir?«

»Fleisch.«

»Fleisch. Welches?«

»Egal.«

»Huhn, Schwein, Rind – alles egal?«

»Egal.«

»Aber keine Pferde?«

Er hält inne und überlegt, dann sagt er: »Arbeitspferd net. Wann Pferd hat geschwitzt von Arbeit, schmeckt nimmer. Aber auf Kolchos war auch Kaltblüter, die hamma bloß gemolkt für Kumis. Von dene war gutes Fleisch.«

Salli reißt die Augen auf: »Du isst die Tiere, die du liebst?«

»Ah gjeh, *liebst* …«

»Na, hör mal, so wie du dich um deine Stute kümmerst! Du fütterst sie, putzt sie …« Sie stellt den Braten auf den Tisch. »Erklär mir nicht, dass du sie essen würdest!«

»Aber das is Rennpferd!«, begehrt er auf.

»Aha. Und wo ist der Unterschied?«

»Herz. Bei Kaltblutpferd wiegt bloß ein Kilo. Aber diese alle Rennpferde – weißt du, wie große Herz sie haben …?« Er öffnet die Hände und formt eine Art Schüssel damit. »So groß. – Vier Kilo!« Er beginnt zu essen.

Salli äugt hinüber zu ihm. Schmeckt es ihm? Wird er den Hauch von Rosmarin bemerken? Ihren Braten loben?

Sergey nimmt sich ein zweites Stück Fleisch, seine Kieferbewegungen werden langsamer, dann fängt er wieder an: »Kannst du spüren. Bei Rennen Jockey sitzt net in Sattel, steht in Bügel, weißt du. Da, wo hat er linke Ferse – genau da drunter is Herz. Kamma spüren mit Ferse, wie schlagt.« Er starrt vor sich hin, kaut noch langsamer.

Sie versucht, seinem Blick zu folgen. Was sieht er? »Du warst ein Jockey«, sagt sie leise.

»Weißt du«, sagt er, als hätte er sie nicht gehört, »wann gute Pferd is gestorben, hamma immer beerdigt die Herz.«

»Das Herz«, wiederholt sie korrigierend, aber immer noch verhalten.

»*Das* Herz«, stimmt er zu. »Kopf auch.«

»Und den Rest?«

»Haben Nerze gefressen.«

»Nerze?«

»No, diese Viecher für Fell. Hamma gehalten auf Kolchos.«

»Du hast auf einer Kolchose gearbeitet. Wo war das?«

»Kasachstan.« Er macht eine wegwerfende Bewegung mit der Hand. »Is lange her. Mussma net über die alten Sachen reden. Da, schau hin! Wird schon frech der Kerl.« Er deutet auf den Kater, der mit der Inspektion der Wohnung begonnen hat. Geduckt schnürt er an der Wand lang, vorsichtig, fluchtbereit.

Salli hat schon den Mund geöffnet, um zu protestieren:

Nein! Rede weiter! Rede endlich über diese alten Sachen! Aber sie verkneift es sich und fragt: »Hat er schon einen Namen?«

»Kannst du Name geben, wann willst du.«

»Ich finde, er sieht aus – als ob er Anton heißen könnte. Oder wie würdest du ihn nennen?«

»No, gut! Wann gefällt dir, ich würde auch so nennen.« Sergey schnippt mit den Fingern. Entsetzt fährt der Angesprochene herum, das Schwänzchen jedoch behält er steil aufgestellt. »Anton«, lockt Sergey, »Antoschka!«

Es ist Weihnachten. Salli widersteht der Versuchung, etwas zum Gebrauch des Konjunktivs zu sagen. Sie geht in ihre Kammer und holt ihr Geschenk, einen Bildband über Pferde. Mit einem Kapitel zur *Offenstallhaltung*. Das Wort hat sie sich gemerkt, seitdem sie es aus Ilse Riedels Mund gehört hat, zusammen mit der Rede, dass dies den Pferden am besten bekomme. Natürlich hat sie in das Buch geschaut, bevor sie es weihnachtlich verpackte. Es las sich überzeugend: Tag und Nacht sind die Tiere draußen, sie haben Auslauf, frische Luft; alles so, wie es sich für Steppenbewohner gehört; die Haltung im geschlossenen Stall dagegen grenze an Tierquälerei. Gespannt wartet sie auf Sergeys Reaktion.

Der hat ausgepackt, er wendet die Seiten um, schaut die Bilder an. Dann klappt er das Buch zu. »Dank schön.«

»Ich fand das interessant, was da steht! Dass Pferde nicht in Höhlen leben wollen, so wie wir ...«

»Salli«, unterbricht sie Sergey leise lächelnd. »Willst du erklären mir, wie geht Pferd halten?«

»Ich doch nicht! Das steht hier. In diesem Buch!«

»Buch – wann geht um Ohren waschen, du schaust auch in Buch rein?«

»Sag nichts gegen Bücher! Was die Menschen gelernt haben, schreiben sie in Büchern auf für die anderen. Alles, was ich über Grammatik weiß, habe ich aus Büchern!«

»Is Buch eine und Ross andere!«

»Mir hat das eingeleuchtet mit der Offenstallhaltung!«

Er schlägt das Buch wieder auf, blättert und weist auf ein Foto, das eine Herde zottiger, kleiner Pferde zeigt. »Is für *solche* Ross. Diese alle Isländer und Norweger. Naturpferde, weißt du. Für die is richtig, Tag und Nacht draußen stehen. Für Rennpferd brauchst du andere Grammatik.«

»Welche Grammatik? Was meinst du?« Wovon redet er? Sprechen sie wirklich derart verschiedene Sprachen?

Aber er grinst nur und schüttelt den Kopf.

Salli beginnt, den Tisch abzuräumen und bläst die Kerzen am Baum aus. Sie sind sowieso schon fast heruntergebrannt.

Auch Sergey erhebt sich. »Geh ich Kiste holen für Anton.«

»Musst du morgen nach Riem zur Arbeit?« Es ist Weihnachten, aber so viel hat Salli schon mitbekommen, dass Pferdeleute keine Feiertage kennen.

»Naa.«

»Aha?«

»Muss ich nimmer nach Riem.«

»Wieso denn das?«

»Weil is kein Arbeit mehr dort.«

Sie erschrickt. »Was ist passiert?«

»Hat schon gekündigt Besitzer von Galopper.«

»Um Gottes willen, warum denn?«

»Is net von Gott, die Wille. Is von Besitzer. Sagt er heut, dass ich soll machen mehr Speedtraining mit Ross. Und ich sag, dass nix bringt so was. Dann er hat entlassen mir.« Er grinst, als hätte er einen schönen Scherz erzählt.

»Aber er kann doch nicht …! Nur, weil du deine fachmännische Meinung …« Salli unterbricht sich. Ein unguter Verdacht ist ihr gekommen. »Was genau hast du gesagt?«

»Dass ich net werde machen so.«

»Wörtlich: *Ich werde das nicht machen* – ?«

Er nickt.

Einen Moment lang verbirgt Salli ihr Gesicht in den Händen. »Du wolltest etwas anderes sagen«, erklärt sie, als sie wieder aufsieht. »Du wolltest sagen: *Ich würde das nicht machen.* Konjunktiv zwei.«

»Und wo ist Problem?«

»Im Futur. Du hast deine Absicht erklärt. Du hast deinem Arbeitgeber gesagt, dass du auf seine Meinung – pfeifst. Ja, so könnte man es nennen.«

Er antwortet nichts darauf.

»Und jetzt?«, fragt sie.

Sergey lächelt schon wieder. »Finde ich irgendwas. Machst du keine Sorgen. Hab ich gestern mit Kumpel geredet …«

»Nein!« Salli knallt die schwere Bratpfanne auf den Tisch. Mit gesträubtem Fell schießt Anton unter den Tisch. »Nicht irgendwas. Siehst du denn nicht jetzt wenigstens, dass du lernen musst? Den nächsten Job verlierst du auch wieder wegen der Sprache. Es geht nicht weiter so!« Sie spürt, dass ihr die Tränen in die Augen treten. Gleichzeitig merkt sie, dass er sie die ganze Zeit ansieht. Mit einem neuen Gesichtsausdruck. Betroffen? Betreten? Innerlich atmet sie auf. Jetzt. Jetzt gewinnt sie! Sie geht in ihre Kammer, holt ein Heft und Schreibsachen.

Sergey steht vor ihr, eine kleine Falte auf der Stirn.

»Hier hast du Stift und Papier. Setz dich bitte und schreib einen Aufsatz, jetzt gleich. Titel: ›Mein Leben‹. Ich mache derweilen hier sauber.«

Er öffnet den Mund, als wolle er widersprechen. Aber dann nimmt er den Stift, das Papier und setzt sich.

Nach dem Geschirrspülen will Salli auf Zehenspitzen in ihre Kammer gehen, um den schreibenden Sergey nicht zu stören. Aber der überreicht ihr sein Blatt. Er hat es aus ihrem Heft gerissen. Die Biographie ist fertig. Und Salli liest:

Mein leben
Als ich war Kind, ich hatte schöne leben. Später war schwieriger, weil ich muss Geld verdint für ganze familie. Auf Renbahn ist wider besser worden. Aber jezt in Deutschland ist alles problem. So man kann sagen: mein leben ist gestreift.

Salli schluckt ihre Enttäuschung hinunter über die magere Ausbeute und konzentriert sich auf den professionellen Aspekt. Rechtschreibung, na ja, vielleicht nicht so wichtig für Sergey. Aber Satzbau, immer noch der Satzbau, denkt sie. Und Ausdruck. Sie unterringelt das letzte Wort und schreibt darüber *wechselhaft*. »Sonst denkt man an ein Zebra«, erklärt sie.

»Sagtma so in Russland«, protestiert er: »*Leben is Zebra.*«

»Wirklich?« Sie muss lächeln. »Na schön, dann aber: *Das Leben ist* ein *Zebra.*« Artikel einsetzen, mein Gott, das muss er auch endlich lernen, denkt sie.

Die Kerzen sind heruntergebrannt. Sergey sitzt am Tisch und schreibt – Zungenspitze zwischen den Zähnen – ihre Korrekturen ab. Neben seinem Blatt kauert Anton und tätzelt mit der Pfote nach Sergeys Stift.

In der Weihnachtsnacht träumt Salli von einem Zebra. Es steht ganz nah vor ihr und sieht sie aus traurigen Augen an. Sie lehnt ihre Stirn gegen seine.

»Ich werde gerne lernen«, sagt das Zebra.

»Ich würde gerne lernen«, verbessert sie und krault ihm die gestreiften Wangen.

»Aber die Zukunft«, jammert das Zebra.

»Und die Vergangenheit!«, heult Salli verzweifelt. Plötzlich spürt sie, wie lieb sie dieses Zebra hat, umfängt seinen Hals und küsst erst einen schwarzen Streifen, dann einen weißen. Sie kann gar nicht mehr aufhören damit.

Sergey

Noch während Salli ihre letzten Vorkehrungen für die Nacht getroffen hat (Gashahn überprüfen; Antons Wasserschüssel auffüllen; einen letzten, ein wenig unkonzentrierten Blick in ihre Vorher-nachher-Kladde werfen), um schließlich im Traum ein Zebra zu küssen – während all der Zeit findet ein anderer im Stall heute keinen Schlaf.

Zweimal hat Sergey sich auf seine Pritsche gelegt, ist wieder aufgestanden, hat am Gasofen herumgestochert, nach seinen Zigaretten gesucht, eine labberige Packung gefunden und sich die vorletzte herausgefingert. Jetzt hockt er da auf seinem Werkzeugkasten, kalt hängt ihm die Zigarette zwischen den Lippen, und ein ganzes Gewitter von Gedanken geht auf ihn hernieder.

Sie will also wissen, wie sein Leben war. Na ja, er ist nicht blöd, das hat er schon verstanden, was diese Aufgabe heute bedeuten sollte. Er will aber nicht über sein Leben reden. Dieses Grübeln über die Vergangenheit, das ist Weiberart, damit wird er nicht anfangen. Bloß ... er kennt Salli inzwischen. Sie hat einen Stutencharakter. Sie wird dranbleiben, wird wissen, nein, das ist dieses Futur – er klopft seine Weste nach einem Feuerzeug ab – Salli *würde gern* wissen – *Konjunktiv II* –, wie sein verdammtes, gestreiftes Leben aussah. Und dann *würde sie gern* irgendwas an ihm beschneiden, nicht die Haare, wie seine Schwester, eher die Seele. Zum Teufel mit seiner Seele!

Vielleicht lässt sie sich ablenken und akzeptiert statt der

Seele auch Haut und Knochen? Da hätte er was zu erzählen. Wie junge Pferde sich beim Zureiten aufführen. Oder das Galopprennen in Alma Ata, wo er erst am nächsten Tag kapierte, dass das eine Schlüsselbein und eine Rippe durchgeknaxt waren, der ganze Körper blau, und als er sich im Spiegel sah, war die rechte Gesichtshälfte nicht mehr die seine. Auge verschwollen, verklebt, nicht zu öffnen, auf Stirn und Wange hatte es ihm die Haut glatt abgezogen. Nur noch rotes Fleisch übrig mit Dreck drin. Bis heute weiß er nicht, wie das passiert ist, nur an den Riesenruck erinnert er sich, mit dem es ihn aus dem Sattel gerissen hat, er muss mit dem Gesicht auf der Sandbahn gelandet sein, dann ist das Feld über ihn drüber, vier, fünf Pferde, aber das hat er nicht mehr mitbekommen. Dass er aufgesprungen ist, haben ihm die anderen später erzählt, mit den Armen gefuchtelt und laut nach dem Pferd geschrien hat, rauf, rauf, lasst mich rauf!, dabei sind schon zwei Sanitäter über das Gras gelaufen mit einer Bahre.

Die Geschichte könnte Salli gefallen. Als er von der Kolchose erzählt hat, hat sie auch so dreingesehen mit diesen zwei ernsten, kleinen Kerben neben dem Mund und ihren hellwachen Augen. Sallis Lehrerinnenblick. Wenn er jetzt hinübergeht zu ihr und anklopft ... wenn sie wach ist – vielleicht mag sie sich noch ein paar Pferdegeschichten anhören?

Er stopft sich die fast zerknüllte Zigarettenpackung in die Westentasche, angelt nach seinen Stiefeln, schlüpft hinein und verlässt die Kammer, seine Zigarette hängt ihm immer noch ungeraucht zwischen den Lippen.

Im Stall bei der Stute ist es stockdunkel, er hört das ratschende Geräusch, mit dem sie die Halme aus dem Heunetz reißt. Scharfe Augen hat er immer gehabt, nach ein paar Sekunden wölben sich langsam die Gegenstände aus dem Dunkel, werden sichtbar und plastisch: die Futtersäcke in Reih und Glied, die gekalkte Wand der Waschbox, der sorgfältig aufgerollte Gummischlauch. Er heftet seinen Blick auf den Schlauch, bemüht sich, ihn wie in einem Rahmen zu erfassen, um die anderen Bilder zu vertreiben, die auf einmal vor seinem inneren Auge aufgeflackert sind. Keins davon hat er gerufen, keins will er sehen, schon gar nicht jetzt. Aber auch wenn er sich noch so anstrengt, lassen sie sich nicht zurückdrängen, sogar in Farbe stehen sie da: sein Dorf, die braunen Holzhäuschen mit den schiefen Zäunen, die Kolchose in Kasachstan. Die endlosen, fetten, schwarzen Äcker, der Vater auf seinem Traktor, die Mutter mit ihrem Kopftuch und dem Schemel beim Melken. Und er selbst, klein wie eine Wanze, wie er den Schwestern davonläuft, zu den Ställen, wo die Pferde stehen. Pferde, Pferde! Reiten! Die Mutter, die ihn auf eine Kuh hebt, weil er nicht aufhört zu brüllen, dass er da hinaufwill, und der Vater ... jetzt muss Sergey einmal tief einatmen, er stellt sich vor die Box seiner Stute und umfasst mit jeder Hand einen Gitterstab ... der Vater hat einmal einen grauen Esel gestohlen für ihn, damit er endlich ein richtiges Reittier hätte. Der stand irgendwo in der Steppe im Freien angebunden, und der Vater hat den Knoten gelöst. Am Abend ist der Nachbar gekommen und hat gebrüllt, weil es sein Esel war. Gut, mit einem Fläschchen haben sie sich wieder versöhnt, dann sind sie alle mit der Troika nach Hause gebraust, die Männer gewärmt vom Wodka.

Sergey klopft seine Westentasche ab, findet das Feuerzeug und lässt es durch seine Finger laufen. Er öffnet das Tor, geht nach draußen und lehnt sich an die kalte Stallwand. Er schnipst am Feuerzeug und führt die Flamme an die Zigarettenspitze. Hier draußen erlaubt er sich das Rauchen. In all seinen Ställen in der Heimat gab es diese Regel: Wer unter dem Stalldach raucht oder pfeift, fliegt raus.

Heiß zieht ihm das Nikotin die Kehle hinab. Im Haus drüben brennt noch Licht, aus dem Küchenfenster fällt der

Schein auf den gefrorenen Boden. Hinter dem zweiten Fenster, dem von Sallis Schlafkammer, ist es dunkel.

Dann sitzt sie wohl noch in der Küche unter dem Weihnachtsbaum. Und liest in einem ihrer Bücher? Er wird die Zigarette zu Ende rauchen und dann drüben an die Tür klopfen.

Über ihm glitzern die Sterne. Noch ist alles grün, obwohl sie Dezember haben, aber bald wird es kalt werden, das spürt er. Er ist im Winter auf die Welt gekommen bei fünfundzwanzig Grad unter Null. Schnee, drei Meter hoch. Was hat die Mutter sich sorgen müssen! Denn der Nachwuchs war kümmerlich geraten, viel kleiner als andere Säuglinge. Die Nachbarinnen kamen vorbei und schüttelten den Kopf: So ein Hänfling! Der überlebt nicht den nächsten Sturm. Aber dann hat er doch die nächsten Winter überlebt. Ein Wilder wurde er, dauernd hatte die Mutter zu suchen nach ihm.

Die zwei Schafböcke fallen ihm ein, mit denen er Motorrad gespielt hat: Er hat sie mit den Hörnern zusammengebunden, sich auf beide Rücken zugleich gesetzt, dann ist er mit den Tieren einen Abhang hinuntergerast. Wie alt war er da? Vielleicht sechs, mit acht war es ja schon rum bei ihm mit Spielen. Weil der Stall viel interessanter war. Wo die Pferde standen. Keine Ruhe hat er den Männern dort gelassen, bis sie lachten und ihm einen Eimer gaben. Auf dem stand er dann stolz und putzte die Pferde wie ein Großer. Irgendwann haben ihn die Männer auf einen hohen Braunen gesetzt und ihn die Straße hinuntertraben lassen. Sie schauten zu, wie er saß, wie er die Hände hielt, Kopf, Beine, Rücken. Dann schickten sie ihn zum Pferderennen. Bis zu neunzig Pferde waren da in einer Reihe aufgestellt. Auf allen saßen solch kleine, leichte Jungs wie er. Und dann ging es über fünfundzwanzig Kilometer durch die kasachische Steppe. Der Wind riss an den Haaren, es donnerte in den Ohren, der Boden bewegte sich, Braun und Grün im Wechsel.

Beim ersten Mal, als sie ihn nach dem Ziel vom Pferd hoben, hat er ins Gras gekotzt. Mit zehn gewann er sein erstes Rennen. Als Preis bekam er einen Teppich, den legte er vor sich aufs Pferd und ritt damit nach Hause. Und dann ging es immer so weiter, es gab keinen anderen Weg mehr für ihn: Er lernte, Zaumzeug zuzuschneiden und Halfter zu nähen. Er fuhr auf dem Lastauto mit in die Berge, wo die Stuten im Sommer grasten, half den Männern, sie mit dem Lasso einzufangen. Manchmal fingen sie zusammen mit den Stuten auch ein paar Wildpferde ein, trieben sie unten in einen Korral und ritten sie zu. Er lernte, Pferden die Hufe beschneiden und Brandzeichen setzen. Mit elf Jahren war er ein Pferdemann.

Und was ist er heute? Wenn er jetzt hinübergeht ins Haus, kann er Salli diese Geschichten erzählen. Sie wird ihn fragen, warum er nicht dort geblieben ist, wo er oben auf dem Pferd saß, während er jetzt unten steht, mit seiner Gabel in der Hand. Sie wird wieder so besorgt schauen.

Er späht hinüber, immer noch ist das Licht an, er meint, einen Schatten zu sehen, der sich bewegt. Geht sie da in der Küche herum?

Sie muss nicht so auf ihn schauen. *Er* sollte über sie wachen, *er* ist der Mann! Aber dann kommt wieder das mit dem Geld daher. Immer dreht sich in diesem Land alles ums Geld. Das Essen heute Abend – das hat auch sie gekauft. Sie zahlt und zahlt. Und dazu soll er ihr noch all das Wolkengrau aus seinem Leben auf die Seele drücken?

Er holt die letzte Zigarette heraus, zündet sie an und inhaliert so tief, dass es in der Lunge brennt. Wenn das mit dem Geld geklärt wäre ... *Konjunktiv II* ..., dann könnte er jetzt sofort hinüber zu ihr.

Nein. Besser, er raucht zu Ende und legt sich in seiner Kammer wieder auf die Pritsche, bevor er da drüben irgendwelche Dummheiten sagt. Über seine Kindheit und wie sie zu

Ende ging. Was danach kam. Und dann noch die ganz große Katastrophe. Er ist kein Weib! Reden ist Zinn, Schweigen ist Gold, sagt man. Ein Mann spuckt aus und vergisst. Wie soll man denn den Überblick behalten, wenn alle dauernd reden?

Aber noch während er das denkt, spürt er, wie sich das letzte, endgültige Bild zusammenfügt aus Schatten und flackerndem Licht. Er nimmt einen tiefen Zug von der Zigarette, wirft den Stummel auf den Boden, drückt ihn mit dem Stiefel aus, und als er wieder hochschaut, geht drüben gerade das Licht aus.

Reden ist Zinn. Sowieso hätte er ihr nichts sagen wollen! In der Nase spürt er ein Jucken, die Augäpfel werden ihm heiß.

Er war elf Jahre alt, da passierte die erste der beiden Katastrophen in seinem Leben: Der Vater wurde krank. Krebs, sagten die Ärzte, im Magen. Er wurde fürchterlich dünn und kam in ein Krankenhaus, drei Wochen später brachten sie ihn nach Hause zurück. Die Mutter, die Großmutter, die beiden Schwestern saßen um sein Bett. In der Nacht hörte er die Frauen weinen. Eine Kerze brannte. Der Vater war gestorben.

Und ab da änderte sich alles.

8. Herz und Ferse

Adverbialen sind meist keine Komplemente des Verbs,
sondern Angaben, die hinzugefügt werden können.
Daher nahm man lange an, dass sie praktisch
beliebig irgendwo im Satz platziert werden können.
Karin Pittner/Judith Bermann, ›Deutsche Syntax‹, 2004

»Und dann?«

»Dann Mutter war allein mit drei Kinder. Is alles gegangen drunter und drüber.«

»Was heißt das?

»Dass Leute sind gekommen und haben Sachen rausgetragen aus Wohnung.«

»Was?? Sachen rausgetragen? Was heißt das? Welche Sachen?«

»Uhr. Möbel ... Gib Huföl. Oder kommst du rein damit.«

Wenn er dabei ist, geht es. Salli betritt mit dem Huföl die Box, wo Sergey der Stute die Mähne kämmt.

»Nimmst du Pinsel, gibst du Öl auf Huf. So!«

Salli kämpft einen kurzen, inneren Kampf mit sich. Aber Katka steht völlig ruhig. Und Sergey ist da. Sie bückt sich hinunter zu den grau gemaserten Hufen und trägt vorsichtig mit dem Pinsel das Öl auf. Als alle vier Hufe glänzen, erhebt sie sich wieder.

»Aber wie geht das? Das waren doch eure Nachbarn, die euch bestohlen haben, oder?«

»Geht schon! Hab ich auch gemacht: stehlen.«

»*Du* hast gestohlen? Was denn?«

»Heu. Für unser Kuh. War aber net genug, dann Mutter hat Kuh verkauft. Auch an Nachbarn.« Er hält kurz inne mit ausdruckslosem Gesicht, dann lacht er. »Aber Kuh is wieder zurückgekommen jeden Abend.«

»Wie?«

»War großer Platz draußen vor Kolchos, Weide sagt man, weißt du. Waren Viecher drauf von alle die Leute bei uns: Schafen, Ziegen, Schweine, Kühe, alle zusammen. Wenn Abend war, sind sie von selber heim. Jeder is in sein Stall gegangen, weil sind net blöd die Viecher. Dann unser Kuh is zurück in unser Stall.«

»Und dann?«

»Dann Mutter hat zurückgeführt zu Nachbarn. War Tränen in Auge bei sie.«

»Du warst so ein kleiner Kerl und ihr hattet nicht genug Geld für ...« Salli tut das Herz weh. Sie senkt den Pinsel in der Hand. An der Spitze des Pinsels sammelt sich das Öl zu einem Tropfen.

»Wie war das für dich?«, fragt sie, ohne recht auf Antwort zu hoffen. Es war ja schon wie ein Wunder, wie er vorhin plötzlich daherkam mit seinen Geschichten vom russischen Winter, den zwei Ziegenböcken, dem Jungen, der mit einem eingerollten Teppich vor sich auf dem Pferderücken nach Hause reitet.

Sie hat ihn Aufsätze schreiben lassen über sein Leben, und heraus kamen nur ein paar Brocken. Sie hat auf Silvester gehofft, aber das war die größte Illusion – statt ein festliches Souper einzunehmen, standen sie bis Mitternacht im Stall, weil Sergey bei Katka sein wollte, wenn die Knaller und Böllerschüsse losgingen. Den Sekt, den sie ihm eingoss, rührte er gar nicht erst an, sie hat ihr Glas allein austrinken müssen. Und nun, vierzehn Tage später, hat er auf einmal zu erzählen angefangen. Anfangs mit steinernem Gesicht, als sein seltenes Lächeln aufzog, wurde die Geschichte auf einmal traurig.

»Wie war es für dich?«, wiederholt Salli mit leiser Stimme ihre Frage, obwohl sie inzwischen ja weiß, dass es keinen Sinn hat, Sergey zu etwas zu drängen. Wenn er seine Lippen einrollt und den Blick abwendet, ist er wie erstarrt, da hilft kein Betteln, kein Lockruf.

Wirklich stockt die Wurzelbürste in seiner Hand, mit der er Katkas Mähne bearbeitet; über den Mähnenkamm blickt er in diese Ferne, über die Salli nichts weiß. Denkt er an seinen toten Vater? Mit elf Jahren Halbwaise – wie verlassen muss er sich gefühlt haben! Die Stute hat den Hals gewendet und mustert Salli.

Auch in Sergey kommt wieder Bewegung, er fasst nach Katkas Schopf und fährt mit der Bürste hindurch. »War ich freche Hund, weißt du. Mutter hat immer gesucht mir in Steppe. Ganze Tag war ich draußen mit Pferd. Is fertig die Huf?«

Salli steht da, träge sinkt der Tropfen Fett an ihrem Pinsel ins Stroh. Was hat sie sich eben gefragt? Wie er sich gefühlt haben mag als verwaistes Kind? Als ob sie das nicht wüsste! Sie war gerade so alt wie Sergey damals, als ihre Mutter starb. Nie hat sie über ihre Mutter sprechen mögen. Weil ihr die kleine Schraubenverkäuferin peinlich war, so hat sie es sich stets selbst erklärt. Nun dämmert ihr, dass es ihr womöglich geht wie diesem grimmigen Ex-Jockey aus Russland: dass ein Schmerz zu groß sein kann, um auch noch darüber zu reden.

»Fertig«, sagt sie.

»Gut«, sagt Sergey und verlässt mit dem Putzzeug die Box.

Augenblicklich macht Salli einen Schritt rückwärts, weg von der Stute. Solange Sergey in der Nähe ist, kommt ihr Katka wie ein schönes, warmes Spielzeug vor, wohl größer als eine Katze, aber gebändigt, wenn nicht gar gut erzogen. Doch sobald sie allein mit ihr ist, wird sie wieder zu einem Wesen mit bedrohlichen Waffen: einem knochigen Schädel – hart wie ein Gewehrkolben, scharfen, langen Zähnen im Maul und eisenbewehrten Hufen.

Sergey ist zurück mit Sattel und Zaumzeug. »Nu, was is?«, fragt er, legt der Stute den Sattel auf und gurtet ihn fest. »Wirst du raufsteigen heute?«

Salli schüttelt den Kopf. In den letzten vier Wochen hat sie vieles getan, was sie sich nie zugetraut hätte. Sie hat gelernt, wie man ein Pferd striegelt und ihm das Schweifhaar verliest. Zusammen mit Sergey schafft sie es, zu füttern und zu misten, Letzteres noch etwas linkisch; sie wagt es auch, Katka eine Karotte ins Maul zu schieben. Aber den Fuß in einen Steigbügel schieben, aufsteigen und reiten?

»Nicht für viel Geld!«

»Is kein Geld bei mir. Musst du andere Sachen wollen.«

»Schön. Erzähl mir, warum ich die Katka kaufen sollte!« Salli weiß, dass sie kein Risiko eingeht mit ihrer Bitte; auf solche Fragen reagiert er höchstens mit Sprüchen über ungeschossene Bären oder das Loch, vor dem man nicht Hopp sagen soll.

Er antwortet nicht, während er die Stute aus der Box führt. Hektisch klappern ihre Hufe auf dem Steinboden, bei diesem Geräusch fährt Salli gleich wieder die Angst in die Knochen.

»Kommt bald«, versichert Sergey, »dass steigst du rauf.«

Wieder schüttelt Salli den Kopf. Unziemlich weit weg, tief im Hintergrund ihres Sprachgewissens, spürt sie die Regung zu korrigieren (*auf* statt *rauf*), aber der Reflex zum Verbessern erfolgt träge. Seit ein paar Tagen geht das schon so, dass sie pflichtvergessen dasteht, wenn er ihr einen seiner verdrehten Halbsätze zuruft, während er eine Ladung Stroh in den Stall befördert oder mit dem Hammer auf ein rot glühendes Hufeisen schlägt. Salli führt das auf die neue Umgebung zurück: So wie ein Urlaub an der See oder in Mexiko zu vermehrtem Appetit oder Diarrhöe führen kann, hat die Stallluft in Daglfing ihr einen Anfall von Disziplinlosigkeit beschert. Dabei ist seit der Geschichte mit seiner Kündigung doch überdeutlich, dass Sergey Deutsch wirklich nötig hat! In weniger als drei Monaten schon wird ihr gemeinsamer Hausstand beendet sein, bis dahin muss er sprachlich auf eigenen Füßen stehen. Gleich morgen, am Sonntag, wird sie ihn mit einem saftigen Grammatikkapitel speisen.

Solange sie bei ihrem Unterricht nur an ihr Projekt dachte, hat Salli immer ein leicht schlechtes Gewissen verspürt, wenn sie ihn mit Lernstoff bedrängte. Nun aber – wo es um Sergeys eigenes Fortkommen geht ...! Altruismus hat etwas Erhebendes. Trotzdem ist es gut, dass sie ihm nie von *Pygmalion* erzählt hat.

Draußen vor dem Stall zieht Sergey den Gurt nach, dann ist er so rasch im Sattel, dass sie es kaum mitbekommt, und hat das Pferd gewendet. Katka hebt die Nase, wittert und peitscht einmal mit ihrem schwarzen Schweif die Winterluft. In Sallis Buch zur Pferdehaltung gibt es ein Kapitel über das Einreiten von Pferden. Von speziellen Zügeln ist da die Rede, einem umzäunten Platz und mindestens zwei Helfern, die das Pferd links und rechts halten, während der Bereiter sich mit äußerster Vorsicht in den Sattel heben lässt. Sergey hat Katka, die bisher nur vor dem Wagen gelaufen ist, vor drei Wochen gesattelt, ist aufgestiegen und losgeritten. Dabei saß er wie jetzt so gerade und selbstverständlich im Sattel, als hätte ein Bildhauer Pferd und Reiter aus einem einzigen Stein gehauen.

Wenn Anselm oder Barbara Sergey so sähen, denkt Salli, während sie neben Katka und Sergey her zum Hoftor geht – zu Pferde –, vielleicht wäre es ja gar nicht nötig, ihn zum politisch verfolgten Pianisten zu erklären. Mit seiner fellbesetzten Mütze könnte er glatt als Donkosake durchgehen. Muss ein Kosake auch noch Klavier spielen? Und wenn bekannt würde, was Sergey sonst alles kann – Pferde zureiten, Zaumzeug aus Leder nähen, Hufeisen aufnageln – ist das etwa nichts? Salli kennt jedenfalls niemanden, der so viele Begabungen hat wie er.

Sie öffnet das Hoftor, und Sergey reitet über das gefrorene Gras davon. Ein paar Schneeflocken fliegen ihm hinterher.

Er ruft etwas über die Schulter, während Katka in Trab fällt.

»Was?«, schreit Salli.

»Rennbahn!«

Schön, jetzt weiß Salli wieder, welchen Vorzug der Politpianist hätte: eine andere Gesellschaft als die, die Sergey auf der Daglfinger Rennbahn umgibt.

Nach Neujahr hat er dort wieder eine Anstellung gefunden. Diesmal trainiert er keine Pferde wie vorher, sondern verrichtet die gleiche Arbeit wie beim Bauern im oberbayerischen Land: füttern, ausmisten, Dreck herumfahren. Eine wenig angemessene Tätigkeit für einen ehemaligen Jockey, findet Salli; die Bezahlung ist außerdem mies. Aber im Grunde missfällt Salli die ganze Rennbahn und am wenigsten mag sie Sergeys Kollegen dort. In der ersten Woche hat er Salli einmal mitgenommen. Sie hatte die Stallung kaum betreten, da bekam sie schon das Vokabular der Männer dort zu hören. »Hundskrüppel!«, brüllte einer, »Mistviech! Saumatz!«, ein anderer. »Schau, dass du rauskommst! Hau ab!« Das Letzte galt einem Mädchen, das pfeifend den Stall betreten hatte. Salli schauderte, sagte aber nichts. Erst zu Hause ließ sie ihrem Abscheu freien Lauf.

»Der Tonfall! Wie sie dieses Mädchen angepöbelt haben!«

»Aber hat gepfiffen die Weib!«

»Gepfiffen. Was ist schlimm daran?«

»Geht Glück raus von Stall, wann pfeifst du. Darfma net pfeifen und net rauchen in Stall. Ham recht, die Kumpel!«

Salli schnappte nach Luft. Einen Moment fragte sie sich, was sie schlimmer fand: Die sprachliche Form? Sergeys Bekenntnis zum Aberglauben? Oder dass er solche Typen seine »Kumpel« nannte? »Du bist doch ganz anders als die«, beharrte sie, »du sprichst anders. Nicht so grob.«

Sergey schien kein Unterschied aufzufallen. »Bin ich genauso blöde Hund wie andere alle auch«, grollte er.

Salli hatte beschlossen, es dabei zu belassen. Doch schon ein paar Tage später traf sie auf einen solchen »Kumpel« höchstselbst. Nichtsahnend und mit der Aussicht auf eine Stunde *Artikellehre* war Salli vom Einkaufen nach Hause gekommen und hätte fast ihre zwei Tüten fallen lassen: Am Tisch neben Sergey saß ein Mann in einem roten Overall aus Polyester. Die Tracht der Trabrennfahrer, für einen Jockey war er zu schwer, so viel wusste Salli inzwischen. Ungeschlacht war er, geradezu überproportioniert, der Unterkiefer ragte so weit nach vorne, dass sein Gesicht an eine Kommode erinnerte, an der die untere Schublade offen stand.

»Is Kumpel von Rennbahn«, stellte Sergey ihn vor, »Tommi is Name.«

Ohne sich zu erheben, reichte Tommi ihr gnädig eine große Hand. Gleich darauf wandte er sich wieder Sergey zu. »Es is«, erklärte er, »wie's is: Ein Krüppel frisst dir den gleichen Hafer wie ein Kracher!« Nach dieser Weisheit hob er sein Glas – jetzt erst bemerkte Salli mit Schrecken die Flasche Wodka auf dem Tisch –, trank und ließ sich nachschenken.

Salli konnte es nicht glauben: Sergey, der sonst jeden Schluck Wein, sogar den Sekt an Silvester verweigert hatte, da saß er und becherte am helllichten Tag mit einem dieser Rennbahntypen!

»Sitz her zu uns«, lud er sie freundlich ein.

»Danke«, sagte Salli frostig, »ich habe zu tun.« Sie marschierte in ihre Kammer, schloss die Tür hinter sich und setzte sich auf das von Sergey gezimmerte Bett.

Wie lange würde der Mann wohl bleiben? Nach zehn Minuten, in denen sie dauernd auf die Uhr sah, biss sie sich auf die Lippen, erhob sich und ging zurück in die Stube. Forschen Schritts marschierte sie an den beiden Zechern vorbei ins Bad, kehrte zurück, kramte im Küchenschrank, klapperte extra laut mit dem Besteck und fragte schließlich so geschäftsmäßig wie möglich, ob Sergey wisse, wo sie ihr Buch gestern Abend hingelegt habe.

»Ha-rald Wein-rich«, sagte sie spitz, in die Rede von Tommi hinein, der gerade dabei war zu erzählen, wie er mal »so einem Scheißviech das Kreuz abgeschlagen« habe, »aber gescheit, weil gefallen lassen darfst dir nix.«

»Was?«, fragte Sergey. Sein Ton klang vorsichtig. Hatte er ihren Ärger bemerkt?

»Die ›Textgrammatik‹ von Weinrich. Ich habe sie gestern hier am Kamin gelesen.« Salli begann an den Zeitschriften und Reklamesendungen zu ziehen, die halb unter Tommis Hintern auf der Ofenbank lagerten.

Der fuhr die Schublade in seinem Gesicht noch etwas weiter aus. »Stör ich?«, fragte er mit ungläubig aufgerissenen Augen.

»Offen gestanden, ja«, sagte Salli. »Ich will nicht unhöflich sein, aber ich habe einen anstrengenden Tag hinter mir.« Sie schämte sich nicht im Mindesten für ihre Lüge.

Tommi erhob sich, schwungvoll ließen die beiden Männer ihre Handflächen gegeneinanderfahren, verabschiedeten sich mit allen Zeichen gegenseitigen Respekts und standen dann noch eine gute Stunde am Hoftor in der Kälte beisammen.

Bis in die Stube hörte Salli ihr Gelächter. Als Sergey endlich ins Haus zurückkehrte, wollte er nichts essen, nur einen Schluck Wasser und dann schlafen, er sei müde.

»Dann gute Nacht«, sagte sie.

Er war schon auf dem Weg zu seiner Schlafstätte im Stall, da hörte sie, wie er etwas Unverständliches brummte.

»Ist irgendetwas?«, fragte sie.

»Naa.«

»Wirklich?«

»Wirklich. Sollst du bloß net so hochnasig sein.«

Salli zuckte zusammen. Hochnäsig? Sie? Einen ganzen Nachmittag ihres Lernprogramms hatte sie heute drangegeben! Für diesen Grobian von der Rennbahn. Wollte er da im Ernst noch von ihr verlangen, dass sie sich mit dem über seine Methoden des Pferdequälens unterhielt?

Sergey drehte sich um, und Salli beschloss, es für den Abend dabei zu belassen.

Am nächsten Morgen erwachte sie mit einem unangenehmen Gefühl, als ob sie Schuld auf sich geladen hätte. In der Küche traf sie Sergey bei seinem Tee, Stiefel an den Beinen, Mütze auf dem Kopf. Er kam vom Füttern aus seinem Stall, er würde gleich wieder in den anderen Stall auf der Rennbahn gehen, gleichmütig sah er drein wie immer. War ihm klar geworden, wie unpassend sich der Besucher gestern in ihrer Stube ausgenommen hatte? Oder hatte er den ganzen Vorfall einfach vergessen? Wie immer äußerte sich Sergey nicht zu vergangenen Geschehnissen, böse schien er auch nicht. Salli atmete auf und hoffte, dass ihr weitere Besucher aus den Rennställen erspart blieben.

Nein: Gesellschaft in Gestalt eines Tommi würden weder Barbara noch Anselm verstehen, da kann Sergey noch so kühn und kosakenartig auf einem Pferd sitzen, das weiß Salli.

Der Gedanke erinnert sie an ihr morgiges Lernprogramm. Sie schließt das Tor und während sie fröstelnd zurück zum

Haus geht, versucht sie, sich Sergeys sprachliche Defizite vor Augen zu rufen, nach wie vor produziert er ja keinen fehlerfreien Satz, das ist unbestreitbar. Aber seltsam – normalerweise arbeitet ihr Gehirn auf diesem Gebiet wie ein scharfäugiger Indianerscout, jetzt scheint es auf einmal erblindet und ertaubt zu sein. Angestrengt versucht Salli, wenigstens seine letzten Äußerungen aus dem Dämmer des Kurzzeitgedächtnisses ans Tageshell ihres Bewusstseins zu zerren, damit sie ihr gewohntes linguistisches Raster darüberlegen und die Fehler herausfiltern kann: Hat er das Subjekt weggelassen? Oder den fälligen Artikel? Aber alles, was sie hört, ist Sergeys vertraute Bassstimme mit einer Abfolge von Worten, die ihr inzwischen vollkommen normal vorkommt, obwohl sie doch genau weiß ... Salli bleibt mitten auf dem Weg stehen, zieht das Kinn ein und fragt sich, was Herrgottnochmal mit ihr los ist. Sergeys deutsche Sätze humpeln wie eh und je! Sollte die Sprachlehrerin Salli Sturm inzwischen selber vergessen haben, was ein deutscher Satz sich zu seinem Gelingen wünscht?

»Das Subjekt«, sagt sie zögernd, »ein Verb ... Angaben ...«, und endlich, nach Tagen, an denen Salli so ganz unlehrerinnenhaft in einem wirklichen Stall gestanden und einem braunen Pferd Heu hingeworfen hat, nähern sich wieder ihre Worttiere, lautlos und geschmeidig treten sie an ihre Seite, Elefanten, Ozelote, Marder, und während Salli ihr Haus betritt, klart endlich auch ihr didaktischer Horizont auf und sie sieht wieder, was einem nottut, der Sätze bildet wie: *Wieso soll interessant mir sein alle diese Dinge?*

Sie geht in ihre Kammer, holt ihre Schreibutensilien, setzt sich an den Küchentisch, ruft Raubkatzen und Igel zu sich und entwirft ein Set an Beispielen für Verben mit Präpositionen, ihren beiden Lieblingswortarten:

Solche mit *über*: *nachdenken, wissen, sprechen über*;

mit *von*: *abhängen, ausgehen, erwarten von*;

mit *vor: sich fürchten, erschrecken, sich ängstigen vor*;
mit *um: sich sorgen, sich kümmern, bitten, streiten um.*

Und die, bei denen zwei Präpositionen um ein Verb konkurrieren, sind auch dabei: *Wissen von* oder *über? Bangen vor* oder *um?*

Damit Sergey ihre Präpositionsigel mit einem angenehmen Erlebnis verbinden kann, bereitet Salli am Sonntag eine kleine Brotzeit vor, bestehend aus saurem Hering, eingelegten Pilzen, Cranberrysaft und Brot. Pilze und Heringe sind russische Vorspeisen, das hat sie in Erfahrung gebracht, und nach Brot verlangt Sergey immer, selbst wenn nur gekochte Kartoffeln auf dem Teller liegen.

Salli streicht um den gedeckten Tisch und droht Anton mit dem Finger, der sich auf der Bank stehend, mit erregt zitterndem Schweif nach den Heringsstücken streckt. Sie sieht auf die Uhr, verzeiht eine Stunde Verspätung, schluckt die zweite, räumt den Hering beiseite, um Antons Qualen zu verringern; sie überlegt, ob sie Sergey anrufen soll, und tut es, obwohl sie weiß, dass er so gut wie nie an sein Telefon geht. In den letzten Wochen hat sie sich schon an vieles gewöhnt: an ihr neues, niedriges Bett, an ein Leben ohne Fernseher, an Gummistiefel im Flur, dreckige Männersocken (die anders riechen als ihre eigenen), an die Fütterungszeiten im Stall. Aber mit seiner Gewohnheit, sich an keine Verabredung zu halten und sein Handy so achtlos zu behandeln, wird sie sich nie befrieden können. Als es um halb fünf dunkel wird, nimmt Salli ein Buch und setzt sich steif vor Ärger auf die Ofenbank. Weil es da wärmer ist als in ihrer Kammer, aber vor allem, weil sie ihn von hier aus sofort im Blick hat, wenn er die Stube betritt.

Um neun Uhr abends hört sie die vertrauten Geräusche: Motor aus, Autotür zu, Stalltür auf, Stalltür zu – wie immer geht er zuerst zu Katka. Endlich klappt die Haustür, er streift sich die Stiefel ab, die Stubentür öffnet sich.

Anton, der neben Salli auf der Ofenbank sitzt, hebt den Kopf und beginnt zu schnurren. Salli schaut eifrig in ihr Buch.

»Guten Abend.«

Salli antwortet nicht.

»Geh ich waschen. Dreckig bin ich wie Teufel.«

Wieder antwortet Salli nicht. Dass er so gut gelaunt ist, irritiert sie noch mehr.

»Weißt du«, sagt er, zurück im Zimmer und sich die Hände an seinem Hemd abtrocknend, »gibt Fisch aus China, große. Mussma Teich bauen in Gewächshaus. Hab ich Grube gegraben.«

»Ich versteh nicht – du willst einen Fischteich?«

»Naa! Gibt Frau in Stall, is Besitzerin von Kracher-Pferd, die kauft Fische. Schaun schön aus, hat mir schon gezeigt.«

Sie hatten Unterricht vereinbart, sie hat ihm seine Lieblingsspeisen gemacht. Und er gräbt Gruben für eine andere und lässt sich Fische zeigen! Noch stärker brodelt die Unruhe in ihr und schwemmt gelbe Galle mit nach oben. Salli spürt, dass ihr der Kopf heiß wird, und senkt ihn rasch wieder. Das muss er nicht sehen, dass sie so rot wird. »Ich hab gewartet«, murmelt sie fast unverständlich.

Statt zu antworten, holt er zwei Hunderteuroscheine aus seiner Gesäßtasche und legt sie vor sie auf die Bank. »Da.«

»Was ist das?«, fragt sie verwirrt.

»Hab ich verdient.«

»Wie? Was heißt verdient?« Neue Unruhe erfüllt sie.

»Teich gegraben, sag ich doch! Hat Kohle, die Frau. Weißt du, wie teuer sind ihre Fisch? Tausend Euro kostet eins!«

»Und dann hat sie dir zweihundert Euro gegeben für einen ganzen Tag Arbeit?«

»Zwei Tag. Letzten Sonntag ich war auch da. Gibt Essen?« Er zieht sich einen Stuhl an den Tisch.

Salli steht auf und deckt den Tisch erneut, während sie mühsam gegen ihre wachsende Erregung kämpft. Da kauft sich eine reiche Dame mit Pferd sündteure Zierfische und für einen Tag Arbeit zahlt sie dem Knecht hundert Euro. Die Eifersucht, die Salli gespürt hat, weicht dem Hass auf diese Frau. Und der Besorgnis um Sergey, der so planlos draufloswurstelt und offensichtlich keine Ahnung davon hat, wie man in diesem Land rechnet und wie schnell Unwissenheit ausgenützt wird. Und wie soll in all dem Chaos sein Deutsch gedeihen?

»Sergey! Bitte! Lass uns über deine Arbeit sprechen!«

Er winkt ab. »Krieg ich schon hin«, sagt er mit vollem Mund. »Mach kein Sorgen. Mach ich selber.«

»Aber ich sorge mich nun mal! Ich kann mich doch gemeinsam mit dir sorgen!«

»Naa. Musst du nicht gemeinsam sorgen.«

»Ich sage dir: So, wie du vorgehst, wirst du nie …«

Sie ist um einen sachlichen Ton bemüht, da braust er schon auf: »Du! Weiß ich selber, wie geht Geld verdienen!«

»Ach ja?« Salli steht auf und schaut hinunter zu ihm, als wäre er einer ihrer Studenten, der brav in seiner Bank sitzt. »Du mistest in unserem Stall, dann gehst du in die Rennbahnställe und machst einen miesen Job. Für mieses Geld. An deinem freien Tag schuftest du auch – für hundert Euro! Kein Tag bleibt zum Lernen. Nie im Leben wird dein Deutsch besser so! Das schwöre ich dir!«

»Brauch ich kein Deutsch! Geht ohne deine Deutsch!«

»Du verstehst nicht, was ich meine. Ich sorge mich um dich. Du solltest bessere Arbeitsbedingungen haben, eine bessere Sprache …!« Sie beginnt, in der Stube hin und her zu gehen.

»Du! Sorgst du nicht für mich! Bin ich keine Baby.«

»Ich sorge nicht *für dich,* ich sorge *mich um dich*!«

»Und wazu ich brauche diese *für dich* und *um dich*? Is alles Schmarren, was redest du!«

»Nein!«, schreit Salli. Mitten im Schritt wendet sie ab und geht pfeilgerade auf ihn zu. »Das ist kein Schmarren, hörst du? Das ist ein großer Unterschied! Wenn ich *für dich* sorge, dann zahle ich doch nur!« Sie starrt ihn an. Oh, dieser bockstarre Wille! »Hör auf zu essen! Rück deinen Stuhl weg.« Sie bemüht sich um einen leichteren Ton. »Sieh her: Was ist das, was ich gerade mache? Ich gehe *um dich herum.* Das da – ist *um*«, mit einer Hand stützt sie sich auf seine Schulter, während sie mit schnellen Schritten im Kreis um ihn herumwandert. »Sagen wir, du bist ein …« – sie unterbricht sich und überlegt – »du bist ein Pferd, ein Pferd mit einem Problem. Was macht dann der Besitzer?« Sie beugt sich herab und blickt ihm eine Sekunde ins Gesicht. Ihre Blicke treffen sich. Er sitzt da wie ein Schuljunge. »Er sieht nach dem Pferd, er schaut es an.« Sie ändert die Richtung und umkreist ihn von der anderen Seite. »Er schaut nach, was ihm fehlt.« Sie legt ihm eine Hand auf die Stirn, während sie weiterwandert. »Fieber? Braucht es etwas?« Wieder ändert sie die Richtung. »Und dann geht er spazieren und denkt und denkt.« Sie dreht einen weiteren Kreis um Sergey, der bewegungslos auf seinem Stuhl sitzt. »Die ganze Zeit geht er *um* sein Pferd her*um*! Auch noch im Kopf.« Aufatmend bricht sie ihre Wanderung ab, geht zurück zur Ofenbank und setzt sich. »Das heißt *sich sorgen um. Sorgen für* ist viel weniger. Da bringt nur jemand den Hafer.«

Von ihrem Kampf um die Präposition ist ihr noch heißer geworden. Umso mehr erschreckt sie das lauwarme Gefühl an ihrem Rücken. »Verdammt, ist der Ofen etwa aus?«

Eine Weile herrscht Schweigen. Dann steht Sergey auf und wendet sich zur Tür.

»Was ist los? Willst du gehen?«

»Naa. Holz mussma holen. Sorge ich für die Feuer.«

Im Ofen knackt das brennende Holz. Hering und Pilze haben ihre besänftigende Wirkung getan.

»Hamma auf Feld gegessen«, sagt Sergey, »solche Pilzen.«

»Bei einem Picknick?«

»Naa. Nach Arbeit. Hab ich Essen rausgefahren auf Feld. Dann haben mir Geld gegeben die Leute.«

»Wie alt warst du da?«

Er überlegt. »Zwölf.«

»Du hast kutschiert mit zwölf Jahren?«

»Mit sechzehn ich hab Schlüssel gehabt für Stall mit sechzig Pferde drin, Vollblüter, mit denen hamma Rennen gewonnen.«

»Wir?«

»Ich und Rachim. Issa Tatar, hat solche Augen.« Er deutet Schlitzaugen an.

Anton ist erwacht, er streckt sich, gähnt, marschiert zu Sergey und macht es sich auf dessen Schoß bequem.

Sergey krault ihm die Ohren. »Antoschka, Antoschka«, singt er halblaut, »*poidjom, kapjat kartoschku!*«

»Was heißt das?«

»Kleine Anton, kleine Anton, gehma Kartoffel graben.«

Kleine Anton! Salli wird ganz warm bei diesem Wort. Sie räuspert sich. »Erzähl weiter!«

»Warma Kumpel auf russische Rennbahn.«

»Ihr seid Rennen geritten?«

»Gefahren. Mit Traberpferd. In Alma Ata, Nischni Nowgorod, Moskau, Frunse … hamma gewonnen überall.« Er stockt, schaut in die Ferne, und Salli befürchtet schon, dass er wieder in sein Schweigen verfällt. Aber er seufzt nur ein weiteres Mal, nimmt sich noch einen Hering, und dann erzählt er:

vom Staub der Rennbahnen, von den braunen und schwarzen Pferden, von ihren besten Laufzeiten, ihren Verletzungen, ihrem Kampfgeist und von ihrem Ende, wenn sie getötet werden mussten oder weiterleben durften auf grünen Weiden als Deckhengste und Mutterstuten. Salli lauscht hingerissen. Sogar Präpositionen kann man vergessen über solchen Geschichten.

Wie kommt so einer auf die Idee, das alles hinter sich zu lassen und nach Deutschland auszuwandern? Das fragt Salli sich seither. Nach Deutschland, wo er die Sprache nicht versteht, die Umgangsformen nicht kennt, wo er ein Niemand ist, während er in seiner Heimat ein Held war. Sie brennt auf die Lösung dieses Rätsels. Aber seit jenem Abend vor zwei Wochen gab es keine Muße mehr für ein längeres Gespräch. Auch die Stimmung von damals kann sie nicht wiederherstellen. Sie muss Geduld haben, sagt sich Salli. So wie Anton täglich zutraulicher geworden ist, so hat sich auch das Verhältnis zwischen Sergey und ihr gewandelt. Ein-, zweimal hat er gelächelt. Und er nimmt Unterricht, viermal bisher hat er sogar eine Hausaufgabe bei ihr abgeliefert. Zu den starken Verben, zum Konjunktiv, zu Angaben für Ort und Zeit, zum Passiv.

Heute freilich wird er kaum dazu kommen, sich mit Deutsch zu beschäftigen. Sergey ist schon mittags weggefahren, auf einen Hof irgendwo weit weg, um sich dort einen Hengst anzusehen für Katka. Wie immer, wenn sie ihn nach seinen Plänen für die Stute fragt, schüttelt er den Kopf und erklärt, darüber werde er erst sprechen, wenn alles in Ordnung sei. Aber dass er sich ein Fohlen wünscht, dass er sich diesen Hengst deshalb ansieht, kann Salli sich ja selber denken. Er wird spät nach Hause kommen, hat er gesagt. Für Salli gibt es daher keinerlei Anlass zur Unruhe, als sich der Abend herabsenkt. Das Einzige, was ihr eine leichte Sorge bereitet, ist die

Abendfütterung, die ihr heute alleine obliegt. Aber Sergey hat versichert, dass die Stute notfalls auch eine Nacht lang ohne Heu auskommen könne.

Um halb acht Uhr zieht sich Salli Strickjacke und Anorak über und geht zum Stall. Seit Anfang Februar hat das Wetter umgeschlagen, überall hängen die Eiszapfen, dick wie Rettiche; über den Hof wölben sich Wülste aus grauem Eis, die Luft ist schneidend kalt. Ihre klammen Finger stochern mit dem Schlüssel nach dem Schloss der Stalltür. Als sie sie endlich geöffnet hat, erschrickt Salli: Noch nie war es so kalt im Stall. Katka wiehert leise. Obwohl Sergey sie in zwei Decken verpackt hat, hängen ihr die Tasthaare um das Maul voll glitzerndem Raureif. Salli steckt eine Hand durch die Gitterstäbe und befühlt mit dem Handrücken das Maul: warm, Gott sei Dank.

Sie selbst fröstelt. Der Boden im Stall ist eiskalt. Sie wird der Stute rasch Hafer geben und dann machen, dass sie wieder ins Haus kommt zu ihrem Kachelofen. Eigentlich müsste doch von Sergeys Kämmerchen aus der Gasofen den Stall erwärmen, Sergey lässt den Ofen immer an.

Salli öffnet die Tür zu dem kleinen Raum und erschrickt noch einmal. Auch hier ist es eisig wie in einem tiefen, steinernen Keller. Sie schaltet das Licht an. Zwischen Sergeys verstreuten Sachen – einer Joppe mit militärischem Tarnmuster, Stiefeln, Kappen, Longierpeitsche – steht schwarz und kalt der Gasofen. Keine Flamme. Mit zitternden Fingern knipst sie an dem Schalter herum, aber nichts rührt sich. Das Gas muss ausgegangen sein.

Salli überlegt. Was soll sie tun? Sie kann doch nicht die Stute hinüber ins Haus führen und zu sich an den Kachelofen setzen. Außerdem hat die sich nicht angefühlt, als wäre sie unterkühlt. So ein Pferd hat schließlich Fell.

Salli ergreift eine Kelle und öffnet die Tonne mit dem

Hafer. War da nicht noch etwas, das Sergey einmal zu ihr gesagt hatte? Etwas, das mit Frost zu tun hatte? Frost – Pferd, Stall – Frost ...

Wieder wiehert Katka und schlägt fordernd mit dem Huf gegen die Boxenwand.

»Essen kommt gleich«, sagt Salli, aber das Lächeln misslingt ihr wegen der Kälte. Sie kippt der Stute durch die Öffnung den Hafer in die Krippe. Gierig stürzt sich Katka darauf. Da fällt Salli ein, was Sergey gesagt hat: die Tränke! Die Tränke darf nicht einfrieren! *Ein Pferd muss immer Wasser haben.*

Und wie soll sie das überprüfen? Die Tränke befindet sich in der Box, ganz hinten an der Wand. Salli versucht im schwachen Licht der Stalllampe, die Wege der Wasserleitung zu verfolgen, die von der Tränkschale zur Decke führen, dann abknicken und irgendwohin wandern ins Mauerwerk; nein, daran lässt sich sowieso nichts erkennen. Es hilft nichts. Sie muss die Box betreten. Ohne Sergey, Katkas Herrn und Meister.

Salli wartet, dass sich ihr klopfendes Herz ein wenig beruhigt. Aber nur ihre Fußsohlen werden gefühllos von dem eisigen Boden. Sie beißt die Zähne zusammen und öffnet die Boxentür.

Eben noch hat Katka wie eine Wilde ihren Hafer gefressen, jetzt fährt sie heftig mit dem Kopf herum, als wolle sie Salli aus ihrem Reich vertreiben.

»Ruhig«, bittet Salli mit bebenden Lippen. »Ruhig.« Sie schleicht an dem großen Pferdekörper vorbei bis zur Tränke. Drückt mit der Hand auf den Hebel über der Metallschale. Nichts. Kein Zischlaut, der sonst das einströmende Wasser begleitet, wenn Katka säuft. Die Tränke ist eingefroren. Katka stampft einmal auf den Boden. Salli fährt zusammen, tastet sich an der Wand entlang hinaus aus der Box und schließt die Tür.

Hier ist sie in Sicherheit. Und was soll sie jetzt tun? Sie muss etwas tun, Sergey würde es nie verstehen, wenn sie sich nicht um das Wasser kümmert. Ich ruf ihn an, denkt sie, aber schon jetzt spürt sie mit wachsender Verzweiflung, dass er sein Handy ausgeschaltet haben wird wie immer.

Auf tauben Füßen läuft sie hinüber ins Haus, holt ihr Telefon, wählt mit steifen Fingern seine Nummer und lauscht. Ein Klingelton. Sie kann es kaum glauben: Er hat das Handy an! Doch dann hört sie mit grausamer Ernüchterung ein langsam lauter werdendes Schnarren von der Garderobe, wo eine von Sergeys Joppen hängt. Der Klingelton kommt aus einer Jackentasche.

Wen sonst kann sie fragen? Tommi? Sie hat seine Nummer nicht, außerdem ist ihr die Vorstellung ekelhaft, diesen Menschen um einen Gefallen zu bitten. Ilse! Nach Neujahr ist Salli ihr auf einem Spaziergang begegnet, sie haben Telefonnummern ausgetauscht. Salli weiß, dass Sergey von dieser Frau nichts hält, das Abenteuer mit der Karotte steht ihr selbst in peinlicher Klarheit vor Augen, aber an wen sonst soll sie sich wenden? Salli betet, dass Ilse ihr Handy bei sich hat.

»Ilse! Gott sei Dank! Hier ist Salli. Ilse, bei mir im Stall ist die Tränke eingefroren. Weißt du, was ich machen kann?« Salli ballt die Faust vor Aufregung.

»Wenn du kurz warte magsch – i geh nachschaue …«

Nachschaue? Wo denn? Salli hört das Tapp-tapp von Tritten, dann scheint Ilse zurückgekehrt zu sein. Ein leises Knarzen, wendet sie Blätter in einem Buch? Tatsächlich.

»I habsch gfunde, ha noi, des isch koi Drama net. Da steht, du nimmsch ein Fön und fönscht bissele unten an der Leitung, desch is … wart gschwind … glei bei der Tränke, gell. Dann ischts glei auftaut. Wirsch sehn!«

»Danke! Tausend Dank!«

Salli fliegt ins Badezimmer, haspelt ihren Fön aus dem

Kulturbeutel, läuft zurück in den Stall. Wo ist die Steckdose? Neben der Boxentür. Sie stöpselt den Stecker hinein und öffnet die Tür. Inzwischen ist ihr gleich, was Katka plant. Aber die steht ganz ruhig und schaut ihr entgegen, wie sie zwei Schritte macht, auf das Tränkebecken zu, und dann innehält. Das Elektrokabel reicht nicht weiter.

Salli schaltet den Fön versuchsweise an. Katka macht einen erschreckten Hopser. Mehr passiert nicht. Die Stute verhält sich ruhig, der warme Luftstrom aus Sallis kleinem Handfön ist viel zu schwach, um auf diese Entfernung irgendetwas auszurichten.

Sie schaltet wieder aus, verlässt die Box und beginnt hektisch, in Sergeys Kammer nach einem Verlängerungskabel zu suchen. Was er alles hat: Schrauben, Hufeisen, Nägel, Hämmer, Schuhwichse, Lederriemen, Ahlen, einen Schurz aus speckig glänzendem Leder, Fellkappen, Stiefel mit Eisenbesatz, Socken. Aber kein Elektrokabel. Es hilft nichts. Sie muss Ilse noch einmal anrufen.

»Ja, des passiert, gell? I habsch grad glese. Dann nimmsch, weisch was?«

»Nein!! Was??«

»Nimmsch an Wasserkocher, kochsch Wasser und des schüttsch in die Tränke nei. Des hilft auch manchmal, schreibe die da.«

Manchmal. Auf dem Weg zurück ins Haus knickt Salli zweimal um. Inzwischen müssen ihre Füße erfroren sein, sie spürt sie nicht mehr. Bei aller Panik kann sie noch so weit denken, dass sie das Wasser nicht im Haus erhitzt, sondern im Kocher in den Stall bringt. Das fehlte noch, dass sie ein drittes Mal umknickt und sich mit kochendem Wasser übergießt.

Langsam beginnt es, in dem Kocher zu summen. Salli fühlt mit einem Finger von außen die Temperatur und schreit leise auf. Die plötzliche Wärme auf ihrer eiskalten Haut schmerzt schlimmer als der Frost. Das Wasser blubbert. Sie zieht den Stecker heraus, öffnet wieder die Boxentür. Mit leuchtenden Augen sieht Katka sie an. Als hätte sie keine Füße mehr, sondern zwei Kugeln unten an die Sohlen geschnallt, schwankt Salli auf die Tränke zu. Ein Schwall kochendes Wasser ergießt sich ins Stroh. Aber das meiste landet in der Tränke.

Von draußen hört Salli Motorengeräusch. Ist das Sergey? Sie drückt auf den Wasserhebel. Ein schnarrender Laut ertönt, der in Stottern übergeht. Dann schießt kaltes Wasser ins Tränkebecken. Und Sallis Beine geben nach. An der Boxenwand entlang rutscht sie zu Boden.

Seelenruhig trottet Katka an ihr vorbei zur Tür hinaus.

Und ist schon wieder drinnen, mit Sergey an der Seite, der sie an der Mähne gepackt hält.

»Du, was machst du da unt?«, fragt er und drückt den Hebel an der Tränke. Noch einmal rauscht das Wasser.

»War eingefroren.« Salli hat das Gefühl, dass nach den Füßen als Nächstes ihre Stimme versagen wird.

Sergey beugt sich herab zu ihr. Dann setzt er sich ins Stroh, kauert ihr gegenüber. Er zerrt ihr die Stiefel von den Beinen. Links. Rechts. Die Socken auch. Undeutlich nimmt sie hinter ihm den Umriss der Stute wahr. »No«, murrt er, während er sich die Jacke öffnet. Als Nächstes knöpft er den Brustlatz seiner Arbeitshose auf, zieht vier Lagen Pullover und Hemd nach oben, packt Sallis Füße an seine Brust und schiebt all den Stoff wieder darüber.

Zuerst spürt sie nichts. Sie spürt nichts, hört nichts und sieht fast nichts, weil es dunkel ist da unten in der Box, vielleicht auch, weil sie sich schämt. Dann spürt sie die Wolle. Vom Pullover, aber auch unten an den Sohlen ist Wolle, die wächst an seiner Brust. Sie bewegt ihre Füße. Sie lauscht mit ihnen. Ist das sein Herz unter ihrer Ferse? Seine harte, verhornte Hand hebt sich und streichelt ihre Wange. Sie möchte sagen, dass er heute unmöglich im Stall schlafen kann, weil der Gasofen nicht arbeitet. Da spürt sie noch etwas: seinen Atem. Er bläst ihn ihr ins Gesicht, leise, ganz leise.

Er packt ihre Füße wieder in die Stiefel, steht auf und zieht sie hoch. Ohne Worte gehen sie aus dem Stall und hinüber ins Haus.

9. Über die Felder

> *Es ist eine alte Erkenntnis der Sprechkunde,
> daß bei der Satzentstehung das gefühls- und willensmäßig
> Hochgetriebene nach vorne drängt. Es springt am stärksten
> und vordringlichsten im Bewußtsein auf, überrennt alle logischen
> und zweckhaften Erwägungen, setzt sich an die Spitze.*
> Erich Drach, ›Grundgedanken
> der deutschen Satzlehre‹, 1940

Seit sie wach sind, liegen sie Bauch an Bauch. Sein Gesicht ist so nah an ihrem, dass die weitsichtige Salli nur verschwommene Konturen wahrnimmt. Dafür kann sie die Bartstoppeln spüren, die ihr die Haut am Kinn rot gewetzt haben. Die geringelten Härchen auf seiner Brust.

»Is schon Zeit für Füttern?« Sergey wälzt sich herum im Bett, um an sein Handy zu kommen und auf die Uhr zu sehen.

Auch auf dem Rücken hat er Haare, ein blonder Wald wächst da, im Halbdunkel kaum zu sehen, aber ihre Hände ersetzen Salli die Augen. Sie schmiegt ihr Gesicht an seinen Rücken, spitzt die Lippen und küsst ihn auf die Schulter. »Lass uns noch ein bisschen hier!«

Sergey greift nach der Schachtel Zigaretten, die neben Hosen, Socken, Unterhosen am Boden liegen, sein Feuerzeug schnalzt.

Salli betrachtet seine Finger, wie sie die Zigarette halten, die feinen Gelenke, die schwartige Haut am Handrücken. »Erzähl weiter«, bittet sie und schiebt die Nase unter seine Achsel. Wie er riecht, mag sie nämlich auch.

»Was soll ich erzählen?«

»Von damals in Russland. Wie du zum ersten Mal Deutsch gelernt hast.«

»War Oma dabei. Hat immer Deutsch geredt mit uns.«

»Und ihr habt sie so einfach verstanden?«

»No, hat erzählt über Aschenputtel, wie so arm war die Mädel. Und dann ganze Familie hamma geweint.«

Die Verben! Wo hat er die wieder hingestellt! Später notieren, nimmt sich Salli vor. Trotz ihrer Weitsichtigkeit kann sie sehen, dass sich seine Lippen zu einem schiefen Lächeln wölben. Wenn Sergey lächelt, dann, weil ihm traurig zumute ist, so viel weiß sie inzwischen über ihn. Salli drückt ihren Bauch gegen seinen Rücken und bewegt sich ein bisschen dazu, damit seine Haare sie kitzeln. »Ihr wart doch selber so arm.«

»War Vater noch da. Nur wann war gestorben, war vorbei mit Märchen. Dann hat bloß noch Arbeit gegeben und Pferde.«

Pferde. Damit wird seine Traurigkeit verwehen, weiß sie.

»Erzähl von den Pferden!«

»Was willst du hören?«

Ehrlich gesagt eigentlich nur, wie sein Leben weiterlief. Seit sie ihn sich als Kind vorstellt, will sie unbedingt wissen, wie es weiterging. Welche Landschaften hat er gesehen, was für Speisen gekostet, wer waren seine Freunde. Beziehungsweise Freundinnen – die muss es doch auch gegeben haben? Aber den Gedanken drückt sie hastig wieder beiseite, der würde einen zu harten Schatten werfen auf das bunte, traurigsüße Bild, das ihr bisher zu Kasachstan und seiner Kolchose entstanden ist. Außerdem passt er nicht in diesen Morgen, in diesen Raum, wo sie in einem Bett mit ihm erwacht ist.

»Mit welchem Pferd hast du die meisten Rennen gewonnen?«

»Waren gute Pferde bei mir. Aber haben auch nicht geschlafen die anderen, weißt du!«

»Was meinst du? Welche anderen?«

»Jockeys von andere Stall. Vor die Rennen is öfter passiert, dass haben sie die guten Pferde entführt.«

»Entführt??«

»Weißt du«, er setzt sich ein bisschen höher, dann schlingt er den linken Arm wieder um ihren Nacken, »waren drei Hengste bei Kumpel, Rachim heißt ...«

Sie nickt, keins seiner Worte hat sie je vergessen. »Dein tatarischer Freund mit den Schlitzaugen.«

»An Morgen vor Rennen hamma gefunden die Hengste. Tot alle drei. Erst hamma net gewusst, was war passiert, dann hamma genau angeschaut. Waren sie gestochen mit diese lange, dünne Messer, schaut aus wie Nadel ...«

»Dolche?«

»Mit Dolche mitten in Herz.«

»Mein Gott! Habt ihr rausgefunden, wer das war?«

Er schüttelt den Kopf. »Irgendwelche Jockey von andere Stall. Rachim hat gesagt: Kasachen. So was können bloß Kasachen.«

»Wie – die anderen? Was heißt das?«

»Waren viele da: Russen, Deutsche, Kasachen, Tataren ... Ham alle andere Sprache und Gott auch. Tatar und Kasache, die haben diese Allah ...«

»Echt? Dein Freund ist Muslim?«

»Naa, is wieder andere Geschichte: Von Rachim der Opa war schon gekreuzt früher.«

»Gekreuzt?«

»No, diese Dinge, was steckt oben auf Kirche ...«

»Ach! Christianisierung!« Salli muss laut lachen. »Gekreuzt bedeutet – egal. Er wurde getauft, so heißt das!«

»Is net zum Lachen! Wann ham entdeckt diese Schmarren die Kasachen, dann ham schon geschaut, wer ist mit Kreuz und wer geht mit ihre Allah. Dann hat Probleme gegeben.«

»Was für einen Schmarren hat wer entdeckt?«

»Kasachen – dass Kasachen sind!«

Salli hält den Atem an. Wenn er so kurz davorsteht zu erzählen, will sie ihn nicht bedrängen. Immerhin geht es, das ahnt sie, um das letzte Kapitel in seinem früheren Leben, um etwas, worüber er noch nie ein Wort gesprochen hat: Warum er sein ganzes Leben mit den Pferden hingeschmissen hat, um hier noch einmal von vorne anzufangen.

Aber er schweigt. Nimmt einen letzten Zug von seiner Zigarette, drückt sie vorsichtig in einem Kronkorken aus, der einsam auf ihrem Nachtkästchen liegt, und macht Anstalten, die Beine aus ihrem Bett zu schwingen. »Gehma füttern jetzt!«

Gut, heute wird er nichts mehr sagen, sie kennt seinen Gesichtsausdruck. Gerade will auch sie das Bett verlassen – mit einer leisen Enttäuschung –, da sagt er plötzlich doch noch etwas: »War super Kumpel, der Rachim. Pferde haben alle gemocht ihn, Frauen auch …«

»Und du? Haben sie dich auch gemocht, die Frauen?« Wie ist ihr das jetzt über die Lippen gerutscht? Gerade davon wollte sie doch nicht sprechen! Wenigstens hat es einigermaßen leichthin geklungen. Dabei weiß sie, dass im Prinzip jede Antwort, die er darauf geben kann, sie nur erschrecken wird.

Sergey antwortet nicht. Er hat den Kopf abgewendet und schaut in die Luft.

»Hattest du keine Frauen da?«, wiederholt sie bange.

Er drückt die Fäuste gegeneinander. »Komm, gehma füttern.« Aber dann schaut er sie an, er sieht ihr unglückliches Gesicht, rückt noch einmal herüber zu ihr und fasst sie fest in seine Arme: »Bist du meine schöne Salli.«

»Ich? Ich bin nicht schön!«

»Hast du gesagt, dass deine Mutter war schön.«

»Na ja ... schön ... Mein Vater fand sie ... die Augen hat er mal gelobt und dass sie einen schönen Gang hatte.«

»No also. Tochter wird wie Mutter. Is bei Pferde auch so.«

»Ich wäre lieber wie mein Vater geworden. Außerdem ...«
Die russischen Studentinnen aus ihren Kursen sind ihr eingefallen, mit ihren langen Beinen, wundervollen Gesichtern. »In Russland gibt es doch wahnsinnig schöne Frauen. Groß und elegant!« Will sie das Schicksal herausfordern? Was redet sie da?

»Oi«, lacht Sergey und schwingt sich nun endgültig aus dem Bett, »diese russische Weib mit alle die Farbe in Gesicht und Haare heute blond und morgen blau – ohne Tränen kamma net anschauen, weißt du.« Er bückt sich und fischt nach Unterhose und Socken, schlüpft gleichzeitig in Unterhemd, T-Shirt und Pullover, die noch ineinandersteckend daliegen, so wie er sie vor ein paar Stunden ausgezogen hat. Als er sich herumdreht, muss er etwas in ihrem Gesicht gelesen haben. Er geht auf ihre Seite des Bettes und zieht sie in seine Arme: »Bist du gute Frau. Bist du beste für mir. Hast du verstanden?«

Sein Körper ist warm wie ein Ofen. Salli steckt die Hände unter die vielen Lagen Hemd, Shirt, Pullover, schiebt sie nach oben und legt ihr Gesicht an seine nackte Brust. Oh, diese schöne, viereckige Brust, diese krausen Härchen, sein Herz, sie kann fühlen, wie es schlägt. Sie versteht, was es sagt. Vielleicht bildet sie es sich auch nur ein.

Nach der Stallarbeit geht Salli zurück ins Haus. Während Sergey Katka auf die Koppel führt, kocht sie Tee und brät zwei Spiegeleier. Das braucht er, denkt sie, wenn er gleich wieder arbeiten muss nach dieser kurzen Nacht.

Sie hört, wie er im Flur aufstampft, um den Schnee von den Stiefeln zu klopfen. Als er die Tür öffnet, kommt ein Stoß kalte Winterluft mit ihm in die Küche. Er hält ihr eine Karte hin. »War in Postkasten. Is für dich.«

Die Karte zeigt einen gelben Sandstrand, Zypressen und türkisblaues Meer. Anselm meldet sich aus Zypern. Er hat die Karte schon vor Wochen abgeschickt, ihr Nachsendeantrag hat den weiten Weg wohl noch einmal verlängert. *Mus cyprianus – die endemische Zypernmaus – lässt mich zurückdenken an meine Muse Germanica*, schreibt Anselm. *Wie geht es dir, liebste Salli?*

Sie sieht ihn vor sich, sein ironisches Gesicht, die hohe Stirn, das Kinngrübchen; sie kann seinen süffisanten Tonfall hören. Ein bisschen Flirt ist auch dabei. Warum nicht? Die Eloquenz, seine Wortspielereien haben ihr immer gefallen.

Wie geht es dir mit deinem Projekt? Kommst du voran mit Pygmalion und zurecht mit dem dazugehörigen Herrn?

Salli beißt sich auf die Lippen. Rasch schaut sie zu Sergey, der sein Spiegelei nachsalzt, dann presst sie sich die Karte mit der beschriebenen Seite reflexartig an den Bauch. Als Anselm seine Karte schrieb, konnte er natürlich nicht wissen, dass sie inzwischen mit dem *dazugehörigen Herrn* zusammenlebt. Er ist davon ausgegangen, dass sie ihre Post in ihrem Apartment empfängt. Alleine.

Sergey schneidet sich ein Stück Brot ab. Bis jetzt kam keine Frage von ihm, wer die Karte geschickt hat und was darauf steht. Und wenn er sie vorhin auf dem Weg ins Haus gelesen hat? Salli hält den Atem an. Wenn er sie jetzt als Nächstes fragt, was das bedeuten solle: *Pygmalion* und der so seltsam abstrakt gehaltene *Herr*? Sie hat nie von *Pygmalion* gesprochen. Zu Beginn nicht, weil sie da noch dachte, dass es ihn nichts angehe. Später, weil ihr ein Gefühl sagte, dass ihm das nicht recht sein könnte, dass er sich vielleicht ausgenützt vorkäme.

In letzter Zeit hat sie sich eingeredet, dass ihr Projekt speziell für *ihn* doch wirklich nützlich sei, nützlicher als für sie selbst: Bei ihr gehe es nur um eine Studie, bei Sergey aber ums Überleben. So dass schlechtes Gewissen Unsinn sei. Und der Gedanke, sie würde ihn heimlich ausbeuten, erst recht. Aber nun kehrt ihre Besorgnis zurück. Wenn er jetzt erführe, dass sie zu ihm gezogen ist und hier mit ihm unter einem Dach lebt, nur, weil sie sich in einer wissenschaftlichen Zeitschrift veröffentlicht sehen will – nach der vergangenen Nacht jedenfalls könnte sie das überhaupt nicht mehr erklären. Am Ende nähme er noch an, dass auch die nächtlichen Umarmungen nur ihrem Ehrgeiz geschuldet seien. Und hätte er nicht vielleicht sogar ein ganz klein wenig recht damit? Salli presst die Karte noch fester an sich. Schließlich wäre es ohne ihr Projekt niemals dazu gekommen, dass sie, Salli Sturm, 52-jährige Dozentin, sich mit einem radebrechenden, kleinen Mann aus Russland in einem Bett herumwälzt. Und bei der Vorstellung, Anselm wüsste, mit welchem *Herrn* sie gestern Nacht all diese verschwitzten Dinge getrieben hat, wird ihr schwindelig. Ängstlich späht sie zu Sergey hinüber.

Aber der kaut gleichmütig wie stets an Brot und Spiegelei, trinkt mit lautem Schlürfen seinen Tee aus und stülpt sich seine Fellmütze auf den Kopf. »Mach ich schnell heute in Arbeit«, sagt er. »Wetter wird gut, kömma raus mit Katka.«

»Raus? Willst du spazieren gehen mit ihr?«

Er nickt, schon an der Tür. »Gehen werd ich. Auf Pferd sitzen wirst du.«

»Reiten? Ich? O nein! Das lassen wir hübsch bleiben.«

Aber Sergey ist schon zur Tür hinaus.

Anselms Karte hat Sallis Gewissen wachgerüttelt. Was immer da heute Nacht passiert ist – der Grund für ihre Anwesenheit auf dem Hof heißt *Pygmalion*. Wie lautete Anselms drängendste Frage? Salli hat die Karte in ihrem großen Wörterbuch versteckt, aber sie weiß sie ja auswendig: *Wie kommst du voran?* Sie holt ihre Kladde hervor, liest sich die bisherigen Einträge durch und schreibt dann auf eine neue Heftseite: *Syntax*. Links unter die *Vorher*-Rubrik: *Hat Großmutter erzählt von Aschenputtel. Wie so arm war die Mädel.* Rechts daneben: *Meine Großmutter hat mir oft von Aschenputtel erzählt. Davon, wie arm das Mädchen war.* Links: *Diese russische Weib mit alle die Farbe in Gesicht. Ohne Tränen kann man net anschauen.* Rechts: *Russische Frauen legen für meinen Geschmack zu viel Make-up auf.*

Es kommt ihr etwas aus dem Zusammenhang gerissen vor. Vielleicht besser eine allgemeine Äußerung? *Tochter wird wie Mutter. Is bei Pferd auch so.* Und daraus: *Töchter werden wie ihre Mütter. Bei den Pferden ist es so ähnlich.*

Was hat er noch gesagt heute? *Bist du meine schöne Salli* – nein, das kann sie nicht schreiben, da wehrt sich etwas in ihr.

Nächste Seite: *Verben mit Präpositionen*. Dazu fällt ihr immer genug ein. Eifrig kritzelt ihr Stift.

Als Sergey mittags nach Hause kommt, ist Salli vom langen Sitzen der Rücken so steif geworden, als bestünde er aus Plexiglas. Auf einmal weiß sie nicht mehr, wie sie sich Sergey gegenüber verhalten soll seit letzter Nacht. Nur, dass er wenigstens einen dieser *Nachher*-Sätze lernen sollte. Angestrengt malt sie weiter ihre Korrekturen aufs Papier. Sie hört Rumoren aus der Küche, bald darauf zieht der Duft von gebratenen Zwiebeln und Fleisch bis in ihre Kammer.

»Jetzt komm!«, ruft Sergey. »Schaust du raus, wie schön is!«

Gehorsam legt Salli ihren Füller weg, ächzt ein wenig, als sie sich erhebt, und geht in die Küche. Sergey steht am Fenster. »Schau«, wiederholt er. Rund um das Haus glitzern und funkeln die Schneekristalle. Eine Grünmeise pickt an dem Knödel, den Salli in den Rosenstrauch neben der Haustür gehängt hat.

»Wunderschön«, sagt sie. Sie steht neben ihm, sieht ihn nicht direkt an, aber sein Geruch strömt ihr in die Nase und mit ihm gewisse Erinnerungen.

Sergey benimmt sich, als wäre alles wie immer »Gehma raus!«, drängt er. »Wamma sind zurück, gibt Plow.«

»Das, was da im Topf brodelt? Was kochst du da überhaupt?«

»Ich sag später. Setz Mütze auf. Gehma!«

Draußen steuert er sofort den Stall an.

»O nein!«, sagt Salli. »Ich werde nicht ...!«

Doch er hört nicht auf sie und führt die gesattelte Katka heraus. An einer langen, aufgewickelten Leine. »Gehma!«, sagt er wieder. Offenbar ist wirklich ein harmloser Spaziergang geplant. Salli entspannt sich. Zu dritt marschieren sie durch den pulvrigen Schnee. Das braune Pferd mit seinem dichten Schweifhaar macht sich großartig in all dem Weiß. Und es geht brav neben Sergey, als wäre es ein lieber Familienhund. Der Pfad kreuzt eine Teerstraße. Zischend fährt ein Auto an ihnen vorüber. Katka macht einen nervösen kleinen Satz zur Seite.

»Hoola«, brummt Sergey mit tiefer Stimme. Die Stute schüttelt den Kopf, dass die Mähne fliegt, und stapft dann wieder so eifrig durch den Schnee wie vorher. Hat er sie tatsächlich beruhigt – durch ein Wort?

»Ist es wichtig, was du da sagst?«, fragt Salli.

»Was sag ich?«

»Du hast *Hoola* zu ihr gesagt. Dann ist sie ruhig geworden.«

Er zuckt die Achseln. »Versteht schon, was meine ich.«

»Aber hättest du auch etwas anderes sagen können – *Schnickschnack* oder *Frohe Ostern* – hätte das genauso auf sie gewirkt?«

»Sagtma net Frohe Ostern zu Pferd.«

Salli seufzt.

»So«, sagt Sergey und hält an. Auch Katka bleibt stehen.

»Hast du Hose an. Dann du kannst raufsteigen jetzt.«

Salli hebt beide Hände abwehrend vor ihre Brust. »Nein! Nein, Sergey! Ich habe immer wieder gesagt …«

Sie stehen sich gegenüber. Graue Augen hat er, jetzt erst sieht sie das. »Salli«, sagt er mit der tiefen Stimme, die vorhin das Pferd beruhigen konnte, »sind Beine lang bei dir, Oberkörper kurz, bist du leicht. Und«, er grinst kurz, »gute Hintern is auch dabei. Also, was is?«

»Ich habe Angst«, bekennt Salli.

»Kamma lernen, dass Angst geht weg.«

»Das glaub ich nicht«

»Passiert nix. Bin ich dabei. Und sagst du immer, dass soll ich lernen! No, heute du musst. Oder geht net bei dir mit Lernen?«

Jetzt hat er sie. Jetzt fällt ihr nichts mehr ein. »Aber du hältst sie fest, wenn sie weg will?«, fragt Salli mit bebenden Lippen.

Er nickt. Sie muss sich mit dem Gesicht zum Pferd stellen, den Sattel links und rechts fassen und das linke Bein nach hinten strecken. Er packt es, sie fliegt fast hinauf, muss nur noch das rechte Bein über den Sattel schwingen, dann sitzt sie oben. Sie sitzt auf einem Pferd. Sergey schnalzt mit der Zunge, Katka marschiert los. Eifrig nickt sie mit dem Hals.

Sie hat nicht gewusst, wie hoch das ist, oben auf einem Pferd. Von unten sieht Katka gar nicht so groß aus! Salli klopft das Herz, als hätte sie einen Schmiedebetrieb in der Brust.

Wie lange gehen sie schon so? Langsam, sehr allmählich wird sie ruhiger. Katka bewegt sich voran, strebsam, aber gleichmäßig, und da unten geht auch Sergey, drei Schritte entfernt vom Pferd. An schwarzen Winterbäumen kommen sie vorbei, die Zweige sind ganz nah von hier oben, Salli kann die winzigen, harten Knospen sehen. Sie senkt die krampfhaft hochgezogenen Schultern, bewegt die Zehen in ihren viel zu dünnen Winterstiefeln. Es geht doch. Bisher ist nichts Schlimmes passiert.

Dann öffnet sich ein riesiges, schneebedecktes Feld.

»Geht bei dir?«, ruft Sergey. »Haltest du fest in Mähne und Bein lasst du hängen jetzt.«

Was hat er vor? Gleich wird ihr die Kehle wieder eng. Aber bevor sie protestieren kann, hat Sergey mit der Zunge geschnalzt, und Katka wird schneller. Salli krallt die Hände in die Mähne, doch das Entsetzen bleibt aus – war etwa keine Zeit dafür? Mit einem heftigen Ruck senkt Katka auf einmal den Kopf und schnaubt laut, dann streckt sie ihn wieder weit nach vorne und läuft und läuft. Ihre Mähne flattert. Und Salli spürt plötzlich einen Viertakt unter dem Gesäß, flott, aber gleichmäßig, als strample eine Nähmaschine beflissen vor sich hin, nichts holpert oder stößt, sie sitzt wie auf einem fliegenden, surrenden Teppich, nur an dem scharfen Wind merkt sie, wie schnell sie flitzen.

»Brrrr«, kommandiert Sergey. Katka macht noch zwei schnelle Tritte, dann steht sie. »Wie war?«, fragt Sergey, Dampfwölkchen ausstoßend, die Wangen rot vom Laufen. »Hat gestoßt in Sattel?«

»Überhaupt nicht.«

Er nickt befriedigt. »Weil is Traberpferd. Geht Tölt. Wie Urpferd und diese Ross aus Peru. Is lustig unter Hintern.«

Als sie zurück sind bei der Teerstraße, lässt er Katka wieder anhalten. »Geht?«

Salli beugt sich herab, er fasst sie um die Taille, mit Schwung hebt er sie herunter, fast noch bevor ihre Stiefel im Schnee landen, hat er ihr den Arm um den Nacken gelegt und sie auf den Mund geküsst.

Gerade da sieht Salli die Spaziergängerin mit Hund. Es ist

Ilse. Sie wirft ein Stöckchen, der Hund springt davon. »Asta!«, ruft Ilse. Dann winkt sie zu Salli und Sergey herüber. Hat sie die Szene beobachtet? Verlegen winkt Salli zurück.

Zu Hause serviert Sergey den »Plow«: Hammelfleisch mit Safran, Zwiebeln, Reis und geraspelten Karotten. In der Küche duftet es wie in einer orientalischen Jurte. Salli, noch ganz erregt von ihren Reiterfreuden, spürt mächtigen Hunger.

»Gleich«, sagt Sergey, knackt ein paar Walnüsse, zerbröselt sie mit der Faust und streut sie darüber. »Jetzt is gut.«

»Woher kannst du all das?«, fragt Salli.

»Was?«

»Kochen, das Bett machen« – vorhin, als sie zum Umziehen in ihre Kammer ging, hat sie gesehen, dass er ihr Bett in Ordnung gebracht hat, so akkurat liegen Laken und Decke, als wären sie nach dem Lineal gezogen worden.

»Lerntma bei uns in Militär. Wann Bett is net gut gemacht, dann gibt Problem.«

»Aber Reiten konntest du schon vorher.«

»Weil war wichtig. Für Arbeit. Für Mädel auch.«

Mädel? Salli bepustet das Reisfleisch auf ihrem Löffel, bemüht, nicht aufzuschauen.

»War so bei uns. Unser Kolchos da«, er zeichnet mit dem Löffelstiel Rillen in das Tischtuch, »und an andere Ende gibt andere Dorf. Da war eine Mädel, die hat mir gefallen. Bin ich hin in Nacht und auf Heimweg die Junge von ihr Dorf haben gewartet. Wollten mir schlagen, weißt du. Dann ich hab Pferd gestohlen von ihre Koppel und weg in voll Galopp.«

Jetzt kann sie ihn doch ansehen. *Junge von Dorf* – das klingt, als wäre es sehr lange her. Was in der Jugend passiert ist, macht ihr nichts. Zwischen damals und heute haben sich so viele Filter geschraubt aus Militärzeit, Arbeit, seinem Weg hierher.

»Aber wenn du das Pferd nachts von der Koppel gestohlen hast, da war doch kein Sattel drauf, oder?«

»Brauch ich kein Sattel. War bloß Trense und Peitsche dabei. Haben die andere gewartet mit Stock und Stange von Eisen. Links und rechts von Straße. Und ich mit Peitsche auch links und rechts und Pferd springt.«

»Du hast das Pferd geschlagen?«

»Naa, die andere ich hab geschlagen, die mit ihre Stangen. Aber wann du bist Jockey, du schlagst Pferd auch manchmal.«

Sie hat das Gefühl, im Kino zu sitzen und sein Leben anzusehen wie einen Film. Dies russische Leben mit Kolchose, nächtlichem Pferdediebstahl, Dolche tragenden Kasachen, Sergey als jungem Kerl, sattellos auf einem über eine Dorfstraße rasenden Pferd, Sergey als Jockey bei einem Rennen, in den Bügeln stehend, Peitsche in der Hand. Ihre Wangen fangen an zu glühen. Ob das nicht komisch aussieht, wenn sie so rot wird im Gesicht? Am Ende fallen ihm dazu seine zu bunt bemalten Landsmänninnen ein? Überhaupt hat sie das Gefühl, dass ein wenig Sachlichkeit nicht schaden könnte.

Salli schiebt ihren Teller beiseite und steht auf. »Kaffee?«

»Wann willst du.«

Anton, der bis jetzt am Ofen geschlafen hat, erwacht vom Quietschen der Schranktür. Mit aufgestelltem Schweif rennt er zu Salli und streicht ihr gurrend um die Beine, während sie am Herd hantiert.

»Warum hast du eigentlich aufgehört als Rennreiter?«, fragt sie, als die zwei Tassen auf dem Tisch stehen.

»Hast du gesehen, wie klein is Jockey? Issa Zwerg. Groß bin ich net, aber paar Kilo wieg ich schon. No, mussma immer in Sauna sitzen und nur ein Ei essen an Tag, damit Gewicht geht runter ... is mir auf Nerv gegangen, so ich hab gewechselt in Sulky.«

»Und diese drei Pferde, die die Kasachen erstochen haben, habt ihr die gefahren oder geritten?«

»Gefahren. Waren Orlow-Traber. Weißt du, was is das?«

Sie schüttelt den Kopf.

»Aber Orlow-Name du hast schon gehört? War in russische Militär. In achtzehn Jahrhundert.«

Russische Geschichte ist nun nicht Sallis Spezialgebiet. Wieder verneint sie und streichelt Antons Kopf, den er ihr jetzt fordernd in die Handfläche stößt.

»War er nahe zu Kaiserin, zu diese Ekaterina. Die hat gegeben ihm große Gestüt. Da er hat gezüchtet Traberpferde.«

Doch! Jetzt erinnert sie sich. Graf Orlow, Geliebter der Zarin. Sie hat eine DVD zu Hause. Mit einer wunderbaren Catherine Zeta-Jones, die die Kaiserin spielt. Katharina die Große und ihr Liebhaber. Wie hat Sergey das vorhin ausgedrückt? *War er nahe zu Kaiserin* ... Das dürfte man eigentlich nicht verbessern, das klingt doch sehr schön. Salli muss lächeln.

Wieder stößt Anton heftig mit dem Kopf gegen ihre Hand. *Streichle mich!* Sie krault ihm mit der rechten das Haupt. Die linke liegt wie absichtslos auf dem Tisch. Neben der Tasse. Nicht weit von Sergeys Hand.

Ist das richtig, was sie tut? Wenigstens auf seine fehlenden Artikel müsste sie ihn hinweisen! Wenn Anselm hier wäre und solche Metamorphosen mitbekäme: Salli Sturm, Verfasserin einer hochinteressanten Studie zum Phänomen *Pygmalion* – hat die jetzt wirklich beschlossen, wegen eines kitschigen Films und einer schrundigen, schwartigen Hand die gesamte Grammatik schleifen zu lassen: Syntax, Lexik und Morphologie?

Aber Anselm gibt es hier nur im Konjunktiv, indikativisch gesehen verweilt er an einem gelben zypriotischen Sandstrand. Weder er noch sonst irgendein Mensch wird jemals erfahren, wie Salli nun ihre linke Hand noch ein Stückchen weiter nach links rutschen lässt. Schließlich haben Catherine Zeta-Jones beziehungsweise Katharina die Große das ja auch im Geheimen getan. Und sich dabei nicht im Mindesten geniert. Nimmt sie an. Ihre Hand berührt jetzt schon fast die von Sergey, sie hat das Gefühl, dass an der Außenkante ihrer linken Hand rote Flämmchen zucken. Die müsste doch Sergey eigentlich auch wahrnehmen, oder? Wie lief das bei Catherine/Katharina? War da nicht der Liebhaber von niedrigerem Stand und außerdem – Anton streicht mit seinem Kopf jetzt ihre Handfläche aus, von oben bis unten, und schnurrt dazu laut wie ein Motor – außerdem Russe, während Katharina aus Deutschland kam? Da gab es also auch schon Sprachprobleme zu beseitigen? Denkt Salli immer weiter. Aber jetzt lodern auf einmal die Flammen auf, Sergey hat seine Hand auf ihre gelegt, und die beiden Hände streicheln sich und pressen einander, und die Finger schlüpfen überallhin, und Sergey fragt mit leiser Stimme: »Willst du?«, und Salli weist mit dem Kinn fragend zu ihrem Zimmer, ob er das militärisch gemachte Bett meint, und Sergey nickt, also schiebt sie Anton beiseite, ganz sacht, und steht auf und hintereinander, die Finger immer noch ineinander verhakt, gehen sie durch die Tür in die Kammer, und bevor Anton kapiert, dass Salli ihm eben entzogen wird, hat Sergey diese Tür schon geschlossen.

»An Nachmittag gehma auf Rennbahn.«
»Was sollen wir da?« Salli gähnt.
»Is Sonntag heut. Gibt große Rennen.«
»Aach. Also ... hm ...«

Seit sechs Wochen erhält Salli täglich Reitunterricht. Sergey lässt Katka auf dem Reitplatz an der Longe gehen: Schritt und Tölt. Vorgestern hat er angefangen, sie auf Katka *leicht traben* zu lassen, dabei muss sich Salli im Rhythmus des Pferdes in den Bügeln aufstellen und wieder setzen. Besser gesagt, sie müsste. Vorläufig wird sie im Sattel hin und her geworfen. Katka geht den für Pferde ihrer Rasse typischen Trab mit steil nach oben geschleuderten Beinen. Nein, das sei noch kein Renntrab, hat Sergey versichert, aber Salli reicht die Gangart auch so. Gestern konnte sie vor Muskelkater kaum aufstehen. Heute hat das Ziehen in den Schenkeln etwas nachgelassen. Dennoch würde sie den Sonntag lieber gemütlich zu Hause verbringen. Außerdem ist die Rennbahn in Daglfing grundsätzlich nicht das Ziel ihrer Träume. So sehr es sie elektrisiert, wenn er von Russlands Hippodromen erzählt, den Fanfaren, Siegerkränzen, pfeilschnellen Pferden – so wenig möchte sie von dem sehen, was sich jenseits der Straße, hinter dem Loch im Zaun erstreckt: die verfallenen Schuppen, das stinkende Casino. Und die schrecklichen Typen dort. Dieser Tommi! Sie seufzt, während sie eine Schale mit Milch füllt für Anton.

»Muss es sein? Du willst unbedingt hin, oder?«

»Is große Renntag heute!«

»Na schön. Wann geht es los?«

»Is guter Brauner dabei. Aus Russland is gekommen.«

»Verstehe. Na dann ... Und du kennst das Pferd?«

»Naa, is zu jung, aber Name weiß ich: *Revisor* heißt. Wie Roman von unsere Gogol.«

Salli, die gerade in ihre Stiefel schlüpft, hält inne. »Du hast Gogol gelesen?« Sie selbst kennt keinen Roman des russischen Dichters, den Namen hat sie natürlich gehört, aber Sergey? Bis jetzt hat er nicht den Eindruck eines Bücherwurms auf sie gemacht. »Hast du sonst noch etwas gelesen?«

»Von russische Schriftsteller? Tolstoi. Dostojewski. Aitmatow. Gorki ...«

»Moment mal! Hast du mir nicht mal erzählt, dass du im Leben nur ein Buch gelesen hast? Diesen ›Reiter ohne Kopf‹, oder wie das hieß?«

Er schaut verständnislos. »Des war für Spaß. Die andere waren für Schule.«

»Aber du *hast* sie gelesen!«

»Mussma bei uns, geht net anders. Obwohl – hat er tolle Geschichte geschrieben, der Tolstoi. Über scheckige Pferd. Und andere noch über Kaukasische Krieg. Gute Kerl war. Lermontow auch.«

Salli bleibt der Mund offen stehen vor Staunen. Den ganzen Weg bis zur Rennbahn fragt sie sich, wie ihr diese Seite an ihrem Reitersmann so lange verborgen bleiben konnte. Und ob es noch mehr solche Überraschungen an ihm gibt. Ist er am Ende ausgebildeter Opernsänger? Aber nun kommt erst mal die Daglfinger Rennbahn, da muss sie sich weniger auf Arien als auf Flüche gefasst machen.

Es wird weniger schlimm, als Salli befürchtet hat. Beim Schlendern durch die Ställe begegnet Sergey natürlich an jeder Ecke einem »Kumpel«. Man gibt sich die Hand, fragt nach einem Pferd, das verletzt war, wünscht Glück für das Rennen. Die Fahrer sind aber meist zu beschäftigt für längere Unterhaltungen. Überall werden Pferde bandagiert, aufgetrenst, eingeschirrt, bekommen Stöpsel in die Ohren gesteckt.

»Wozu das denn?«

»Vor Zielgerade Fahrer zieht raus diese Dinge. Siehst du kleine Leine, was hat er hier? Dann Pferd lauft noch schneller.«

»Weil es sich dann frei fühlt?«

»Naa. Is Adrenalin. Wann war alles ruhig und auf einmal kommt laute Geräusch, dann du wirst auch schnell laufen.«

»Ich denke, ich würde mir eher die Ohren zuhalten.«

Sergey reagiert nicht auf ihren Witz. Er hilft einem Fahrer, den Sulky wenden. Das Pferd ist schon verpackt in sein Geschirr aus Leder und Metall, aufgeregt stampft es auf den Betonboden im Stall. Dann hebt es den Schweif und äpfelt.

Der Fahrer stülpt sich Brille und Helm auf, zieht sich die Handschuhe an und fasst nach der Peitsche. Auf ein Zungenschnalzen trappelt das Pferd los, Sergey rennt nebenher, er hält das Pferd am Kopfstück. Der Fahrer folgt zu Fuß, im Laufen schwingt er sich elegant in den kleinen Korb in seinem Sulky. Schon sind sie auf der Bahn.

Sergey kommt zurück, nimmt einen Besen und kehrt die grünlich-braunen Pferdeäpfel in eine Ecke.

»Das war schon das Zweite, das in den Stall gemacht hat«, fasst Salli buchhalterisch zusammen.

»Is normal. Is Rennpferd.«

»Äh?«

»Und Stute noch. Will gewinnen, weißt du.«

»Und deshalb macht sie hier Dreck?«

»Bist du leichter, wann hast du geschissen.«

»Na hör mal, jetzt ...« Salli unterbricht sich. Sie hat sagen wollen, dass er sie auf den Arm nehmen will, aber dann ist ihr der *Hosenscheißer* eingefallen. *Sich vor Angst in die Hose machen.* Eine Redewendung. Und wenn es stimmt? Wenn man sich in die Hose macht, damit man schneller ist auf der Flucht?

Fanfaren schmettern. Paukenschläge lassen die ganze Rennbahn erdröhnen. Über Lautsprecher hört sie die Aufforderung an die Fahrer, die *Parade* zu fahren.

»Komm mit«, sagt Sergey und geht mit ihr durch die hintere Tür der Stallung. Da stehen sie nun direkt an der Bahn, gegenüber der Tribüne auf der anderen Seite des Ovals. Fahnen flattern hektisch im Wind. Acht Pferde, Sulkys, Fahrer in wilden Farben und Mustern, rot, gelb, grün, blau, türkis, orange, silbern, gold; in majestätischer Ruhe traben sie eine

Runde; vorbei an der Tribüne, vorbei an Salli, Sergey und den Pferdeleuten, Besitzern, Trainern, Pflegern, die hinten bei den Stallungen stehen. Ein Auto fährt langsam und lautlos auf die Bahn, klappt links und rechts große Metallflügel aus, die Musik aus den Lautsprechern wird dramatisch, fast wie stampfende Pferdebeine klingen die Beats. Alle Pferde laufen jetzt gleichmäßig in einer Reihe hinter dem Startauto her, das beschleunigt, schneller wird, noch schneller, um die erste Kehre fährt. – Die Musik setzt aus. »Eins, zwei«, murmelt Sergey mit angespanntem Gesicht, das Auto geht in Führung, klappt die Flügel ein. *Ding-dong* macht eine Glocke – »und ab«, sagt Sergey, was er noch murmelt, hört Salli nicht mehr, denn da bricht der Donner von zweiunddreißig Pferdebeinen los. Sie schmeißen ihre Beine in die Luft; die Nasen recken sie steil in den Wind; Mähnen, Schweife flattern; nach der ersten Ovalhälfte zieht sich das Feld auseinander, vier Gespanne liegen hoffnungslos zurück, die anderen vier kämpfen weiter; gehen in die zweite Runde; Braune und Füchse haben sich in Rappen und Falben verwandelt, der Schweiß färbt ihr Fell. Jetzt liegen drei Pferde an der Spitze. Die Fahrer setzen die Peitsche ein. Eine Glocke läutet.

»Was ist passiert?«, fragt Salli.

Sergey hat sie nicht gehört, er lehnt sich weit über das Geländer, in seinem Gesicht mahlt es, aber jetzt sieht sie selbst, dass eins der drei Pferde, ein schaumbedeckter Dunkelfuchs, wie ein Verrückter galoppiert, dass der Fahrer ihn auf die äußerste Bahn lenkt und zurücknimmt, für ihn ist das Rennen vorbei, die beiden anderen, ein Brauner, ein Rappe, rasen nebeneinander, das Publikum beginnt zu schreien. Alles tobt auf die letzten Meter zu. Und dann, mit einer Nasenlänge, zieht der Rappe auf der äußeren Spur vorbei an dem Braunen. Ein schnarrender Ton aus dem Lautsprecher setzt die Zäsur.

Das Rennen ist vorbei. Der Rappe und sein Fahrer haben gewonnen.

»War das zweite das russische Pferd? Kennst du den Fahrer?«

Sergey murmelt etwas, sie versteht ihn nicht.

»Was sagst du?«

Aber wieder kann er nicht antworten. Er sieht dem Sieger entgegen, der jetzt seine Ehrenrunde abfährt. Das Pferd trägt einen Kranz um den Hals, eine schwarz-weiß gerautete Decke flattert auf seinem Rücken. »Gratuliere, Joe«, knurrt Sergey so leise, dass Salli sich kaum vorstellen kann, dass der Gratulant gehört würde. Zu ihrer Überraschung hebt der Fahrer in dem Sulky mit dem bekränzten Pferd seine Peitsche. Als ob er sich bedanken würde. Vielleicht hat er auch einfach in Sergey den Kollegen erkannt und begrüßt. Und Sergey lächelt! Noch nie hat Salli so viel Mienenspiel in seinem Gesicht gesehen wie in den letzten Minuten bei diesem Rennen. Sergey – fiebernd, atemlos, lächelnd – er, der sonst immer die Fassung wahrt! Wieder einmal fragt Salli sich, was bloß dazu geführt haben kann, dass jemand, der so leidenschaftlich diesem Sport verfallen ist, der Triumphe gefeiert hat darin, das alles aufgegeben hat, um in einem fremden Land wie in einem Hamsterrädchen für seinen täglichen Unterhalt zu strampeln.

Auf dem Nachhauseweg ist Sergey schweigsam wie in den allerersten Tagen. Erst als sie das Hoftor aufschließen, macht er den Mund auf: »Is gute Mann, der Joe.«

»Wenn du es sagst.«

»Wann hast du Problem – gehst du zu ihm und redest mit ihm.«

»Ähm«, Salli stößt ein leises Lachen aus, »meine Probleme löse ich seit ungefähr tausend Jahren alleine.«

»Naa. Mit Pferd, meine ich.« Er streift sich die Stiefel von den Füßen. »Mit Tommi du kannst auch reden.«

Erst jetzt sieht Salli, dass seine Stiefel noch voller Schneeklumpen sind. Vor zwei Tagen hat es noch einmal kräftig geschneit. Das wird einen See geben in ihrem Flur binnen weniger Minuten.

»Aber wenn es um Katka geht, das machst doch alles du!« Sie hat es leichthin gesagt, weil es ja keinen Grund gibt für schwermütige Töne. Warum läutet dann plötzlich so eine Glocke in ihr, wie vorhin die auf der Rennbahn, als das fuchsfarbene Pferd zu galoppieren anfing?

»Salli.«

»Ja?«

»Werd ich net da sein.«

»Was heißt das?« Sie meint plötzlich, ihr Herz festhalten zu müssen. Es macht so komische kleine Sprünge.

»Werd ich nach Russland fahren.«

Wieso hat sie plötzlich das Bedürfnis, ihn zu korrigieren? *Es heißt: Ich werde fahren. Und es heißt nicht: Ruusland, sondern Russland!* Das ist doch absurd!

»Wann?«, sagt sie, streift sich die Stiefel ab und hat das Gefühl dabei, in einer Wanne mit Eiswasser zu stehen.

»Mittwoch.«

»Mittwoch? Welchen Mittwoch?«

»Nächste Mittwoch.«

»Das ist in drei Tagen! Sergey, bist du verrückt geworden? Was soll das? Ich kann doch hier nicht alleine …!«

Noch immer stehen sie in ihrem unbeheizten Flur zwischen Anoraks, die von der Garderobe baumeln; den Mützen, Schals auf der Ablage; Gummistiefeln und Hausschuhen am Boden.

»Salli«, sagt er mit einer seltsam hilflosen Stimme, die sie noch nie an ihm gehört hat. »Geht net anders.«

Sie hat sich befreit von ihren Stiefeln und weist nun stumm auf die Tür zur Wohnküche.

Auf Strümpfen schlüpfen sie in die Küche. Vorsichtig, als ginge es in den Beichtstuhl oder ins Fegefeuer. Haben Russen überhaupt so etwas? Salli wird immer flauer zumute.

»Sag mir, was das ist! Wohin du fährst! Und warum!«

Keine Reaktion. Er schaut zu Boden.

»Und wie lange wirst du bleiben?«

Er schaut zu Boden.

»Ich ...«, jetzt erst fällt ihr ein, dass sie schon Ende März haben, »... ich bin gerade noch einen Monat hier! Im Mai fängt meine Arbeit wieder an. Sergey! Wann kommst du zurück?«

Jetzt hebt er wenigstens den Kopf. »Kannst du hier weiter wohnen, wann arbeitest du.«

»Kann ich nicht! Sag mal, spinnst du? Von hier aus fahre ich über eine Stunde in die Stadt! Außerdem wird meine Wohnung wieder frei. Ich hab sie doch nur für vier Monate vermietet! Und das Geld ... für hier ... für meine Wohnung ... und das Pferd? Wenn ich hier ganz alleine bin ...« Sie kann fast nicht mehr atmen. Langsam erst wird ihr das Ausmaß an Folgen klar, das seine Entscheidung hat. Aber es kann doch gar nicht sein, dass er dabei bleibt! Es kann nicht sein!

»Sag, dass du nicht fährst. Bitte!«

Mit gequältem Gesicht sagt er: »Muss ich. Ticket ich hab schon gekauft.«

»Aber warum? Sag mir wenigstens den Grund!«

»Weil muss ich. Is so. Sei net so traurig. Bitte.«

Aber sie ist traurig. Traurig wie schon lange nicht mehr. Sie kennt doch das Gesicht, das er jetzt macht. So sieht er immer drein, wenn nichts ihn umstimmen kann. Auch keine Tränen. Doch das kann *sie* jetzt nicht verhindern: dass ihr die Stirn nach vorne sinkt in die rechte Hand und ein Stöhnlaut aus ihr dringt. Erst spürt sie die Tränen in den Augen und im Gesicht, dann erschüttert eine Art Aufstoßen ihren Körper, krampfartig schließen sich die Stimmritzen und jetzt setzt das ganze Orchester ein: Lunge, Kehlkopf, Stimmbänder. Salli schluchzt und schluckt gleichzeitig.

Sergey macht ein Gesicht, als würde ihm Salz in eine Wunde gestreut, steht auf, geht zu ihr hinüber, hockt sich neben sie und nimmt sie in den Arm. Lange hält er sie so gedrückt. »Is mir so leid«, sagt er.

Sergey

Vierzig Kilometer sind es von Daglfing aus bis zum Münchener Flughafen. Und von da aus noch einmal fast zweitausend Kilometer Luftstrecke bis nach Moskau.

Für Sergey beginnt Russland schon in der Münchener S-Bahn, wo er sein Handy aus der Hosentasche holt, um es komplett auszuschalten. Nicht, dass ihn womöglich noch irgendeine verrückt gewordene Tusnelda aus seinem alten Stall anruft, um ihn an die Bachblütentropfen für ihr Pferd zu erinnern. So was kommt immer noch vor, obwohl er dort schon lange nicht mehr arbeitet. Und bis er der erklärt hat, dass er dafür zu weit weg ist, hat ihm das einen Haufen Geld gefressen.

Der Schalter von Sibir Air.

Eingecheckt ist er schnell, seine kleine Tasche geht als Handgepäck durch. Immer noch hat er zwei Pässe. Er reist aus mit dem russischen Papier, kein Visum, keine Probleme. Nur bei der Sicherheitskontrolle durchwühlen sie seine Sachen, und er muss den Rasierschaum zurücklassen. Dass die hier so pingelig sind, hat er nicht gewusst. In Russland ist er öfter geflogen, hier in Europa ist es das erste Mal.

In der Abflughalle sitzen weitere Fluggäste von Sibir Air. Es ist kein Deutscher darunter, das sieht er gleich. Die schwarzen Lederjacken und kurz rasierten Schädel der Männer, die hohen Absätze und Pelzmützen der Frauen – alles Russen oder Tataren, egal, früher war das ja nicht so wichtig, zu welchem Stamm man gehörte.

Unauffällig schaut er hinüber zu einer Gruppe bulliger Männer in dunklen Jacken, die eine Flasche Wodka kreisen lassen. Wo haben die den her? Aha: Duty Free.

Er schlendert hinüber und besieht sich die Waren. Vielleicht findet er da was für Rachim. Oder für Rachims Sohn. Die Preise für Whiskey sind – naa, das wird er nicht bezahlen. Ein grauer Filzhut mit Bayern-Anstecker? Unschlüssig hält er ihn in der Hand. Am Ende entscheidet er sich für ein schwarzes T-Shirt Größe L mit aufgedrucktem Löwenkopf und dem Schriftzug *München – Oktoberfest*. Der Löwe gefällt ihm, er hat das Maul aufgerissen und brüllt bedrohlich. Er überlegt, ob er ein zweites Löwen-Shirt kaufen soll, für Salli, aber in Moskau haben sie bestimmt auch Löwen, sogar schönere, und billiger werden sie auch noch sein. Oder er findet etwas in Ufa für sie.

Von Moskau aus braucht er noch ein oder zwei Tage bis Ufa, er wird mit dem Zug fahren, mit Platzkart, mehr als eine Pritsche im Großraumwaggon hat er sich nie geleistet. Dann direkt an die Rennbahn. Rachim weiß, dass er kommt.

Als er von dem Duty-Free-Laden in den Wartebereich zurückkehrt, sieht er, dass sich noch ein paar Männer zu der Gruppe Wodkatrinker gesellt haben. Alle schwarzhaarig mit geschlitzten Augen. Gebaut wie Schränke, die Köpfe quadratisch. Dann sind es keine Tataren. Kasachen wahrscheinlich oder Kirgisen. Eine Wegzehrung wird ausgepackt. Er kennt diese Art Essen: grob gemaserte Wurst aus Pferdefleisch, rohe Zwiebeln, rote und grüne Pfefferschoten. Aha, jetzt geht es los mit den Trinksprüchen. Auf das Vaterland. Die gute Heimkehr. Die Frauen. So viel versteht er ja von dieser Sprache, in den Bergen hat er oft mit Kasachen zusammengesessen, hat Tee oder Kumis mit ihnen getrunken in der Jurte.

Bis auf einmal alle durchgedreht sind. Er hat nicht mehr daran gedacht, seit er in Deutschland angekommen ist. Zweimal hat Salli ihn gefragt, warum er das gemacht hat: die Heimat aufgeben, neues Land, neue Sprache, keine Freunde. Er hat ihr ja vieles erzählt aus seiner Zeit als Junge, als Rennfahrer, aber diese letzte Geschichte wird er ihr nie erzählen, darin fließt so viel Blut, das soll man am besten vergessen ...

Aber hier, auf dem Flughafen, schon halb in Russland und mit dem Duft der kasachischen Pferdewurst in der Nase, fasst es ihn dann doch noch einmal an, wie auf einmal die Leute verrückt geworden sind ...

1992, da ging es los, das große Schlachten. Er kam zurück von einem Rennen in Frunse und fand seine Familie in Schrecken erstarrt. Seine Mutter, die Schwestern, alle zitterten vor Angst. Die Kasachen hatten entdeckt, dass sie eine Nation waren. Männer, die keine Kasachen waren, Russen, Deutsche, Juden, wurden erschlagen, erstochen, erschossen; russischen Frauen wurden die Bäuche aufgeschnitten; russische Kinder aus dem Fenster geworfen. Nationalstolz nannten sie das, die Narren. Am schlimmsten war es in den Städten. Er und seine Familie lebten auf dem Land, bis zu ihnen war er noch nicht vorgedrungen, der kasachische Stolz. Er sagte sich, dass der Spuk irgendwann wieder aufhören müsste, dass sich seine Mutter und die Schwestern wieder beruhigen würden.

Aber dann merkte auch er, dass etwas komisch war: Auf der Rennbahn in Alma Ata hatte die Stimmung sich verändert. Früher waren sie alle ein gemeinsamer Haufen gewesen, Russen, Deutsche, Kasachen und Tataren taten ihre Arbeit zusammen, trainierten die Pferde, fütterten und warteten sie. Aber jetzt hatten sich die Kasachen verändert. Seltsam höflich benahmen sie sich. Und dabei stand das Misstrauen in ihren Gesichtern. Es genügte, kein Kasache zu sein, dass sie sich gegen einen verschlossen.

Mit der Zeit gingen immer mehr Russen weg aus Kasachstan. Sie zogen nach Russland, wo sie Verwandte hatten. Seine

Familie hatte keine Verwandten in Russland, stattdessen deutsche Vorfahren. Die waren zwar schon ein paar hundert Jahre tot, aber sie machten das Auswandern möglich.

Bei den Schwestern wuchs die Begeisterung. Deutschland – das war ein Paradies, so hörte man überall. Dort würden sogar die Straßen mit Shampoo gewaschen. Die jüngere Schwester war seit ihrer Geburt herzkrank. In Deutschland bekäme sie eine bessere Behandlung, das sagten alle. Die andere Schwester war gesund, dafür hatte sie einen kleinen Sohn. Noch ein paar Jahre, dann käme er zum Militär. Jeder wusste, wie die jungen Soldaten dort behandelt wurden. Und wenn es dann noch ein Deutscher war! Schließlich stimmte noch seine Mutter mit ein in diesen Chor, wieder weinten alle, und da gab Sergey am Ende nach.

Sie stellten Anträge. Sie warteten. Etliche Jahre lang warteten sie. Endlich kam der Schein, der ihnen bestätigte, dass sie Russlanddeutsche waren. Die ganze Familie, fünf Personen, stieg in einen Bus. Sie fuhren durch Kasachstan, Russland, Polen. Als der Bus in Görlitz über die Grenze nach Deutschland rollte, starb die Mutter. Gerade ein paar Minuten hatte sie in ihrer neuen Heimat gelebt, dann atmete sie einmal aus und war tot. Sergey wusste nicht, wie das Wort auf Deutsch hieß, aber während er sich darum kümmerte, lernte er es: *Begräbnis*. So begann das Leben in Deutschland ...

Eine blonde junge Frau in hochhackigen Schuhen stackselt jetzt zu dem Schalter von Sibir Air, nimmt ein Mikrofon in die Hand und bittet die Passagiere an Bord.

Die Gruppe Wodkatrinker schiebt sich an den Schalter. Sergey stellt sich hinter sie. Die Stewardess überprüft seine Bordkarte und gibt ihm den abgerissenen Talon zurück. Ihre Fingernägel sind hellgrün gestrichen, im exakt gleichen Farbton wie das Flugzeug, das draußen vor der Halle auf die Passagiere wartet.

10. Etwas Besonderes

> *Entspricht die Reihenfolge der Wörter unserer Erfahrung,*
> *ist sie neutral, verläuft sie gegen unsere Erwartung, ist sie markiert.*
> Judith Macheiner, ›Das grammatische Varieté‹, 1991

WENIGSTENS WEISS NIEMAND davon! Gott sei Dank hat sie niemandem davon erzählt! Das waren ihre letzten Gedanken, als Sergey sie an jenem Mittwochmorgen verließ. Auf was für eine Mesalliance hat sie sich da eingelassen. So etwas kann nicht guttun, das würde ihr jeder sagen. Gott sei Dank – wenigstens weiß niemand davon!

Während Salli auf die wackelige kleine Bank vor dem Stall steigt, unterbricht sie ihre Gedanken kurz für die allmorgendliche waghalsige Übung: von hier aus aufs Pferd zu klettern. Linker Fuß in den Bügel. Beide Hände an den Sattel. Schon erfasst sie wieder die Angst, Katka könne gerade jetzt, wenn das andere Bein noch in der Luft ist, davonlaufen wollen. Während sie sich am Sattel hochstemmt, jagen ihr die Bilder durch den Kopf, wie sie blutend auf dem Pflaster liegt oder im Bügel hängen bleibend über den Hof geschleift wird. Jedes Mal ist sie dann wieder erstaunt: Sie sitzt im Sattel, sie hat es geschafft.

Katka geht los mit nickendem Kopf. Salli lässt den ihren hängen. Einmal aufgestiegen, fühlt sie die Angst nicht mehr. Katka kennt den Weg, sie folgt einem inneren Autopiloten. Und Salli kann die Gedanken wieder hervorholen, denen sie seit acht Tagen nachhängt. Dass es klug war, niemandem von ihrem Landleben zu erzählen. Weniger klug war es – nachträglich noch könnte sie sich dafür ohrfeigen –, dass sie Sergey nach seiner Eröffnung nicht zurückgeschickt hat zu seinem alten Lager im Stall, sondern in ihre Kammer und ja, auch in ihr Bett gelassen hat. Warum hat sie das getan? Weil er ihr leid tat. Weil es nur noch drei Nächte für sie beide gab. Na ja, auch weil es ihr so gefiel, mit Sergey zu schlafen. Nur wurde daraus nichts mehr. Als er sie umarmen wollte, fing sie gleich wieder an, ihn nach seinen Reisegründen zu fragen; er sagte nichts dazu, küsste sie nur stumm, darauf weinte sie wieder, und da ließ er ab von ihr. Mit einem unglücklichen Gesicht, aber das konnte Salli nicht sehen, weil sie die Augen voller Tränen hatte und er mit dem Gesicht zur Wand lag. Alle drei Nächte haben sie so verschwendet. Dann packte Sergey eine ziemlich kleine Tasche.

Eine so kleine Tasche – vielleicht handelte es sich ja nur um einen Kurztrip, ein verlängertes Wochenende, einmal Moskau und zurück? Aber dann sah sie das Ticket, das aus seiner Jackentasche ragte, sie zog es heraus, las und erstarrte: Sibir Air, München – Moskau. Wo war das Zurück? Und wieder ging alles von vorne los: Sallis angstvolle Fragen, die sich steigerten zu Geschrei; Sergeys Steingesicht dazu, bis er sich erneut abwandte. Alles, was sie von ihm erfuhr, war, dass er wiederkäme. Wann? So rasch wie möglich. Und dass sie inzwischen genug über Pferde wisse, um solange allein klarzukommen: »Weißt du genug. Reitest du bissel Schritt, mit Füttern und Misten du kennst auch schon. Wann gibt Problem, du gehst zu Joe. Is immer auf Rennbahn.«

»Ich weiß überhaupt nicht genug. Ich kann gar nicht reiten! Was mache ich, wenn das Pferd mit mir durchgeht?«

»Sagst du *brrr,* dann steht gleich.«

»Und wenn nicht?«

»Is gute Pferd. Wird sie stehen.«

Es hatte keinen Sinn zu widersprechen, ebenso wenig wie ihn nach seinen Gründen zu fragen. Und es war erst recht sinnlos, dass sie sich so aufregte. Als Sergey am Mittwoch früh seine Mütze aufsetzte, blieb sie am Küchentisch sitzen.

Er machte einen Schritt zurück zu ihr und küsste sie aufs Haar. »Gehe ich jetzt.«

»Gute Reise.«

»Dankschön.«

Und damit war er weg.

Diese Szene holt Salli sich nun wieder und wieder hervor, und jedes Mal liegt ein anderer akustischer Filter darüber, hört sich seine Stimme anders an: einmal kalt, einmal zärtlich, dann wieder rau und verzweifelt. Aber Salli traut sich selbst nicht mehr. Wer Sergey ist, was er von ihr will oder wollte – wer kann das sagen? Sie doch nicht. Sie hat keine Ahnung. Nicht von Männern, nicht von der Welt, vielleicht nicht einmal von der Sprache. Auf keinen Fall von Pferden.

Nur Katka kennt sie jetzt ein bisschen, die ihre einzige Freundin hier draußen ist. Besprechen kann sie die Fragen natürlich nicht mit ihr, die ihr beim Ausreiten durch den Kopf gehen: warum Sergey gefahren ist, wieso er auf ihre Tränen nicht reagiert hat und ob sie ihm das je verzeihen wird. Nein, sagt Salli sich wild. Aber wieso zittert dann der Schmerz in ihr? »Aach!« Beim Ausatmen seufzt sie laut. Ein kleiner Schluckauf folgt, er klingt wie »Tlk«.

Katka spitzt die Ohren, wirft den Kopf einmal zu Seite, so dass ihre braune Schnauze sichtbar wird, und trappelt los. O Gott, ein Missverständnis! Die Stute glaubt, sie hätte ein Zungenschnalzen gehört! Panikerfüllt greift Salli nach der Mähne. Hier draußen im Gelände ist überall offenes Feld, Katka kann ausbrechen, wohin sie will. In raschem Tölt läuft das Pferd durch eine Pfütze, das Wasser spritzt unter den Hufen, Salli hat sich in die Mähne verkrallt und wagt nicht, nach links und rechts zu schauen. Katka scheint keine bösen Absichten zu hegen, schnurgerade läuft sie den Feldweg dahin. Langsam löst sich Sallis Starre. »Brrr«, flüstert sie probeweise. Keine Reaktion. »Brrr« noch einmal, mit einer tiefen Stimme, wie bei Sergey. Das Pferd wird langsamer, fällt in Schritt.

Salli atmet auf. »Du – Gute!«, sagt sie dankbar. Sie tätschelt Katka unter der dichten Mähne den Hals. »Du verstehst mich!«

Jetzt strömt Mut in sie. Sie setzt sich aufrecht hin, lässt die straff angezogenen Zügel nach und sieht sich um. Da ist die kleine Baumschule, an der sie immer vorbeikommen. Dunkle Fichten, gefolgt von einer Reihe nackter Laubbäume. Der Winter weicht schon. An den Zweigen baumeln Palmkätzchen. In den Pfützen am Weg spiegeln sich zerpflückte, weiße Aprilwolken. Spatzen baden darin und fliegen erst auf, als sie und Katka ganz nahe sind.

Mitten im Schritt bleibt Katka plötzlich stehen, Salli spürt, wie das Pferd hinten höher wird. Sie dreht sich um im Sattel und sieht, wie die Stute den Schweif hebt. Gleich darauf purzeln Rossknödel hinter ihr auf den Weg.

»Brav!«, sagt Salli und tätschelt ihr noch mal den Hals. Sie ist froh über jedes Mal, wenn Katka draußen äpfelt. Umso weniger Dreck bleibt ihr wegzuräumen. Den Karren mit Kot und nassem Stroh bis zum Misthaufen zu fahren und auszuleeren, kostet die meiste Kraft. Aber wir schaffen es ja, denkt sie in plötzlicher Hochstimmung, wir schaffen es.

Zu Hause vor dem Hoftor steht ein Wagen mit sportlich blitzenden Felgen, der Salli bekannt vorkommt. Den schlanken Herrn mit dem roten Brillengestell, der sich ein Staubkörnchen vom Anzug zupft – »Guten Tag, Frau Sturm« –, kennt sie auch: Es ist Grimmel, ihr Pachtherr.

»Guten Tag«, sagt sie erstaunt, während sie absteigt und die Bügel am Sattel hochzieht.

»Das haben Sie ja ganz reizend hingekriegt«, erklärt Grimmel, »eine Idylle – Kompliment! Darf man?« Er steht immer noch vor dem Hoftor.

»Ja bitte«, sagt Salli, lässt ihn vor sich in den Hof treten und überlegt, ob es drinnen im Haus auch so schmuck aussieht, ob sie das Geschirr gespült und die Katzentoilette im Flur gesäubert hat. »Ich fürchte, ich kann Sie nicht ... Ich muss erst das Pferd ...« Sie öffnet Katkas Sattelgurt, so wie sie es von Sergey gelernt hat, und führt die Stute in den Stall. Auf dem Weg zu ihrer Box kommen sie an dem großen Heuballen vorbei. Wie jeden Tag fährt Katka schlangenschnell den Hals aus und stibitzt ein Maul voll Heu, bevor sie mit klappernden Hufen ihre Box betritt. Salli befreit sie von Kopfstück und Sattel und wäscht die vom angekauten Heu verschmierte Trense.

»Kein Problem«, versichert Grimmel, »ich will Sie auch gar nicht lange stören ...«, vorsichtig steigt er über ein paar auf dem Boden verstreute Strohhalme, »es ist nur Folgendes ... ich ... ähm ... komme im Auftrag meiner Tanten. Es geht darum, dass ... also die beiden haben vollkommen überraschend ihr Herz für das Landleben entdeckt. Sie würden gerne hierher ziehen. Und nun lassen sie fragen, ob Sie bereit wären, den Pachtvertrag vorzeitig aufzulösen.«

Salli hat gerade den Sattel auf die Halterung gewuchtet und wollte nach der Decke greifen, die Katka zum Abschwitzen braucht. Mitten in der Bewegung hält sie inne. Was sagt er da?

Grimmel lässt ihr ein paar Sekunden Zeit, um das Gehörte zu verdauen. Dann setzt er wieder an mit feierlicher Miene, als spräche er bei einer Beerdigung: »Ich kann mir vorstellen, wie überraschend das jetzt für Sie sein muss. Zumal wir damals ja diese lange Frist und die Kaution vereinbart hatten. Selbstverständlich bekämen Sie das eingezahlte Geld sofort zurück. Meine Tanten würden sogar ...«, er macht einen Schritt zur Seite, um Salli mit der ausgebreiteten Decke vorbeizulassen, »... also, sie haben natürlich Verständnis für Ihre Situation, schließlich haben Sie sich gerade erst eingerichtet, es ließe sich wohl auch über eine gewisse Entschädigungssumme sprechen. Etwa in Höhe der letzten Pachtzahlung.«

Salli breitet die blaue Vliesdecke über Katkas Rücken, auf dem sich das verschwitzte Fell in Locken gelegt hat. Dampffäden steigen durch die Decke auf und kräuseln sich in der schrägen Lichtbahn unter der Fensterluke. »Welchen Termin hätten sich Ihre Tanten denn vorgestellt?«, fragt Salli und schnallt die Decke mit einem Gummiband fest. »Für die Auflösung, meine ich.«

»Also, ganz ehrlich, ich war selbst überrascht, das können Sie mir glauben, die beiden würden am liebsten so bald wie möglich hierher ziehen. Wäre das denn denkbar – im nächsten Monat?«

In Sallis Kopf wirbeln die Gedanken: Nächsten Monat – da muss sie sowieso zurück in die Stadt; dann wird der Hof – falls Sergey noch nicht zurück ist – zum Problem für sie. Aber kann sie Sergey das antun? Außerdem muss sie für Katka sorgen. Andererseits – auch nicht zu verachten –, so hätte sie ihr Geld zurück auf einen Schlag – was für eine Wendung!

»Herr Grimmel«, sagt sie, einen Eimer mit Karotten füllend, »das kommt jetzt sehr plötzlich für mich. Haben Sie bitte Verständnis, wenn ich das erst mit meinem Partner bespreche.«

»Das ist doch vollkommen klar«, sagt Grimmel und klopft

wieder ein unsichtbares Stäubchen aus seinem Hosenbein. Das Licht aus der Fensterluke umgibt ihn wie eine Gloriole, in der der Heustaub flimmert. »Lassen Sie sich Zeit. Meine Nummer haben Sie, ja? Schönen Tag noch. Und grüßen Sie Ihren Partner von mir!« Er ist zum Stall hinaus, gleich darauf hört Salli, wie er sein Auto anlässt. Ungeduldig drischt Katka mit dem Huf gegen die Boxenwand: Karotten! Karotten! Karotten!

»Komme sofort«, sagt Salli und leert den Eimer in die Krippe. Sie muss sich mit Sergey besprechen. Das passt absolut nicht zu ihren Vorsätzen. So fest hatte sie sich vorgenommen, nicht vor Freude zu zerfließen, wenn er sich bei ihr meldet. Sie ihrerseits würde überhaupt nicht versuchen, ihn zu erreichen. Das fehlte noch, dass er glaubt, sie würde hier vor Sehnsucht sterben. Aber jetzt liegen die Dinge anders, denkt sie, während sie Katkas Trog auswäscht. Jetzt hat sie keine Wahl. Sergey muss von Grimmels Angebot erfahren. Und er muss sich dazu äußern. So eine Entscheidung, wie sie jetzt von ihr verlangt wird, kann sie nicht alleine treffen.

Sergeys Handy ist tot. Er muss es ausgeschaltet haben. Salli weiß ja, wie ungern er telefoniert, dennoch geht sie erst von einem vorübergehenden Zustand aus. Russland ist groß. Sie hat keine Ahnung, wohin er von Moskau aus gefahren ist und in welcher Zeitzone er sich befindet. Eine Woche lang versucht sie es zu verschiedenen Uhrzeiten: Mitternacht. Fünf Uhr morgens. Nichts. Nicht einmal eine Mailbox, auf die sie sprechen könnte.

Dafür hat Grimmel sich wieder gemeldet. Alert, mit samtener Stimme hat er gefragt, ob schon ein gewisser Denkprozess in Gang gekommen sei, ob sich ein Ergebnis abzeichne. Was konnte Salli darauf sagen? Dass Sergey Dyck momentan auf Weltreise sei und sich wenig dafür interessiere, wie es der auf dem Hof zurückgebliebenen »Partnerin« so ginge? Nein, sie hat sich geschämt, sie hat erklärt, sie würden immer noch überlegen und sich demnächst melden.

Inzwischen sind es noch zehn Tage bis zum ersten Mai. Salli packt im Geiste schon ihre Unterrichtsmaterialien zusammen für den Kurs, den sie dann halten soll. Noch einmal ruft Grimmel an. Seine Tanten hätten sich bereit erklärt, die *Aufwandsentschädigung* für Salli und *Partner* auf drei Pachtzahlungen zu erhöhen. Sie bekäme also nicht nur die angezahlten zwanzigtausend zurück, sondern eigentlich alles, was sie bisher in diesen Hof gesteckt hat. Abgesehen von Schweiß und Liebe. Soll sie Grimmel einfach zusagen? Aber was wird dann aus Katka? Anton kann sie mitnehmen in die Stadt, das Pferd nicht. Wieder wählt sie Sergeys Nummer. Wieder lauscht sie in das weite, hallende Nichts einer stillgelegten Verbindung. Wieder schaltet sie wütend aus. Einen Moment lang fragt sie sich, ob sie nicht doch zur Rennbahn spazieren und dort nach einem *Tommi* oder *Joe* fragen soll. Aber gleich schüttelt sie diese Idee wieder ab. Das fehlte noch, dass sie von sich aus Kontakt aufnimmt zu diesen Männern da, die im Dialekt wüst herumschreien in einem Casino, wo es nach Frittenfett stinkt. Nein, mit solchen Menschen hat sie nichts zu tun. Und Katka liefert sie ihnen schon gar nicht aus.

Ilse Riedel. Die hatte ihr doch einmal angeboten, die Stute bei sich einzustellen. Ob sie noch einen Platz frei hat in ihrem Stall? Ilse mag sich mit Pferden nicht so gut auskennen wie Sergey, aber mehr Pferdefrau als sie selbst ist sie auf jeden Fall. Salli schlüpft in ihren Anorak und die Winterstiefel. Sie ist schon an der Tür, als sie ihr Handy läuten hört. Ein elektrischer Schlag durchzuckt sie. Sergey! Ein Anruf von Sergey! Alle Wut ist auf einmal weg, sie fliegt zurück in die Wohnküche. Von wo kommt der Ton? Von wo, verdammt?

Dort, die Handtasche, wie verrückt wühlt sie in der Tasche, *leg nicht auf, leg nicht auf,* endlich ihr Telefon, die grüne Taste: »Ja?«

»Salli«, sagt eine Stimme, die sie erst nicht erkennt, »du lebst und bist wohlauf, hoff ich?«

»Radetzki!« Es kommt ihr vor, als käme der Anruf aus einer lang zurückliegenden Vergangenheit.

»Wenn es dir gerade gut geht, lass dich nicht stören. Ich wollt nur zart nachfragen: Deinen Einsatz in zwei Wochen hast du vor dem geistigen ... ah ... wie sagt man?«

»Auge? Hab ich! Ich dank dir trotzdem, Josef.« Salli ist gerührt.

»Vergiss mich gleich wieder, ich war bloß ein Geist.«

Salli legt auf und setzt sich auf die Ofenbank. Betriebsrat Radetzki oder sein Geist sorgen sich um sie. Es fühlt sich an, als hätte ihr jemand in bitterer Kälte unverhofft eine flauschige Stola um die Schultern gelegt. Sie hat gar nicht mehr gewusst, was das ist: Wärme. Und warum zum Teufel, denkt sie in plötzlich aufwallendem Zorn, soll sie weiter in dieser Kältezone ausharren, die Sergey geschaffen hat? Gibt es außer ihm etwa sonst niemanden auf der Welt? Der erste Eintrag in ihrem Handytelefonbuch ist der von Anselm. Ohne noch einmal nachzudenken, drückt sie auf die Wähltaste.

»Hallo.«

Ach! Anselms Stimme! »Hier ist Salli.«

»Salli! Wo steckst du? Immer noch auf Kreta?«

»Kreta? Ich bin hier auf dem Lande ...« Am liebsten möchte sich Salli selbst ohrfeigen. Wie konnte sie sich nur so dumm verplappern! Natürlich haben die Kollegen ihm von ihrem Lügenmärchen mit Kreta erzählt. Das hat sie jetzt von ihrem Doppelleben! »Ja, dachte ich erst, aber dann habe ich mir bei uns auf dem Land was gemietet ...«

»Bei Passau? Bist du im Bayerischen Wald?«

Passau? Ach so, sie hat ihm ja früher immer vorgeschwärmt vom Bayerischen Nationalpark, wie ihr Vater ... Na egal, gut, dabei kann sie bleiben: »Ja genau, hier kann ich in Ruhe ... in Ruhe ...«, stottert sie.

»Du steckst wohl mitten in deinem Projekt? Ja, ja, für so etwas braucht man ein Exil. Geht's denn gut voran?«

»Ja, doch«, lügt Salli.

»Das freut mich! Da wirst du mir bestimmt jede Menge zu erzählen haben. Übernächste Woche kommst du doch zurück?«

»Ich denke schon«, sagt sie zögernd. Was soll das Zögern? Natürlich ist sie dann wieder in der Stadt. Gewiss hat Taubert schon die neuen Stundenpläne herausgebracht, und ein Klassenraum mit zwanzig Studenten erwartet sie.

»Ein bisschen schade«, sagt Anselm, »wenn du das Wochenende davor schon hier wärest ... Da findet eine Vernissage statt, die würde dir gefallen.«

Eine Vernissage. Mit Anselm zusammen. Erst jetzt wird ihr bewusst, wie lange sie schon – abgesehen von Grimmel und Radetzki eben – mit keinem Menschen mehr gesprochen hat. Bald sind es vierzehn Tage! Und die Monate davor mit Sergey ging es immer nur um Pferde, Pferde, Pferde und Russland. Ein gewaltiger Appetit auf Kultur regt sich in Salli.

»Wer stellt denn aus?«

»Der Name wird dir nichts sagen, die Künstlerin ist bei uns noch unbekannt, es ist ihre erste Ausstellung in München. Aber wie sie malt ...! Provokant! Kraftvoll. Was Besonderes. Du wärest begeistert. Na ja, die Bilder hängen drei Wochen lang, du kannst sie im Mai auch noch ansehen. Wann kommst du denn nun genau zurück vom Land?«

»Warte mal!« Salli fischt ihren Kalender aus der Handtasche und blättert darin. Sie hält sich den Kalender weiter weg von den Augen. »Übernächster Samstag … das ist der 30. April. Doch, das geht. Sag mir einen Treffpunkt!«

»Wunderbar!«

Während Anselm seinerseits einen Kalender holt und sie Ort und Uhrzeit vereinbaren, denkt Salli, dass ihr das wohl einfach gefehlt hat. Wäre Anselm in der Nähe gewesen mit seinen ständig neuen Ideen zu Ausstellungen, Konzerten, Kinobesuchen, wäre sie in ihrer Welt geblieben, dann wäre ihr das Malheur mit dem treulosen Russen nie passiert.

»Wunderbar«, schließt sie sich Anselm an. »Und nun erzähl du! Wie war es auf Zypern?«

»Lass uns das auf Samstag verschieben, ja? Ich bin gerade …«

»Selbstverständlich«, sagt Salli. »Dann freu ich mich schon mal. Bis Samstag!«

Stadtluft. Nach Hause. Wieder unterrichten. Und Anselm. Bis dahin muss sie noch Ilse aufsuchen.

Auf einen Peitschenknall hin setzt sich der große Braune in Bewegung. Ein scharf klingendes »Teee-rrappp!«. Das Wort scheint dem Braunen etwas zu sagen, er wird schneller.

Salli steht am Rande eines kreisrunden Sandplatzes und sieht zu, wie Ilse darin ein Pferd longiert. »Fünf Minute!«, ruft sie zu ihr herüber und wedelt mit der Peitsche.

Fünf Minuten reichen für eine Inspektionsrunde.

In den Wochen mit Sergey hat Salli wieder und wieder seinen Standpunkt zur Pferdehaltung vernommen, der lautete: Ein Pferd braucht einen richtigen Stall. Hell, luftig, geräumig; mit einer ausreichend großen Box, guter Einstreu und funktionierender Tränke. Täglich ein paar Stunden Koppel genügen. Nicht zum Gras fressen, sondern um Bewegung zu haben, frische Luft und *für Kopf*. Pferde soll man nicht im Regen stehen lassen, bei Kälte brauchen sie eine Decke. All das moderne Gerede von der »natürlichen Lebensweise« sei falsch. Seit Tausenden von Generationen lebten Pferde in der Nähe des Menschen, sie verrichteten ihre Arbeit, von dem Steppenwesen, das sie ursprünglich gewesen waren, hätten sie sich schon lange entfernt. Für dickfellige Ponys aus Island oder der Mongolei möge es richtig sein, wenn sie Moos fräßen und Tag und Nacht in der Herde draußen stünden. Aber hochgezüchteten Leistungsträgern wie Katka bekomme das gar nicht. Für sie gelte eine andere Grammatik: die der Rennpferde. Stimmt das? Das Ergebnis jedenfalls gibt ihm recht: Katka ist schlank, gut bemuskelt, ihr Fell glänzt wie ein Spiegel. Obwohl sie keine Artgenossen um sich hat, sondern mit Menschen vorliebnehmen muss, verhält sie sich sanft und ausgeglichen.

Und nun Ilses Stall. »Ranch« steht auf dem Holzschild über ihrem Anwesen. Eine Matschkoppel, auf der ein einsames, schmutzig-weißes Pony in der Aprilsonne döst. Der elektrische Strom im Zaun sendet Tackerlaute in regelmäßigem Rhythmus. Eine abgetrennte, grasbewachsene Koppel. Misthaufen. Geräteschuppen. Im Stall eine riesige Box und drei kleinere. Katka muss unbedingt alleine stehen, so viel ist Salli klar. Mit anderen Pferden zusammen in dieser großen Laufbox, das gäbe ewig Stress um das Futter. Und wenn die anderen sie nicht an die Tränke ließen – Sergey würde ausrasten, das weiß sie.

Draußen ist Ilse noch mit dem Braunen beschäftigt. Salli hört wieder das Geräusch der Peitsche, wieder dies »Teeerrappp«. Wie klingt es? Aufmunternd? Anstachelnd? Und dann: »Schee-ritt!« Deutlich ist Ilse mit der Stimme nach unten gegangen. So wie deutsche Sprecher einen Satz beenden. Das braune Pferd ist darauf in Schritt gefallen. Salli muss an den Nachmittag mit Anselm denken, als sie sich in der Gondel über ihre Interjektionen gestritten hatten. Darüber, ob

Laute für sich etwas bedeuten können. Wie Anselm lachend auf die Tiere verwiesen hatte, die ohne alle Bedeutung schrien. Aber wenn Katka auf dieses *Brrr* so zuverlässig langsamer wird – vielleicht spricht sie dann auch, wie Sergey glaubt? Sie kann auf verschiedene Art schnauben: zufrieden, hektisch. Manchmal quietscht sie verärgert. Wenn sie das doch noch einmal mit Anselm diskutieren könnte! Aber dazu müsste sie ihm von den Rennpferden erzählen, von Katka und Ilse. Von Sergey. Nein, das kommt nicht in Frage.

Gemeinsam mit Ilse schreitet Salli noch einmal das Gelände ab. Ja, sagt Ilse, eine Einzelbox habe sie frei: »Koi Thema!«

Koppelgang für einen halben Tag? Hafer? »Koi Thema!«

Ab ersten Mai. Was es koste? »Hundertzwanzig Euro gradaus. Wär gut, wenn dusch mir immer bar gibsch.«

Salli atmet auf. Damit wäre ihr größtes Problem gelöst. »Klar«, sagt sie, »selbstverständlich. Kein Thema!«

Drei Tage später, sie hat eben den Abendhafer ausgegeben, erhält Salli schon wieder Besuch. Ein Mann steht vor dem Hoftor im Dämmerlicht. Offenbar sucht er nach einer Klingel.

»Sie wünschen?«, fragt Salli von der Stalltür aus. Um diese Zeit will sie einen Wildfremden nicht mehr auf das Anwesen lassen.

»Sind Sie die Eigentümerin?«, fragt der Mann. Eine gewisse Strenge liegt in seinem Ton.

Am Ende ist er ein Angestellter der Stadtwerke und kommt zum Stromablesen? Lustlos geht Salli zum Tor. »Nein, die Pächterin. Was wollen Sie denn vom Eigentümer?«

Es stellt sich heraus, dass er tatsächlich so etwas Ähnliches wie der Stromableser ist: ein Angestellter der Stadtverwaltung, der den Eigentümer wegen des Grundstücks sprechen muss. »Wegen dem Oberbürgermeister. Wegen dem seinen Plänen. Sie haben's schon gehört, oder? Das da«, mit dem Arm zieht er einen weiten Bogen durch die Luft, »bis zur S-Bahn hinter, das wird alles parzelliert, da kommen Wohnungen drauf. Drüben, die Rennbahn ist schon so gut wie verkauft. Bloß die Eigentümer von den kleineren Grundstücken auf der Seite hier müssen wir noch informieren. In der Verwaltung drin werden schon die Pläne gezeichnet. Wo erreiche ich denn den Eigentümer? Sie können ja schlecht unterschreiben, wo Sie bloß Pächter sind!«

»Puh«, sagt Salli, »jetzt weiß ich gar nicht, ob ich Ihnen das so einfach ... wegen Datenschutz, Sie verstehen?«

»Am Katasteramt kriegen wir das sowieso raus!«, sagt der Mann grob.

»Na ja, stimmt«, sagt Salli unentschlossen. Sie ist noch damit beschäftigt, die neuen Informationen zu verarbeiten. Die Stadt hat das Gelände der Rennbahn gekauft? Und Grimmel und seine Tanten sollen ihren Hof an die Stadt abtreten? Die werden sich wundern. Die hatten doch ganz was anderes vor. »Ist es denn so eilig?«, fragt sie.

»Das können Sie glauben«, sagt der Mann mit der Wichtigkeit, die kleine Angestellte öfter zur Schau stellen, wenn sie von einer mächtigen Einrichtung kommen. »Der OB braucht den Grund für die Olympiade. Winterspiele in München. In Garmisch haben sie schon angefangen zu bauen.«

»Ja, aber«, sagt Salli vorsichtig, »was, wenn der Eigentümer gar nicht verkaufen will? Vielleicht hat er ja selber Pläne für seinen Hof?«

Der Mann lacht kurz auf. »Die kann er sich abschminken, seine Pläne! Das haben die Garmischer Bauern auch probiert, damit sie den Preis hochtreiben. Aber bei so was geht Gemeinnutz vor Eigennutz. Wenn sich da einer stur stellt, dann wird halt enteignet.«

»Was? Das geht?« Ungläubig schüttelt Salli den Kopf.

Der Mann lacht böse. »Und wie das geht – ratzfatz! Was

glauben denn Sie? Die Baumaschinen sind schon bestellt, die Container, das ganze Gelump! Da fackelt er nicht lang, der OB, das können Sie Ihrem heiligen Pachtherrn gleich mal bestellen: Bevor es losgeht mit Olympia, müssen hier die Hütten stehen! Schönen Abend noch!«

So schnell läuft das? Aber doch, ja ... Während sie zurück ins Haus geht, fällt Salli ein, wie ihr Vater vor langen Jahren von *der Flurbereinigung* gesprochen hatte, als der Freistaat Bayern Straßen bauen und dafür Grundstücke zusammenlegen ließ. Da wurden seinerzeit auch Bauern gezwungen, Grundstücke zu tauschen. Ihr Vater hatte geschimpft, nicht wegen der Bauern; ihm ging es um Kröten, Frösche, Spinnen, die ihren Lebensraum verloren. Und nun hier ... Was kommt da denn auf Daglfing zu? Die Rennbahn – schon verkauft? Aber dann ist ja hier alles tot. Keine Rennen mehr, keine Ställe, Sergeys Kumpel werden wegziehen. Was ist mit Ilse? Deren Anwesen liegt jenseits der S-Bahn-Strecke, Gott sei Dank, die ist nicht betroffen. Und Grimmel? Wenn der erfährt, was ihm blüht – o Gott, dann werden ja alle Karten neu gemischt! Ob er dann bei seinem Angebot bleibt mit der Entschädigungssumme? Sie muss ja sowieso weichen. Spätestens, wenn hier die Bulldozer anrücken.

Bis vor Kurzem hat Salli sich vorgestellt, dass sie den Hof wenigstens den Mai über noch irgendwie halten könnte. Sie würde natürlich in der Stadt wohnen, aber ab und zu hier nach dem Rechten sehen, Katka bei Ilse besuchen. Sergey ist jetzt über zwei Wochen weg, irgendwann demnächst *muss* er doch zurückkommen, dann würden sie weitersehen. Auch nach Grimmels Besuch hat sie noch an einen Monat Aufschub geglaubt. Aber nun? Oberbürgermeister. Baugerät. Ratzfatz! Soll sie Grimmel anrufen? Um ihm was zu sagen? Dass sie sein Angebot dankend annimmt und zum ersten Mai vom Hof ist? Nicht sehr anständig, da sie doch weiß, dass sie sowieso ausziehen muss. Und Sergey! Was wird der sagen, wenn er zurückkommt und hier alles leer ist? Aber wer weiß, wann er zurückkommt? Vielleicht waren bis dann die Abrissgeräte schon am Werk? Sie kann doch den Hof nicht halten als Pächterin, wenn die Stadt schon dem Eigentümer so heftig kommt! Und was, wenn der unter solchen Umständen auf dem Pachtvertrag beharrt und ihr die Kaution wie abgemacht erst in zehn Jahren zurückzahlt? Obwohl es den Hof gar nicht mehr gibt? Wäre das möglich? Salli bricht der Schweiß aus.

Sie geht in ihre Kammer und setzt sich auf das Bett, wo Anton schnurrend auf dem Kopfkissen thront. »Verdammt, Anton«, sagt sie, »was mache ich denn jetzt?«

Sie ergreift ihr Handy und wählt zum tausendsten Mal Sergeys Nummer, obwohl sie ja weiß, dass das sinnlos ist. Selbst wenn sie jetzt seine Stimme hören könnte – Sergey ist wahrscheinlich der Letzte, der Rat weiß in dieser Situation, dafür braucht sie andere Leute, solche, die sich in Rechtsfragen auskennen und nicht nur über Pferde Bescheid wissen.

»Verdammt«, sagt sie wieder zu Anton, der von seinem Kissen umgestiegen ist auf ihren Schoß und nun tretelnd und schnurrend Fäden aus ihrer Hose rupft. Es gibt einen, der ihr raten könnte. Der sie früher oft beraten hat. Aber dem müsste sie dann erzählen ... so viele Dummheiten ... ihre blöden Lügen, erst Kreta, dann Passau ... und dass sie zusammen mit dem Russen, der doch nur Proband sein sollte für ihr Projekt ... ach, diese ganze Blamage ... Salli stöhnt auf und birgt die Stirn in ihrem Unterarm.

Für eine Sekunde unterbricht Anton sein Treteln. Dann versenkt er wieder rhythmisch die Krallen in ihren Hosenstoff.

Eine Städterin auf einem ländlichen Hof. Verlassen von ihrem Freund und Partner. Umkreist von Eigentümern und finster blickenden Angestellten eines Oberbürgermeisters.

Nichts als einen schwarzen Kater an ihrer Seite. So hilflos wie jetzt hat Salli sich noch nie gefühlt. Nein, alleine schafft sie das nicht. Vielleicht verscherzt sie sich jetzt ja auf alle Zeit den Respekt ihres Freundes, aber eine Alternative hat sie nicht. Mit einem üblen Gefühl im Magen nimmt Salli noch einmal das Telefon in die Hand und wählt Anselms Nummer.

Der letzte Apriltag. Überall steht schon das junge Gras, zwitschern die Vögel. Sehr viel davon sieht Salli gerade nicht, sie sitzt in der U-Bahn Richtung München-Freimann.

In der letzten Woche hat sie ein Gutteil ihrer Habe nach Schwabing geschafft und dort im Flur deponiert, was der japanische Professor, immerhin noch für ein paar Tage Besitzer ihrer Wohnung, zum Glück geduldig hinnahm. Vor einer halben Stunde hat er ihr die Schlüssel übergeben. Ebenfalls heute, ein paar Stunden zuvor erst, hat sie Katka hinübergeritten zu Ilse. Sie hat Sattel und Zaumzeug dort gelassen; die Putzkiste und den Hafersack wird sie morgen noch vorbeifahren, dann den Hofschlüssel unter dem Blumentopf bei der Kletterrose deponieren, wo sie und Sergey ihn seinerzeit vorgefunden hatten, Anton in den Katzenkorb packen. Und dann den Hof endgültig verlassen. Den Vertrag mit Grimmel hat sie schon aufgelöst und ihr Geld erhalten, die zwanzigtausend plus sämtliche Pachtzahlungen.

Im Telefonat mit Anselm ist sehr schnell klar geworden, dass alles andere Unfug wäre. Anselm war wunderbar. Unter seinem herzlichen Lachen ging die peinliche Beichte, vor der sie sich so gefürchtet hatte, schon nach den ersten Sätzen über in gemeinsames Witzeln: *mein Gott, der Blödsinn, den man manchmal macht.* Dass Salli richtig hier gelebt hat auf einem Hof neben ihrem russischen Probanden, musste gar nicht erst ausgeführt werden. Ihr – wie nannte sich so etwas: »Verhältnis«? »Affäre«? – nichts davon brauchte sie anzusprechen. Auch, dass Sergey nun schon so lange weg ist, ohne sich zu melden, veranlasste ihren alten Freund lediglich zum Spruch von den *anderen Ländern* mit ihren *anderen Sitten*.

Nur auf ihre Skrupel gegenüber Grimmel oder Sergey reagierte er streng: »Das ist das einzig Richtige, was du tun kannst, Salli. Lass dir dein Geld zurückzahlen von diesem Halsabschneider – zwanzigtausend Euro! Ist ja sittenwidrig! – gib ihm seine Schlüssel und mach, dass du davonkommst.«

»Aber sollte ich ihm nicht sagen, was die Stadt vorhat?«

»Wozu? Du bist ihm doch keine Rechenschaft schuldig.«

»Dann meinst du nicht, dass ich ... äh ... unfair handle?«

»Pass mal auf, Salli, das ist alles gar nicht so einfach mit deinem Geld. Das liegt jetzt auf einem Festkonto, Zugang hat nur dieser Grimmel. Was, wenn er es nicht rausgibt?«

»Aber ...«

»Es ist dein Geld, klar. Aber es gibt den Vertrag über die zehn Jahre. Weiß der Kuckuck, was dem Mann einfällt, wenn er tatsächlich von der Stadt enteignet wird und sich ärgert. Wenn er sich dann an dir schadlos halten will ... Du kannst ihn natürlich verklagen. Aber nichts ist schwieriger, als Geld, das man einmal hergegeben hat, wieder einzutreiben. So was kann viele Jahre dauern. Sei klug, Salli! Du rufst gleich da an, sagst, dass du einer vorzeitigen Auflösung des Vertrags zustimmst, lässt dir alles schriftlich geben und machst den Laden dicht. Im Grunde ist es ein Riesenglück, dass Grimmel selber den Hof will; an die Story von den Tanten glaube ich nicht. Die zieht er doch immer aus der Versenkung, wenn es um Verhandlungen geht – oder nicht? Und auf den Russen zu warten – ehrlich gesagt ...«

»Ja?«

»Ich denke, wir müssen den Tatsachen ins Auge sehen:

Dein *Pygmalion*-Projekt ist gescheitert. Oder liegen schon eklatante Verbesserungen vor bei deinem Probanden?«

Im Nachhinein noch seufzt Salli auf vor Erleichterung, dass sie über ihren Schatten gesprungen ist und Anselm angerufen hat. Sein scharfer Blick, seine kluge Voraussicht – er hat recht, in allem. So, wie sie gehandelt hat, kommt sie nach all der Aufregung einigermaßen ungerupft davon. Ab morgen Abend schläft sie wieder in ihrem alten Bett. Geht wieder essen mit Anselm, ins Kino. Oder zu einer Vernissage wie jetzt.

Der Kiesweg, die mit Efeu bewachsene Villa – es ist gerade neun Monate her, da hat sie mit Anselm und Barbara hier ein Konzert besucht. Sie erinnert sich genau. Unter dieser Platane hat sie gestanden, als Sergey sie anrief. Dort drin hat sie den ›Hummelflug‹ gehört und angefangen, noch einmal zu bluten. Eine normale, spontane Blutung nach dem Wechsel hat ihr Frauenarzt sie später beruhigt. Hervorgerufen durch hormonelle Schwankungen. Vielleicht kann sie sich darauf hinausreden: dass diese Schwankungen an allem schuld sind. So heftig hat die hormonelle Erde gebebt, dass sämtliche sittlichen Werte weggebröckelt sind.

Am Portal hängt ein Plakat in tibetisch wirkendem Safran, darauf steht in goldenem Schriftzug »MYLIFE« und »P. PAPAKI«.

Viel ist noch nicht los: die übliche Theke mit Getränken, in einer Ecke des Vestibüls stehen vier junge, schön frisierte Mädchen beisammen und kichern. In ein paar Minuten müsste Anselm hier sein. Salli öffnet die Tür zum Ausstellungssaal, nur um die Exponate aus der Weite wirken zu lassen, aber dann kann sie doch nicht widerstehen. Sie betritt den Saal und spaziert von Bild zu Bild.

Das erste, es ist riesig, besteht aus lediglich zwei Farbstreifen. Der untere gleichmäßig dunkelblau, der obere in schmierigem Grau. Auf dem blauen Streifen steht wieder mit Goldstift *MYSEA P. PAPAKI*. Schon vor Jahren hat Salli sich abgewöhnt, moderne Kunst begreifen zu wollen. Picasso und Kandinsky mag sie, Lichtenstein und Warhol sagen ihr nichts. Bei diesem Bild geht es ihr ähnlich. Das nächste, etwas kleiner, zeigt einen Stier mit Menschenkopf, er steht auf zwei Beinen, die vom Boden abheben, das Gesicht hat wenig Konturen, nur ein Mundwinkel und die gelbe Haartolle wirken ausgearbeitet. MYFRIEND No. 5 soll offenbar den Minotaurus darstellen. Und noch einmal derselbe, diesmal streckt er dem Betrachter eine Weinflasche entgegen, so linkisch, dass er ins Bild zurückzukippen scheint. Außerdem ist die perspektivische Verkürzung misslungen. Was hat Anselm gesagt: *Was Besonderes? Kraftvoll?* Kann es sein, dass er sie auf den Arm nehmen wollte? Das sieht ja aus wie die frühen Malversuche eines Gymnasiasten. Dann erst bemerkt sie die Preisschilder: 2800 Euro für das Seestück, 3500 für den haltlosen Stier.

Schritte, Stimmen, der Raum füllt sich. Mit lautem Kreischen stürzen sich die vier Mädchen auf die Neuankömmlinge, man fällt sich um den Hals. Aus dem Gewirr von Körpern, Haaren, Hälsen reckt sich ein Arm und winkt ihr zu: »Salli!«

Ist das Anselm? Der Mann mit dem erdnussbraunen Gesicht und den sonnengebleichten Falten? Scharf graben sie sich in seine Stirn, um die Augenwinkel. Dünner geworden ist er auch.

»Salli!« Er drückt sie an sich. »Du siehst großartig aus!«

»Du auch«, sagt Salli und hofft, dass es überzeugend klingt.

»Hast du mich gleich gefunden?«, schmunzelt Anselm.

»Ich hab dich doch gar nicht …«, hebt sie an, dann bemerkt sie, dass er auf eines der Bilder weist.

»Ich finde ja nicht, dass ich gar so animalisch wirke, aber eine Künstlerin sieht natürlich mit anderen Augen.«

»Du bist – der Stier? Aber ...« Salli ringt um Fassung.

»Das hat sie am Strand von Paphos gemalt, das andere da mit dem Weinlaub in einer Taverne ... Warte, da kommt sie.«

Aus der Mädchengruppe hat sich eine junge Frau gelöst, die jetzt mit wiegenden Hüften auf sie zugeht. Schwarzes Kräuselhaar, es reicht ihr hinab bis zur Taille, riesige, dunkel bewimperte Augen und ein voller, spöttischer Mund.

»Paraskeví Papaki«, sagt Anselm, indem er der jungen Frau den Arm um die Schultern legt, »Vicki, ich darf dir meine liebe Kollegin Salli Sturm vorstellen.«

»Pa-pai-ki! Pempto, mit deiner Aussprache ruinierst du meinen Namen!« Vicki Papaki hat die schönen Augen verdreht während ihrer Rede. Jetzt wirft sie Salli einen Blick zu, der sie zu ihrer Komplizin erheben soll. »Er wird niemals eine andere Sprache be-cherrsen, außer seinem Deutss!«

Eine Erinnerung zieht auf in Sallis Geist. »Sind Sie nicht ...«

Aber Welten, in denen andere Leute sich Gedanken machen, scheinen für Vicki nicht zu existieren. »Ich bin die Kunstlerin«, bestätigt sie und windet sich aus Anselms Arm, »kommen Sie, ich erkläre Ihnen meine Bilder. Sie sind von der minoissen Kunst beeinflusst, des-chalb immer wieder der Stier! Chier! Chaben Sie bemerkt? Und da!« Eifrig weist sie auf ihre Werke, als ob Salli die Tiere nicht sehen könnte, plump hingeschmierte, zweidimensionale Wesen, MYMAN No. 5, MYLOVE No. 5.

»Was bedeutet Nummer fünf?«, fragt Salli, dem Gefühl gehorchend, dass sie irgendetwas sagen sollte.

Vicki senkt bedeutsam die Stimme. »Wegen seinem Namen: Donnerstag! Auf Griechiss cheißt Donnerstag Pempti, das bedeutet funfter Tag. Verstehen Sie? Ich nenne ihn Funfter!« Sie lacht heiser. Dann zwickt sie Anselm in die Seite. »Sau nicht so böse, Pempto! Ich bin verruckt, ja, ja, und ich chabe einen s-recklichen Charakter. Aber kann ich was machen? Ich bin als Skorpion geboren – die Skorpione sagen immer die Wahr-cheit!«

Ein junger Mann mit einer Bouzouki hat sich in der Mitte des Saals auf einen Hocker gesetzt. Romantisch schwarze Locken fallen ihm vor das Gesicht, als er sich über sein Instrument beugt. Gleich darauf zerschneidet ein metallisch klingender Ton die Luft, die Bouzouki-Saiten tremolieren.

»Élla!«, ruft Vicki und winkt mit den Armen. »Elláte!« Die schönen Mädchen strömen in die Mitte des Saals, wiegen ihre Körper, lassen das Haar wehen. Ein paar Männer gesellen sich dazu. Vicki, Künstlerin und Skorpion, mittendrin mit herausfordernd schnipsenden Fingern.

»Und du ...?« Fragend weist Salli auf die Tanzenden.

»Warte, ich sag dir noch ein bisschen was zu den Bildern.« Anselm hakt sie unter und zieht sie mit sich. »Was meinst du zu dem hier? Sie sagt ja hartnäckig, minoischer Stil, aber für mich hat es etwas Byzantinisches. Dieser goldene Strich da unten ... Natürlich steht sie noch am Anfang, aber ... na ja ...« Bewundernd blickt er auf ein kleineres Werk, auf dem eine hingeschmierte Frauenhand einem recht jugendlichen Stier das Haupthaar krault.

»MYLITTLEBOY No. 5, 2900 €«, steht auf dem Schild darunter.

»Ich habs gekauft«, sagt Anselm und zeigt mit verschämtem Lächeln auf das rote Papierpünktchen neben dem Bild, das etwaigen weiteren Kauflustigen kundtut, dass sie zu spät kommen.

Die Tanzenden haben begonnen, rhythmisch zu klatschen, irgendjemand stößt Pfiffe aus, ein junger Mann mit Schwitzflecken im weißen Hemd steht Vicki zur Seite, schützend breitet er seine Arme unter ihren tief zurückgebeugten Oberkörper, auf ihrer Stirn balanciert ein gefülltes Wasserglas.

Anselms Lächeln vertieft sich. »Ja, ja, *zu jung, zu wild, die kulturellen Unterschiede*, ich kann die Leute reden hören. Und was für ein Geschrei hätte es erst gegeben, als sie noch in meinem Kurs war! Am Ende wurde es mir wirklich zu viel, der Druck, die ewige Vorsicht. Gut, haben wir gesagt, erst mal ihre Prüfung. Und dann gehen wir für ein paar Monate einfach aus der Schusslinie. Dir hätte ich es früher erzählen können, ich weiß. Aber ich habe natürlich schon auch gehofft, dass du – mich verstehst, Salli. Und nun sag: Wie findest du sie? Wie gefallen dir die Bilder?«

Ihre letzte Nacht in Daglfing. Das Haus ist fast ausgeräumt. Salli sitzt im Stall auf dem Heuballen und starrt auf die leere Box. Sie spürt Druck auf den Ohren. Wahrscheinlich kommt er von den überlauten Klängen der Bouzouki, den Begeisterungsschreien der Tanzenden, jetzt noch hallt ihr Inneres nach davon. Oder kündigt sich so ein Hörsturz an?

Salli stützt die Ellbogen auf die Knie und umfängt mit den Händen ihr Kinn. Sie muss Ordnung schaffen in ihrem Gehirn. Was hat sie denn so durcheinandergebracht? Dass ihr Vertrauter Anselm eine Freundin hat, die halb so alt ist wie er? Und dazu eine selbstgefällige, dumme Gans? Die Bilder von ergreifend niedrigem Niveau malt? Wie kann Anselm sich denn bloß für solches Geschmier begeistern? Hat er den Verstand verloren? Und wie sie ihn behandelt – *Pemptos! Fünfter!* – Was das bedeutet, muss sie doch einem Deutschlehrer nicht erklären!

Aber wie kann *sie* über Anselm richten? Sie sitzt ja selber im Glashaus mit ihrer russischen *Amour fou*!

Dass ein Dozent mit einer Studentin anbandelt – ist es das? Vicki war Teilnehmerin eines Sprachkurses an ihrem Institut. Salli kann sich gut an die mündliche Prüfung erinnern, als sie und Barbara von der selbstbewussten Kandidatin zurechtgewiesen wurden. Vicki Papaki ist volljährig. Gegen das BGB verstößt Anselm nicht. Aber ein leichter Schmuddelgeruch umweht so ein Verhältnis doch.

Haben sie nicht damals auf dem Konzert über Dobisch gelästert? Barbara, Anselm und Salli, alle drei? Dass der seine blutjungen Studentinnen befingert? Auch daran erinnert sie sich. Und an Anselms Besuch anderntags. Was wollte er da eigentlich von ihr? Erst hatte es so verheißungsvoll geklungen: *Ich muss etwas mit dir besprechen.* Und dann ging es doch nur um ihr gestorbenes Projekt mit den Interjektionen, das er wiederbeleben wollte. Auf einmal. Als ob – jetzt spürt sie ihren Magen noch stärker – als ob er ihr unbedingt ein Spielzeug in die Hand hätte geben wollen, damit sie abgelenkt wäre, zu beschäftigt, um ihn allzu scharf ins Visier zu nehmen, ihren Freund Anselm, der gerade mit einer Studentin … der mit Barbaras Drohungen im Ohr, Dobisch bei Taubert zu melden … der wohl schon im Sommer, als er sie so überraschend aufgefordert hatte, die Strohfrau zu spielen für ihren russischen Schüler – *Marketenderin*, heute noch kann sie seine Stimme hören – der da selber gerade die Freuden des Marketenderlebens entdeckt hatte … und sich in ihr, Salli, eine Mitverbrecherin schaffen wollte. Damit es eine Steinewerferin weniger gäbe, wenn sein Doppelleben aufflog. War es so? Oder übertreibt sie?

Vom Magen strömt Säure hoch und verbrennt ihr die Stelle unterhalb des Zwerchfells. Jetzt weiß sie, was sie wirklich bedrückt: Verrat. Anselms Gerede um ihre Freundschaft war hohl und verlogen. Er hat sie zum Pferdekaufen geschickt, um in Ruhe seine griechische Freundin zu treffen, er hat sie zu einem Projekt *Pygmalion* überredet, das ihm selber schnurzegal ist, und gleichzeitig Reisevorbereitungen mit Vicki getroffen. Es ist der Verrat, der so schmerzt.

Die Box vor ihr ist leer. Keine Katka mehr darin. Wenn man es recht bedenkt, könnte die ihr die gleichen Vorwürfe machen, wie sie sie gegen Anselm erhebt. Sie hat die Stute ja auch abgeschoben, um ihr eigenes Leben weiterführen zu können. »Es geht nicht gegen dich persönlich«, flüstert Salli. Doch Katka ist nicht da, um es zu hören. Und Anselm könnte das Gleiche sagen: *Es geht nicht gegen dich persönlich, Salli.* Aber gerade das ist es ja, was wehtut. Dass es um sie nicht geht.

Sergey

Am fünften Mai, genau vier Wochen und einen Tag nach seinem Abflug, steigt Sergey Dyck, Trabrennfahrer aus Russland, am Münchener Franz-Josef-Strauß-Flughafen in die S-Bahn. Gründlich, wie er ist, entfernt er alle Aufkleber von seiner Tasche. Dann holt er sein Handy heraus, entnimmt ihm die russische SIM-Card, steckt sie in die Hosentasche und legt das alte Plättchen aus Deutschland ein. Er drückt auf den Einschaltknopf, das Display zeigt achtundsiebzig Anrufe an. »Oho«, sagt Sergey. Er besieht sich die Liste der Eingänge. Fünf SMS, die für irgendetwas werben, viermal hat der Stallbesitzer ihn sprechen wollen, für den er arbeitet. Die restlichen Anrufe stammen von Salli. Sergey steckt das Handy wieder weg. Soll er sich jetzt Sorgen machen? Wozu? In fünfundzwanzig Minuten ist er in Daglfing, da wird sie ihm schon sagen, was sie wollte.

Er sieht aus dem Fenster. Die Bahn flitzt vorbei an säuberlichen Ortschaften, an kleinen Fetzen grüner Wiesen, hellbrauner Felder. In Russland zieht sich ein Feld viele Kilometer hin, und um die Zeit liegt an vielen Stellen noch Schnee. Auch die Häuschen in seiner Heimat sehen anders aus als die hier: dunkles Holz, grün oder blau gestrichene Fensterläden und Zäune. Und die Wälder. Endlose Wälder voller Birken. Vor zwei Tagen erst hat er sie wiedergesehen, als er mit dem Zug zurückfuhr von Ufa nach Moskau. Birken und Nadelbäume, vierundzwanzig Stunden lang.

Die S-Bahn passiert Ismaning. Langsam wird die Umgebung städtischer. In Moskau auf dem Arbat haben sie ihm eine Schildkröte angeboten. Er wollte sie schon kaufen als Mitbringsel für Salli. Aber dann hat er sich an die Sicherheitskontrollen beim Herflug erinnert und ließ es bleiben. Am Flughafen hat er in letzter Sekunde eine kleine, hölzerne Matrjoschka mit sechs Puppen innen drin gekauft. So kehrt er jetzt wenigstens nicht mit ganz leeren Händen heim zu seiner Frau. Obwohl – er hat ja noch etwas dabei. Ob sie sich darüber freuen wird? Ob sie sich auf ihn freut? Er freut sich. Mit jedem Schritt ein bisschen mehr. Er war doch recht lange fort, er hat sie vermisst. Aber Rachim wiederzusehen, hat auch gutgetan.

Rachim ist sein ältester Kumpel. In Kasachstan auf der Rennbahn haben sie gegeneinander gekämpft. Wie zwei Wölfe. Und hinterher haben sie ihr Essen geteilt wie Brüder. Rachim, der Tatare, klug wie alle von seiner Rasse; wenn ein Tatar geboren wird, weint ein Jude, wie man sagt, weil ein noch Schlauerer gekommen ist.

Als der kasachische Nationalstolz begann, als Sergey mit seiner Familie die Auswanderung beschloss, musste er verkaufen, was er hatte: Haus, Stall, Schafe – für ein paar hundert Rubel – die Kasachen diktierten den Preis. Segment, seinen besten Hengst, würde er denen nicht überlassen. »Nimm ihn!«, sagte er zu Rachim, der auch schon auf gepackten Koffern saß. »Nimm ihn mit nach Ufa und pass auf ihn auf.«

Er hat gut auf ihn aufgepasst, der Kumpel: Segment war in Form wie noch nie. Gleich am ersten Tag in Ufa haben sie die Pferde eingeschirrt und sind noch einmal ein Rennen gefahren. Zwei Wölfe wie damals, noch während des Kampfes brüllten sie sich Witze zu: »Mudillo!«, schrie Rachim. »Sackgesicht! Heute fress ich dich!« Aber dann hat ihn Sergey doch besiegt mit seinem Segment.

Und dann haben sie über das Geld gesprochen: Gewinngelder, Decktaxe – 130 000 Rubel insgesamt. Zehn Prozent für

Rachim, den Trainer, dann bliebe immer noch genug, um Salli alles zurückzuzahlen, die Stute decken zu lassen, einen Sulky zu kaufen. Und ist er nicht genau deshalb nach Ufa gefahren? Weil es ihm schon lange nicht mehr passt, dass Salli immer alles zahlt: den Hof, das Pachtgeld. Jetzt ist sie auch noch seine Frau geworden, lebt unter einem Dach mit ihm, schläft im selben Bett, ihr Brot essen sie zusammen. Der Mann muss bezahlen, nicht die Frau. Der Mann ist es schließlich, der den Überblick hat.

Freilich, damit hat Salli auch recht: Von seiner Hände Arbeit allein kommt er nicht weit. Angenommen, er nimmt das Geld, zahlt seine Schulden – und dann? Dann steht er wieder da wie vorher.

Rachim hob die Hände. »Nein!«, sagte er. »Mach es nicht!«

»Doch«, sagte Sergey, »verkaufen wir den Segment!«

Die S-Bahn hält in Daglfing. Sergey steigt aus.

Er eilt mit schnellen Schritten auf die Rennbahn zu. Geht vorbei an den Ställen dort, schlüpft durch das Loch im Zaun und sieht seinen Hof.

Das Tor steht halb offen. Dafür ist die Stalltür verschlossen. Er geht zum Haus, wo sie den Schlüssel immer unter einem Blumentopf deponieren, aber da liegt nichts.

Ein paar Schritte weiter, auf dem Nachbargrundstück findet er eine Leiter. Die trägt er zu seinem Hof, lehnt sie an die Stallwand und klettert darauf hoch zu dem Fensterchen auf der Westseite. Er ist ja nicht groß, gerade noch passt er durch den Rahmen.

Jetzt steht er im Stall. Was er sieht, gefällt ihm nicht: Die Box ist leer, Futtertonnen, Sattel, Zaumzeug, Ledersachen – alles weg. Nur vom Stroh ist etwas geblieben, und die Hälfte eines Heuballens steht noch da. Als hätten die Kasachen hier gehaust.

11. Der Rauswurf

> Lesen Sie die Beispielsätze und
> erklären Sie die Wortstellung:
> *Die Bernhardiner haben sich amüsiert*
> *mit Tangotanzen, Rumsaufen und Lawinenkullern.*
> *Und es wird kommen ein großer Regen,*
> *und die Menschheit wird beten zu Gott.*
> Wolfgang Rug, Andreas Tomaszewski,
> ›Grammatik mit Sinn und Verstand‹, 1993

AM ERSTEN ARBEITSTAG nach ihrer Auszeit findet Salli ihr Institut vor, so wie sie es verlassen hat: Kollegen am Kopierapparat oder in der Bibliothek über einem Buch; Radetzki, wie gewohnt im Dozentenzimmer auf der Fensterbank sitzend; daneben Dobisch, der die Patrone seines goldenen Füllhalters prüfend gegen das Licht hält, und Gesine Renz, die den frisch ausgehängten Stundenplan an der Tür studiert. Auch das »Hallo« zur Begrüßung klingt nach der üblichen Mischung aus Interesse und Gleichgültigkeit. Alles, wie es war.

Dass sich doch etwas geändert hat, fällt ihr erst allmählich auf: Es sind keine Gespräche mehr über Konzertbesuche und Enkelkinder zu hören; stattdessen teilen sich die Kollegen mit, wie viele Stunden sie tags zuvor korrigiert, wie viele Lehrwerke sie erforscht haben und immer wieder, wie froh sie sind über das *Innovative* und *Engagierte* ihres Chefs. »Ein Glück haben wir«, erklärt Dobisch und schaut dabei argwöhnisch zu der Kollegin, die sich so lange schon in den Stundenplan vertieft. »Froh müssen wir sein!«, bekräftigt Gesine.

Salli will gerade nach dem Grund für das allgemeine Entzücken fragen, da setzt eine Art Wettlauf ein.

»Den Soku da«, sagt Gesine, »wollte ja wohl keiner, oder?«

Noch bevor Salli fragen kann, was *Soku* bedeutet, steuert Dobisch, den Füller ausgestreckt, mit einem lauten »Moment mal!« auf den Plan zu. Zu spät. Schon steht Gesines Namenskürzel in dem letzten freien Kästchen auf dem Plan.

Geschlagen greift Dobisch sich seinen Aktenordner, zieht die Manschette von der Armbanduhr und verkündet, jetzt wäre es »aber allerhöchste Zeit«. Als hätte ein innerer Gong sie zur Ordnung gerufen, klemmen sich darauf alle Kollegen gleichzeitig ihre Unterlagen unter den Arm. Eine Prozession von Dozenten formiert sich, um den Raum zu verlassen. Nur Radetzki ist sitzen geblieben. »Man muss sich ja nicht gleich derschießen«, sagt er und schaut zur Schuluhr, deren Zeiger vier Minuten Spielraum bis zum Unterrichtsbeginn verheißt.

Und als Salli auf den Stundenplan sieht, entdeckt sie ein paar merkwürdige Kürzel: *SW.Int.*, *MTA*, *Konsult.ge*. Was ist hier los? Ihre zwei Vertrauenskollegen fehlen heute alle beide. Barbara hat Urlaub, Anselm ist wegen einer Erkältung für zwei Tage befreit. Aber will Salli Anselm überhaupt sehen? Wenn sie an die Vernissage am letzten Samstag denkt, windet sie sich innerlich vor Peinlichkeit. Und die Akteure dieses Events! Am liebsten möchte sie sie alle vergessen: den zum Minotaurus mutierten Freund, die unsägliche Vicki, auch sich selbst – die Gefoppte, die so naiv gewesen war, nur Bilder zu erwarten.

Sie trifft Anselm schon zwei Tage später. Mit geröteter Nase steht er auf dem Markt bei den Gemüseständen und spricht in sein Handy. Ihr erster Impuls: umdrehen, weggehen. Aber er hat sie gesehen, winkt, anscheinend hocherfreut, dabei lauscht er weiter in sein Telefon und nickt mehrmals. »Mach ich, mach ich ... jawohl, wird besorgt«, hört Salli. Mit gemischten Gefühlen steht sie neben ihm und wartet auf das Ende seines Gesprächs. Als es so weit ist, vertieft er sein Strahlen. »Das war Vicki.« Seine Stimme lässt darauf schließen, dass die Nase verstopft ist. »Sie lässt dich schön grüßen.«

Salli ringt sich ein Lächeln ab.

»Sie fand es übrigens großartig, dass du zur Vernissage gekommen bist. Dass du sie gelobt hast, hat ihr wahnsinnig viel bedeutet!«

»Ach, ich habe nur gemeint ...« Krampfhaft sucht Salli ihr Gehirn nach einem passenden Allgemeinplatz zum Thema Vicki ab.

»Irgendwas zu den Hörnern, oder?«, lockt er. »Bei den ... Stierbildern, glaub ich.«

»Dass sie sehr ... äh ... realistisch sind, ich meine ...« Auf Vickis Frage nach ihrer *ehrlichen Meinung* zu MYMAN No. 5 hatte Salli auf der Zunge gelegen, dass die Hörner verdammt gut auf den Stierkopf passen. Sie hat sich nur deshalb zurückgehalten, weil sie Anselm nicht verletzen wollte, der in der Nähe stand. Nun, mit seiner näselnden Stimme, wirkt er noch schutzbedürftiger.

»Wie findest du den Spargel hier? Schön, oder?« Er deutet auf die Auslage mit dicken, elfenbeinfarbenen Stangen. »Aus Schrobenhausen?«

Die letzte Frage richtete sich an die Marktfrau, die ihm die Herkunft bestätigt. Während sie zwei Bündel für ihn einpackt, flattert eine Krähe heran und trippelt auf dem Mäuerchen hinter der Frau auf und ab. Fasziniert sieht Salli zu, wie sie den Kragen Richtung Auslage reckt.

»Ein ganz schlaues Luder«, bemerkt die Marktfrau. »Die weiß genau, dass es gleich noch Abfälle gibt. Jeden Tag kommt sie daher und wartet.«

»So, so, sie wartet«, näselt Anselm und zwinkert Salli zu, während er Ware und Wechselgeld entgegennimmt.

»Der Vogel wird einen Timer dabeihaben«, erklärt er Salli lustig beim Weitergehen, »wenn er es so genau *weiß*.«

»Weshalb soll man das nicht so sagen können?« Ihr ist Katka eingefallen, wie sie abends ihre Karotten einforderte.

»Weil du dir damit einen Anthropomorphismus einhandeln würdest. Tiere *wissen* nicht.« Es klingt, als spräche er über eine ekelhafte, leider weit verbreitete Krankheit.

»Aber wenn es regelmäßige Futterzeiten gibt?«, widerspricht sie. »An die sie sich erinnern?«

»Irgendein Reiz-Reaktions-Schema werden sie schon haben«, gesteht Anselm zu, »aber was beweist das? Doch nicht, dass das Viehzeug wirklich *denkt*. Diese Papageien, die im Zirkus Rollschuh fahren, oder dass Zugvögel ihre Strecke *kennen* – das muss man doch nicht vermenschlichen als rationeller Kopf. Brauchst du auch was vom Fisch?«

»Und wieso fliegen sie dann in die richtige Richtung?«, fragt Salli und sieht sich nach der Krähe um, die jetzt in einem Haufen frisch hingeschütteter Spargelschalen wühlt.

»Instinkt, was sonst. Ah, der da hat Schollen! Ob die frisch sind …?« Mit skeptischen Augen mustert Anselm die halb unter Eisstückchen begrabenen Fischleiber. »Oder sollte ich lieber die Babygarnelen probieren? Was meinst du?«

Früher hat Salli Anselms Feinschmeckersinn liebenswert gefunden und seine Einkaufsgänge mit nachsichtigem Amüsement begleitet. Nun geht es ihr plötzlich auf die Nerven, wie sorgfältig er seine Wahl trifft, damit nur um Gottes willen kein unpassender Geschmack seinen Gaumen beleidigt. Wenn er mal bei der Wahl seiner Gespielin auch so sensibel gewesen wäre! Salli kämpft gegen den Impuls, grob zu werden. Was schwierig ist, wenn gleichzeitig der Ärger wächst: Wie kommt er dazu, ihr Vorlesungen über *Anthropomorphismus* zu halten? Auch ohne Dr. vor dem Namen – sie ist doch kein ungebildetes Waisenkind. Sie ist, verdammt noch mal, eine erwachsene Frau! Die in den letzten Monaten vieles von dem erlebt hat, worüber der Herr Donnerstag nur aus der Ferne dozieren kann. Hatte sie nicht sogar eine Affäre? Gut, damit kann sie in keiner Debatte auftrumpfen, genau genommen kann sie überhaupt nicht auftrumpfen, aber trotzdem! Salli schwillt innerlich der Kamm. Am besten, sie erfindet jetzt eine Ausrede und geht. Nur wüsste sie vorher doch noch gern, was in ihrem Institut los ist. Sie schluckt ihren Groll hinunter.

»Sag mal, was bedeutet eigentlich *Soku*? Und all diese Abkürzungen auf unserem Stundenplan? Und wieso sind die Kollegen auf einmal so seltsam?«, fragt sie, während Anselm triumphierend Garnelen *und* Scholle bestellt.

Anselm zieht ein weinrotes Taschentuch hervor. »Haben es alle mit der Angst zu tun bekom…«, spricht er halb in das Tuch hinein, »seit Tauberts Drohung mit den Entlassungen. Und jetzt …«, er schnäuzt sich, diskret zur Seite gewendet, »gibts die große Konkurrenzshow: Jeder will besser sein als der andere.«

»Verstehe. Und dieses *Soku*-Ding?«

»Sonderkurse. Von Taubert neu erschaffen. Schwierige Klientel. Man kann sich bewähren oder auch …«

»Was heißt schwierig?«, unterbricht ihn Salli beunruhigt. Vor zwei Tagen hat sie eine Mittelstufenklasse entgegengenommen. Es sind die üblichen fleißigen, intelligenten jungen Inder, Polen, Kolumbianer; wie immer versteht sie sich gut mit den Studis. Soll sich an dieser Lage etwas ändern?

Anselm hat sein Taschentuch weggesteckt und setzt zu einer Antwort an, als sein Gesicht sich wieder aufhellt. »Nun sieh mal, wer da kommt! Das ist ja nett!«, ruft er.

Durch die Gasse zwischen den Obst- und Gemüseständen schlendert ein Paar herbei. Aus der Basttasche zwischen ihnen ragen Spargel und Rhabarber. Jetzt erkennt Salli die Frau: Es ist Barbara Müller. Am Arm eines schlanken, hochgewachsenen Mannes. Er trägt ein saloppes, graues Sakko, auf seinem Haupt glitzern silberne Stoppeln, die Brauen über der Brille sind schwarz und buschig wie Eichkätzchenschweife.

»Na«, fragt Barbara, als sie vor ihnen steht, »das gibt wohl eine Maischolle, lieber Donnerstag? Schön, dass du wieder im Lande bist, Salli, wie wars denn?« Sie sieht blühend aus mit ihrem roten Mund und dem Goldschmuck auf der Haut, als hätte sie einen Urlaub am Meer hinter sich.

Während Salli etwas Unbestimmtes murmelt, schütteln sich die beiden Männer herzlich die Hand. Aus der Sakkotasche von Barbaras Begleiter ragt eine zusammengefaltete ›Süddeutsche‹.

»Ihr beide kennt euch noch nicht«, stellt Barbara fest. »Salli – Franz Schubert. Franz – Salli Sturm, eine sehr liebe Kollegin.«

Franz Schubert beugt sich vor, wobei Salli ein dezentes Rasierwässerchen wahrnimmt, sie drückt die sehnige Hand von Herrn Schubert, empfängt einen interessierten Blick aus seinen Augen und versucht ihrerseits, ihn nicht allzu auffällig zu mustern.

»Alsdann, ihr Lieben«, sagt Barbara, »wir flattern davon ins Wochenende. Man sieht sich am Montag im Institut?« Als sie sich umwendet, sieht Salli, wie Franz Schubert ihr sachte die Hand an die Hüfte legt, als wolle er sie lenken. »... noch zum Weinhändler?«, vernimmt Salli und gleich darauf Barbaras Stimme: »Chardonnay ... keinen Fall ... Riesling ...?« Die beiden entschwinden durch das Grün von Maiglöckchen, Bärlauch, Waldmeister; ihre Schultern berühren sich auf gleicher Höhe.

»Das ist ja …«, sagt Salli.

»… mal eine gute Neuigkeit«, lächelt Anselm. »Und sind die beiden nicht ein richtig schönes Paar?«

»Aber wie … und seit wann?«, fragt Salli erschüttert. Da haben sich in ihrer Abwesenheit also gleich ihre beiden Freunde verpartnert!

»Erst seit ein paar Wochen, soweit ich weiß. Ich gönne es ihr sehr. Mhm, und jetzt hätte ich …«, Anselm hebt die gerötete Nase und schnuppert, »schrecklich gerne einen Happen zu essen. Da vorne braten sie doch immer Würste am Rost. Riechst du was? Bei mir ist alles zu da oben.«

Während Salli neben Anselm auf die kleine Wurstbraterei am Marktausgang zusteuert, sortiert sie noch einmal die Daten: Anselms junge, attraktive Freundin – überall wird er sie nicht präsentieren können, aber ein paar Männer in seiner Umgebung gibt es bestimmt, die ihn beneiden um sein junges Haserl. An Barbaras Freund dagegen stimmt einfach alles: Größe, Haartracht, intellektuelles Gebaren. Die richtige Zeitung liest er auch. Ein echter Fang. Wie schafft Barbara so etwas? Natürlich: ihr Aussehen. Die Klugheit. Der Doktortitel. Dafür bekommt man schon einen … Künstler? Pianisten?

»Heißt er tatsächlich Franz Schubert?«, fragt sie Anselm. Die Sonderkurse sind plötzlich Nebensache.

»Ja, lustig, nicht? Aber er ist pensionierter Realschulleiter und recht fidel, wie es scheint; kein wehmütiger Komponist.«

Na bitte! Beruflich harmonieren sie auch! »Deutschlehrer?«

»Und Religion, glaube ich.«

»Ausgerechnet. Barbara ist doch Atheistin.«

»*Who knows?* Vielleicht tauft er sie demnächst? Oder sie erzieht ihn um – das käme mir wahrscheinlicher vor!«

»Weißt du, wie sie sich kennengelernt haben?«

»Beim Tango. Unsere Frau Dr. Müller ist neuerdings ganz verrückt auf argentinischen Tango.«

Sie sind am Würstchenstand angekommen. »Ah, sieh mal, wie herrlich die brutzeln. Zwei bitte für mich. Du?«, fragt Anselm.

Salli schüttelt den Kopf. An dieser Neuigkeit hat sie jetzt genug zu beißen. »Barbara hat doch früher gar keinen Wein gemocht«, murmelt sie. Während der Mann am Bratrost zwei Würstchen in eine aufgeklappte Semmel bettet und aus einer Plastikflasche unwirklich gelben Senf darauf presst, fragt sich Salli, was sie an der Szenerie vorhin so erschüttert hat.

Anselm legt ein paar Münzen auf die Theke. »Ich muss zugeben, zuerst hab ich genau so geschaut wie du«, sagt er, »Frau Feministica lässt sich herab zur Männerwelt!«

Ja, denkt Salli, das ist es: dieser Wandel. Barbara, die Kämpferin für die Entrechteten und Unterdrückten – jetzt ist sie Weinkennerin, tanzt chauvinistische Tänze und lässt sich den Hintern betatschen. Auf einmal ist Salli dieser ganze Markt mit seinem geschmackssicheren Publikum suspekt: die nach teuren Parfüms duftenden Männer; die Frauen, die alle zielsicher einkaufen, was ihnen die Rezeptabteilung ihrer gediegenen Journale vorschreibt. So dass vier Fünftel der intellektuellen Einwohnerschaft Schwabings heute Abend das Gleiche verzehren werden: Scholle, Bärlauch, Rhabarber.

»Andererseits, na ja«, fährt Anselm fort, »sind wir in dieser Frage dann eben doch Kreatur. Alle miteinander.«

»Was meinst du?«

»*Flei*-scheslust.« Anselm beißt in seine Semmel, pervers leuchtend quillt der Senf aus den beiden Brötchenhälften.

Was ist denn los auf einmal? Die Umwertung aller Werte?

Rechtfertigt die *Fleischeslust* jetzt alles? Werden am Ende auch Schraubenverkäuferinnen toleriert oder russische Rennfahrer? Nein, darauf wird Salli nicht hereinfallen. Da mag Anselm noch so wonnevoll in seine proletarische Bratwurst beißen – für den Abend hat er sich ja doch standesgemäßen Spargel besorgt. Sowie eine Babygarnele für die weitere Zukunft. Und auch das ist nichts, was sie einfach kopieren dürfte, weiß Salli: Einem Mann mag es zur Ehre gereichen, wenn die blutjunge Freundin zu ihm aufsieht, bei einer älteren Frau wirkt das reziproke Verhältnis schnell peinlich. *Quod licet Iovi* – was ein alter Stier sich gönnt, sollte die betagte Kuh sich gut überlegen.

»Vom Alter her passen sie perfekt zusammen«, erklärt Anselm, als hätte er ihre Gedanken gelesen, »weißt du, bei einer viel jüngeren Frau – so toll es ist ...« Wieder dreht er sich zur Seite, diesmal, um zu niesen.

Fast hätte Salli aufgequiekt. Soll sie sich jetzt ernsthaft seine erotischen Erlebnisse mit Vicki anhören? Wofür hält er sie eigentlich? Aber das kann sie sich ja denken: Für die ältere, sexlose Person, den prima Kumpel, dem man alles erzählen kann, weil er zuhören wird wie ein Mönch: staunend, selbstlos interessiert. Und ihr steckt ihr eigener Trumpf im Ärmel fest: *Von wegen alte Jungfer!* Sie könnte mitreden! Sie könnte. Aber sie kann nicht. »Also«, fragt sie kalt, »wie ist es so mit den jungen Frauen?«

»Weißt du, seit Vicki in mein Leben getreten ist, kommen mir Gedanken, wie ich sie früher nie hatte.«

»Kann ich mir vorstellen.«

»Mir ist, als würden die Jahre nur so versausen. Nächsten Monat werde ich einundfünfzig. Und Vicki ist noch nicht mal dreißig. *Memento mori!* – verstehst du? Überleben werde ich sie schon mal nicht. Ich darf froh sein, wenn ich es noch ein paar Jahre lang schaffe, dass sie sich nicht – entschuldige, du musst sagen, wenn es dir zu intim wird – über mangelhafte Leistung bei einer gewissen Tätigkeit beklagt.«

»Deine Leistung ... äh, ... nein, das macht mir nichts aus ... ich meine ... es ist okay, rede ruhig weiter.«

»Entschuldige noch mal!«

»Kein Problem.« Verlegen weicht Salli seinem Blick aus.

»Es gibt ja jetzt schon einiges, das ihr ...« Er stockt, kaut langsamer. »... wenn es dir wirklich nichts ausmacht, Salli ...«

»Nein, nein, sprich nur!«

»Also, mit meinen Kochkünsten ist sie unzufrieden. Tanzen und kochen könnten nur die Griechen, sagt sie.«

»Was? Und dein Tiramisu beim letzten Schulfest?«

Er lacht, doch es klingt traurig. »Spontan genug bin ich ihr auch nicht. Kein *Mittelmeercharakter*, sagt sie.«

»Na, du stammst ja auch nicht aus Amalfi, oder?« Sallis Empörung über diese Göre wächst.

»Und dann dies dauernde *Pempto, Pempto*! So nennt sie mich. Es bedeutet Donnerstag, aber es heißt auch ...«

»Fünfter, ich weiß. Sie hat es mir erzählt.«

»Hat sie? Na, dann weißt du ja ... diese griechischen Witze ... aber die müssen doch nicht immer auf meine Kosten gehen! Umgekehrt versteht sie nämlich gar keinen Spaß, jedes Wort von mir wird auf die Goldwaage gelegt. Wehe, wenn man nur ihren Namen falsch ausspricht!«

»Ja, das habe ich auch schon mitbekommen.«

Anselm stößt einen langen Seufzer aus. »Ach, Mensch, Salli, das tut so gut, mit dir darüber zu reden. Außer dir habe ich keinen, dem ich das alles anvertrauen könnte. Danke!« Er drückt sie so fest am Arm, dass es schmerzt.

Jetzt kommt es also doch noch, denkt Salli, das Kompliment zum Kumpeltum. Aber ihr Zorn auf Anselm ist verraucht. So viel Zutrauen von seiner Seite rührt sie.

»Auch für deine Toleranz«, fährt Anselm fort. »Dass du das

akzeptierst. Weißt schon, dass ich bei den Studentinnen gegrast habe.«

»Mhm«, brummelt Salli. Ganz in Ordnung findet sie weder seine Tat noch die Ausdrucksweise – *gegrast*. Aber zur Richterin wird sie sich nicht aufschwingen. Sie weiß doch inzwischen selbst, wie das ist, wie man sich plötzlich an der Seite eines Menschen wiederfindet, der nicht zu einem passt. Jedenfalls nicht bei Tageslicht und im normalen Leben.

Noch einmal seufzt Anselm, aber jetzt schon leiser. »Selber schuld. Jetzt muss ich halt zusehen, wie wir uns ertragen.«

»Kannst du denn nicht mit ihr darüber reden? Ich meine, Reibereien bleiben ja nie ganz aus ...«

»Ich will aber, dass sie ausbleiben! Uns reicht die Zeit nicht für schöne, lange Reibereien. Vicki ist nun mal meine letzte Liebe. Das muss ich realistisch sehen. Und Liebe soll doch Spaß machen! Sie macht ja auch verdammt viel Spaß, diese kretische Hexe ...« Unsicher lachend bricht er ab. »Verstehst du mich, Salli?«

»Ja«, sagt sie, »ich versteh dich sehr gut.« Sie sieht ihm ins Gesicht. »Du hast da etwas.«

»Wo?«

»Hier«, sie zeigt auf eine Stelle über seiner Oberlippe, wo ein Klecks Senf gelandet ist.

Er fährt sich mit dem Handrücken darüber und leckt noch einmal mit einer fleischigen Zunge nach, Salli kann die blauen Äderchen sehen, die die Unterseite durchziehen.

»Ist es weg?«

»Alles in Ordnung.«

Er versucht ein Lächeln. »Im Prinzip ist es ja lustig, mit diesem *Pempto*-Donnerstag. So haben wir uns kennengelernt, weißt du. Vicki ist nämlich nur die Kurzform für ihren Namen. Der volle Vorname lautet Paraskeví. So heißt auf Griechisch auch der Freitag – glaubs oder glaubs nicht! Jedenfalls hat sie erst gemeint, ich hätte mir meinen Namen ausgedacht, um sie irgendwie anzumachen. Später hat sie dann von Schicksal gesprochen, dass der Donnerstag auf den Freitag trifft ...« Während Anselm weiterredet, erscheint langsam wieder sein altes, munteres Lächeln. »Aber weißt du was, Salli? Der kluge Mann baut vor. Es ist ja nicht so, dass man dem Zahn der Zeit einfach gestatten muss, drauflos zu nagen, weißt du? Den Verstand verloren habe ich jedenfalls nicht bei allen Leibesfreuden.«

»Aha? Und was stellst du diesem Zahn entgegen?«

»Einen Schutzschild! Auf dem steht vorne *Liebhaber* und hinten – in Großbuchstaben – *Mentor*. Den braucht sie nämlich, wenn sie mit ihrer Kunst irgendwo landen will. Und da bin ich – gehen wir noch ein Stückchen gemeinsam? – genau der richtige Mann für sie ...!« In der einen Hand trägt Anselm seine Einkäufe, mit der anderen hat er Salli wie gewohnt am Ellbogen gefasst.

Während sie so den Markt verlassen und langsam die Straße hinuntergehen, dahin, wo hinter der nächsten Ecke das Haus mit Sallis Apartment steht, erfährt sie, dass Anselms Vater als Kunstmaler dilettiert hat, was seiner Familie zwar keinen großen Namen, aber eine Menge Kontakte einbrachte zu Kunstsammlern, Kritikern und Galeristen. Und auf Letztere komme es entscheidend an, denn die Galeristen sind nach Anselms Ansicht die Königsmacher, ohne die liefe nichts.

»Ohne die läuft gar nichts«, sagt Anselm, als sie in Sallis Straße einbiegen, und in dem Moment sieht sie, wie aus dem Torbogen zu ihrer Eingangstür ein Ellbogen und eine Schulter kurz hervorlugen. Dann sind sie wieder weg. Schwarze Lederjacke, sie weiß sofort, wer so was trägt.

Jäh verhält sie den Schritt. »Warte!« Sie reißt ihren Ellbogen aus Anselms freundlicher Stütze. Krampfhaft sucht sie nach einer Ausflucht. »Ich muss gehen! ... Ich ... ich hab vergessen, danke, alles ... alles gut, bis morgen, entschuldige bitte!«

Den Hausschlüssel in der ausgestreckten Hand hastet sie los, ihre Schulmappe schlenkert wild, im Türeingang zischt sie »Komm mit«, ohne den Mann anzusehen, der da wie in einem Versteck gesessen hat; sie läuft ins Treppenhaus, hoffend, dass er ihr rasch folgt, dass Anselm nichts gesehen hat; denn dass die zwei aufeinandertreffen, MYMAN No. 5 und der Russlandheimkehrer in Schwarz – nein, das könnte sie jetzt nicht ertragen.

Sie weiß nicht einmal, ob *sie* diesen Mann ertragen kann, nach all den Wochen und nun auf einmal hier in der Stadt. Während sie ihm voraus die Treppe hochgeht, versucht sie, die Stimmen zu besänftigen, die in ihrem Kopf wild durcheinanderschreien: *Wie konntest du ...! Wieso hast du nicht ... Niemals werde ich dir das ...!* Denn es ist doch sinnlos, mit einem Menschen zu streiten, der in seine russischen Wälder abwandert, ohne Worte wie ein Braunbär zum Winterschlaf, und dann plötzlich wieder vor der Tür sitzt. In einer Jacke aus schwarzem Kunstleder und einem schwarzen T-Shirt mit dem aufgedruckten Gesicht eines russischen Kosmonauten. Vor ihrer Wohnungstür glaubt sie, ein Geräusch aus der Nachbarwohnung zu hören und fährt zusammen. Will etwa die junge Familienrichterin von gegenüber just in dem Moment außer Haus? Salli strafft die Schultern. Mit so viel Contenance wie möglich schließt sie die Tür auf und lässt ihn herein.

Sofort kommt Anton angelaufen durch den halbdunklen Flur und fängt an, maunzend und im Slalom um die vier menschlichen Beine zu streichen. Salli ignoriert ihn. Mit großer Sorgfalt verschließt sie die Tür hinter sich. Keine Vorhaltungen, predigt sie sich stumm, keine Aussprachen mit jemandem, der sich benimmt wie ein Braunbär, lass deinen Verstand walten!

Dann lehnt sie sich gegen die Wand, atmet einmal aus und platzt los: »Was hast du dir eigentlich gedacht die ganze Zeit?! Wo warst du?!«

»In Russland.«

»In Russland! Russland ist groß!«

Schweigen.

»Ich hatte keine Ahnung, wo du ... die ganze Zeit! ... Und dein Handy ... warum hast du es ausgeschaltet?! Ich wusste nicht ... ich hatte Angst! Vier Wochen lang! *Vier Wochen!*«

»Naa, war keine vier Wochen.«

»Natürlich war es das!« Bebend vor Erregung zählt Salli an den Fingern ab: »Vom sechsten April ... bis heute ... das sind ... dreißig Tage! Sogar mehr als vier Wochen!«

»Also dann war keine vier Wochen. Sag ich doch. Außerdem ich bin schon zurück gestern früh.«

Sie schnappt nach Luft.

Keiner spricht mehr, nur Anton schnurrt. Erst leise, dann stoßweise und laut.

»Wie geht dir?«, fragt Sergey sehr sanft.

Ich sollte gar nicht darauf antworten, beschwört Salli sich. »Hervorragend«, sagt sie, »du spazierst in mein Leben rein, dann wieder raus, du lässt mich alleine, wenn ich dich brauche ...« Was redet sie da? Will sie ihm einen Aufklärungsflug gestatten über ihre Seelenlandschaft? Sie sollte zusehen, dass sie ihn loswird mitsamt der Tasche, die er in der Hand hält. Es ist dieselbe, mit der er abgefahren ist, sieht sie. Seine Finger sind auch dieselben geblieben und das Handgelenk mit den feinen Sehnen.

»Du, Salli«, er stellt die Tasche ab, breitet die Arme aus, »komm her mal!«

»Nein!!« Ihr Atem geht immer heftiger. Da ist wieder der Geruch von Daglfing: Stroh, Huföl, verbranntes Horn; aber hier ist nicht Daglfing, sagt sie sich empört. *Den Verstand verlieren sollte man ja nicht bei aller Fleischeslust!*

Sie will einen Schritt weitergehen, nur bis zur Garderobe. Streift ihn, spürt an der Taille seinen Arm, lehnt sich gegen ihn. Aus Versehen. Oder wollte sie ihn wegstemmen? Das hatte sie sich doch vorgenommen. Ja, mach nur einen Plan! Jetzt gehen sie schon nebeneinander und mit unnatürlich kleinen Schritten bis zur Küche. Geleitet von einem inneren Programm wie die Zugvögel, schauen sie kurz hinein, verwerfen die Idee sogleich; Salli sieht nach links, wo ihr Schlafzimmer liegt, schon fliegen sie weiter dahin; es muss also doch Instinkt sein, der einem die Richtung weist, jetzt sitzt sie schon auf ihrem Bett, er kniet vor ihr, hat seine Hände unter ihren Pullover geschoben und küsst ihr das Gesicht, während sie das T-Shirt mit dem Kosmonauten nach oben rollt, um mit ihren Händen endlich seine Brust, seinen Rücken streicheln zu können. Ja, hat sie denn ihren Verstand ganz und gar narkotisiert?

Schwer atmend stemmt sie ihn weg von sich. »Sergey! Das war furchtbar!«

»Was war furchtbar?«

»Dass ich dich nicht erreichen konnte! Ich war verzweifelt!«

»Hab ich gesagt, dass ich wiederkomm.«

»Aber ich wollte zwischendrin hören … Das macht man doch so! Man telefoniert. Man will wissen, wie es dem anderen geht.«

»In Russland man macht nicht.«

»Was heißt das? Ihr habt doch auch Telefon.«

»Wazu ich soll anrufen? War alles normal bei mir.«

»Hast du denn gar nicht gedacht, dass ich dich vielleicht sprechen möchte?«

»Naa.«

»Aber das kann doch gar nicht sein!«

»Kann schon sein. Bei uns in Russland is so. Geht Mann weg auf Arbeit. Später kommt wieder zurück. Is normal, mussma net immer telefonieren.«

»Und die Frau wartet einfach zu Hause?«

»Wartet sie.«

»Monatelang?«

»Wann sein muss.«

»Sergey, es war schrecklich für mich! Bitte mach das nie wieder.«

Verwundert sieht er sie an. »Wann willst du.«

Sie stößt einen lauten Seufzer aus, lehnt ihren Kopf an seine Schulter und versucht, all die Panik auszuatmen, die sie in den letzten Wochen beherrscht hat. »Warst du schon bei Katka?«, fragt sie leise.

»War ich.«

»Wie hast du sie gefunden?«

»War ich erst auf Hof, dann auf Rennbahn, Kumpel haben mir gesagt, dass steht jetzt in Stall bei diese Tusnell. Bin ich hingegangen und hab gefunden.«

»Geht es ihr gut?«

»Hat kein Wasser auf Koppel. Hab ich gleich gedacht, dass is Scheißstall.«

»Es tut mir leid. Ich wusste einfach nicht, wo ich sie sonst hätte hinbringen können.« Das ist gelogen. Salli kann sich gut erinnern, dass er ihr in Pferdefragen einen gewissen Joe von der Rennbahn empfohlen hat. Und Sergey wird es auch nicht vergessen haben. Sie weiß doch, wie wichtig es ihm ist, dass sein Pferd gut gehalten wird. Ganz besonders in der Wasserfrage. Mit wachsendem Bangen erwartet sie seinen Vorwurf.

Aber er sagt nichts, er hat wieder diesen Blick, als würde er in die Weite schauen, dabei ist die in ihrem Schlafzimmer nach wenigen Metern schon begrenzt durch den Kleiderschrank.

»Bist du mir nicht böse?«

»Naa.«

»Und was geschieht jetzt mit Katka?«

»Morgen früh ich stell rüber in andere Stall.«

»Wieso haben die auf der Rennbahn eigentlich gewusst, wohin ich sie gebracht habe?«

»Weil sind nicht blöd. Haben Augen.«

»Ach so.« Sie schluckt. Vor der nächsten Frage fürchtet sie sich wirklich. »Was mit dem Hof ist, weißt du auch schon?«

»Haben alles erzählt die Kumpel.«

»Ich wollte ihn nicht aufgeben, Sergey, glaub mir. Ich wollte das mit dir besprechen. Aber deine russischen Telefonsitten! Und dann dieser Mann von der Stadtverwaltung …«

»War einer auch bei Tommi. Aber is net lang blieben. War gleich runter wieder von Rennbahn.«

»Runter von der Rennbahn? Die ist doch schon verkauft?« Da stimmt doch jetzt irgendetwas nicht in der Geschichte? Wieso kann ein Rennbahntommi so einfach einen Angestellten des Oberbürgermeisters davonjagen? Wenn der Stadt das Gelände schon gehört, hat sie doch das Hausrecht! Es sei denn … Salli wird heiß und kalt. Kann es sein, dass man sie übertölpelt hat, während jedes Kleinkind auf der Rennbahn weiß …? »Hat Tommi sich einen Ausweis zeigen lassen von diesem … ahm … Herrn?«

»Ausweis zeigen lassen? Naa, hat einfach genommen so bei Krawatte, dann war wieder ruhig gleich.«

»Sergey, was ist da los? Was ist mit diesem Mann? Der hat mir erzählt, dass die Stadt die Grundstücke braucht für die Olympiade. Stimmt das nicht?«

»Stimmt schon. Wollen sie alle verkaufen deswegen. Laufen jetzt rum wie Ziegen in Gewitter, weißt du, jeder glaubt, dass wird bald Millionär. Von Rennbahnleitung haben auch gesagt, dass vielleicht verkaufen alles, aber passiert ist noch nicht.«

»Also, dieser Mann war gar nicht von der Stadtverwaltung?«

»Naa, hat Pachtherr geschickt für besuchen uns. Bissel Angst machen wollte er halt.«

Salli schlägt die Hände vor das Gesicht. »Grimmel wollte uns los sein, ist es so? Weil er den Hof besser verkaufen kann, wenn keine Pächter drauf sind? Und dieser Typ – das war alles Komödie? Heißt das: Ich hätte den Hof halten können? Und du könntest immer noch dort wohnen mit dem Pferd?«

Er schaut versonnen. »Heißt es so.«

»Mein Gott!« Salli, die kurz aufgeschaut hat, vergräbt erneut das Gesicht in den Händen. »O mein Gott, was habe ich da getan?!« Jetzt bricht richtig Verzweiflung über sie. Wenn Sergey doch nur da gewesen wäre in jenen Tagen! Wenn sie sich mit ihm hätte besprechen können! Wenn er Bescheid gewusst hätte! Oder – der Gedanke kommt neu hinzu und ist sehr hässlich: Wenn sie ein einziges Mal auf die Rennbahn gegangen wäre, um mit einem der Männer dort zu reden! Durch eine Lücke zwischen ihren Fingern späht sie zu Sergey hinüber. »Scheiße«, sagt sie. »Ich hab richtig Scheiße gebaut, oder?« Sie lässt die Arme sinken und schiebt Anton beiseite, der es sich auf ihrem Schoß bequem machen will. Ihr ist so kläglich zumute, dass sie heulen könnte.

»Naa«, sagt er, »finden wir schon raus wieder. Is bissel Geld bei mir jetzt.«

Das kann sie sich vorstellen, was *bissel Geld* heißt. So hat er ja immer gesprochen, wenn ihm das Wasser bis zum Halse stand. Sergey Sorglos. Nur – früher hat sie ihm helfen können mit der Kaution. Während jetzt ... jetzt ist ja wohl überall Goldgräberstimmung ausgebrochen. Ob da noch jemand verpachten wird? Wenn schon, dann sicher nicht zu dem alten Preis. Sergey steht schlimmer da denn je: Kein Stall, keine Wohnung, keine Aussichten, einfach nichts.

»Wir kriegen hin das!«, verspricht er und fährt ihr mit unbeholfen großen Streichelbewegungen über das Haupt vom Haaransatz vorn bis zum Hinterkopf.

Wir?, denkt Salli. Denkt er denn, dass sie noch einmal mit ihm einen Hof pachtet, ein Pferd versorgt, über die Felder reitet? Hier in ihrer Schwabinger Wohnung denkt er das? Mit ihren polierten Thonetstühlen und den Regalen, bis zur Decke hoch voller Bücher? Ihrem Institut um die Ecke? Das geht doch alles nicht. Sie hat immer nur geplant bis dahin, wo sie wieder hier leben wird in ihrer normalen Welt. Sie kann doch nicht plötzlich eine andere werden, eine russische Frau oder gleich eine Braunbärin, die monatelang irgendwo ausharrt, bis sich das Schicksal wendet. Ihr Schicksal ist das, was sie immer hatte: Studenten und Grammatik, Wörter und Sätze.

Sie könnte höchstens – dieser letzte Gedanke kommt, während er ihre Lippen küsst, ihre Schläfe streichelt – sie könnte *so tun*, als wäre sie eine andere. Für den Rest des Nachmittags, den Abend, die Nacht. Den Verstand verlieren auf Zeit. Zugvogel werden. Nur für diese Nacht.

Seit einer Stunde ist Salli wach. Sie kauert da in ihrem alten, vom vielen Waschen hart gewordenen Bademantel aus weißem Frottee, den Kopf in die rechte Hand gestützt, und schaut auf den Mann der neben ihr liegt. Sie will sich jede Einzelheit merken: die blonden Halbkreise der Wimpern; wie sich die Nasenflügel bewegen beim Atmen, wie sich die Brust dabei hebt und senkt und mit ihr die vielen blonden Löckchen, eins-zwei, eins-zwei; die bleiche Haut an den Beinen; den gebräunten Nacken; den Bauchnabel; sogar die schlabbrige blaue Unterhose, die er sich züchtig mitten in der Nacht wieder angezogen hat (während sie erst heute Morgen in ihren Bademantel schlüpfte). Wie ein Baby liegt er da, wie Anton – ohne Sprache, ohne Willen. Solange er schläft, hat Salli beschlossen, so lange gilt noch die Nacht. So lange kann sie hier in einem Halbkreis um ihn liegen und seinen Schlaf hüten, seine Atemzüge: eins-zwei, eins-zwei. Wenn er erwacht, wird er etwas sagen. Die beiden anderen, erinnert sie sich, haben etwas gesagt, bevor sie gingen, dass es *wunderbar* war mit ihr, so ähnlich.

Sergey seufzt und verhält den Atem. Dann schlägt er die Augen auf.

Eine Sekunde sehen sie sich an. Salli beißt sich auf die Lippen. Dann sagt sie: »Na?« So burschikos wie möglich.

Von oben sieht es so aus, als ob er grinsen würde. Er fasst ihre Hand und streichelt sie kurz. Dann schwingt er die Beine über den Bettrand, schlüpft in die Hose und trabt mit nacktem Oberkörper ins Bad. Salli hört die Klospülung, Wasser rauscht aus dem Wasserhahn, dann steht er wieder vor ihr. »So. Muss ich los jetzt.«

»Oh.« Dass der Abschied so rasch kommt, damit hat sie nicht gerechnet. »Wie soll es eigentlich weitergehen?«, fragt sie gegen jeden Vorsatz.

Er hat sich in sein Kosmonauten-T-Shirt gezwängt. »Kommt schon mit Zeit alles. Werden wir sehen.«

Gut. Gerade so hat sie es sich doch gewünscht: Eine Nacht im Himmel als Zugvogel und am nächsten Morgen geht es auseinander. »Warte«, sagt sie, »ich mach dir schnell ein Spiegelei. Warte noch zehn Minuten.«

Voller Hast setzt sie Teewasser auf, schwenkt Olivenöl in einer Pfanne, schlägt drei Eier hinein. Es gibt wirklich keine Möglichkeiten für sie beide, oder? Sergey wird zurückkehren zu seinem Pferdeleben, wird wieder zu irgendeinem Bauern ziehen, aufs Land, und dahin folgt sie ihm nicht, das steht fest. Was bliebe sonst? Ungeduldig sieht sie zu, wie der durchsichtige Glibber in der Pfanne anfängt, sich weiß aufzuwölben, eine Kruste zu bilden. Vielleicht ließe sich eine Art Jour fixe aufbauen? Besuch an jedem Freitagabend? Heimlich natürlich. Sie könnte etwas kochen, wie sie es in Daglfing gemacht hat, er bliebe über Nacht ... Sie müssten Vorkehrungen treffen, dass niemand etwas merkt ... Was, wenn die Familienrichterin von gegenüber durch den Spion sieht? Sie könnte Sergey als Privatschüler ausgeben. Vielleicht ließe er sich zu einer dezenteren Garderobe überreden? Nicht diese Bundeswehranzüge und das russische Zeug in Schwarz? Sie streut Salz und roten Pfeffer auf die Eier, klappt ihren winzigen Frühstückstisch herunter, legt hastig das Geschirr auf.

Er ist in Strümpfen in die Küche gekommen, steht da, kratzt sich die Bartstoppeln.

Sie weist auf den Stuhl, auf Brot, Eier, Tee. »Was hast du vor heute?«, fragt sie, so vernünftig und normal wie möglich.

»Stute is rossig«, erklärt er, »Follikel sind schon reif.« Er greift nach dem Brot, reißt ein Stück vom gebratenen Eiweiß ab und reicht es Anton, der gierig auf seinem Schoß herumtretelt.

»Ah so«, sagt Salli und versucht, diese Follikelgeschichte in Einklang zu bringen mit der Familienrichterin, einem hellgrauen Sakko und dem S-Bahn-Fahrplan von Daglfing hierher. »Was wirst du also tun?«

»Jetzt in Mai is gute Zeit für Decken. Bring ich sie zu Hengst ... brauchma noch mal Hänger ... Is guter Hengst, hat gute Siege bracht ... schauma mal, was wird mit Fohlen. Ob Leistung bringt auf Rennbahn.«

»Auf der Rennbahn? Willst du denn wieder ... aber Daglfing soll doch verkauft werden? Das gibt es doch bald nicht mehr?« Jetzt ist sie ganz verwirrt.

»Gibt andere Rennbahn«, sagt Sergey gleichmütig und nimmt mit einem lauten Schlürfgeräusch Tee zu sich. »Muss ich sowieso was kaufen, und wird teuer alles in Daglfing wegen Olympiade, weißt du.«

»Wovon sprichst du überhaupt? Welche andere Rennbahn? Und wieso auf einmal kaufen? Von welchem Geld denn?«

»Is net deine Kopfschmerzen.«

»Ja, aber ...« Salli bemüht sich um einen sachlichen Tonfall, »so ein Hof kostet doch – wahnsinnig viel!«

»Is net deine Kopfschmerzen.«

»Sergey, ich bitte dich ... vielleicht sollten wir überlegen ...«

»Brauch ich net überlegen, is schon alles überlegt. Gibt billige Hof. Hab ich mit Tommi geredet.«

»Ach was? Mit Tommi. Ich nehme an, auch das macht man so in Russland?« Jetzt ist der Grimm von gestern wieder da. Ihre Stimme klingt eine halbe Oktave tiefer, sie kann es hören.

Verwundert schaut er sie an. »Von was redest du?«

»Dass man wichtige Entscheidungen nicht mit der Frau bespricht, mit der man ... na, egal. Sondern mit irgend so einem Kumpel!«

»Macht man so in Russland.«

Voller Zorn funkelt sie ihn an. Doch bevor sie ihm ihre Einschätzung der russischen Sitten mitteilen kann, reißt das Telefonklingeln sie hoch. »Entschuldige bitte«, sagt sie eisig und geht ins Arbeitszimmer, wo der Apparat auf dem Schreibtisch steht.

»Salli!« Es ist Anselm, er klingt atemlos. »Gott sei Dank! Ich bin in einer entsetzlichen Verfassung, ich brauche jemanden zum Reden, sonst weiß ich nicht, was ich tue.«

»Um Himmels willen, was ist passiert?«

»Vicki hat mich verlassen. Du bist zu Hause? Ich komme gleich bei dir vorbei.«

»Ja ... ja ...«, stottert sie und schaut an sich herab: Bademantel, bloße Füße, da drüben sitzt ihr gescheitertes Projekt *Pygmalion* in Strümpfen an einem Tisch, der für zwei gedeckt ist. Um acht Uhr fünf in der Frühe. »Wann wolltest du kommen?«

»Ich sitze in der Straßenbahn. In drei Minuten bin ich da.«

Sie stürzt zurück in die Küche. Sergey hält Anton seinen Teller zum Ablecken hin. »Is in Pfaffenhofen«, sagt er.

»Pfaffenhofen?« Hektisch überfliegt sie mit den Augen die Szenerie. Was muss als Erstes verschwinden? Das zweite Gedeck. Sergey. Und seine Tasche.

»Die Hof, von welche redet Tommi. Gehma da hin.«

»Gehma? Ich soll mitkommen? Hast du das auch schon mit Tommi besprochen?« Sie nimmt ihm den Teller aus der Hand und die Tasse und stellt sie in die Spülmaschine, sieht sich um nach seinen Sachen. »Zieh deine Schuhe an, bitte!«

Gehorsam geht er in den Flur, wo seit gestern Abend seine Schuhe stehen, seine Jacke hängt. Salli folgt ihm. Auf dem Hocker neben der Garderobe hat sie die paar Dinge gestapelt, die in Daglfing von ihm noch herumlagen. Bebend vor Zorn und Aufregung, stopft sie ihm in die Tasche, was ihr in die Hände fällt: zwei Hemden, drei Paar Socken, einen Packen Zettel, einen Pferdepass. »So macht man das also in Russland: wegfahren, die Frau warten lassen, bis sie schwarz wird – und dann soll ich plötzlich umziehen nach – wohin? Pfaffenhausen? Jetzt sag ich dir mal, wie man das in Deutschland macht ...« Sie hält ihm seine Tasche hin, pflückt die Jacke von der Garderobe und streckt sie ihm gleichfalls entgegen: »Ich bin kein Möbelstück! Geh jetzt! Zu deiner Stute, zu deinem Tommi, zu wem auch immer! Bitte sehr!« Damit öffnet sie die Tür.

Die Jacke in der einen Hand, die Tasche in der anderen geht Sergey hinaus wie ein verjagter Teppichhändler. Salli sieht zu Boden. Die Holztreppe knarzt. Unter Sergeys Schritten nach unten. Und unter den Schritten, mit denen Anselm an ihm vorbei nach oben stürmt.

Sergey

Einen kühlen Kopf bewahren kann Sergey, das braucht man beim Pferderennen oder wenn man die eigene Mutter beerdigen muss am ersten Tag im fremden Land. Was hilft es auch, sich aufzuregen? Ein Mann steht nicht da und schreit, ein Mann tut etwas. Er zum Beispiel muss jetzt gleich zu seiner Stute. Die steht mitten in der Rosse, viel Zeit ist nicht mehr, er muss sie zum Hengst bringen, heute noch. Und ihr vorher noch die Hufeisen abnehmen. Die Frage, warum Salli sich gerade so aufgeregt hat, wird er verschieben, erst fährt er zu Tommi und borgt sich dessen schweren Wagen mit Hänger. Dann geht es weiter zu dieser Tusnell, bei der Katka steht.

Mein Gott, die Weiber. Die ganze Zeit, während er mit der Zange an Katkas Hufen hantiert, steht sie neben der Stute, seufzt und schüttelt den Kopf, als ob sie eine schreckliche Tierquälerei mitansehen müsste. Zum Abschied nimmt sie sogar noch Katkas Ohr und flüstert ihr etwas hinein.

Dann geht es weiter zum Gestüt, wo er die Stute auslädt und in ihre neue Box bringt. Ob sie aufnehmen wird? Man soll nicht Hopp schreien, bevor man übers Loch gesprungen ist, aber ein gutes Gefühl hat er schon. Beim Natursprung kommt viel mehr Sperma in die Stute, da werden die meisten trächtig. Gut, und wenn dieser ganze Stress vorüber ist, wird er wieder bei Salli vorbeischauen, bis dahin dürfte ihr Zorn doch verraucht sein. Bei den Frauen gehen die Gefühle schnell rauf und runter, das machen die Hormone. Im Prinzip ist es das Gleiche wie bei den Stuten, er kennt das ja als Züchter –

deshalb hat er auch immer lieber Hengste geritten, die sind nicht so kompliziert.

Aber während er auf dem Nachhauseweg am Steuer von Tommis Wagen sitzt, kommt ihm noch einmal Sallis Gesicht vor Augen, die Empörung, die darin stand, und er fragt sich, ob er nicht doch etwas falsch gemacht hat bei ihr. Denn ein kleiner Wurm nagt schon länger an seinem Gewissen, der hat mit Katka zu tun und Sallis Unterricht und dem Pferdekauf damals. Wenn Salli jemals erfährt, warum er unbedingt ihre Grammatik lernen wollte – da könnte sie sehr böse werden und sie hätte auch recht, wenn sie ihn dann noch einmal wegjagt. Bloß – wie sonst wäre er denn jemals zu einem Pferd gekommen?

Als sie damals aufbrachen nach Deutschland, hat er geglaubt, dass er als Pferdemann bald wieder irgendwo in einem Sulky sitzen würde. Aber dann kam erst das Lager, wo es gar nichts zu tun gab. Die Schwestern weinten, heimwehkrank; er spielte Fußball mit dem Neffen, zwei Monate lang ging das so. Dann die Jobangebote: Putzfrau, Gabelstaplerfahrer. Die Schwestern akzeptierten ihr neues Schicksal, er nicht. In Oberbayern, hörte er, da gäbe es Leute mit Pferden, also fuhr er dahin und klapperte die Ställe ab. Der dritte Bauer stellte ihn an. Jetzt hatte er seine Arbeit mit Pferden wieder. Oben saß er allerdings nicht mehr. Oben saßen die geschmückten, deutschen Pferdebesitzerinnen. Sergey stand unten und hatte eine Mistgabel in der Hand. Und das würde so bleiben, verstand er. Kein Pferdebesitzer hier würde einen hergelaufenen Russen als Trainer anstellen.

Wenn er selber ein Pferd hätte! Oder sich eine Stute aus guter Linie verschaffen könnte, mit ihr züchtete, ein Fohlen großzog, trainierte und dann mit ihm auf der Rennbahn Siege einfuhr. Dann würden wohl ein paar Pferdebesitzer auf ihn aufmerksam, dann könnte er vielleicht wieder anfangen,

Rennpferde zu trainieren und Rennen zu fahren. Als er von Katka hörte, die trotz bester Abstammung nie gewann, die bei keiner Besamung aufnahm, sagte er sich, dass das seine Chance sein könnte. Aber zu der Zeit, als er erfuhr, dass sie als Freizeitpferd billig verkauft werden sollte, war ihm schon klar geworden, dass er allein sie sich nicht würde verschaffen können. Anfangs hatte er noch geglaubt, dass ihm die Sprache fehlte, und nach einem Lehrer gesucht. Dann begriff er, dass er naiv gewesen war.

Pferdeleute verstehen sich auch mit wenigen Worten. Aber eben als Pferdemann durfte er nicht auftreten. Pummer würde doch nicht mitansehen, wie ein anderer Trainer Siege mit einem Pferd einfuhr, mit dem er keinen Blumentopf gewonnen hatte. Wer aber sollte den Kauf dann übernehmen? Da hat Sergey sich für Salli entschieden. Drei Hausaufgaben hat er für sie aufs Papier gemalt, als wollte er wirklich sein Deutsch verbessern. Und sie dann als Strohfrau angeheuert. Dem stammelnden, ehemaligen Rennfahrer hätte der schlaue Pummer die Story vom Freizeitpferd niemals abgekauft. Einer unwissenden, nur um Grammatik bekümmerten Sprachlehrerin schon. Dass er Salli zu Pummer geschickt hat, das war eine Kriegslist. Genau wie seine zweite Bitte um Grammatik, als er später den Hof pachten wollte. Er hat Deutsch gelernt aus reiner Berechnung – anders kann man es nicht nennen.

Sergey parkt Tommis Wagen mitsamt dem Hänger auf dem Rennbahngelände. Dann holt er die Tasche, die Salli ihm heute Morgen so hastig zusammengepackt hat, vom Rücksitz und läutet an Tommis Wohnungstür. Er kann bei ihm wohnen, hat der Kumpel ihm versprochen, und als Sergey die Wohnung betritt, sieht er, dass das wirklich kein Problem ist – überall herrscht die größte männerfröhliche Unordnung: Longierpeitschen, Gamaschen, Sattelseife und dreckige Wäsche liegen durcheinander auf dem Boden herum, in einer trüb beleuchteten Ecke steht ein Tisch, darauf ein übervoller Aschenbecher, Dartpfeile, schmutzige Schnapsgläser. Eine Weile sitzt er noch mit Tommi da und lässt sich Jim Beam einschenken (den er mit Abscheu trinkt). Dann zeigt ihm der Kumpel das Badezimmer und die Ecke, wo er schlafen kann.

Als er seine Sachen auspackt, zieht Sergey ein Heft aus der Tasche. Erst glaubt er, dass es Katkas Pferdepass ist, dann erkennt er Sallis säuberliche Handschrift. Nach dem langen Tag beißt ihn noch einmal scharf der Gewissenswurm. Er sollte zu Salli gehen und ihr das mit Katka erklären. Er sieht ihr Gesicht vor sich und wartet darauf, dass Wolken darin aufziehen, dass sie wieder verwehen, sie ihn so lieb anschaut und in die Arme nimmt wie gestern Abend. Er glotzt auf ihr Heft. Was steht da? *Projekt Pygmalion*. Er schlägt die erste Seite auf und muss lächeln, weil er Sallis systematischen Geist erkennt: Ort, Datum, Adresse. Dann sieht er seinen Namen – *Sergey Dyck* – und stutzt: Was hat er denn mit ihren Haushaltsbüchern oder was das ist, zu tun?

Er blättert um, liest weiter und je mehr er versteht, desto finsterer wird sein Gesicht. Was hat sie da alles aufgeschrieben? Das sind doch seine Reden, die er da liest: *Hat Großmutter erzählt von Aschenputtel. Wie so arm war die Mädel … Kann mir gestohlen bleiben diese Grammatik alle. Brauch i net solche Dinge.* – Dann hat sie ihn also verfolgt mit ihrem Unterricht, weil sie ihn irgendwelchen Leuten zeigen wollte, die sich totlachen können über so einen dummen Russen? Der keinen einzigen richtigen Satz zusammenbringt in ihrer Sprache? Was steht da: *Diese russische Weiber alle – ohne Tränen man kann nicht anschauen.* Und deshalb ist sie mit ihm zusammen gewesen auf dem Hof? Sogar noch im Bett?

Er schlägt das Heft wieder zu. Alles muss er gar nicht lesen, er hat schon verstanden, wozu sie ihn benützt hat und wie sie ihn blamieren will. Aber das hat *sie* wohl nicht richtig kapiert:

Dass ein russischer Mann seine Ehre braucht, sonst wird er nämlich schnell fertiggemacht von den anderen. In Russland müssen die Männer den Überblick behalten. Nein, herumlaufen und laut schnattern wird er nicht. Statt zu reden, das war immer seine Devise, muss man etwas tun. Zum Beispiel einen Schlussstrich ziehen unter die Geschichte mit der Lehrerin Salli. Sie gar nicht mehr erst aufsuchen. Einen Schlussstrich zu ziehen – das ist auch eine Tat.

12. Ah, oh oder oi

> *Ein Gesichtsausdruck und der passende*
> *emotionale Laut berühren uns viel unmittelbarer*
> *als jede sprachliche Kodierung der gleichen Bedeutung.*
> Ruth Berger, ›Warum der Mensch spricht‹, 2008

HÄTTE JEMAND SALLI vor einem Jahr gesagt, dass ein Besuch von Anselm ihr auf die Nerven gehen würde – sie hätte ungläubig den Kopf geschüttelt. Sie hat ja nicht einmal damit gerechnet, dass von Anselm Besuche je im Plural ausgehen könnten. Aber seit Vicki ihn verlassen hat, schreitet er bald jeden dritten Tag den Teppich in ihrem Arbeitszimmer auf und ab und deklamiert über a) Vicki (schön), b) ihre Lebensauffassung (unverantwortlich), c) seine generelle Stimmung (gelassen: »Was reg ich mich überhaupt auf über die Schlampe? Liebe soll doch Spaß machen!«), d) die No. 6 in Vickis Leben, einen griechischen Wirt, der am Wochenende mit der Bouzouki im eigenen Lokal auftritt (kein Lebenskonzept), e) die Einstellung unserer Gesellschaft zu Sex (überschätzt).

Je öfter er zu ihr kommt, je wohler er sich bei ihr zu fühlen scheint, desto mehr Launen bringt er mit. Meist richten sie sich gegen Anton. Und da Tiere seiner wiederholt erklärten Ansicht nach weder Wille noch Bewusstsein haben, auch gegen Salli, die – im Unterschied zu einem Kater mit Bewusstsein gesegnet – diesen Mangel mit zu verantworten hat. Anselm versteht nicht, *wie man sich so etwas antun kann*, er hält ihr

Sentimentalität vor und weist nach, wie *angebunden* sie nun sei. Manchmal zeigt er aggressive Ausfälle. »Nimm das Vieh da weg!«, hat er vorgestern gefordert, als der Kater anfing, den Kopf an seinem Hosenbein zu reiben.

Der Auslöser heute ist, dass Anton an der Balkontür scharrt.

»Was hat er denn?«, fragt Anselm gereizt. Gerade wollte er zu einer Analyse des griechischen Erziehungssystems ausholen, dem er eine Teilschuld an Vickis Verhalten zuspricht.

»Er will auf seine Kiste.« Salli steht auf und öffnet die Tür.

»*Er will, er will* – Tiere wollen nicht. Sie müssen!«

»So wie du und ich?«

»Puh – sag bloß, der geht jetzt tatsächlich zum Kacken?«

»Achtung. Wenn du so sprichst, versteht er dich. Die Interjektionen wenigstens.«

»Interjektionen? Augenblick mal. Bist du da etwa immer noch dran? Ich hab es dir doch schon mal erklärt: Deine *Ah*s und *Oh*s sind keine Wörter.«

»Das stimmt. Es sind Sätze. Warte, ich mach schnell sauber.«

Während Anselm sich empört die Nase zuhält, geht Salli mit Plastiktüte und Schäufelchen auf den Balkon und kauert sich vor das überdachte Katzenklosett. Durch die Öffnung leuchten Antons Augen sie an.

»Na«, sagt sie, »du bewusstloses Wesen, jetzt mach mal!«

Interessiert reckt Anton seinen Kragen vor.

Sie hält ihm ihren Finger so dicht vor die Schnauze, dass er ihn fast berührt. Der Kater zieht Schnurrhaare und Lefzen zurück, was ihm einen indignierten Ausdruck verleiht.

»*Puh*«, sagt Salli, »kannst du auch sagen, was?« Nein, Anselm hat unrecht mit seiner Apotheose des menschlichen Geistes. Die Wissenschaft ist längst weiter, das weiß Salli inzwischen. Sie hat sich Bücher besorgt (darunter eins von ihrer ersten Liebe, dem Ethologen Wolfgang, der jetzt an einer Uni in Niedersachsen das Verhalten von Rindern erforscht), fast täglich findet sie Zeitungsartikel zu Krähen, die Werkzeug basteln, oder Schimpansen, die die Gebärdensprache erlernt haben. Die Wissenschaft explodiert vor Erkenntnis über tierische Intelligenz. Anselms Standpunkt wird aussterben. Er weiß es nicht, und er muss es auch nicht wissen – wozu.

Auch sein Credo zur Liebe stimmt nicht: dass sie umstandslos mit Spaß zusammenfiele. Nein, Artikel in Fachzeitschriften findet Salli dazu nicht. Aber ihren alten Fragebogen zu den Interjektionen hat sie wieder hervorgeholt, und da ist ihr etwas aufgefallen: Viele Teilnehmer haben bei Freude *ah* angegeben und *oh* bei Kummer. Ein winziges Anheben des Unterkiefers, ein minimales Spiel der Mundwinkel – dann wird aus dem Freuden-*Ah* ein Kummer-*Oh*. So nah liegt das zusammen? Aber wenn sie sich zurückerinnert an ihre Zeit auf dem Hof – was waren die schönsten Momente? Nicht die, in denen sie Katka fütterte, ein Steak briet für Sergey und ihn zwang, wenigstens einen kleinen Salat zu essen? Der Abend fällt ihr wieder ein, als sie um ihn herumlief und ihm erklärte, was *sich kümmern um* bedeutet. Sergeys Schuljungengesicht. Laut Anselm schließen Liebe und Kummer einander aus. Für sie war das Kümmern das Schönste daran. Und *Kümmern* kommt von *Kummer*, so viel zur Etymologie.

Nun – das ist vorbei. Es gibt kein Pferd mehr, keinen Mann, keine Nächte zu zweit. Als sie Sergey weggeschickt hat, ist sie davon ausgegangen, dass er sich in ein paar Tagen wieder bei ihr melden würde. Aber fast zwei Monate sind vergangen ohne ein Lebenszeichen von ihm. Offenbar hat er ihre letzten Worte als Rauswurf für immer verstanden. Oder – dieser Gedanke löst ein zahnwehartiges Ziehen in ihr aus – er ist irgendwie dahintergekommen, dass sie ihn missbraucht hat für ihr Projekt. Der Gedanke ist aufgetaucht, als sie ihre

Arbeitskladde zu *Pygmalion* endlich wegräumen wollte und nirgendwo fand. War es möglich, dass sie ihm die damals mit eingepackt hat in ihrer Hast? O Gott! Wie sollte sie ihm das erklären? Welche Entschuldigung könnte er akzeptieren? Keine, das weiß sie. Salli klammert sich an die Hoffnung, dass die Kladde irgendwann wieder auftauchen wird, und versucht, allen Rest zu vergessen: Sergeys Gesicht, seine Hände, seine Stimme, seine Fehler auch.

Aber während sie auf dem Balkon vor dem Katzenklosett kauert, kehren die Erinnerungen trotzdem zurück und mit ihnen kommt der Schmerz. Von der Brust hoch zur Kehle strömt er und würgt sie. *Ohhh.* Sie stöhnt. So dringt wenigstens ein bisschen Luft in die eng gewordene Brust.

Auf Anton wirkt der Laut beflügelnd. Er erhebt sich und scharrt übertrieben fleißig in der Katzenstreu.

Im Wohnzimmer erwartet sie Anselm mit Punkt d): »Dieses dauernde Gedinge um Sex, Sex, Sex – als gäbe es sonst nichts auf der Welt! Entschuldige, Salli, du musst sagen, wenn es dir zu viel wird!«

»Bitte, bitte!«, antwortet sie mürrisch. Warum muss er immer wieder auf ihr Nonnendasein hinweisen, auf ihre vermutete Zimperlichkeit? Sie bemüht sich um einen gelösten Gesichtsausdruck, aber ihr Grimm lässt sich kaum noch verbergen. Auch gut, denkt sie, immer noch besser als diese eklige Weinerlichkeit.

»... wenn mans recht besieht: Aufwand – beträchtlich, Resultat – bescheiden und – du musst sagen, wenn es ...«

»Ja! Ich meine, nein!« Sie schreit fast, doch Anselm ist schon zu sehr in Schwung, um sich bremsen zu lassen:

»... die Stellung – würdelos, hab ich recht?«

Was soll sie darauf sagen? Wo nun auch noch ein Bild vor ihrem inneren Auge aufsteigt, auf dem sie sich, die dünnen, weißen Beine um Sergey Dycks rundlichen Körper geschlungen, vor- und rückwärts bewegen sieht in einer Haltung, die man – nein, würdig gewiss nicht nennen kann. Und das, denkt Salli – während Anselm zu Punkt a) zurückkehrt: Vickis reizende kleine Zehen – das war es ja wohl, warum Sergey sich davongemacht hat. Aus dem gleichen Grund, aus dem die beiden anderen Männer vor langer Zeit das auch getan haben: Weil sie zu dünn ist, zu klein, zu lahm, zu blass. Jetzt ist sie außerdem noch alt. Sergey wird froh sein, dass er sie los ist.

»Oh.« Sie kann den Seufzer nicht mehr zurückhalten. Zum Glück hat Anselm nicht zugehört. Zum Glück ist morgen ein normaler Arbeitstag mit Studenten, Übungen, Tests.

»Was ist wichtig, lichtig, nichtig? – fulagt am End sich der – Studeent – Argumeent – Dozeent.«

Mit einer Terz in C-Dur klingt der Kanon aus. Die sechzehn jungen Chinesen aus Sallis *Soku 12/7PK* schauen fragend zu ihrer Lehrerin. War es gut?

»Ahh!«, sagt Salli. »Schön!«

»Ahhhh!«, echot der Chor. Die Gesichter der Studenten leuchten. »Noch einmal üben?«, piepst die kleine Yi.

Es geht um das Fest am Abend. Kollege Radetzki verabschiedet sich in die Rente. Ein Büfett ist geplant, Reden, Darbietungen der Studenten. Die jungen Leute aus Peking knistern vor Aufregung. Bedauernd schüttelt Salli den Kopf. »Ich muss weg. Macht euch keine Sorgen, ihr schafft das!«

Ahhh, denkt sie, während sie den Flur hinuntergeht. Bei Freude. Oder Erleuchtung. Wenn man etwas begriffen hat.

Am Ende des Gangs gibt es zwei Türen, beide verschlossen. Durch die große ist der Zutritt nicht gestattet. Salli muss durch die kleinere Tür ins Vorzimmer. »Herr Taubert erwartet mich«, erklärt sie der Frau, die dort top gestylt – blonder Bob, kantiger Silberschmuck – vor ihrem Monitor sitzt.

Mit Mühe löst die Angesprochene den Blick vom Bildschirm und lenkt ihn auf die Leuchtknöpfchen der Sprechanlage: »Herr *Doktor* Taubert telefoniert noch.«

Fünfunddreißig Jahre lang hat hier die Sekretärin Inge Weich gearbeitet. Seit letztem Monat befindet sie sich in vorzeitigem Ruhestand. Nach offizieller Lesart wegen Burnout-Syndrom. Von Radetzki hat Salli gehört, dass sich das Syndrom eingestellt hat, nachdem Taubert sie mehrfach so laut abmahnte, dass seine Worte durch die Lederpolster der Direktoratstür zu hören waren. Zusammen mit Inges Person wurde noch mehr ausgetauscht: Es gibt ganz einfach keine Sekretärin mehr. Die Frau auf Inges Platz soll man – so das Schild vor ihrem Platz – als *Kundenberaterin* ansprechen. Was wiederum heißt, dass aus den Studenten *Kunden* geworden sind.

Einzelne Teilnehmer der neuen Sonderkurse verhalten sich tatsächlich als solche und zwar von der hochkapriziösen Art: Zwei neunzehnjährige Schweden haben sich darüber beschwert, dass in ihrem Wohnheim gleichaltrige Vietnamesen untergebracht sind. Ein Schnösel aus Genf begehrte ein Wellenbad für sein Surfbrett. Und – fast schon wieder lustig – eine Bürgermeistersgattin aus Lettland hat sich über Dobischs Bärtchen beschwert: Sie hätte sich so erschrocken beim ersten Anblick, der Mann sehe ja aus wie Lenin!

Die Chinesen in Sallis eigenem *Soku* sind zum Glück so lieb wie je. Da für *Soku*s mehr gezahlt wird, hat man die teuren Kunden ihrem Wunsch gemäß in einem eigenen Kurs zusammengefasst. Schade. Zusammen mit jungen Leuten aus anderen Ländern hätten sie ihre Sprechfähigkeit besser trainieren können. Nun – sie wissen nicht, was ihnen entgeht, alle wirken zufrieden. Unwahrscheinlich, dass Salli wegen einer Beschwerde zum Chef bestellt wurde. Ganz wohl fühlt sie sich dennoch nicht. Sie hat stets gedacht, das einzig

Richtige in ihrem Leben sei ihr Unterricht. Aber inzwischen traut sie sich selbst nicht mehr. Wie war das mit Anselm? Und mit ihrem Zutrauen in seine Intelligenz? Beklommen seufzt sie auf.

Die Kundenberaterin sieht herüber zu ihr. »*Er* telefoniert noch«, wiederholt sie mahnend.

Salli beißt sich auf die Lippen. Diese Frau am Monitor gibt ihr mehr und mehr das Gefühl des armen Sünderleins – aber ihre trübe Stimmung wird sich auch nicht bessern, wenn sie zu Hause ist. Seit Tagen weiß sie dort nichts mehr mit sich anzufangen. Und was ihre Kopfschmerzen verstärkt, von denen Sergey meinte, dass sie ihr nicht zuständen – ausgerechnet jetzt versagt ihre Hausapotheke: Nicht ein Film aus ihrer Kitschkiste, der Wirkung gezeigt hat. Im Gegenteil: Sissi, Lara und Schiwago verschlimmern noch die Depression. Vielleicht sollte sie es mit einer Fernsehserie versuchen? Etwas mit Pferden?

»Aha«, sagt die Kundenberaterin, »jetzt …« Auf Zehenspitzen geht sie zur Tür. »So«, sagt sie zu Salli, »bitte.«

Am Nachmittag desselben Tages steht Salli im Unterrock vor dem Spiegel in ihrem Schlafzimmer und versucht, sich auf die nächste Zukunft zu konzentrieren: den Kartoffelsalat, ihren Beitrag zu Radetzkis Büfett – gleich wird sie Wasser abgießen, schälen, schneiden, würzen; ihre Garderobe: das weiße Sommerkleid – bei der letzten Wäsche eingegangen; der Kittel im Miró-Stil mit gelben Monden – zu salopp; ihr hellblaues Kleid, langärmelig – nein, darin ist der Schweißausbruch garantiert bei der Hitze. Weder Salat noch Kleider sind wichtig. Salli stürzt sich nur gedanklich darauf, um die Erinnerung an Tauberts Worte zu verdrängen. Schwirig, wenn einem aus dem eigenen Kleiderschrank die Kassandrarufe entgegenschallen: Siehst du hier das *Super-Soku*-Kleid? Schau in den

Spiegel! Der nächste Kurs wird dein Ende, Mädchen, das schaffst du nie!

Im August, wenn ihre Chinesen wieder in Peking sind, wartet auf Salli eine große Ehre – so hat Taubert es jedenfalls hingestellt. Sie wird einen weiteren *Soku* leiten, aber nicht irgendeinen. Sie bekommt den – Gratulation! – *Super-Soku*. Eine große deutsche Tageszeitung hat einen Preis gestiftet für die zehn besten Berichterstatter aus dem europäischen Ausland. Die Gewinner erhalten zwei Wochen Deutschunterricht. Nein, nicht den normalen Unterricht mit Hausaufgaben, Übungen und Tests. Es fängt an mit den Örtlichkeiten: Unterrichten soll Salli da, wo die Herrschaften residieren, nämlich im Hotel »Bayerischer Hof«. Die Zeit: neun bis siebzehn Uhr. Außer wenn sich einer langweilt und anderes gewünscht wird. Mittags soll Salli am Büfett teilnehmen sowie an der Konversation in Deutsch, Englisch, Französisch. Außer wenn jemand keine Lust auf diese Sprachen hat und anderes gewünscht wird. Unterrichtsstoff: Grammatik, Hören, Lesen, Schreiben, Sprechen. Außer wenn ... Es gibt einen *Dresscode*: Frisur, Kleidung, Strümpfe, Schmuck – das scheint das Wichtigste zu sein. Der Englischkurs, der letztes Jahr in London ausgeschrieben war, endete mit einem Eklat, weil einer der Lehrer in Jeans angetreten war. Lernziel und Wissensstand der noblen Klienten? Das wisse er nicht, hat Taubert geantwortet, es handle sich wohl um eine heterogene Gruppe, Anfänger und Fortgeschrittene im selben Kurs, aber das würde sie schon *in den Griff bekommen*, da vertraue er ganz auf ihre *Erfahrung*. Und welche Erfahrung, bitte schön, soll ihr dabei helfen, zehn Snobs unter einen Hut zu bekommen, von denen der eine noch nicht *Guten Tag* sagen kann, während der andere über seinen letzten Buchpreis zu diskutieren wünscht? Sie sei eine *überdurchschnittlich solide Kollegin*, hat Taubert sie gelobt. Schön, jetzt weiß die solide Salli, was auf sie zukommt: Es wird Beschwerden geben über ihre Garderobe, ihr mangelhaftes Französisch, ihren kindischen oder zu anspruchsvollen Unterricht. Taubert wird ihr eine Abmahnung zustellen. Dann noch eine. Beim dritten Mal wird sie entlassen. Genau, wie Anselm es letztes Jahr vorhergesehen hat.

Salli sieht auf die Uhr und erschrickt: Viertel nach fünf! Um sechs beginnt das Fest. Die Kartoffeln! Halbnackt saust sie in die Küche, wo es aggressiv aus dem Kochtopf brodelt. Wasserrinnsale laufen über das beschlagene Fensterglas. Mit der linken Hand dreht sie das Gas ab, mit der rechten fasst sie nach dem Topfdeckel. Im nächsten Moment lässt sie ihn fallen und schreit vor Schmerz. In scharfem Zug ist ihr der heiße Dampf über das Handgelenk gefahren. Ein roter Streifen, zentimeterdick, zeigt die verbrühte Haut an. Ein paar Sekunden sieht Salli fasziniert zu, wie ein heller Strich den roten Streifen teilt, wie sich links und rechts davon zwei pergamentene Blasen erheben. Dann besinnt sie sich, dreht den Wasserhahn auf, lässt kaltes Wasser über die verletzte Stelle laufen und überlegt, was sie im Haus hat: Brandsalbe? Verbandszeug?

Als Salli um fünf vor sechs zur Tür geht, hat sie ihren Miró-Kittel an; am Handgelenk leuchtet ein Streifen Verbandsmull. Rasch noch ein Blick in die Handtasche: Geld, Schlüssel, Handy. Während der Besprechung mit Taubert hatte sie es ausgeschaltet. Als sie es jetzt aktiviert, sieht sie, dass jemand sie anrufen wollte. Während sie die Treppe hinabgeht, drückt sie auf die Wähltaste.

Jemand hebt ab, sagt nichts und sie weiß, wer es ist.

»Sergey?«

»Ich bin.«

Sie geht, das Handy am Ohr. Die Handtasche rutscht vom Ellbogen auf die verbundene Stelle zu. Salli bleibt stehen.

»Sergey?« Wie klang seine Stimme? Ist er böse? Aber

warum ruft er dann an? Auf einmal ist sie vollkommen sicher, dass sie damals doch ihre Kladde in seine Tasche gepackt hat, sie sieht alles vor sich: die Unterhosen, Shirts, Katkas Pferdepass, das kartonierte Heft, darin gewissenhaft eingetragen sämtliche Daten, sogar Tageszeit und Ort ihrer Aufzeichnung, ihre Mustersätze, seine Sergey-Sätze, ihre Verbesserungsvorschläge, *vorher* und *nachher*, alles in ihrer Lehrerinnenschrift, gut lesbar. Ist er böse? Er muss böse sein.

»Sergey, ich sollte ...«

»Kömma reden heut?«

»Reden? Ja!« Nein! Er klingt ganz sanft. Dann hat sie sich doch getäuscht! Noch einmal sieht sie sich, nicht minder klar als vorhin, wie sie Unterhosen in die Tasche stopft, die Kladde in die Hand nimmt und – beiseitelegt. Auf den Stapel mit alten Zeitungen. Ja, Erleichterung durchflutet sie, so muss es gewesen sein, er hat keine Aufzeichnungen über sich gelesen, der Kelch ist an ihr vorübergegangen. Jäh erfasst sie die Freude; sie könnte fliegen, am liebsten möchte sie gleich zur U-Bahn stürzen und zu ihm fahren auf die Rennbahn. Gerade noch zieht etwas in ihr – womöglich das überdurchschnittlich Solide – die Bremse: »Heute geht es nicht, Sergey.«

»Wo bist du?«

»Auf dem Weg ins Institut. Wo bist du?«

»Auf Fußgängerzone.«

Im Zentrum? Sergey hasst doch die Stadt! Tausend Gedanken gleichzeitig. Sie darf jetzt nicht einfach zu ihm, sie muss zu Radetzkis Feier. Ihre Chinesen warten mit Ungeduld. Den alten Kollegen mag sie auch nicht enttäuschen. Und wenn sie sich gleich nach dem offiziellen Teil davonschleicht?

»Kann ich zu dir kommen. Gleich. Wann geht für dich.«

»Aber ich bin ... ich kann nicht – warte ... um neun. Um neun Uhr bin ich zu Hause. Nein: halb neun. Ist das gut?«

»Is gut.«

Im großen Saal des Instituts ist das Büfett aufgebaut. Koreanische Nudeln, bayerischer Schweinebraten, gefüllte Paprika aus Griechenland, russische Piroggen, chinesische Jiaotse, Lammköfte, Sushi mit Gurke und Lachs, Crema Catalana, Tiramisu, Obstsalat.

»Entschuldigung!«, sagt Salli, weil sie so spät kommt und nichts mitgebracht hat.

»Nicht doch!«, antworten die Kollegen und fragen sie nach dem Verband an ihrer Hand. »O je!«, hört sie. »Du Arme!«

»Hoib so wüd«, sagt Radetzki, der angesichts seiner bevorstehenden Pensionierung mehr und mehr in das Wienerisch zurückfällt, das er sich während seiner Dozentenzeit verbieten musste. Er ist im schwarzen Anzug da mit Fliege – nie haben die Kollegen ihren alten Betriebsrat so fesch gesehen.

Auch die anderen haben sich schick gemacht: Gesine in einem tief dekolletierten, champagnerfarbenen Seidenkleid, Barbara im hellen Leinenkaftan, die Herren alle im weißen Hemd. Anselm, der als Barkeeper fungieren wird, hat sich eine dekorative, bodenlange schwarze Schürze um die Taille gebunden. Die Studenten flattern in Sommerhemden und -kleidchen herum wie bunte Schmetterlinge.

Gerade als Salli ihre Sänger einsammeln will, kommt mit ausgebreiteten Armen eine junge Frau auf sie zu. Sie hat dunkle Haut und herrliches Kraushaar von der Struktur eines Scotch-Brite-Schwamms. »Ah«, sagt sie, »Salli! Wie ich mich freue!«

»Josette!« Salli reißt die Augen auf vor Überraschung. »Was machst du hier? Du bist doch schon längst an der Uni …?«

»Mein Freund lernt jetzt Deutsch bei euch, da drüben steht er, siehst du? Ich studiere Ingenieurwissenschaft an der TU, ich baue Blitzableiter. Weißt du noch? Ich hatte doch mal solche Angst vor Gewittern. Vor Deutsch auch.«

Salli schüttelt den Kopf. »Es ist großartig, wie du jetzt sprichst!«

»Weil du meine Lehrerin warst. Wie du uns damals erklärt hast, warum man sich *auf* jemanden verlassen kann! Das werde ich nie vergessen. Jing seh ich manchmal – erinnerst du dich? Wir reden so oft von dir. Du bist eine Legende!«

»Ach, komm!« Verlegen drückt Salli ihr gleich noch einmal die Hand.

»Schau, ich habe dir was mitgebracht.«

Salli wickelt das winzige Päckchen aus. Es ist Christus, der Erlöser, aus Rio, auf einem Magnetplättchen, vier mal zwei Zentimeter groß.

»Du kannst ihn an deinen Kühlschrank kleben«, erklärt Josette mit dem weichen Timbre der brasilianischen Sprecherin, »er soll dich beschützen.«

Die Darbietungen beginnen: Reden, Blumensträuße, ein Sketch von Studenten. Mit ihren Chorsängern steht Salli in einer Ecke des Saals. Oben auf der Bühne gestikulieren die anderen Darbietenden, überreichen Geschenke, kämpfen mit dem Mikrophon, aber Salli kann sich kaum darauf konzentrieren. Das Lampenfieber hat den ganzen Chor ergriffen. Und irgendetwas stimmt nicht mit Yi, so wie sie sich die Hände an die Schläfen presst.

»Was ist los?«, fragt Salli besorgt. »Kopfschmerzen?« Sie hat Aspirintabletten dabei, aber ihre Handtasche hängt in der Bibliothek.

Yi nickt mit kläglichem Gesicht. »Sehr schu-lecklich.«

Ein bisschen Unruhe kommt auf unter den Sängern – der letzte Redner verlässt die Bühne, sie sind dran.

»Hältst dus aus?«, fragt Salli flüsternd.

Yi nickt.

Dann stehen sie auf der Bühne. Sechzehn konzentrierte chinesische Gesichter. Die erste Gruppe beginnt: »*Wiee wichtig, wichtig, wichtig nimmt sich unser Herr Dozent!«* – Ein paar Lacher aus dem Publikum (ein kurzer Blick von Salli hinunter in den Saal auf Dobisch, ob er die Anspielung auf sich mitbekommt), und während nun die zweite Gruppe einsetzt, wächst die Nervosität der ersten, denn im nächsten Vers lauert die gu-loße L-Gefahr: *»Seine Theo-lie allein ist lichtig, nichtig jedes and-ule Argument!«* Und schon überwunden! Aufmunternd nickt Salli den Sängern zu. Gleich kommt die letzte Hürde – *»Was ist wichtig, lichtig, nichtig, fu-lagt am End sich der Student.«* Salli schaut wieder hinunter ins Publikum (nein, Dobisch hat nichts kapiert, er klatscht), und merkt auf einmal, dass sie einen Blick erwidert. Aus Sergeys Gesicht. Da ist er, steht mitten in der Menge, klein, breitschultrig, in Jeans und einem grauen T-Shirt, aus dem die Muskeln ragen. Heiß schießt ihr die Freude durch den Körper. Dann erst bemerkt sie seine Nachbarschaft: Dicht neben Franz Schubert steht er, im Schatten der imposanten Barbara, und plötzlich glaubt sie, seine Handflächen sehen zu können, den tief sitzenden Dreck darin.

Wieso ist er auf dem Schulfest? Wie ist er hierhergekommen? Neben all den Figuren in Seide und Chiffon wirkt er wie ein aus dem Wald entführtes Borstentier. Schaut schon jemand misstrauisch? Nein. Noch hat niemand im Saal die unsichtbaren Fäden bemerkt, die den Pferdemann hierhergezogen haben, die zwischen ihm und ihr verlaufen.

Aber dann sieht sie Anselm. Er steht unmittelbar hinter Sergey und applaudiert lächelnd. Gleich wird er ihn erkennen.

Sie sollte etwas tun, in den Saal rennen, Anselm bei der Schulter nehmen, ihn um Verschwiegenheit anflehen. Die Studenten unten trampeln mit den Füßen. Zugabe! Mit verkrampftem Gesicht nickt Salli ihrem Chor zu: *»Du-laii Chinesen mit dem Kontu-labass ...«,* und während der Saal rhythmisch mitklatscht, sieht sie, wie Anselm stutzt, einen schrägen Blick wirft auf den Mann vor sich, wie er die Brauen hochzieht, wissend lächelt. Und jetzt – Salli flucht auf sich und die dra-dre-dri-dro-dru Chinesen mit ihrem Kontrabass –, jetzt wird auch noch Barbara Müller aufmerksam und neigt ihr Haupt hinab zu Sergey. Spricht sie mit ihm? Ja. Und Gesine auch! Worüber denn, fragt sich Salli, worüber reden sie mit Sergey? Fragen sie ihn, was er hier sucht? Und wenn er antwortet in seinem Sergey-Deutsch, mein Gott, wie werden sie ihn dann behandeln? Wie einen Halbdebilen? Ich muss hin zu ihm, sagt sie sich mit wachsender Unruhe, bevor Barbara ihre Zähne in ihn schlagen kann.

Aber wenn sie vor ihm steht, wenn sie sich umarmen ... oder nein: wenn Sergey nun doch böse ist? Wenn er sie anknurrt? In jedem Fall werden sich alle fragen, was Salli Sturm mit diesem Menschen zu tun hat. Mit einem Mann, der schwarz verfärbte Arbeitspfoten hat und die deutsche Grammatik misshandelt. Sie werden die Stirn runzeln, ihre Lippen verziehen. *Na ja,* würde Barbara (zu Anselm) sagen: *Eine richtige Intellektuelle war sie sowieso nie.* Und Gesine, die schon oft bei ihr Rat gesucht hat in didaktischen Fragen, würde hinzufügen, dass es wohl auch nicht weit her sei mit Sallis Künsten als Lehrerin. *Da kam da Palaza,* singen die Chinesen, *and sagt: Was ast dann das?* Salli lässt die Hand sinken, mit der sie die Einsätze dirigiert.

Für einen Achteltakt stocken die Sänger. Aber was, denkt Salli, während sie die Hand wieder hebt, könnte schon groß geschehen – und innerlich zittert sie dabei über so viel nie geprobte Kühnheit –, wenn sie sie alle zusammen zum Teufel schickte?

Als sie mit Yi an der Hand von der Bühne geht, hat das Gedränge zum Büfett schon eingesetzt, Sergey ist nirgendwo zu sehen. Salli bahnt sich mit der kleinen Chinesin ihren Weg durch die Massen und dreht den Kopf hin und her, überall stehen lachende, plappernde Studenten mit Bierflaschen und Tellern voll griechischem Salat und Tortillas. Ist Sergey am Ende Dobisch in die Hände gefallen? Dobisch unterscheidet die Studenten in solche, die einer »Kulturnation« entstammen (Italien, England, Frankreich) und alle anderen, die das leider nicht tun. Und wenn Sergey ihn nun auch als Lenin anspricht?

Da steht er. An der Tür zur Bibliothek.

»Hallo«, sagt sie. Er ist braun geworden. Bis zum Nacken hinunter. Und er hat sich rasiert.

»Challo.«

»Wie gehts dir?«

»Gut, kriegma kleine Fohlen bald.«

»Wie ... schön!« Etwas drückt ihr auf die Kehle. Angst? Kummer? Aber zuerst muss sie sich um Yi kümmern. »Zwei Minuten«, sagt sie gepresst, deutet zu den Tischen und Bänken im Hof, zu denen nun vereinzelte Studenten pilgern. »Wartest du dort? Ich bin gleich bei dir.« Sie muss ihn aus der Schusslinie von Dobisch und den anderen bringen, denkt sie, dann schlüpft sie mit Yi in die Bibliothek und haspelt ihr Pillendöschen aus der Handtasche.

Yi schaut kläglich drein. »Ich bu-lauche Wasser, bitte«, haucht sie.

»Gut«, sagt Salli, »komm mit!« Mit Yi an der Seite schiebt sie sich vorbei an der Schlange vor der Damentoilette. An einer Kolumbianerin vorbei, die sich am Waschbecken die Lippen nachzieht, greift Salli nach dem Wasserhahn, dreht ihn auf und hält Yi die Tablette hin.

Und während die sich gehorsam die Pille auf die Zunge legt und mit der Hand Wasser schöpft, hört Salli aus einer der Kabinen plötzlich Barbaras Stimme: »Nee, nee, Student war das keiner. *Soku* vielleicht. Dem Alter nach. Hast du verstanden, was er beruflich macht?«

Und aus der Nachbarkabine antwortet Gesine Renz: »Was

mit Interkulturalität, oder? Wie er das gesagt hat: *Der Lehrerberuf ist das eine und Pferdeverstand das andere* – Wahnsinn, oder?«

»Da war ich auch platt. Dieser Wechsel in der Sprechweise: Erst gebrochen, und dann, als ich ihn fragte, wo er herkommt: *Die Rennbahn ist ein Ort, dessen Atmosphäre* – wie war das?«

»*Dessen Atmosphäre zu erleben ich Ihnen empfehle.* Unglaublich!«

»Ich wollte schon fragen, ob er sich da bei Thomas Mann bedient hat. Aber uninteressant fand ich den jetzt nicht. Du?«

»Mhm ... und gar nicht mal ...« – offenbar rupft Gesine am Klopapier, dann folgt ein Kichern – »... unattraktiv.«

Das Geräusch der Spülung überdeckt Barbaras Antwort.

Salli hat die ganze Zeit dagestanden, die Hände auf das Waschbecken gestützt, während weiter das Wasser läuft, Yi sich den Mund abwischt, die Kolumbianerin triumphierend ihr Haar zurückwirft.

Die beiden Damen halten Sergey also für einen geheimnisvollen Forschertypen? Eine Art Indiana Jones an der Uni? Anscheinend hat er sie voll und ganz bezaubert. Aber natürlich – wieso sollte sie die Einzige sein, der dieser Mann gefällt? Eigentlich könnte Salli sich doch jetzt ein bisschen Stolz erlauben. Wenn da nicht die andere Botschaft so klar verständlich gewesen wäre: Das waren ihre bescheuerten Mustersätze mit dem Pferdeverstand und dem gerahmten Infinitiv. Sergey hat die Kladde doch gelesen.

»Salli?«, fragt Yi. »Hast du auch Kopfschmelu-zen?«

»M-m«, verneint Salli tonlos und weist Yi mit den Augen den Weg zur Tür. Hinaus, bevor sich eine der Kabinentüren öffnet.

Sie übergibt Yi zwei Freundinnen und geht zur Bar.

»Zwei Apfelschorle, bitte«, sagt sie zu Anselm und hält ihm

einen Euro hin. Für die Dozenten spendiert Radetzki die Getränke, doch Sergey ist ja kein Dozent.

»Salli, ich bitte dich! Von Barbaras Franz nehme ich auch kein Geld.«

Unwillkürlich weicht sie einen halben Meter zurück.

Mit zwei Flaschen in der Hand beugt Anselm sich vor und sagt im Bühnenflüsterton: »Vertrauen gegen Vertrauen, Frau Sturm!«

»Was meinst du damit?«

»Dass du dir keine Sorgen machen musst. Es bleibt unter uns.«

»Was denn?«

»Dein Rennbahnabenteuer.« Anselm lächelt hintergründig. »Zugegeben, ich hab mich ja schon ein bisschen gewundert, dass du da auf diesem Hof mit ... andererseits ... warum auch nicht ...?«

»Was?«

»Na ja«, sein Lächeln verblasst, »ich weiß doch selber, welch unheimlichen Spaß es machen kann, gerade mit jemandem ... der ... ähm ... sagen wir, ein wenig schlichter gestrickt ist, du verstehst?«

»Ja.« Salli umfasst ihre Ellbogen, damit er nicht sieht, wie ihre Hände zittern. »Ich verstehe.«

»Nicht, dass du das in den falschen Hals bekommst, es können große Gefühle dabei sein: Leidenschaft, Liebe ...«, Anselms Stimme wird immer weicher. »Und auch wenn diese besondere Achtung fehlt – das macht doch nichts ...«

Salli löst ihre Hände. Sie legt jetzt doch ihren Euro vor Anselm auf den Tresen. »Keine Sorge«, sagt sie und nimmt die beiden Flaschen in die Hand, »ich achte mein Abenteuer. Wenn du es genau wissen willst – ich habe Hochachtung vor Sergey.«

»Sag mal.« Anselm weicht zurück, zu den Flaschenträgern

und Eiskübeln. »Nun, auf seine Art hat er ja durchaus – Imposantes ...«, beginnt er und bricht wieder ab.

Salli spürt ihren Puls in den Schläfen, ein bisschen fühlt sie sich wie nach ihrem ersten Ritt. »Schon gut«, sagt sie und geht.

Sergey sitzt am allerletzten Tisch bei den Büschen, schwach beleuchtet von einem mondgesichtigen Lampion. Was in seiner Miene steht, kann sie nur raten.

»Du hast es gelesen?«

»Sonst ich war nicht hier. Steht Adresse drin von deine Schule.«

»Bist du mir böse?«

Ein paar Sekunden verstreichen, dann knurrt er etwas.

»Was? Ich hab dich nicht verstanden, Sergey.«

»Hast du recht in ein Sach: Dass mussma reden mit seine Frau. Hab ich gelernt jetzt.«

Salli kann nicht glauben, was sie hört. »Und diese Sätze mit Atmosphäre und Lehrerberuf hast du gleich mit dazugelernt?«

»Mhm. Für meinen Geschmack legen die ru-sischen Frauen zu viel von diese Make-up ...«

»O Gott«, sagt Salli, »ich hab doch ... außerdem sollst du nicht ...« Schon flattert die alte Unruhe wieder hoch. Seine einsamen Entscheidungen, die monatelangen Absenzen, und meint er wirklich sie, wenn er von *seine Frau* redet?

Sergey hat den Kopf gesenkt. »Ich hab dir so vermisst«, sagt er zur Tischplatte.

Ein paar ihrer Chinesen nehmen zwei Bänke weiter Platz, sie winken herüber.

Salli winkt zurück. Dann wendet sie den Blick wieder Sergey zu. Sprich weiter, fleht sie unhörbar, sag was! Irgendetwas, damit ich dich verstehe!

»Was is passiert mit dein Hand?«, fragt er.

»Ich hab mich verbrannt.«

Er nimmt ihr Handgelenk und streichelt es.

Sie zuckt, aber seine Finger sind wichtiger als der Schmerz.

»Oi«, sagt er. Das *I* liegt einen Viertelton tiefer als das *O*.

Und Salli ist auf einmal, als ob der Abendhimmel immer weiter würde, als ob sich ein riesiges, blaues Rondell öffnete, auf dem ihre Seele spazieren fliegen kann.

»Weißt du schon Neueste?«

Sie schüttelt den Kopf, im Geiste sieht sie immer noch ihrer fliegenden Seele hinterher.

»Wird nix mit Olympia. Heute auf Fußgängerzone haben Information gegeben.«

»Und jetzt?« Es bedeutet etwas Besonderes, das hat sie seinem Tonfall entnommen, aber zu raschem Verstehen ist ihr Kopf gerade nicht in der Lage.

»Sind traurig alle. Besonders die, welche wollten verkaufen.«

»Aber heißt das denn, dass wir ... dass du zurückgehen könntest auf unseren Hof?« Langsam erfasst sie es doch.

Er zuckt die Achseln. »Is Geld bei mir jetzt. Langt net ganz, aber Kredit, könnt sein, dass ich krieg bei Bank. Oder net?«

»Mein Gott, ich weiß nicht ... es kommt darauf an, wie viel du hast.«

»Hundertzwanzig.«

»Hundertzwanzig was? Tausend? Euro? Woher ...?«

Er verzieht keine Miene. »Hab ich verkauft was. Is net deine Kopfschmerzen. Wird langen Geld?«

Hat sie recht gehört? So viel Geld? Wo hat er das her? Was war in Russland? Aber während ihr diese Fragen durch den Kopf schießen, fliegt Sallis Seele immer noch in größter Ruhe ihre Abendrunde. Sie beschließt, die Fragen zurückzustellen. Irgendwann wird er ihr von selbst alles erzählen. Wenn das Geld sich in einen Hof verwandelt hat. Ein Hof! Wäre das denn möglich? Sie legt den Kopf in den Nacken und überlegt. Was kostet das Grundstück, nachdem die Goldgräberstimmung vorüber ist? Immer noch viel zu viel. Vielleicht 600 000. Mit einem Startkapital von 200 000 könnte es gehen. Für die restlichen zwei Drittel bekommt man Kredit, das weiß sie noch aus ihren Tagen als Sekretärin von Papa. Wenn sie ihren Schatz drauflegte, dann könnte es klappen. Wenn. Wenn. Schon ist sein Plan wieder voller Wenns für sie.

»Bist du sicher, dass deine Stute ein Fohlen kriegt?«, fragt sie und kommt sich gleich darauf töricht vor.

»Ganz sicher«, nickt er. »Nächste Jahr in Sommer is da.«

»Und dann machst du ein richtiges Rennpferd daraus ...«, rät sie und unterbricht sich gleich wieder, da sie die wohl bekannte Sergey-Skepsis über sein Gesicht ziehen sieht. »Ich weiß schon: Nicht Hopp sagen vor dem Loch.«

Sergey nickt. »Kamma nie wissen bei Pferd. Kanna Kracher werden, kann auch sein, dass in Hose geht mit Karriere.«

»Und dann?«

»Dann verkaufma als Freizeitpferd. Gibt keine bessere Pferd für Ausreiten: Sind Hufe hart, Charakter gut. Weißt du, denken viele, dass Rennpferd is schwierige Gaul. Dann brauchma die Leute bloß sagen, dass solche wie du mit Stute hat reiten gelernt.«

Katka. Sie könnte Katka wieder reiten. Über die Felder fliegen mit ihrem herrlichen Tölt. Ist das eine Vision? Salli sieht plötzlich vor sich, wovon Sergey redet: eine Sommerweide voll gelbem Löwenzahn, darauf steht Katka, grast, hebt den Kopf und schaut ihrem schwarzen Fohlen zu, das in steilen Bocksprüngen über die Wiese hopst. Am Koppelzaun lehnen neben einem Baum Sergey und sie selbst, ihr Kopf an seiner Schulter, sein Arm um ihre Taille.

Aber ist das ihr Leben? Schafft sie das, wenn es auf einmal

nur noch um Heu, Stroh und Hafer geht? Wenn Pferde das einzige Thema sind? Sie ist doch Salli, die Lehrerin!

Ihre Vision steht ihr noch vor Augen, aber jetzt bevölkert sich das Bild: Ein Elefant ist dazugetreten, ein paar Igel trippeln herbei, Äffchen hangeln sich durch die Äste des Baums, links neben ihr steht ein Gepard, rechts ein schwarzer Panther. *Du und er*, kreischen die Affen. *Mut*, sagt der Elefant mit schwingenden Ohren. *Wage es*, knurrt der Gepard, *riskiers, lebe* hört sie aus dem Maul des Panthers.

»Ah!«, sagt Salli, *ah* wie bei Erleuchtung. Denn die hatte sie gerade, jetzt weiß sie wieder, dass ihre Wort-Tiere sie niemals verlassen werden. Überhaupt – so viel müsste sie ja gar nicht aufgeben aus ihrem bisherigen Leben. Wenn sie am Vormittag nach Schwabing fährt, ihre Studenten unterrichten, könnte sie den Rest des Tages und die Nacht mit Sergey zusammen verbringen.

Sergey sieht sie fragend an. Sein Gesicht wirkt jetzt noch ernster als sonst unter dem grinsenden Mond.

Salli atmet tief ein. Ich helf dir, will sie sagen, wir machen das zusammen, und dann taucht ein letzter und sehr vernünftiger Gedanke auf, der sie doch noch in tiefste Mutlosigkeit stürzt: Für einen Kredit braucht man ein regelmäßiges Einkommen. Wenn sie nun demnächst entlassen wird – sie kann das nicht ausschließen, sie rechnet doch schon fest mit Tauberts Abmahnungen, mit den Beschwerden der *Super-Soku*-Kunden. Dann hätte sie das ganze Unternehmen mutwillig in den Sand gesetzt. »Im August«, sagt sie, »bekomme ich einen Kurs, vor dem mir furchtbar graut. Was ist, wenn ich den verbocke und entlassen werde? Dann stehen wir blöd da!«

Ein leichter Wind bläst gegen den Lampion. Zwei Sekunden lang strahlt Sergeys Gesicht im gelben Licht. Hat er gelächelt? Hin und her schwankt der Lampion. Hell wird

Sergeys Gesicht, dunkel. Hell, dunkel. Wo hat sie das schon mal gesehen?

Dann fällt es ihr ein: Das Zebra in ihrem Traum – ein weißer Streifen, ein schwarzer, immer weiter geht das, und sie will gar nicht mehr aufhören, ihr Zebra zu küssen, und hebt ihm schon ihren Mund entgegen, da spürt sie, wie Sergey seine Hand auf ihre legt.

»Salli«, sagt er, »wieso du hast Angst? Bist du tolle Lehrerin. Ohne dir ich war wie Hammel vor Tor. Und jetzt – schau an, was hast du geschafft alles!«

Ein großer Dank an

meine Kollegen und Freunde Claudia Brendler, Lisa Marie Dickreiter, Andreas Götz, Martin Praxenthaler, Barbara Slawig und Hermien Stellmacher für wachsames Testlesen;
nochmals Andreas Götz für seine Freundschaft und dafür, dass er mir immer wieder Mut macht;
die Freundinnen und Kolleginnen aus Orenburg und Ufa Irina Solodilowa, Valentina Scherbina, Irina Guliaewa und Irina Ganiewa, die mich gastlich aufgenommen und mir geduldig jede Frage beantwortet haben, namentlich zum Phänomen des russischen Mannes;
meine Agentin Beate Riess, die stets und unverbrüchlich an dieses Buch geglaubt hat;
die Kollegen von dtv, die sich so toll um alles gekümmert haben, besonders meine Lektorin Elisabeth Kurath für ihre einfühlsame, kluge Redaktion;
meinen Onkel Rudolf Sturm für Wanderungen im und Berichte aus dem Bayerischen Wald und dafür, dass er meiner Heldin seinen guten Namen zur Verfügung gestellt hat;
Victoria Tokariewa, die mir eine wichtige Lehrerin ist;
meine Pferde Rudi (†) und Otto
und einen Pferdemann, der partout nicht genannt werden will – sollten sich trotz seiner vielen wertvollen Informationen Fehler zum Thema Pferd finden, so gehen sie sämtlich zu meinen Lasten.

Abdruckgenehmigungen

Wolfgang Rug, Andreas Tomaszewski, Auszüge aus: Grammatik mit Sinn und Verstand, Übungsgrammatik Mittel- und Oberstufe. © 2008 Ernst Klett Sprachen GmbH, Stuttgart

Karin Pittner, Judith Berman, Auszüge aus: Deutsche Syntax, ein Arbeitsbuch (Narr Studienbücher). © 2008 Narr Francke Attempto Verlag GmbH & Co. KG, Tübingen

DUDEN Band 4 – Die Grammatik. © 2009 Bibliographisches Institut GmbH, Berlin

Judith Macheiner, Auszug aus: Das grammatische Varieté oder Die Kunst und das Vergnügen, deutsche Sätze zu bilden. © Judith Macheiner

Ruth Berger, Auszug aus: Warum der Mensch spricht, Eine Naturgeschichte der Sprache. Zuerst erschienen 2008 in der Eichborn AG, Frankfurt am Main. Eichborn – Ein Imprint der Bastei Lübbe AG. © 2011 Bastei Lübbe AG, Köln